Jean-Pierre Castelain

Au Temps des Fofolles

Roman

Éditions Amalthée

Du même auteur :

Les Fontaines d'Olomouc – Éditions France Europe Éditions
Le Cavalier Morave – Tome I
Le Journal des Petits Bonheurs – Tome II

Le Manuscrit de Nicétas – Éditions Singulières (Première édition)
Le Manuscrit de Nicétas – Nouvelles Presses du Languedoc
(Deuxième édition 2013)

Fulgurances – Éditions Amalthée
Caprices de Faucheuse – Éditions Amalthée
Le Pavot et l'Orchidée – Éditions Amalthée
La Pinasse Mauve – Éditions Amalthée
La Dernière Impro – Éditions Amalthée
La Planète Mère – Éditions Amalthée
Le Sabotier de la Divette – Éditions Amalthée
Les Amants de Samarcande – Éditions Amalthée
Fiture sur la Petite Mer – Éditions Amalthée
Suger de Saint-Denis, L'Apôtre de la Lumière – Éditions Amalthée

---

S'agissant d'un roman, il est bien sûr évident que tous les personnages de cet ouvrage sont le produit intégral de l'imagination de l'auteur.

Couverture : *Aquarelle de Serge Roubichou, artiste-peintre, Biganos, Gironde.*

Consultez notre site internet

Pour tout contact :
Éditions Amalthée – 2 rue Crucy – 44005 Nantes Cedex 1
www.editions-amalthee.com

Merci à tous ces auteurs qui savent pérenniser l'Histoire de la Petite Mer.
Un merci particulier à Jean Dubroca pour :
« L'Industrie de l'Étranger (150 ans de tourisme arcachonnais) ». *Cet ouvrage m'a conforté dans l'idée d'écrire « l'avant Pinasse Mauve » et de réaliser ainsi une trilogie sur la Petite Mer.*

Avant-propos

La vie réserve toujours des surprises. Des bonnes et des moins bonnes. Ceux d'entre nous qui bénéficient d'un tempérament positif retiennent principalement les bonnes. Tout au long de ce siècle et demi d'histoire familiale en trois étapes nous en rencontrerons de multiples exemples. Et si, en cadeau, le tempérament se fait aider par un environnement enchanteur, par un lieu de vie magique et un décor exceptionnel, il devient alors encore plus facile de ne retenir que les meilleurs moments et les bonnes surprises. Démonstration ci-après avec cette trilogie qui débute en 1857 et s'achève en 2014.

Cette longue histoire de famille commença le deuxième jour du mois de mai 1857. Ce jour-là, par la grâce d'un décret impérial signé de la main de l'empereur Napoléon III, naissait officiellement la ville d'Arcachon. Ce quartier nord-ouest de la ville de La Teste de Buch devenait une ville à part entière. Les célébrations de cette naissance et les festivités qui s'en suivirent favorisèrent la rencontre entre Auguste Thillet-Bordes, le fils d'une famille traditionnelle de viticulteurs et de négociants en vin du Bordelais, et Henriette Vercoutre, issue d'une grande famille d'industriels du Nord, à Tourcoing.

La notoriété de cette ville nouvelle d'Arcachon irait croissante au fil des années, et rapidement. Depuis quelques décennies tout concourait à faire d'Arcachon une cité célèbre de Gironde et de l'empire : le cadre naturel, presqu'aussi sauvage que majestueux ; la combinaison de l'air marin avec celui de la forêt de pins toute voisine ; et la volonté de quelques hommes, des locaux et d'autres, bien décidés et visionnaires. Dès 1841 le chemin de fer aboutissait à La Teste de Buch. Et l'un des principaux artisans de la ligne Bordeaux-La Teste, asthmatique, se fit soigner à Arcachon. Cela sonna le début de l'histoire d'amour entre Émile Pereire, un grand banquier, et ce quartier maritime qui devait son nom à des marins grecs qui l'appelèrent *Arkasson*, qui signifie « abri », « refuge ». Émile Pereire, séduit, et en tant que fondateur de la compagnie des Chemins de Fer du Midi, inclut aussitôt dans la ligne Bordeaux-Bayonne, une branche Bordeaux-La Teste. Et il ne tarderait guère à prolonger cette dernière jusqu'à Arcachon.

Quelques années avant la signature de ce fameux décret impérial tout s'était déjà accéléré. En 1845 était inaugurée la jetée d'Eyrac qui allait entraîner le succès de la plage, côté ouest. Un rendez-vous des élégantes et des élégants. Depuis cette jetée il devint immédiatement possible d'embarquer en direction du Cap Ferret, en pinasse. En 1849 était aménagé le premier parc à huîtres au sud de l'île aux oiseaux. En 1850 était reconnue comme phénomène géologique de la Petite Mer, la dune de la Grave, la future dune du Pilat. Elle dépassait déjà les quatre-vingts mètres de hauteur. Un peu plus tard, en 1853, un château en bord de mer était construit par Adalbert Deganne, un homme très lié aux frères Pereire. Un autre personnage incontournable de l'histoire d'Arcachon. Deux années plus tard sortait de terre le sémaphore de la ville ; puis en 1856 une nouvelle croix des pêcheurs voyait le jour, non loin de la chapelle de la Vierge. Cette croix avait – et a toujours – valeur de symbole auprès des marins qui se signaient avant de franchir les passes en sortant de la Petite Mer ou en y rentrant. Ces passes terribles, causes de tant de naufrages et de victimes, étaient le cauchemar des marins, de leurs familles et des élus locaux. Au point que certains techniciens en installations portuaires envisagèrent même la fermeture d'une des deux passes pour créer un port militaire inaccessible à d'éventuels ennemis. Cette idée fut même reprise par le cardinal archevêque de Bordeaux, monseigneur Donnet, en 1854. Ce dernier écrivit en ce sens au ministre de la Marine avec le soutien de la municipalité de La Teste. Cela aboutit, un temps plus tard, à un projet de digue immense, projet signé mais jamais réalisé. Les passes restèrent maîtresses de la Petite Mer de Buch.

Dès le 8 mai 1856 le conseil municipal de La Teste de Buch votait en faveur de la séparation du quartier d'Arcachon. Aussitôt, monsieur Lamarque de Plaisance – un troisième homme clé pour la naissance d'Arcachon – établissait les termes de la séparation, avec l'appui du général Tartas. Avant même la parution du décret impérial du 2 mai 1857 les travaux de la ligne ferroviaire entre La Teste et Arcachon étaient autorisés et débutaient. C'était le fruit de la volonté d'Émile Pereire et le souhait d'Adalbert Deganne. Les deux hommes, qui appréciaient clairement le quartier de la ville d'été, rêvaient déjà d'ériger un autre quartier sur la petite montagne d'Arcachon qui deviendrait rapidement la ville d'hiver. Un quartier qui était partiellement la propriété de Nelly, l'épouse d'Adalbert Deganne.

Henriette Vercoutre, jeune stagiaire à la municipalité de Lille, fut envoyée à l'inauguration de la ville nouvelle de Gironde, ès-qualité de déléguée départementale et de représentante d'un journal régional du Nord. La jeune demoiselle n'allait pas regretter son voyage.

Première partie

Le journal d'Henriette

1

Henriette Vercoutre appréciait les festivités et prenait consciencieusement des notes. Son travail allait être exécuté si précisément que la municipalité de Lille la missionnerait à nouveau pour l'inauguration de la ligne ferroviaire d'Arcachon à peine deux mois plus tard, à la fin du mois de juillet. La jeune femme de dix-neuf ans n'était pas très grande mais grâce à l'élégance de sa silhouette elle donnait l'impression de posséder un corps élancé et gracieux. Cheveux blonds mi-longs, c'était ses yeux gris-vert et brillants qui attiraient le regard. Un regard, justement, qui semblait vouloir dévorer le monde entier.

D'emblée la jeune femme fut séduite par les couleurs exceptionnelles de cette mer intérieure et en particulier par ses crépuscules enflammés par un soleil qu'elle qualifia de « manipulateur ». Manipulateur puisqu'il transformait le décor d'une minute à l'autre. Pour offrir un spectacle unique à cette jeune nordiste habituée aux cieux embrumés. Émerveillée, elle serait restée des heures à admirer les couleurs changeantes provoquées par ce soleil qui disparaissait derrière le Cap Ferret. Elle adorait la vue depuis la chapelle des marins, tout en songeant avec émotion aux prières pour les victimes du « *gran malhour* » ce naufrage épouvantable du 28 mars 1836. Car dès sa première visite la jeune Vercoutre s'était mise en quête d'informations sur ce lieu maritime qui deviendrait le Bassin d'Arcachon. Et déjà, suite aux cérémonies sises en la chapelle, elle réalisait combien la vie locale n'était pas toujours rose. Que ce fût pour les pêcheurs ou pour les résiniers.

En ce lendemain de jour de liesse – les premières festivités avaient consacré la naissance d'Arcachon – Henriette s'amusait à observer des grappes d'hommes attablés en terrasse face à la mer et qui trinquaient « à l'indépendance » ! Leurs verres contenaient, à ce qu'on lui avait précisé, un vin produit à Mestras, tout près d'Arcachon. Et un vin bien coté par les Bordelais eux-mêmes. C'était tout dire ! Elle n'en croyait pas ses oreilles car chez les Vercoutre on aimait les grands crus de Bordeaux et de Bourgogne, ainsi qu'en certaines occasions, une bonne bouteille de Champagne. Elle allait ainsi de découverte en découverte, toute heureuse de bénéficier d'un temps splendide. Elle apprit également que la région avait déjà la réputation de soigner la phtisie grâce à une combinaison rarissime entre la « saumure » marine et les émanations de résine de pins de la forêt toute proche. On ajoutait même que les bains de sable étaient bienfaisants pour le corps. Elle fut interrompue dans ses réflexions par les exclamations d'un groupe de quatre jeunes gens qui discutaient des grands crus de Gironde. Ils se gargarisaient du classement de soixante-dix-huit domaines, effectué en 1855, et qui listait des vins d'une qualité exceptionnelle en respectant des critères aussi nombreux que sévères. Ces soixante-dix-huit domaines étaient localisés dans trois régions du Bordelais : le Médoc, les Graves et le Sauternais. Henriette écoutait, n'en perdant pas une miette ou plutôt pas une goutte ! Son regard se focalisa sur l'un des quatre jeunes, de belle prestance et, à n'en pas douter, le plus loquace du groupe. Les trois autres l'écoutaient sagement. Elle le trouva un tantinet docte, mais elle comprendrait rapidement pourquoi. Le beau parleur dut se sentir observé. Il stoppa net son discours et fixa Henriette, surpris. Une surprise qui ne se prolongea guère puisqu'il sourit aussitôt à la jeune femme et l'invita à leur table :

— À qui avons-nous l'honneur, mademoiselle ? Mademoiselle…

— Vercoutre, Henriette Vercoutre. Je bénéficie d'une occasion unique de découvrir cette région. Une région magnifique et méconnue, je présume, d'une majorité des sujets de l'empire. Mais vous-même, messieurs, êtes-vous natifs de ce beau pays ?

— Presque, mademoiselle, presque. Mes amis et moi sommes Bordelais. Sauf Charles, ici présent, qui est de Cognac. Un voisin, n'est-ce pas ? Mais excusez-moi, je suis impardonnable. Je me présente, Auguste Thillet-Bordes, Bordelais d'une très ancienne famille de viticulteurs et de négociants en vin. Ce qui explique mon discours, car notre fierté est immense d'avoir participé à la mise en place d'un classement des crus les plus nobles de notre région et même de France et de tout le Continent, je n'hésite pas à le dire. Donc, je vous présente Charles Legrand, Henri Demaison et Albert Moissand qui sont mes amis de l'université, à Bordeaux. Mais Charles vient de nous quitter – lâchement – pour créer avec son père une société d'armateurs à côté de La Rochelle. Grand bien lui fasse ! Et après tout, pourquoi pas, puisque moi-même j'envisage de créer une pêcherie, ici-même ou à La Teste. Mais quoi qu'il arrive je garde et je garderai l'âme et le cœur œnologues ! Et maintenant pouvons-nous vous demander pour quelles raisons vous participez à ces festivités ? Et nous préciser de quelle région vous débarquez. Car, à vous entendre, et sans vous offenser, nous devinons que vous n'êtes ni de Gironde ni même du sud-ouest de la France.

— En effet, monsieur Thill…

— Thillet-Bordes, mademoiselle. Mais s'il vous plaît, appelons-nous par nos prénoms. Ce sera plus simple pour nous tous et surtout beaucoup plus agréable, n'est-ce pas ?

— Euh… oui… pourquoi pas monsieur… euh… monsieur Auguste. Vous avez raison, je ne suis pas originaire de cette magnifique contrée puisque je viens du Nord. Oui, du nord de la France. Du département du Nord. Ma famille est originaire de Tourcoing. Vous savez, ajouta-t-elle en riant, Tourcoing, la première ville de France… Oui, en arrivant par la Belgique ! Je termine mes études à Lille et suis actuellement stagiaire à la préfecture. Celle-ci m'a missionnée, en accord avec un hebdomadaire régional, pour conter les circonstances de la création d'une ville à partir d'un quartier d'une autre ville, ainsi que toutes les manifestations officielles qui accompagnent cette création. Comme par exemple l'élection d'un premier maire. Et donc, j'en suis convaincue et ravie, je serai appelée à revenir. À moins que le journal ne soit point satisfait de mon travail.

— Oh là non ! Nous allons vous aider, si vous le souhaitez. Moi je fais le pari que le rédacteur en chef sera ravi, bien au contraire !

— Je me réjouis à l'avance d'une assistance qui me permettrait de revenir dans ce cadre enchanteur. Car pour ne rien vous cacher, messieurs, je suis en train de tomber amoureuse de cette région méconnue des Français.

— Alors, mademoiselle Henriette, vous ne pouvez refuser notre offre. Acceptez-nous comme guides, nous allons vous faire découvrir ce coin magique. Et pas seulement la ville nouvelle.

— Et même Bordeaux, surenchérit Albert Moissand. Je dois vous avouer, mademoiselle Henriette que j'y rentre ce soir même et je m'en voudrais pour le reste de mes jours de vous laisser entre les seules mains de ce coquin d'Auguste.

— Hélas, je dois rentrer également, dit à son tour Henri Demaison. Le quai des Chartrons m'attend et la firme de mon père, en particulier.

— Alors, messieurs, reprit Auguste, il me reste Charles qui ne connait qu'à peine mieux que mademoiselle notre Petite Mer de Buch ! N'écarquillez pas les yeux ainsi, mademoiselle, il s'agit là du nom donné à ce joli lac marin ouvert sur l'océan. Alors, qu'en dites-vous ? Charles et votre serviteur pour guides, ici, Albert et Henri comme guides à Bordeaux. Franchement, vous auriez pu tomber beaucoup plus mal !

— Merci beaucoup messieurs. Voilà un programme alléchant, j'en conviens. Mais je dois avouer que ce séjour, le premier d'une longue série je l'espère, s'achève impérativement après-demain.

— Alors, chère mademoiselle Henriette, il nous reste la journée de demain. Plus une minute à perdre !

— Très bien, je suis d'accord. Retrouvez-moi, s'il vous plaît, à l'entrée de ma pension de La Teste, non loin de la « nouvelle frontière » avec Arcachon.

— Disons demain à dix heures, à l'entrée de votre pension. Et n'allez pas refuser, nous vous invitons à déjeuner.

— À déjeuner ? Ah oui, chez vous il s'agit du repas de midi. Excusez-moi, dans mon Nord natal, on parle de dîner pour le repas de la mi-journée.

— Et le soir, alors, questionna Albert ?

— Pour le soir on parle de souper. Mais vous savez, j'ai un budget – petit mais réel – pour tous les repas de mon voyage.

— Quand bien même ! Soyez notre invitée, je vous en conjure.

— Merci messieurs, c'est d'accord. Alors à demain. Il me faut rentrer pour rédiger deux à trois paragraphes pour le journal. J'y vais de ce pas.

— À demain, mademoiselle Henriette.

Auguste resta le regard fixé sur la silhouette distinguée d'Henriette jusqu'à ce qu'elle ait disparu. Déjà fasciné par cette blonde élégante à la personnalité affirmée. Il s'imaginait seul avec elle, lui le brun trapu et sans élégance particulière... mais conscient de sa classe et du nom qu'il portait. Cela, sans en rajouter et en étant fier d'être Bordelais. Avec, niché au fond de son cerveau, une mentalité de chef d'entreprise. Un des aspects de sa personnalité qu'Henriette découvrira chez lui plus tard. Un trait de caractère pas ou peu dépaysant pour cette fille d'entrepreneurs qui se succédaient de génération en génération.

Le lendemain à dix heures, Auguste se présenta seul. Surprise, Henriette demanda, en fronçant les sourcils, la raison de l'absence de Charles Legrand. Auguste invoqua un retour imprévu à La Rochelle en raison de la dégradation subite de la santé de sa pauvre maman. Sans plus de détails. Ainsi se retrouvait-elle seule avec cet Auguste qui lui paraissait déjà un brin séducteur, enjôleur, mais charmant. Et fort capable d'avoir demandé à Charles de ne pas se joindre à lui ! Auguste avait loué une petite calèche, un phaéton[1], pour la journée et il lui expliqua tout de go :

— Pour ce jour béni nous resterons de ce côté-ci de la Petite Mer, mais promettez-moi de revenir et de me consacrer plusieurs jours. Nous embarquerons sur une pinasse pour visiter le Cap-Ferret. Vous adorerez, j'en suis convaincu.

— Comment pouvez-vous en être certain à ce point, monsieur Auguste ? Et on embarquerait sur quoi, disiez-vous ?

— Sur une pinasse. C'est un joli bateau à rames, le bateau traditionnel des pêcheurs locaux. Quant à ma certitude de l'ef-

1 – Voiture hippomobile haute, à quatre roues, légère, découverte et tirée le plus souvent par deux chevaux.

fet provoqué par le Cap-Ferret, elle est naturelle : une jeune et jolie romantique, comme vous me semblez l'être, sera séduite par la beauté sauvage de ce cap unique en son genre. Avec une vue extraordinaire sur l'autre côté et sur la dune de la Grave[2]. Oui, il vous faudra revenir mademoiselle Henriette, j'y tiens. Et puis zut, foin de « mademoiselle » et de « monsieur » entre nous ! Nous sommes Henriette et Auguste ! Et maintenant je vous entraîne jusqu'à la petite montagne[3]. La vue sur ce bassin d'eau salée y est sublime. Allons-y !

Le soleil éclairait déjà intensément le front de mer et le Cap qui paraissait tout proche. Auguste, souriant, guidait la calèche en habitué incontestable des lieux. Henriette le questionna :

— Promenez-vous ici souvent des gens d'ailleurs ? Vous me paraissez bien aguerri à cet exercice.

— J'ai déjà beaucoup parcouru la région d'Arcachon, en effet. Mais c'est pour moi une première que d'accompagner une estrangeyre, une si jolie estrangeyre.

— Une quoi dites-vous ?

— Une estrangeyre, une personne qui n'est pas d'ici.

— Mais vous-même, vous n'êtes pas d'ici.

— Je suis d'un quartier de Bordeaux, avouez que ce n'est pas bien loin. Bien moins que Tourcoing, en tout cas !

— Va pour l'estrangeyre…

— La belle estrangeyre.

— Flatteur !

— Avec vous nul besoin de flatterie. Vous êtes si attirante.

— N'oubliez pas votre mission. Celle de me montrer, de me faire connaître une région… si attirante.

---

2 – Appelée dune du Pilat, un peu plus tard.

3 – Future ville d'hiver.

— J'y veille, Henriette, n'ayez crainte. Mais je m'estime chanceux de vous avoir, vous, comme estrangeyre à guider. C'est tout. Et c'est sincère.

— Merci Auguste, vous êtes charmant… et charmeur.

— Nous arrivons. Voyez cette jolie colline de pins ? C'est la petite montagne d'Arcachon. De là-haut la vue est… comment dire ? magique, époustouflante, surtout à marée basse. Et plus tard, à votre retour, nous prendrons un peu de hauteur en faisant preuve de courage.

— De courage ?

— Oui Henriette. Lorsque vous reviendrez nous grimperons jusqu'au sommet de la dune de la Grave. Le point de vue y est absolument irrésistible.

Auguste arrêta le phaéton sur un sentier en bordure nord du bois de pins. Il indiqua à Henriette la nouvelle jetée d'Eyrac à leur droite et le Cap-Ferret en ligne de fond. Ils remontèrent dans la calèche pour s'arrêter plus à l'ouest. Auguste pointa son doigt sur la croix des pêcheurs. Le soleil chauffait si fort que le jeune homme ôta sa redingote. Henriette, elle, appréciait avoir emporté sa capeline. En redescendant vers le sud-ouest ils aperçurent la pointe du Cap-Ferret à travers le bois de pins. Quelle vision ! un véritable petit paradis sous leurs yeux. Apparut ensuite un grand banc de sable et, de chaque côté, ces fameuses passes si meurtrières. Pourtant, en cette journée radieuse, la Petite Mer avait l'air si paisible.

Lorsqu'Auguste raccompagna sa belle estrangeyre jusqu'à la petite pension il tenta de la serrer dans ses bras. La jeune nordiste refusa, tout en souriant :

— Vous êtes bien entreprenant, monsieur le Bordelais ! Entreprenant et pressé. Sachez que je n'ai que dix-neuf ans. Je suis une très jeune fille.

— Henriette, je suis un très jeune homme de tout juste un an votre aîné. Mais je sais que je suis épris. Je le sais et je le ressens. L'âge n'y fait rien ma belle, et il ne peut rien y faire.

— Auguste, je vous remercie pour cette belle journée. Je compte revenir, c'est évident. Donnez-moi votre adresse à Bordeaux et je vous promets de vous avertir de mon prochain séjour ici. Cela vous convient-il ?

— Et comment ! Mais saurai-je attendre ? Donnez-moi également votre adresse, chère Henriette.

— Patientez, mon ami. Le temps de revenir à Arcachon et nous aviserons. J'ai vraiment apprécié votre compagnie. Maintenant je dois rentrer. Aussi vous dis-je merci et au revoir.

Henriette passa sa soirée à rédiger un texte à travers lequel on percevait déjà sa passion nouvelle pour cet Arcachon et pour la Petite Mer de Buch. Elle respecta strictement son « cahier des charges » en couchant sur papier ce qu'elle avait appris et rédigeant ensuite un courrier personnel à l'attention du rédacteur en chef de l'hebdomadaire :

... la région tout autour de cette ville nouvelle, ô combien séduisante, a la réputation de soigner la phtisie. Selon un jeune homme très au fait de cette zone maritime presque fermée, les effets curatifs proviennent du mélange de l'air marin avec celui dégagé par l'immense forêt de pins. J'ai pu furtivement interroger l'abbé Mouls, le tout nouveau et premier curé d'Arcachon, qui m'a confirmé les pouvoirs de ce mélange d'airs. Pour revenir plus spécifiquement à la ville nouvelle et à ses projets, il est question de construire un casino. Une extension de la ligne ferroviaire est déjà en cours ; et l'élection du premier maire de la ville devrait se dérouler avant la fin du présent mois de mai...

Et à son rédacteur en chef :

... sans chercher à vous entraîner dans des dépenses inconsidérées, il me semble que ma modeste personne, ou quelqu'un d'autre, doive revenir à Arcachon pour assister à de nouveaux évènements qui ne manqueront pas d'intervenir dans les prochains mois. Ainsi je vous cite la prochaine inauguration de la ligne de chemin de fer et de la gare provisoire ; la présentation du premier conseil municipal en compagnie du maire élu. Et j'oublie d'autres évènements majeurs, à n'en pas douter. Voilà même que l'on parle d'un déplacement à Arcachon de l'empereur en personne. Je me mets à votre disposition. Cette mission m'a déjà passionnée et me passionnera encore. Je reste votre obligée.

*

La jeune tourquennoise rentra enchantée de son séjour à Arcachon. Enthousiasmée au point de susciter la jalousie de ses trois frères cadets[4]. Et lorsque ses parents l'autorisaient à parler pendant le dîner ou le souper, Henriette devenait intarissable au point que son cher père devait tempérer son ardeur et lui rappeler qu'elle était fille du Nord jusqu'à la fin de ses jours. Ce qui impliquait de montrer sa fierté d'être une Vercoutre de Tourcoing.

L'hebdomadaire du département dut apprécier ses comptes rendus puisqu'il demanda à la préfecture de renvoyer la stagiaire Vercoutre à Arcachon pour poursuivre ses reportages. Elle reprit le train, impatiente de retrouver cette Petite Mer et son décor fabuleux. Elle arriva pour l'inauguration de la ligne ferroviaire et celle de la gare provisoire d'Arcachon. Auguste fut sidéré par ce retour aussi rapide. Sidéré et ravi car Hen-

4 – Voir les généalogies des familles en fin d'ouvrage.

riette n'avait pas manqué de contacter son « guide précieux ». Un guide qui sut lui apporter avec précision les toutes dernières nouvelles. Comme la confirmation du projet de construction d'un casino par la compagnie du Midi des frères Pereire, des banquiers fort connus. Autre information capitale, il lui donna le nom du premier maire d'Arcachon : monsieur Alphonse Lamarque de Plaisance. Et en dernier lieu il lui confirma un évènement ô combien symbolique : la venue de l'empereur Napoléon III, sans doute à la fin du mois d'août, sur invitation du maire et recommandation d'Émile Pereire en personne. Auguste paraissait tout excité en évoquant cet évènement car Émile Pereire connaissait son père et dès lors il pourrait présenter ce dernier à l'empereur.

Henriette, sans le manifester, se réjouissait de ce contact avec un jeune homme si bien informé. Rapidement le jeune Thillet-Bordes se fit plus entreprenant, tout en sachant bien se tenir. Il attendait le moment propice : une balade en pinasse jusqu'au Cap-Ferret. Et dans cet endroit enchanteur, sauvage et discret, il comptait bien arriver à ses fins : séduire cette jeune fille aussi intéressante que jolie.

La jeune Vercoutre tremblait un peu en montant dans cette grande barque aux lignes harmonieuses. Par chance pour elle le soleil brillait et le vent était aux abonnés absents. Les rameurs, à n'en pas douter, avaient reçu des consignes de discrétion. Ni regards ni paroles. Une performance, car Henriette attirait vraiment les regards. Rapidement à son aise malgré tout, la jeune nordiste s'imprégna de ce décor sublime et jugea la Petite Mer… pas si petite que ça ! Pendant toute la traversée Auguste lui parla de la pêche aux royans – les sardines – et de la pêche aux huîtres. Une pêche de moins en moins sauvage pour cette dernière puisque depuis une année des tentatives de captage de naissain[5] étaient effectuées avec plus ou moins de succès. Selon Auguste l'avenir passait par une ostréiculture organisée sur tout le territoire. Soudain un léger coup de vent fit s'envoler la capeline d'Henriette. Vif comme l'éclair, Auguste parvint à l'attraper en basculant sur la jeune femme. Elle remercia son guide pour ce sauvetage tout en constatant qu'il prenait tout son temps pour décoller son corps du sien ! Sur ses gardes, elle se plaça de façon à pouvoir surveiller tous les gestes de son guide zélé. Mais intérieurement elle bouillait. Un combat terrible se déroulait dans sa tête : d'un côté sa conduite de jeune fille de bonne famille et de l'autre cette attirance désormais évidente envers ce jeune homme, lui aussi de bonne famille. Si elle devait officialiser une relation à dix-neuf ans, comment ses parents allaient-ils réagir ? Or pour elle il n'était pas question de leur cacher cette éventuelle liaison. Tempête dans un cerveau… sur une mer d'huile !

Dès l'accostage Henriette admira la beauté de la nature, les pins et les senteurs. Avec même – insensé – du mimosa d'été ! D'un simple demi-tour elle aperçut Arcachon à gauche et cette grande colline de sable à droite. Incroyable. Une colline énorme, jaune pâle, entourée de forêt verte et de mer bleue. Quel spectacle ! Une fois à terre, Auguste l'entraîna plein sud : mettre le pied sur la pointe du Cap était une sacrée étape. Il la fit pénétrer dans la partie forestière pour en apprécier les odeurs et pour encore se rapprocher d'elle. Enivrée par toute cette beauté elle ne résista guère longtemps. Et deux cents mètres avant le sable mouillé du bout du bout de la pointe ils s'étreignirent comme des fous et s'embrassèrent avec passion.

— Henriette, Henriette, je sais que vous allez illuminer ma vie.

5 – Naissain : ensemble des larves de mollusques. Telles les huîtres.

— Comme vous y allez, mon ami, nous nous connaissons à peine.

— Sans doute, mais vous acceptez mes bras tendus et mes baisers fiévreux.

— Oui Auguste, vous êtes un jeune homme séduisant. Je suis sensible à vos avances, à votre tempérament et à vos élans car j'ai l'impression que ce sont des élans du cœur.

— Oh oui, Henriette, je vous le jure !

— J'ai tendance à vous croire sincère, mais je reste prudente. Et surtout je tiens à en aviser mes parents.

— Mais au moins cela signifie que vous m'acceptez, n'est-ce pas ?

— Que vous dire de plus ? Vous lisez dans mes pensées. Auguste, si vous êtes épris, je crois que je le suis tout autant. Même si vous ne m'avez guère donné la possibilité de vous comparer, ni à Charles, ni à Henri et ni à Albert. Dommage…

— Ne seriez-vous pas un peu taquine ?

— Cela se pourrait bien, jeune homme !

Ils éclatèrent de rire et s'enlacèrent à nouveau, heureux. Heureux d'être corps contre corps ; heureux de se trouver l'un l'autre, dans un décor de rêve. Un peu plus tard les deux amoureux furent anéantis de devoir quitter ce cap idyllique et désormais symbolique. Et de reprendre une tenue… de rigueur. Mais les dés étaient jetés, ils en avaient conscience l'un et l'autre. Auguste comme Henriette allaient accepter d'en parler à leurs parents, au nom du respect des coutumes familiales. Mais un peu inquiets tout de même des réactions parentales.

2

Alors que commençaient les travaux de l'église Notre-Dame d'Arcachon autour de la chapelle des marins, alors que débutaient également ceux de la mairie de la ville et même, à peine plus tard, ceux du phare, Henriette passait des heures le cerveau en ébullition. Mademoiselle se creusait la tête pour trouver la façon d'annoncer à ses parents qu'elle avait rencontré un garçon qu'elle souhaitait fréquenter. Elle craignait la réaction de son père, sa sévérité. Pas celle de sa mère. Elle profita d'un midi de la fin septembre, après la reprise scolaire, ses frères étant tous les trois demi-pensionnaires à Lille. Elle-même, en tant qu'étudiante et stagiaire, bénéficiait de beaucoup plus de liberté. Et comme son père avait pour principe de rentrer pour dîner le midi, sauf obligation professionnelle, elle n'hésita guère longtemps, poussée par l'image d'Auguste qui l'encourageait. Juste avant le dessert elle avala plusieurs fois sa salive et attendit la fin d'une discussion entre ses parents pour se lancer.

— Mes chers parents, il me faut vous avouer, euh, non, vous annoncer que je fréquente, euh, que je souhaite fréquenter un jeune homme…

— Quoi, hurla aussitôt son père ! Et vos études ? Vous n'y pensez pas ?

— Attendez, Charles, intervint la maman, déjà attendrie et curieuse, Henriette a l'âge de penser à ces choses. Je vous renvoie une vingtaine d'années en arrière. Pensez à moi, pensez à vous : quel âge avais-je donc ?

Renfrogné, Charles reprit, plus doucement :

— Henriette, il s'agit d'un jeune homme de bonne famille, je présume ? De Lille, de Roubaix ou de Tourcoing ?

— Père, Auguste est effectivement un jeune homme de bonne famille, de très bonne famille, même. Mais il n'est pas originaire du Nord et ne vit point dans notre région.

— Doux Jésus, est-ce possible de renier de la sorte ses origines ? Éléonore, dites quelque chose enfin !

— Charles, mon bon ami, je préfère savoir que notre fille va bientôt fréquenter un jeune homme qui soit de très bonne famille, même s'il est originaire de Lyon ou de Bordeaux, plutôt qu'un jeune garçon de rien qui vit dans le Nord.

— Allez-vous vous taire ? La fierté régionale vaut la fierté familiale.

— Mais enfin, Charles, je crois vous connaître un peu. Henriette vous annoncerait qu'elle fréquente un parisien de la famille d'un ministre, vous mettriez aussitôt votre cher Nord dans votre poche avec un gros mouchoir par-dessus !

— Idiotie ! Henriette, poursuivez !

— Ma chère mère, vous avez deviné juste. Mon cher Auguste est Bordelais et appartient à une très bonne famille qui s'est distinguée dans la viticulture et dans le négoce des grands vins. Des grands crus de Bordeaux, puis-je même préciser.

— Un premier bon point pour vous, ma fille. Ce jeune homme fait-il des études brillantes ?

— Il est à l'université de droit, à Bordeaux. En troisième année, je crois.

— Vous croyez ? Ne connaissez-vous donc rien de lui ? Et souhaite-t-il, lui, fréquenter une jeune fille du nord de la France ?

— Oh oui, père, je n'ai aucun doute à ce sujet !

— Quoi ! Votre ton m'inquiète. N'avez-vous point été trop loin ? Ne m'obligez pas à penser à l'impensable. La dignité des Vercoutre n'a pas de prix, vous le savez.

— Mon cher père, je vous rassure tout de suite. Et Auguste, de son côté, doit être en train d'aviser ses parents.

— Tout de même, Henriette, réalisez-vous que vous trahissez le Nord et que vous me demandez à moi de cautionner cette trahison ?

— Mon bon Charles, reprit Éléonore, cessez de parler de la sorte. C'est la France qui compte. Vous le disiez vous-même à vos employés la semaine dernière puisque certains d'entre eux rechignaient à chercher commerce au-delà de notre province.

— Certes. Et il nous reste trois fils, trois Vercoutre, qui feront honneur au département. Henriette, connaissez-vous les parents de ce jeune homme ?

— Non, père, pas encore.

— Il nous faudra les rencontrer au plus vite. Avez-vous leur adresse ?

— La voilà, père.

Henriette sortit un papier avec l'adresse Thillet-Bordes écrite de la main d'Auguste.

— Thillet-Bordes, c'est quoi ce nom ? Bizarre. Henriette Thillet-Bordes, j'aurai du mal à m'y faire.

Éléonore, qui s'était saisie du papier, lança à son tour :

— Une jolie écriture. Celle de quelqu'un de distingué et probablement lettré. Henriette, cet Auguste a-t-il des frères et sœurs ?

— Hélas non, mère, il est fils unique car sa chère maman a connu de terribles souffrances à la naissance d'Auguste. Par contre ce dernier évoque régulièrement une ribambelle de cousins. Les plus âgés d'entre eux sont déjà dans le négoce Thillet-Bordes. Et les plus jeunes ont à peine plus de dix ans.

— Il ressemble à quoi votre Auguste, reprit Charles en bougonnant ?

— Il est beau et prévenant, répondit Éléonore à la place de sa fille.

— Oui mère, il est cultivé, il connaît bien l'histoire de sa région et, vous apprécierez, père, il se tient bien droit. Fier mais sans démesure, il voue une adoration à sa Gironde natale. Il m'a fait aimer cet endroit magique qui s'appelle la Petite Mer de Buch. Et je vous informe que la préfecture risque de m'y renvoyer prochainement.

— Alors, rencontrons ces gens au plus vite. Je prie le Seigneur pour faire face à un couple droit, courageux et travailleur. Sinon…

*

Une première rencontre se déroula à Lille. Une ville que les Thillet-Bordes trouvèrent dense et surpeuplée. Ils admirèrent la Bourse, la deuxième en France après Paris. Avant le rendez-vous ils visitèrent l'église Saint-Maurice et ses vitraux flambant neufs. Le père d'Henriette avait apprécié le courrier du père d'Auguste qui précisait être à leur disposition puisqu'il était de bon aloi que les parents du jeune homme se déplacent en premier chez les parents de la jeune fille.

Le quartier de la Grand-Place et le restaurant traditionnel plurent aux Thillet-Bordes, d'autant plus qu'ils bénéficièrent d'un temps… arcachonnais. Tout cela favorisa la naissance d'une sympathie réciproque. Au dessert bien des points paraissaient réglés : un accord de principe pour cette union entre les deux jeunes gens, mais assorti de conditions radicales. Attendre la fin de leurs études ; attendre leur majorité ; favoriser les rencontres en famille pour mieux se connaître. La patience était une vertu cardinale pour ces grandes familles, et la précipitation, génératrice de catastrophes évitables. Enfin, sans pour autant vouloir boucler la boucle trop tôt, les quatre parents évoquèrent de possibles fiançailles, privées et discrètes, à Bordeaux ou même à Arcachon, puis un mariage, tant religieux que civil à Tourcoing ou à Lille puisque les Vercoutre disposaient dans la capitale du Nord d'un pied-à-terre entre la Grand-Place et l'église Saint-Maurice. Éléonore imaginait déjà une cérémonie en l'église Saint-Maurice, sa paroisse de jeune fille. Ils se quittèrent ravis et rassurés par ce premier contact. Les uns comme les autres avaient apprécié le goût commun pour la discrétion, pour les traditions et pour certains principes comme l'autorité et la transmission d'une éducation exemplaire.

Lorsque vint le tour des Vercoutre de se déplacer à Bordeaux, les parents d'Auguste leur recommandèrent de séjourner à l'hôtel à proximité du quai des Chartrons pour deux nuits au moins. Car ils se proposaient de les emmener à Arcachon pour découvrir ce lieu où leurs enfants s'étaient rencontrés. Sans le montrer, les Thillet-Bordes regrettaient que l'hôtel de la plage d'Eyrac ne fut point encore terminé[6].

Lorsqu'Éléonore, Charles et Henriette arrivèrent à Bordeaux, il pleuvait. Ce qui fit sourire le père… Mais il aima la ville, le quai des Chartrons et le port. Il apprécia tout autant Auguste, son regard franc et sa discrétion à table. Éléonore, elle, s'amusait des œillades sans équivoque que s'échangeaient les deux tourtereaux. Elle était heureuse. Heureuse pour eux. Et comme sa fille six mois plus tôt, elle fut éblouie par la beauté du bord de mer. De cette mer intérieure. Et cela d'autant plus que le

6 – Il le sera à la fin 1858 : hôtel le Bel Air, établissement créé par F. Legallais.

beau temps était subitement réapparu. Éléonore comprit sa fille et retint une grosse larme : il lui fut évident, dès ce moment, qu'Henriette l'abandonnerait pour vivre à Bordeaux ou ici dans ce décor enchanteur.

Le père Thillet-Bordes annonça avec amertume que l'empereur venait de reporter son déplacement à Arcachon. Une contrariété terrible pour son ami Émile Pereire. Mais, à n'en pas douter, ce n'était que partie remise. Les parents et les deux amoureux firent une visite rapide de la ville basse et de la petite montagne avant de descendre suffisamment au sud pour apercevoir la partie arrière de cette dune impressionnante qui jaillissait de la forêt de pins.

Les Vercoutre rentrèrent satisfaits dans leur Nord natal. Charles, parce qu'il savait que sa fille trouvait un bon parti ; Éléonore parce qu'elle était heureuse pour Henriette ; et cette dernière parce qu'elle comprenait que plus aucune barrière n'empêchait l'union dont elle rêvait de jour comme de nuit. Et comme si la chance s'acharnait sur elle, un courrier l'attendait à son retour l'enjoignant de retourner à Arcachon pour y poursuivre ses reportages.

Elle y revint en toute fin 1858. Pour constater en premier lieu que l'hôtel évoqué par le père d'Auguste était prêt pour l'ouverture. Auguste l'informa aussitôt, pour alimenter ses chroniques, du développement rapide de l'ostréiculture et du lancement des premiers parcs. Henriette n'était pas certaine de tout comprendre, comme cette question du captage du naissain ou celle des craintes des pêcheurs qui se sentaient exclus. Au point, pour les ostréiculteurs, d'en arriver à demander une protection policière pour les parcs ! Elle ne réalisait absolument pas qu'il s'agissait là des premières bisbilles, des premières fritures sur la ligne, entre deux professions rivales sur un même territoire. Elle ne voyait – et ne transmettait – que les aspects positifs pour les ostréiculteurs et pour la région. Des aspects positifs incontestables.

Auguste tint sa promesse. Un beau matin il s'en fut quérir Henriette à sa pension pour l'emmener au sud d'Arcachon. Avant d'atteindre l'incroyable colline de sable il s'arrêta, laissa le phaéton pour emprunter une autre calèche qu'Henriette jugea militaire… En réalité il s'agissait d'une voiture à sable avec des roues extrêmement larges qui facilitaient la circulation sur ce type de terrain mouvant. Au pied de la dune Auguste lui demanda de se déchausser et en fit de même. Il laissa un maximum d'effets dans la voiture et engagea Henriette à l'imiter. Elle hésita, mais en observant la pente à gravir elle ne garda que sa jupe, son chemisier et sa capeline. Car le temps, en ce joli jour de décembre, était frais, certes, mais sans vent. Elle crut qu'elle ne parviendrait jamais au sommet malgré les encouragements permanents de son tendre ami. Épuisée, gênée par sa propre transpiration, elle réussit son ascension pour découvrir une vue à couper le souffle. Prodigieux. Embarrassée, elle hésitait à serrer Auguste dans ses bras. Elle ne résista qu'un court instant, réalisant, collée contre son amoureux, que celui-ci l'avait emmenée au paradis. Un paradis qu'il fallait conquérir et mériter. Sans aucun regret elle regarda autour d'elle et observa ces paysages sublimes avec le Cap, les bancs, l'océan et la forêt. Une forêt de la taille de l'océan ! Rêvait-elle ? Auguste sut lui faire comprendre que non. Seuls sur le toit du monde ils s'embrassèrent comme des fous. Grâce à un ultime accès de vaillance elle sut résister aux avances de son amoureux. Mais comme c'était difficile de résister, même si le sable mou n'était pas le terrain le plus propice aux élans de folie !

— L'air vous enivre depuis le sommet de cette immense colline, mon ami.

Ils redescendirent bien vite, inondés de soleil et de bonheur. Installée dans cette voiture à sable, Henriette reprenait ses esprits. Elle songeait à ses parents qui avaient donné leur aval à cette union. Elle se sentait bénie des dieux. Lorsqu'ils arrivèrent à La Teste ils croisèrent deux pêcheurs en joie qui criaient à qui voulait les entendre :

— On l'a ! On va l'avoir enfin notre digue contre les passes !

— En êtes-vous sûrs, demanda Auguste, interloqué ?

— Oui, oui, à la criée ce matin on ne parlait que de ça. Vous savez, le projet voulu par le cardinal Donnet[7] vient d'être signé. Bientôt une immense jetée nous protégera des courants meurtriers. Victoire ! Victoire sur l'océan, enfin !

Henriette s'empressa de coucher cette information pour l'envoyer à son chef. Encore une bonne nouvelle. Quelle journée[8] ! Elle serait bien restée pour continuer son ouvrage qui lui convenait à merveille, mais il lui fallait rentrer à Tourcoing pour terminer ses études, une condition *sine qua non,* imposée par les parents. Alors, autant faire contre mauvaise fortune bon cœur.

*

Tout s'accélérait, tant pour Arcachon que pour le futur couple. La ville nouvelle obtint, dès juillet 1859, le droit d'ériger des cabanes pour les baigneurs sur la plage d'Eyrac, de plus en plus connue et reconnue. Napoléon III, l'impératrice et quelques proches dont Émile Pereire, furent accueillis à Arca-

7 – Archevêque de Bordeaux.

8 – En réalité ce projet, effectivement signé, ne verrait jamais le jour.

chon le 10 octobre. Enfin… Mais le temps fut exécrable durant cette très courte visite, même si tous les acteurs en parurent satisfaits. À cette date précise Henriette s'en revint à Arcachon très fière d'elle : elle avait parfaitement réussi son année universitaire et il ne lui en restait plus qu'une seule. Quant à Auguste il semblait marquer le coup de cette rencontre amoureuse. Son année s'avéra laborieuse et même pénible. S'il obtint quelques notes brillantes en droit du commerce et en droit des sociétés, ses résultats dans les autres matières furent décevants. Encouragé à distance par Henriette, il parvint malgré tout à passer cette année et accéder à la dernière année. Mais dans la douleur, au point d'en arriver à douter. Lui qui rêvait d'une vie indépendante savait que s'il devait rater une année, son père le ferait immédiatement bifurquer vers le négoce du vin, le négoce familial. Il y serait bien accueilli, mais ses espoirs étaient ailleurs. Il désirait autre chose. Pour lui depuis des années, et pour Henriette depuis peu. Il aimait La Teste et adorait cette toute jeune cité d'Arcachon. Cette région pouvait lui offrir la vie indépendante qu'il visait. Une vie façonnée de ses propres mains : Arcachon et Auguste, même combat ! Le jeune homme envisageait déjà de créer une entreprise puissante, dynamique et active dans un autre domaine que celui de la viticulture ou celui des négociants en vin. Sans les renier pour autant. Simplement pour s'affirmer. Il visait la création d'une pêcherie ou d'une conserverie de poisson… ou les deux.

À l'approche des fiançailles Henriette fut reçue au quai des Chartrons, fière et intimidée à la fois. Et sans le savoir elle allait passer un test. Un test redoutable : la rencontre avec la bonne des Thillet-Bordes. Une bonne dotée d'un franc-parler gratiné et de jugements taillés à coups de serpe. Verdict : Raymonde jugea Henriette comme une jeune fille simple, certes, mais qui ne déparait pas devant l'assemblée de ses patrons !

Raymonde nageait dans le luxe discret des grands bourgeois liés de près ou de loin à la vigne et au vin. Le père d'Auguste l'avait embauchée en 1855, par nécessité mais plus encore pour des raisons sociales. Cette pauvre Raymonde avait perdu son marin d'époux lors du « gran malhour » de 1836. Veuve après moins de deux années de mariage… À quarante et un ans elle cherchait un emploi stable et sage après avoir réparé des filets durant presque vingt ans. Elle avait accepté d'émigrer à Bordeaux par raison. Mais son cœur restait accroché à la Petite Mer. Incontestablement. Depuis 1855 Raymonde s'appliquait chaque matin à astiquer les commodes en acajou et à dépoussiérer les cadres des tableaux de famille. Au rythme de deux pièces par jour pour la semaine, puisque la grande demeure en comptait douze et que Raymonde avait obtenu son congé du dimanche. Sauf en cas de réception, ce qui lui permettait alors de prendre un congé le lundi suivant ou un samedi. Elle bichonnait tout particulièrement le Vermeer[9] accroché au-dessus du piano demi-queue. Une fois par mois elle nettoyait les marqueteries des plafonds, un travail de précision, il lui était interdit de dégrader quoi que ce soit. Mais Raymonde appréciait sa tâche : elle fricotait avec l'Histoire, ces décors étaient plus que bicentenaires. Passé l'ouvrage du matin elle préparait la table comme si c'était réception chaque midi. Et en guise de vaisselle, l'après-midi, elle lavait avec précaution du Limoges, de l'Augarten ou du Herend. Des noms qu'elle avait appris sur place, de la porcelaine qui venait d'Autriche-Hongrie. Et que dire des lessives : toutes les serviettes, les nappes et les draps étaient estampillés « T-B » en broderie ton sur ton. Bien qu'habituée au luxe et au style de ses patrons, elle ne parvenait pas à apprécier le jugement de certains membres de la famille à

9 – Ou prétendu tel, et qui aurait été acquis grâce aux liens hanséatiques Bordeaux-Amsterdam.

propos des « petites gens », comme le lançaient des cousins. Des cousins qu'elle appelait pour elle-même « des anciens pauvres » qui avaient fait fortune trop vite. Dans le vin ou dans l'immobilier ou plus encore grâce aux colonies. Heureusement mademoiselle Henriette plut tout de suite à Raymonde en dépit de cet accent bizarre qu'elle ne trouvait pas très féminin ! Mais l'examen était réussi.

3

Passionnée, Henriette rassemblait un maximum d'informations pour le journal : la réalisation prochaine d'un parc autour du casino ; la nouvelle élection de monsieur Lamarque de Plaisance à la tête de la mairie ; et les difficultés des ostréiculteurs qui craignaient la disparition de la gravette, l'huître plate de la Petite Mer. Comment résoudre ce drame autrement qu'en acceptant d'élever une huître d'un autre type ? Comme la portugaise, une variété creuse. Un comble ! Henriette ajoutait à cette série de nouvelles que les frères Pereire achetaient tous les terrains forestiers de la petite montagne par le truchement d'une société de la compagnie des chemins de fer du Midi. Le fruit, à n'en pas douter, d'une entente entre Pereire et Lamarque de Plaisance pour créer « la ville d'hiver d'Arcachon » sur la petite montagne.

Ces années furent également marquées par le début de la guerre de Sécession qui alimenta les chroniques au point de décaler régulièrement les articles d'Henriette. Une guerre violente, bien loin de la France, mais qui suscitait des réactions et des prises de position radicalement opposées : d'un côté le camp de ceux favorables aux Sécessionnistes et de l'autre le camp qui soutenait les Fédéralistes.

Arriva très vite la date fixée pour les fiançailles. Des fiançailles intimes et voulues comme telles par les deux familles. Les Vercoutre et leurs proches rejoignirent les Thillet-Bordes à Bordeaux et ils s'en furent tous ensemble pour loger à Arcachon à l'hôtel Bel-Air, cet élégant établissement tout neuf et proche de la jetée d'Eyrac. Avec une vue magnifique sur la Petite Mer. De quoi surprendre les gens du Nord, de quoi créer un sentiment de jalousie chez les frères d'Henriette. Chez les deux plus jeunes en particulier. Des réactions à l'emporte-pièce qui déplurent d'emblée à Auguste, aussitôt proche de Léon, pondéré et ravi d'être là. Là pour lui et surtout pour sa sœur. Victor et Alphonse tentaient de parler d'autre chose que de cet endroit béni et affichèrent ostensiblement leur soutien aux Sécessionnistes. Auguste, lui, même s'il n'appréciait pas trop les Fédéralistes, se montrait fort discret sur le sujet. Car en réalité les familles et leurs proches souhaitaient d'abord, en cette occasion, mieux se connaître et avaliser l'union entre les deux fiancés. Pas pour s'étriper sur des sujets politiques forcément déprimants. Imperturbables, Victor et Alphonse dénigraient Arcachon, « une zone » trop primaire à leur goût. Ils voulaient visiter Bordeaux et découvrir son port, symbole de voyages lointains. De fait, à leurs yeux, Henriette la grande sœur était programmée pour vivre dans ce hameau perdu dans le sud de la France. Par contre – et c'était à parier – ils ne crachèrent point sur les agapes du jour en découvrant les huîtres, les terrines de canard, les bons poissons et surtout les grands Bordeaux. En les voyant se goinfrer Auguste imaginait deux jeunes gens capables des pires turpitudes. Alphonse, quinze ans, fut même pris la main dans le sac : entre la grande salle du restaurant et les lavabos il s'enfilait au goulot quelques gorgées de Prieuré-Lichine. Honteux et… criminel ! Un des fameux grands crus classés depuis six ans. Où était donc l'éducation stricte des parents Vercoutre décrite par Henriette à son chéri ? Des parents sans doute quelque peu dépassés par toutes les manies et les caprices des enfants des milieux les plus huppés. Fils unique, Auguste considérait que le premier de « la couvée » était forcément bien élevé, mais que plus il y avait d'enfants, plus l'éducation laissait à désirer. De fait Alphonse paraissait encore plus capricieux et « gosse de riche » que son aîné Victor. Quelle chance qu'Henriette fût l'aînée de la famille ! Et heureusement qu'il y avait Léon, le futur beau-frère « en chef ». Auguste jugea très sévèrement les deux cadets et glissa à l'oreille de sa dulcinée :

— Deux potaches jouisseurs, deux enfants gâtés qui ricanent pour un rien ou de leurs moqueries chuchotées… Comment avez-vous pu les supporter ?

Henriette ne répondit rien tout en se fendant d'une mimique significative. En revenant sur son passé récent en compagnie de sa fiancée, Auguste réalisa qu'elle ne lui avait quasiment jamais parlé de ses frères, hormis Léon, son seul complice avant sa rencontre avec son chéri Bordelais. Léon paraissait sérieux, solide et déjà programmé pour reprendre l'entreprise Vercoutre. Sans discussion possible… ce qui devait horripiler les deux autres. Auguste haussa les épaules en observant les deux andouilles de dix-sept et quinze ans se bâfrer de chocolat chaud à la sève de pin, une spécialité régionale qu'ils ne dédaignaient pas… Les deux jeunes gens, lorsqu'ils cessaient de s'empiffrer ou en finissaient avec leurs ricanements exaspérants, ne parlaient que du voyage en chemin de fer ou de leur espoir de visiter le port de Bordeaux. Des conversations fort loin de celles des parents. Les Thillet-Bordes s'attardaient sur les premières apparitions du phylloxéra, un insecte terrifiant capable de détruire une vigne plus que centenaire en un rien de temps. Les Vercoutre écoutaient sagement mais souhaitaient surtout en savoir plus sur cette région autour de la Petite Mer de Buch. Henriette rêvait, elle aussi, d'en apprendre davantage, en particulier sur les fameux frères Pereire qui semblaient faire la pluie et surtout le beau temps à Arcachon. Elle envisageait écrire un article documenté sur ces deux personnages. Sur Émile en particulier car selon ce qu'elle entendait de la bouche même de son futur beau-père, il était un ami des Thillet-Bordes. Mais en ce jour béni ces derniers semblaient obsédés par le risque de destruction des vignes. Bordeaux n'était pas atteint mais le mal était sérieux dans beaucoup de régions viticoles plus à l'est. Imaginer la Gironde sans ses vins exceptionnels donnait froid dans le dos. Y compris dans le dos d'une jeune tourquennoise déjà conquise par le sud-ouest. Elle se résolut à poser des questions à sa future belle-famille en usant de sa qualité de stagiaire journaliste. Elle nota quelques indications précieuses à propos des chantiers de la ville d'hiver, retenant certains noms comme celui de l'architecte en chef Paul Regnauld et de l'un de ses jeunes collaborateurs Gustave Eiffel. En fin de conversation – d'interview, en réalité – le père d'Auguste lui confia même qu'Émile Pereire en personne lui avait conseillé de faire construire une villa sur la petite montagne. Mais la famille, toujours aux dires du père Thillet-Bordes, s'accommodait fort bien de l'accueil et du confort de l'hôtel Bel-Air. Elle aperçut alors Auguste qui lui faisait un clin d'œil avec à l'appui un sourire entendu. Inquiète, elle cessa aussitôt ses questions. Un peu plus tard son fiancé lui avouerait en aparté :

— Ma chérie, si mes projets d'entreprises sur la Petite Mer sont couronnés de succès, nous l'aurons notre belle villa sur la petite montagne. Une question de patience et d'abnégation jusqu'au jour où la pêcherie sera connue à vingt lieues à la ronde.

— Oh oui, une villa avec à la fois une vue sur la mer et sur la forêt, n'est-ce pas ? Sur les deux, oui, j'y tiens mon ami.

— Vos désirs sont des ordres, ma belle !

Ils éclatèrent de rire avant de s'embrasser tendrement. Tendrement complices. Au grand délice d'Éléonore qui ne cessait de les observer, heureuse.

Juste après les desserts du repas des fiançailles, après qu'Henriette ait reçu un diamant de famille serti sur une jolie bague, le père d'Auguste annonça qu'il avait un cadeau pour ses enfants : son fils et sa future belle-fille. Un cadeau aussi significatif qu'inattendu :

— Vous tous, les Thillet-Bordes, vous me connaissez bien. Vous me savez très nationaliste, soutien inconditionnel de l'empereur, ce que certains me reprochent, soit dit en passant, et favorable aux armées pour tout ce qu'elles représentent et symbolisent pour le pays et pour tous ses enfants. Eh bien, malgré tout cela, j'ai décidé que mon fils éviterait la conscription et j'ai agi en ce sens en réglant une somme d'exemption, fort rondelette, ma foi. Et je m'en explique devant vous tous. À la différence de chez vous, chers amis Vercoutre, mon fils est enfant unique. Et je risque fort d'avoir besoin de lui à la fin de ses études. Il lui reste une année à effectuer. Deuxième raison, mon fils est en passe de fonder un foyer, nous sommes tous réunis pour cela aujourd'hui. Inutile donc de l'éloigner trop longtemps de vous, ma chère Henriette. Inutile de lui faire prendre des risques sur les terres coloniales. D'autant plus que des temps troublés pourraient bien survenir comme conséquences de cette guerre civile stupide aux Amériques. Et donc, Auguste, mon fils, vous voilà dégagé de ces obligations très prenantes. Et vous, chère Henriette, vous êtes désormais assurée de voir votre fiancé et futur mari régulièrement. J'en profite pour vous proposer, chers amis du Nord, une date pour le mariage. Un mariage chez vous, bien sûr, au mois de juillet de l'année prochaine. Car je ne doute pas que mon fils, soulagé par cette nouvelle, réussisse son ultime année universitaire. Nos enfants auront vingt-cinq et vingt-quatre ans, voilà bel âge pour convoler en justes noces.

Applaudissements de l'assemblée et approbation en retour d'Éléonore et de Charles Vercoutre.

*

L'année 1862 vit le début d'une kyrielle de travaux sur Arcachon et en particulier dans ce quartier désormais intitulé « ville d'hiver ». La villa qui s'appellerait Faust sortait de terre. Cela en mémoire de la visite de Charles Gounod et de son célèbre opéra. Une autre grandissait tout aussi vite, elle se nommerait Cécilia, le prénom de la fille d'Émile Pereire. Mais tous les regards convergeaient vers les travaux titanesques du futur casino de la forêt qui affichait déjà un style résolument mauresque. Paul Regnauld en supervisait personnellement les travaux tout en délégant l'essentiel au décorateur réputé du théâtre de Bordeaux qui s'inspirait des grandes bâtisses mauresques de l'Andalousie[10].

Alors que les ouvrages se multipliaient en bordure de la Petite Mer, les Vercoutre accueillaient la tribu Thillet-Bordes, leurs proches et leurs amis, à Lille pour célébrer le mariage d'Henriette et d'Auguste. Par un samedi ensoleillé qui mettait en joie Victor et Alphonse : le grand soleil n'était pas l'apanage d'Arcachon ! Un temps si radieux en effet, que quelques-uns des Girondins présents en cette occasion en arrivaient à regretter leur absence du sud-ouest ! Ils imaginaient déjà ce merveilleux casino sortir de terre par un chaud soleil. Une bâtisse qui devait ressembler à une grosse meringue originale et attrayante. Certes l'église Saint-Maurice et ses somptueux vitraux tout

10 – On évoque l'Alhambra de Grenade et l'église-mosquée de Cordoue.

neufs attiraient aussi les regards, tout comme les jeunes mariés, d'une rare élégance… Mais Dieu, en ce jour mémorable, savait combien la Petite Mer manquait à beaucoup. Certains devaient imaginer le jeune couple descendre majestueusement le grand escalier du casino de la forêt et, par un tour de magie propre à leurs songes, ils les voyaient continuer à descendre jusqu'à s'enfoncer, en tenue de mariés, dans les eaux de la Petite Mer. Pour en ressortir tout joyeux. Un rêve, peut-être… ou peut-être pas.

La visite à la mairie fut sobre et brève, puis toute la troupe – deux cents personnes tout de même – s'en fut jusqu'à la grande maison familiale de Tourcoing pour un vin d'honneur. Un vin d'honneur largement fourni par les Thillet-Bordes. Beaucoup d'invités girondins et gascons en oublièrent aussitôt leurs envies de connaître l'état des travaux sur la petite montagne. Bien plus tard, le rassemblement fut sonné pour un dîner somptueux dans le quartier de La Madeleine, près de Lille. Dans un restaurant réputé, tant pour son parc verdoyant que pour ses menus. Un établissement habitué à recevoir les Vercoutre et leurs clients et fournisseurs fortunés.

*

En guise de voyage de noces les tourtereaux visitèrent Paris et La Rochelle. Paris, pour le plaisir d'Henriette qui garderait un souvenir ému des jardins du Palais Royal. Un peu de fraîcheur sous les arcades, un repas délicieux, également sous les arcades, et les ardeurs d'un Auguste éperdument amoureux. Puis ce fut La Rochelle, pour l'intérêt d'Auguste et la joie de revoir Charles Legrand. Mais pas uniquement : Henriette adora le port avec cette lumière du soleil au petit-déjeuner. Elle apprécia la vieille ville pendant qu'Auguste rencontrait les responsables d'une pêcherie et d'une conserverie. Des visites longues, passionnantes et instructives. En quittant la ville, Auguste, satisfait, était plus que jamais convaincu qu'il devait créer une pêcherie puis une conserverie en bordure de la Petite Mer. C'était l'avenir. Et le tempérament d'Henriette, moulé par l'ordre et la précision, l'y encourageait, indiscutablement. Seuls dans un wagon confortable du train Angoulême Bordeaux, Henriette vit soudain son jeune époux avec des yeux pétillants et un sourire en coin. Elle commençait à le connaître, lui et ses facéties de langage, d'expressions et de sous-entendus :

— Qu'êtes-vous donc en train de concocter, mon ami ?

— Ma tendre et douce, je découvre chez vous, avec bonheur, des traits de caractère que je n'osais espérer… Cela me ravit, en vue de la création prochaine de mon entreprise.

— M'en direz-vous plus ? Vous me faites languir…

— Bien volontiers ma « Pépépée ! »

— Votre quoi, gloussa Henriette, interloquée ?

— Ma Prévoyante, Précise et Pragmatique, ma « Pépépée » ! Et ce sont-là trois grandes qualités. Vous manquez seulement un tantinet de patience. Dommage, vous auriez été ma « P4 » !

— Idiot, rétorqua-t-elle en riant de bon cœur !

— Pas tant que ça ma belle, j'aurai besoin de toutes ces qualités pour tenir les comptes de nos entreprises.

Au retour ils eurent la bonne surprise en poussant directement jusqu'à Arcachon qui leur manquait déjà, d'assister à des régates sur le grand plan d'eau. Une épreuve belle et haletante, la deuxième à Arcachon, à ce qu'on en disait. Avec des embarcations locales et quelques voiliers chics, venus spécialement d'Angleterre. Henriette, ravie d'exercer à nouveau ses fonctions de correspondante, se fendit d'une jolie page à propos de ces régates :

« … des courses à la rame et d'autres à la voile dans un décor féerique et par un temps radieux. Un quatuor d'Anglais de Ramsgate, victorieux de la course à voile, s'est exprimé en français très correct pour dire sa satisfaction après sa victoire. Et préciser avec élégance qu'il aurait préféré être dernier et vivre dans ce cadre enchanteur, plutôt que premier et vivre dans les brumes de la banlieue de Londres neuf mois sur douze. Et trois à Ramsgate, tout de même ! »

Aussitôt après ils s'échappèrent tous les deux pour aller se recueillir en l'église Notre-Dame, fraîchement terminée, pour remercier Dieu de leur avoir permis de se rencontrer, ici même, en ce lieu magique. Les têtes des deux tourtereaux bouillonnaient de projets qui, invariablement, les amenaient à résider à Arcachon. Henriette rêvait de plus en plus souvent d'une maison originale située sur les hauteurs de la petite montagne, non loin du casino. Auguste, lui, s'imaginait déjà capitaine. Capitaine d'une pêcherie et d'une conserverie, sises tout juste à l'est d'Eyrac.

En attendant, Henriette accepta sans trop rechigner de loger dans la grande maison Thillet-Bordes du quai des Chartrons. Le temps qu'Auguste puisse effectuer toutes les démarches pour lancer avec succès son entreprise de pêche. Son père accepta de l'aider financièrement tout en regrettant de ne point le voir endosser des responsabilités dans le négoce familial. Heureusement pour lui, un neveu lorgnait sur la place depuis trois ou quatre ans. Le neveu peut-être « le moins imbuvable de la bande » selon le jugement implacable de Raymonde. A contrario cette dernière accepta spontanément l'installation d'Henriette dans la grande maison :

— Cette estrangeyre est bien discrète et respectueuse du monde des petits, le mien.

L'estrangeyre parvint à conserver sa fonction de correspondante de l'hebdomadaire du Nord. Cela lui convenait à merveille. D'une part il s'agissait d'une tâche peu astreignante et, d'autre part elle était enrichissante grâce aux prétextes à balades à travers toute la Gironde. Avec la Petite Mer de Buch pour point d'orgue, ce lieu béni où elle avait rencontré le chéri de sa vie.

Depuis son mariage elle signait Henriette Thillet-Bordes, ce qui eut le don d'agacer son père Charles lorsqu'il lut la première prose de sa fille sous son nouveau patronyme. Pour Victor et pour Alphonse ce fut une nouvelle occasion de railleries à l'endroit de leur ex-grande sœur. Éléonore, quant à elle, rêvait déjà de bercer un petit Vercoutre-Thillet-Bordes dans ses bras. Elle connaîtrait ce bonheur.

*

Le monde entier ne parlait plus que de la guerre de Sécession, de ses batailles particulièrement meurtrières et de ses effets indirects malheureusement probables. Ainsi les deux cadets Vercoutre affichaient-ils une intransigeance révoltante en soutenant le camp sudiste avec pour unique raison de pérenniser la domination de la race blanche. L'avis de Léon comme celui d'Auguste paraissaient plus nuancés et plus pragmatiques. Ils considéraient qu'une victoire des nordistes ferait jurisprudence et rendrait donc épineuse la gestion des colonies. Seule Henriette, qui ne s'exprimait guère, épousait la cause fédéraliste. Par sentiment, par la raison du cœur et par respect de l'être humain, quelle que pouvait être la couleur de sa peau.

4

À peine de retour de La Rochelle Auguste se mit en quête de trouver des financements complémentaires pour créer son entreprise. Le pécule généreux de son père eut été insuffisant tout seul. Il chercha également un emplacement judicieux pour installer une pêcherie très moderne. Pour le premier volet il parcourut plusieurs quartiers de Bordeaux avec son père. Un père un peu amer mais pas rancunier pour deux sous. Auguste, c'était décidé, ne lui succéderait pas dans le négoce du vin. Mais le jeune marié comptait malgré tout sur lui, l'ami du puissant Émile Pereire. Pour le deuxième volet il sillonna La Teste, au plus près d'Arcachon. Dans les deux cas la chance lui sourit, et rapidement. Un grand viticulteur médocain, premier fournisseur du négoce Thillet-Bordes, dégagea assez de fonds pour prendre quarante pour cent de la future pêcherie. À partir de là, le père négocia habilement un prêt avec une société financière liée aux Pereire, un prêt avec un taux d'intérêts symbolique qui permettait à Auguste de prendre les soixante pour cent manquants. Des sommes nécessaires pour acheter ou faire construire les futurs locaux de l'entreprise, mais plus encore pour investir dans un chalutier moderne dont Auguste rêvait depuis quelques années déjà : un chalutier à vapeur. Et il nourrissait l'espoir que la société engrangerait rapidement assez de bénéfices pour les consacrer à l'achat d'un deuxième chalutier du même type.

Auguste venait tout juste de disposer des fonds qu'on lui confirmait qu'une première pêcherie s'apprêtait à démarrer à Arcachon[11]. Cette nouvelle ne le démonta pas, bien au contraire. Si d'autres réalisaient un projet identique, cela signifiait qu'il était digne d'intérêt et dans l'air du temps. Et surtout il lui semblait évident qu'il y avait la place pour deux voire trois entreprises de ce type sur la Petite Mer.

Dans le même temps il confia à Henriette, sous couvert d'alimenter ses gazettes, de sillonner les quartiers des pêcheurs, à Gujan, à La Teste et au Moueng[12], à la rencontre des familles de marins-pêcheurs. Auguste tenait par-dessus tout à recruter du personnel compétent et expérimenté. Pas des jeunes fous uniquement attirés par les voyages lointains des chalutiers à vapeur. Il fallait donc puiser chez d'authentiques marins, des pêcheurs de père en fils. Henriette redouta quelque peu cette responsabilité mais elle l'assuma consciencieusement, bien stimulée par les beautés cachées de ces quartiers populaires. Et par la gentillesse et l'authenticité de tous ces gens simples. Elle admirait au passage, sur l'estran, les filets qui séchaient et l'alignement des embarcations colorées aux formes élégantes. Elle ne se lassait jamais de ces tableaux avec ces filets étendus ou accrochés à des piquets ; ces tapis de coquilles d'huîtres un peu partout ; et ces bateaux qui parfois semblaient échoués voire abandonnés. Un quartier qui pour certains pouvait même paraître malpropre. À marée basse seulement. La mer montante rendait le décor vite attrayant. Grâce à ses fréquentes apparitions et avec un peu d'expérience, elle apprit énormément. Ainsi, en visitant ces quartiers maritimes en période de chasse Henriette, déboussolée, ne comprenait plus qui faisait quoi : pêcher, pêcher les huîtres ou chasser. Chacun donnait dans les

11 – Pêcheries de l'Océan, fondées par Harry Scott-Johnston et en activité un peu plus d'une année plus tard.

12 – Moueng : ancien nom du quartier St-Ferdinand

trois, voilà la réalité ! Elle comprit rapidement que les filets de pêche tendus sur les pignes des huîtriers n'étaient point-là pour sécher mais pour attraper des canards attirés, la nuit venue, par des leurres de fortune et des appeaux. De bonnes anecdotes à conter au journal.

Depuis quelques semaines elle recevait des demandes pressantes de la part de son rédacteur en chef pour produire un article consacré aux passes. Aussi abordait-elle ce sujet avec les marins présents lors de ses visites. Elle eut le sentiment, sans jeu de mots, de se noyer dans des explications complexes. Les passes semblaient se transformer en permanence, mouvantes de chaque côté des bancs de sable. Avec, par-dessus tout cela, le rôle des vents et des marées, eux-mêmes en perpétuel changement ! Entrer et sortir de la Petite Mer tenait franchement du casse-tête pour une non-initiée comme elle. À cette occasion elle apprit les transformations surprenantes de la longueur du Cap-Ferret : il s'allongeait à grande vitesse vers le sud, trente centimètres par jour ! Puis soudain, vers 1837, un phénomène inversa la tendance, le courant dominant de la passe changea de direction et se mit à ronger la côte, faisant dès lors, reculer le Cap ! Des recherches furent effectuées pour stabiliser la taille de la pointe du Ferret, avec ou sans endiguement, mais en ce jour d'automne 1862 rien n'était encore décidé. Revenant sur sa mission du jour, elle fut séduite par l'atmosphère, la convivialité et l'entraide spontanée entre ces familles, entre ces voisins. Même si elle pouvait imaginer les froids silences de ces quartiers pendant une grosse tempête avec des marins en mer. À chacune de ses visites Henriette suscitait de l'intérêt, un intérêt aussitôt pondéré par une prudence viscérale :

— Mouais, madame, lui disait Marguerite, mon Hector serait bien heureux dans vot'machine moderne. Mais moi j'en doute.

— Comment ça ?

— Pardi, le chalutier voguera beaucoup plus loin que maintenant et sur le trajet mon homme n'essuiera plus une tempête par sortie, mais peut-être trois, quatre ou même plus !

— La taille et la vitesse du chalutier lui permettront de s'éloigner rapidement des zones de danger. C'est un atout majeur des nouvelles pêcheries qui disposent déjà de ces chalutiers à vapeur.

— Pour tout vous dire, madame, quitte à ce qu'il change de métier, mon Hector, je rêve, moi, de le voir « ostréiculteur » comme on dit maintenant pour les pêcheurs d'huîtres. Il paraît que ça peut gagner bien des sous, mais c'est pas pour ça que j'en rêve. Ce qui compte c'est qu'il n'affrontera plus l'océan, ses caprices et ses dangers. Je vivrai enfin sans angoisses, je vivrai une nouvelle vie. Mais vous savez, madame, moi je vous dis ça, mais il n'en fera qu'à sa tête.

— Transmettez-lui notre proposition. Nous aimerions bien commencer avec cinq ou six marins comme Hector.

— Je lui dirai, c'est promis. Mais je lui dirai aussi tout ce que j'en pense, avec tout le respect que je vous dois, madame.

— Je vous remercie. À très bientôt.

De retour au quai des Chartrons, Henriette ne manquait jamais de résumer tous ces dialogues à l'ineffable Raymonde, peu avare de commentaires ou de jugements péremptoires. De quoi agrémenter ses articles, mais plus encore de tenir compte de ses remarques avant de faire son résumé à Auguste.

— Vot'Marguerite, elle se donne l'air de jouer la patronne, souligna Raymonde, mais lorsqu'il est là son Hector, que dit-elle ? Que peut-elle dire ? Prononce-t-elle seulement une parole ? Allez savoir… Si madame Henriette me permet, vous devriez faire vos offres uniquement en présence des pêcheurs en personne. Pour sûr que la Marguerite elle va pas le pousser à devenir marin sur un vapeur. Elle vous l'a avoué, elle le voit déjà ostréiculteur, comme y disent aujourd'hui. Et moi, vous connaissez mon passé, j'aurais fait pareil ! J'ai lu vot'page sur les gens de la Petite Mer qui s'impatientent de connaître les résultats des tuiles rassemblées pour capter ce… nissain, euh, ce naissain. Vous avez relaté un premier échec ; il y en aura peut-être un deuxième et un troisième. Qu'importe ! Le jour viendra où ce sera un succès. Et là, madame Henriette, beaucoup de marins-pêcheurs deviendront pêcheurs d'huîtres.

— En êtes-vous sûre à ce point ?

— Ya pas pire que l'angoisse créée par l'océan. Vous ne connaissez pas, tant mieux pour vous. Moi j'ai connu, j'ai perdu mon homme. L'océan a détruit sa vie et a brisé la mienne, pendant des années. Alors, si vous souhaitez constituer un ou plusieurs équipages, dépêchez-vous. Lorsque des tuiles sauront capter ce… ce naissain, vous aurez les pires difficultés pour trouver des marins. Des vrais marins, j'entends.

— Mais Raymonde, il y en a tant qui ont ça dans la peau. C'est quelque chose de viscéral l'appel de l'océan, c'est comme une vocation religieuse, n'est-ce pas ?

— Et avoir un foyer stable et heureux, c'est pas viscéral comme vous dites ? Croyez-moi. Peut-être que la vapeur c'est bien, que c'est un progrès. Mais devenir producteur d'huîtres, c'est mieux. Mieux pour l'homme et beaucoup mieux pour sa femme et pour ses enfants.

— Merci Raymonde, je retiens la leçon et j'en parlerai à mon époux.

Tandis qu'Henriette et Auguste construisaient de concert la future pêcherie Thillet-Bordes, Pereire le financier et Régnauld l'architecte s'activaient tout autant pour construire la ville d'hiver. Un Émile Pereire de plus en plus emblématique du département puisqu'il venait d'être élu député pour le secteur Bazas-La Réole. Un peu plus tard son gendre allait devenir conseiller général du canton de La Teste. Quelle emprise ! Sortaient déjà de terre la villa Brémontier ; Eugénie, la future Glenstrae ; ainsi que Graciosa qui serait renommée Trocadéro. Au même moment la nouvelle gare d'Arcachon voyait le jour. Aussitôt, juste à côté de la gare débutait la construction du buffet chinois. En réalité deux évènements allaient renvoyer tous les autres au second plan : l'inauguration, le jour de l'Assomption, de l'orgue de Notre-Dame d'Arcachon et, mieux encore, dès le lendemain, celle, en grande pompe, de l'extraordinaire casino de la forêt. Henriette n'aurait manqué cet évènement pour rien au monde.

Mais en réalité elle n'y comprenait plus rien : elle avait assisté, le 12 juillet précédent, à une cérémonie qui ressemblait à s'y méprendre à une inauguration. En effet, ce jour-là, les administrateurs de la compagnie du Midi, en présence de certaines célébrités devenues régionales comme la veuve du maréchal de Saint-Arnaud, avaient assisté, d'abord, à une grande fête maritime. Puis, le soir même, toujours en présence des mêmes personnes, Henriette avait participé à une fête de nuit devant le casino, achevée par des feux d'artifices. Une véritable inauguration !

Survint alors cette inauguration du 16 août ! Une véritable célébration, présidée par Émile Pereire en personne, avec le maire d'Arcachon, évidemment, et Paul Régnauld, l'architecte en chef, ainsi que des milliers de personnes dont beaucoup de bordelais.

— *Monsieur Pereire et monsieur le maire ouvrirent symboliquement les portes de cette impressionnante bâtisse. Et ce fut aussitôt le début d'une merveilleuse fête musicale, car deux orchestres de renom étaient conviés...*

Henriette notait en effet, et avec précision, tous les détails des fêtes qui se déroulaient au casino. Et pas seulement cette inauguration.

Quelques jours seulement après cette inauguration magistrale de la bâtisse la plus invraisemblable de toute la Gironde, Henriette retrouva un quai des Chartrons muet comme jamais. Elle comprit vite la raison de cette morosité ambiante : les Nordistes du général Grant venaient de remporter, à Gettysburg, leur première grande bataille contre les troupes du général Lee. Elle songea aussitôt à la réaction de ses deux frères cadets. Elle apprendrait rapidement que si cette tendance « nordiste » s'amplifiait, Victor et Alphonse, déjà vingt-et-un et dix-neuf ans, n'auraient de cesse de fuir un pays dont l'assise coloniale deviendrait trop pesante. Car pour eux le préjudice causé par « ces nordistes à courte vue » risquait de s'étendre dans le monde entier. À coup sûr toute l'Afrique noire allait se révolter.

La jeune femme replongea malgré tout dans l'atmosphère de la petite montagne. D'abord en relatant la deuxième visite de l'empereur à Arcachon, le 4 octobre. Sans l'impératrice, mais accompagné de Prosper Mérimée, d'Émile Pereire et de l'architecte en chef Paul Régnauld. Une visite fort courte mais avec deux arrêts dans la maison d'Émile Pereire et pour une courte réception au casino de la forêt, au cours de laquelle le maire lança la devise d'Arcachon : « *hier solitude, aujourd'hui village et demain cité* » De quoi bien promouvoir la ville d'hiver ! Un évènement considérable aux yeux d'Émile Pereire. Pour lui la présence de sa majesté l'empereur, au casino mauresque, en ce 4 octobre, symbolisait la véritable inauguration du casino. En quelque sorte une troisième, mais la bonne !!!

Henriette, depuis ce jour, entraînait Auguste quasiment chaque dimanche en ville d'hiver. Assister à l'éclosion de tous ces murs originaux les fascinait et commençait même à les obséder. Au point que l'idée de construire leur villa avant même le démarrage de la pêcherie allait germer dans leur esprit. Lorsqu'ils aperçurent, au détour d'une promenade dominicale, la villa Montesquieu presque achevée, ils se regardèrent d'un air entendu et avec un sourire complice :

— Ce sera ce quartier, ma belle, et pas un autre.

— Oh oui, Auguste, mais légèrement plus haut sur la colline. Je tiens tant à une vue sur la Petite Mer d'un côté et sur la forêt de l'autre.

— Vous l'aurez, ma chère, je m'y engage !

— Soyez prudent, mon ami. Moi je vous engage à créer la pêcherie en premier lieu. Nous aviserons ensuite pour notre chère villa.

— Vous êtes toujours raisonnable, je vous reconnais bien là. Cela me réjouit, les comptes de la pêcherie Thillet-Bordes seront tenus au centime près.

— Surtout ne traînez pas, Auguste. J'ai en mémoire les avertissements de Raymonde et de cette Marguerite : viendra le temps de l'ostréiculture.

— À ceci près, ma belle, que beaucoup de marins ont cette vie-là ancrée dans leurs tripes.

— Eux oui, mais leurs familles ?

— Henriette, je dresserai une table sur la jetée d'Eyrac à la fin de cet automne. Les marins que vous avez répertoriés s'y présenteront. Le chalutier pourrait bien prendre la mer en Écosse au tout début de 1866.

— Par gros temps ?

— J'imagine que les constructeurs, par prudence, profiteront d'une accalmie pour le lancer. Dois-je vous rappeler, tout de même, que ces bateaux modernes sont supposés bien tenir par très gros temps ?

Ce dimanche soir, de retour au bercail bordelais, Henriette se vit remettre, de la main de son beau-père, une lettre qui lui était destinée. Un courrier d'Arcachon. Surprise et émue, elle décacheta pour apprendre que le directeur du tout nouvel hebdomadaire « *Le Courrier d'Arcachon* », souhaitait s'attacher ses services pour exercer en tant que journaliste locale. Elle s'en amusa, un brin flattée et fière, mais elle écrivit pour décliner, en accord avec Auguste. D'une part elle se considérait trop récemment convertie à cette région et d'autre part elle ne tenait pas à se sentir accaparée par deux titres à la fois. D'autant plus qu'elle souhaitait devenir maman le plus tôt possible. Et cela sans parler d'un autre enfant, celui d'Auguste, la future pêcherie. Henriette faillit alors se méprendre sur le compte de son beau-père qui affichait une mine triste, limite lugubre. Elle crut un instant que celui-ci aurait aimé qu'elle accepte la proposition du journal local. Mais non, le souci du père d'Auguste venait d'ailleurs. De cette saleté de puceron, le phylloxéra, qui proliférait et s'approchait inexorablement de la Gironde. Aux dernières nouvelles il sévissait gravement dans la région du Gard.

*

Mi-fasciné, mi-jaloux, Auguste vit les deux premiers chalutiers à vapeur traverser les passes et accoster à la jetée d'Eyrac. On lui promettait le sien pour la fin de l'année suivante. Plus de quinze mois à patienter. Ses locaux en bordure de La Teste étaient quasiment prêts et il avait proposé un contrat à huit marins-pêcheurs dont cet Hector, apparemment un sacré personnage. Cinq d'entre eux avaient déjà donné leur accord de principe. Et si Hector acceptait à son tour, Auguste en ferait son capitaine. Mais il fallait d'abord faire preuve de patience. Henriette était fin prête, elle aussi, à s'investir pour gérer les comptes de la SPTB, la Société de Pêche Thillet-Bordes. Un dimanche elle s'en fut visiter la chapelle Notre-Dame des passes, inaugurée quelque temps plus tôt[13] dans ce quartier du Moulleau, le mont des lauriers, en gascon. Elle adora cette petite église merveilleusement située et rêva déjà d'y faire baptiser ses enfants. Cette église avait la même valeur symbolique que la croix des marins : protéger ces derniers lors du franchissement des passes et pendant tout leur périple sur l'océan. Des passes toujours aussi dangereuses, en témoignait le nombre des encarts figurant dans les journaux girondins. Henriette, en parcourant ces lignes, en arrivait parfois à se demander s'il ne valait pas mieux abandonner ce projet de pêcherie et se consacrer à l'ostréiculture ? Auguste, qui piaffait d'impatience de découvrir Son chalutier, balaya cette remarque d'un revers de main et répondit par une courte phrase :

— Avec le développement des vapeurs puissants, cette crainte n'aura plus lieu d'être !

Henriette, dubitative, en accepta l'augure. Et dans le même temps elle rédigea un nouvel article qui relatait le deuxième essai du captage de naissain avec des tuiles enduites de chaux hydraulique : deuxième essai et deuxième échec. Mais les responsables lui tinrent des propos optimistes :

13 – En mai 1864.

— Nous y parviendrons, madame, la ténacité finit toujours par payer.

Un langage qu'elle comprenait, qu'elle approuvait et qu'elle avait fait sien depuis une décennie au moins !

Dans la même semaine elle se fendit d'un nouvel encart concernant cette fois le début des travaux d'un bâtiment important – et imposant – le futur Grand-Hôtel. Il lui sembla que la mise en œuvre du chantier avait été accélérée par l'officialisation des bienfaits de santé de l'air d'Arcachon, cette combinaison entre l'air marin et l'air de la forêt de pins. Selon le corps médical cet air devait préserver de la tuberculose et soigner les rhumatismes.

*

En avril 1865 survenait à Appomattox, la reddition définitive du général Lee devant le général Grant. Cela signifiait la fin d'une guerre civile incroyablement meurtrière : plus de six cent mille soldats morts pour leur cause ; un peu plus de la moitié, côté Nordiste. Cette conclusion fut peu saluée, tant côté Vercoutre que côté Thillet-Bordes. Vice-championne du régime colonial derrière l'Angleterre, la France allait gravement en pâtir. C'était, du moins, ce que pensaient très fort Victor et Alphonse. Les deux jeunes gens étaient décidés à s'expatrier pour trouver des terres saines et accueillantes, ce qui signifiait pour eux, là où la race blanche restait largement dominatrice. Henriette voyait les choses différemment. Par conviction personnelle d'abord, et par l'influence de ses contacts avec le peuple marin du Moueng ensuite. Sans parler de Raymonde qui ne se gêna point pour applaudir des deux mains à la victoire de Grant, devant des patrons renfrognés.

Une fois et une seule, Henriette et Auguste déjeunèrent au buffet chinois. Une bâtisse à l'allure chinoise, en effet, constituée de cinq niveaux dont trois exploités et deux décoratifs, ceux d'en haut. Cette véritable pagode offrait une cuisine très variée. Depuis la traditionnelle cuisine du Sud-Ouest – aux yeux d'Henriette – jusqu'à quelques mets orientaux parfois surprenants. Auguste avait choisi un plat tellement épicé qu'il ne parvint à se calmer que très tard dans la nuit… et grâce à la complaisance de sa femme. Les murs du Bel-Air tremblèrent fort cette nuit-là. Au cours de ces agapes orientales ils avaient aperçu une personne qu'on leur présenta comme Alexandre Dumas. Le célèbre écrivain, grâce à cette courte halte arcachonnaise, aurait droit plus tard à ce que l'une des plus somptueuses villas de la ville d'hiver porte son nom. Et avant ce déjeuner, Henriette et Auguste avaient déjà dénombré plus d'une trentaine de maisons terminées !

À peine rentrés au quai des Chartrons ils apprirent que le troisième essai de captage de naissain avait été le bon. Le mélange de chaux hydraulique et de sable, tenté par Jean Michelet, s'avéra un succès. « Enfin » disaient certains ; « enfin » reprenaient une majorité de femmes de marins-pêcheurs. Frissons d'Auguste qui ne pouvait rien faire d'autre qu'attendre. Très frustrant. Sa femme, elle, n'attendit point. Elle passait d'un article à un autre, félicitée deux fois par son rédacteur en chef à Lille. Après son compte-rendu sur le captage de naissain réussi, elle informa de l'élection d'un nouveau maire à Arcachon, le vicomte Charles Héricart de Thury. Tandis que son prédécesseur était, lui, élu au conseil municipal de La Teste ! Et à peine plus tard elle conta le déplacement de Bordeaux à Arcachon du congrès national de médecine à l'instigation d'Émile Pereire en personne ! Une sorte de caution pour les bienfaits d'une cure locale comme annoncé quelques mois plus tôt.

Avant la fin de l'année six marins avaient signé un contrat définitif avec la toute jeune et encore inactive société de pêche Thillet-Bordes. Hector figurait dans le lot, un soulagement pour Auguste. Et le jour de Noël Henriette annonça à son homme puis à ses beaux-parents qu'elle attendait un bébé. Elle fut aussitôt accaparée par Raymonde qui décida de la bichonner comme si elle était sa propre fille. Auguste, fou de bonheur, n'attendait plus que l'arrivée d'un deuxième bébé, Son chalutier ! Surprise significative et symbolique, les deux arrivèrent au cours du même mois de mai. Émile à terme, et le chalutier avec plus de trois mois de retard.

5

Un bonheur n'arrivant jamais seul, Léon venait d'écrire à sa sœur pour lui annoncer son prochain mariage, en septembre 1866. Avec Louise van Act, une amie de bonne famille et une camarade d'études. Un mariage cent pour cent « nordiste » cette fois, ce qui plut profondément à Charles Vercoutre. Même si ce dernier appréciait son gendre Auguste. Mais ces gens du sud, au profil saint-simonien, à l'instar de cet Émile Pereire en personne, ne lui convenaient qu'à moitié. Il savait que sa fille nourrissait des espoirs de société fraternelle régie par la compétence économique et intellectuelle. Mais pour lui, imaginer le pays entre les mains des seuls scientifiques ou industriels, cela ne mènerait qu'à un affaiblissement des règles morales fondamentales de l'empire :

— Réduire les privilèges de classes, je veux bien l'admettre ; les abolir tous, c'est trop dangereux. La Révolution de 89 l'a si bien démontré !

Inutile de préciser que Victor et Alphonse abhorraient le saint-simonisme, enfin, ce qu'ils en comprenaient. Et ils en arrivèrent à se méfier encore plus de leur sœur. Une sœur qu'ils rencontrèrent malgré tout au mariage de Léon. Henriette avait abandonné le petit Émile à ses beaux-parents le temps de cette courte escapade à Lille et à Tourcoing. Elle trouva sa ville natale plus grise que les fois précédentes. Était-ce l'habitude des belles lumières distillées par la Petite Mer ou l'empreinte inexorable des poussières de charbon ? Sans doute les deux… Éléonore regretta amèrement l'absence du petit Émile et ne s'en cacha point. Elle demanda ensuite à sa fille pourquoi le choix d'Émile comme prénom ?

— C'est tout simple, mère. C'est la décision d'Auguste pour honorer l'aîné des Pereire, un ami de mon beau-père. Et j'approuve ce choix. Je vous informe également qu'Auguste a choisi une cousine Thillet-Bordes pour marraine. Du coup j'ai demandé à Léon d'être le parrain. Il vient tout juste d'accepter avec joie. Je compte bien que père et vous viendrez au baptême. Ainsi verrez-vous enfin votre petit-fils avec une nouvelle occasion de découvrir notre petit paradis.

— La cérémonie ne se tiendra donc pas à Bordeaux ?

— Non, non, j'ai choisi une toute nouvelle église située dans un joli quartier qui surplombe la Petite Mer. Vous devez connaître cet endroit, j'y tiens.

— Ma chère enfant, connaissez-vous bien la future marraine ?

— Bien, serait trop dire. Marguerite de Marmont est une femme recluse qui a honte de ne point avoir d'enfant depuis son mariage. Elle s'est isolée volontairement. Je l'avais rencontrée, et vous également, jeune et enthousiaste à notre mariage, à Auguste et à moi. Mais depuis le sien, quelques mois après le nôtre, c'est le néant ! Malgré tout Auguste vient de la convaincre de réapparaître pour le baptême d'Émile. Il y tient, pour tenter de la requinquer. Mais tout autant parce qu'il apprécie Éloi de Marmont, mari de Marguerite et architecte de talent au service de Pereire.

— Bon. Sachez ma fille que je trouve Auguste radieux. Cette naissance semble l'épanouir… Je le sens inondé de bonheur.

— Vous avez raison mère, mais j'en vois de toutes les couleurs pour canaliser son enthousiasme !

— Comment ça ?

— La naissance de son fils le rend fier et aiguise encore son esprit d'entreprendre. Dans le train qui nous amenait jusqu'ici il m'a avoué qu'au-delà de la pêcherie, qui vient pourtant tout juste de démarrer, il veut créer une conserverie et une fabrique de filets. Et il se voit même en petit armateur !

— Et avec combien d'enfants, lança Éléonore en riant ?

— Il ne m'a pas précisé le nombre, mais plusieurs c'est évident. Sans doute trois, peut-être quatre. Rappelez-vous, ma mère, Auguste est fils unique. Dans son esprit, j'en suis convaincue, il y a là une volonté de compensation : avoir des enfants et créer des entreprises, ses autres enfants, cela relève, pour lui au moins, de la même démarche.

Madame mère fut alors accaparée par son fils Léon et par Louise sa belle-fille. Henriette retrouva des amis du Nord pour échanger quelques mots mais plus encore pour éviter Victor et Alphonse, plus persifleurs que jamais. Depuis son arrivée ils n'avaient cessé de lui balancer des remarques grinçantes du genre :

— T'es bien aise de t'accommoder de cette vie de paysanne de la mer.

Des remarques fort désobligeantes qu'elle partageait désormais avec sa belle-sœur Louise, l'épouse du frère nanti :

— Vous voilà, jeune belle-sœur, ricanaient les deux frères, l'épouse du futur patron des Teintureries Vercoutre, puisque telle est la décision du patriarche Charles Vercoutre. Vous avez su choisir…

*

Auguste fut soulagé de rentrer à Bordeaux et plus encore à La Teste. La société enfin lancée, il fallait armer le chalutier à vapeur pour le premier départ. En attendant ce jour, les six marins embauchés, avec Hector à leur tête, pêchaient dans des tilloles de sept mètres à l'intérieur du bassin et parfois dans une pinasse de onze mètres qui pouvait sortir de la Petite Mer. Ces sorties procurèrent les tous premiers revenus pour la SPTB. Des « royans frais », bien entendu, mais également des soles et quelques autres variétés. Les six marins étaient sidérés par l'effervescence provoquée par le lancement de la culture des huîtres. Le captage du naissain, en juillet et en septembre, avait réussi. Quelques-uns se vantaient même d'avoir trouvé une combinaison idéale entre chaux, sable et peut-être bien un troisième ingrédient. Mais ça, c'était secret de fabrication…

Le début des vapeurs, tout comme l'essor de l'ostréiculture, créaient un élan fantastique sur la Petite Mer. Beaucoup de femmes de marins-pêcheurs retrouvaient le sourire. Certaines parce qu'elles croyaient à l'invulnérabilité des puissants vapeurs et d'autres parce qu'elles ne renonçaient pas à convaincre leurs hommes de se lancer dans cette ostréiculture si prometteuse.

Le chalutier vapeur d'Auguste, *l'Arkasson*[14], côtoya aussitôt les deux autres en service, au niveau de la jetée d'Eyrac, puisqu'il s'agissait du seul lieu d'accostage possible sur la Petite Mer. Et ce fut le premier départ pour le capitaine Hector et ses hommes. Les épouses des marins étaient présentes, Marguerite la première, à la fois fière et inquiète. Bien entendu Henriette et Auguste étaient présents également, ne serait-ce que pour encourager, qui les marins et qui leurs épouses. Sans trop le montrer, Auguste était aussi anxieux que la Marguerite d'Hector. Ce premier voyage était prévu pour six à huit semaines.

14 – Comme pour tous les personnages des familles du roman, l'Arkasson est le fruit de l'imagination de l'auteur.

Tout avait été scrupuleusement vérifié, depuis la machinerie jusqu'aux filets en passant par les coffres de nourriture et de boissons. La petite sirène siffla trois fois et le chalutier vapeur s'éloigna majestueusement, avec Hector, le visage buriné, à la barre. Pas peu fier. Auguste ne parvint pas à quitter la jetée tant qu'il put apercevoir son magnifique bateau et ses volutes de fumée. Lorsque l'Arkasson disparut enfin de sa vue il jaillit, tout tremblant, et entraîna Henriette jusqu'à leur phaéton pour filer à belle allure au pied de Notre-Dame des passes. Pour observer et pour prier. Tout se passa pour le mieux, le temps était clair et le vent, présent mais clément malgré tout. Quoiqu'avec ces passes imprévisibles… Auguste attendit une deuxième fois jusqu'à disparition du vapeur, de son vapeur.

— Votre enfant s'est éloigné, mon ami, lui souffla Henriette. Que diriez-vous de retrouver notre petit Émile sans tarder ?

— Comme vous avez raison, ma belle ! Moi je ne sais plus où donner de la tête, tout va si vite…

Très vite, en effet. Sept semaines plus tard l'Arkasson rentrait au port avec une confortable « moisson » de poissons frais. Ce soir-là, ce fut la fête sur la plage d'Eyrac. Arrivé précipitamment, Auguste parvint à organiser la distribution de la soupe de poisson des pêcheurs déjà bien mijotée sur l'Arkasson à l'approche de la côte. Sur la plage les marchandes de « royans frais » étaient présentes pour participer au festin. Henriette fixait cet attroupement d'un œil amusé. De quoi rédiger un article… bien nourri ! Ce mélange de femmes de marins-pêcheurs et de quelques bourgeoises d'Arcachon et de Bordeaux la ravissait. Ici, les gens faisaient fi de leur rang social – hormis la tenue vestimentaire – et se côtoyaient le temps d'une bonne soupe.

— Cela me fait chaud au cœur, avouait-elle, des éclairs dans les yeux, même si ce temps-là n'a qu'un temps.

Auguste, de son côté, semblait fort satisfait de cette première pêche. Une pêche de qualité et copieuse, conforme à ses espérances. Hector le rejoignit pour demander sa quote-part et celle de ses marins. Son regard en disait long sur sa fierté, toute légitime. Après trois mois passés à bord d'un vapeur breton, il démontrait toute sa capacité à mener l'équipage comme le navire. Son patron avait vu juste en misant sur lui. Merci aussi au talent de persuasion d'Henriette devant les réticences de Marguerite. Auguste et Hector projetaient déjà le deuxième départ, pour une destination plus lointaine et avec l'espoir de prises encore plus grosses.

*

L'empire tout entier frissonna à l'annonce de la défaite de l'Autriche-Hongrie et de ses alliés – dont la France – face à la Prusse de ce Bismarck aux ambitions territoriales démesurées. La bataille s'était déroulée au lieu-dit de Sadowa[15] à l'est de Prague. Toujours prêts à se démarquer et à se faire remarquer, Victor et Alphonse applaudirent à la victoire de Bismarck ! Léon s'agaçait de plus en plus des réactions de ses frères. Il se résolut à les éloigner dès qu'il en aurait le pouvoir. Et comme les deux lascars ne demandaient qu'à vivre à l'étranger, l'opportunité surviendrait sans tarder…

La Gironde frissonna à nouveau lorsque fut rapportée la découverte du premier foyer de phylloxéra dans le « département du meilleur vin du pays ». Cette alerte très sérieuse mais en fin de compte maîtrisée, entraîna une première véritable prise de conscience départementale du danger, tant du côté des vigne-

15 – Sadowa : également appelée bataille de Koeniggratz, ville la plus proche. Aujourd'hui Hradec-Kralové, en République Tchèque.

rons que de celui des négociants. Mais quoi trouver pour éradiquer cet insecte ravageur ? Auguste glissa à son père :

— Vous le savez comme moi, père, sur la Petite Mer les chercheurs ont fini par trouver comment capter le naissain. Depuis, les larves prolifèrent sur les tuiles. Alors j'imagine aisément que d'autres chercheurs finiront bien par trouver comment se débarrasser de cette vermine.

— Sans doute avez-vous raison, mon fils. Mais deux réflexions me viennent à l'esprit : d'abord ces chercheurs n'ont pas réussi à endiguer la disparition de la gravette, notre chère huître plate. Et en lieu et place ils semblent ne parvenir qu'à développer la portugaise, une creuse ! Deuxième remarque, qui me concerne plus directement : quand les chercheurs vont-ils trouver ? S'ils trouvent lorsqu'il n'y aura plus aucune vigne sur pied, on fera quoi, nous autres ? Je crains fort que l'un des départements les plus riches de l'empire ne devienne l'un des plus pauvres. Et ce sera la débandade, croyez-moi !

Auguste se tut. Que pouvait-il répondre ? Son père avait raison. Une réaction pessimiste mais qui sentait le bon sens… alors Auguste se transporta sur l'Arkasson et la mise en place du deuxième voyage.

*

La SPTB se développait vite et au-delà des espérances de son patron. Un patron qui admirait la gestion exceptionnelle assurée par Henriette, tout autant que les rapports qu'elle savait entretenir avec les épouses des marins. Les marins déjà mariés, bien entendu. Car en effet l'un d'entre eux ne l'était pas encore lorsqu'il avait signé son contrat avec la SPTB. Henriette avait eu vent que le jeune Jacquot fréquentait – lorsqu'il était à terre – une « gamine », la fille d'un résinier pauvre qui exerçait tout au sud de La Teste de Buch. Elle prit l'initiative de rencontrer tour à tour les parents de l'une et de l'autre pour sceller une union tant désirée. Sur sa recommandation, Auguste accepta d'en organiser les festivités. Ainsi trois calèches s'en furent quérir les résiniers et leurs familles pour assister à la cérémonie au Moueng. Les familles des deux mariés furent impressionnées et se sentirent redevables. De ce jour, la réputation de la SPTB dépassa, et de beaucoup, les seules villes d'Arcachon et de La Teste. Au point que de nombreux marins frappèrent à la porte Thillet-Bordes pour se faire embaucher ! Cette fête populaire avait fait la une du Courrier d'Arcachon comme celles des journaux de Gironde. Et tout naturellement Henriette s'était fendue d'un bel article pour son hebdomadaire lillois :

« La plage de sable, nichée à La Teste à proximité de Mestras, était couverte de tentes réalisées avec des voiles de tilloles. Tous les invités se régalaient des produits de la pêcherie, soles et turbots pour l'occasion ; sans oublier les huîtres, des gravettes, qu'on parvenait encore à trouver. Quant aux familles de résiniers, elles avaient apporté du miel, des légumes de leurs jardins et d'excellents champignons. En prime, une petite troupe de musique locale, payée par la société, entraînait les participants dans des danses endiablées. Mais lorsque le patron apparut, ce fut aussitôt le silence. Un silence glacial et incongru pendant la fête. Presque gêné, Auguste Thillet-Bordes insista pour que la fête continue, pour que la musique reprenne. Avec sans doute une petite leçon à en tirer : le cloisonnement en classes sociales subsiste, même sous l'empereur Napoléon III, même après la fin du régime de Charles X. Le patron prit la parole, enjoignant donc tout ce petit monde à continuer la fête, car lui comme tous les autres souhaitait voir des mariés heureux

et gais. Et pour enhardir l'assemblée il annonça la promotion du Jacquot au titre de capitaine en second. Quelle liesse, aussitôt ! Des hourrahs, des « vive Jacquot » fusaient de partout, et le jeune marié et son épouse fondaient en larmes dans les bras l'un de l'autre. Devant l'enthousiasme général, Auguste Thillet-Bordes annonça qu'il comptait créer une conserverie dès l'année suivante. Et que tous ceux qui connaîtraient des proches ou des amis intéressés, devraient les envoyer jusqu'à lui. »

Auguste et Henriette avaient pris un véritable abonnement à l'hôtel Bel-Air. Une raison supplémentaire pour rêver d'une villa sur la petite montagne, même si le service de l'hôtel était remarquable. L'endroit leur semblait plus magique que jamais depuis l'inauguration du casino et de ses annexes : théâtre de plein air, kiosque et café terrasse. Mais Henriette ne se lassait pas de revisiter les quartiers des pêcheurs, au Moueng ou à La Teste et cela d'autant plus que les détails des festivités du mariage de Jacquot s'y étaient répandus comme traînée de poudre. Désormais le couple Thillet-Bordes y était adulé. Henriette restait prudente malgré tout car tout pouvait basculer si vite… avec les passes ou une tempête. Mais déjà les candidatures spontanées pour la conserverie se multipliaient de jour en jour. Y compris de la part de femmes de marins comme de celles de résiniers. Henriette constatait que ces quartiers se transformaient aussi rapidement que la ville d'hiver. Mais différemment. Ici sortaient de terre des villas extravagantes, bientôt appelées « *les fofolles* », et là des hangars, des ateliers et des cabanons pour les marins ou les ouvriers. Henriette adorait engager des dialogues avec ces familles qui vivaient chichement mais dignement. Le dernier sujet en date avait trait à une « armée de vieux grincheux » qui rouspétaient bien sûr sur tout mais principalement contre les fumées des vapeurs et celles des conserveries qui polluaient gravement le ciel bleu de la Petite Mer de Buch.

À cause du succès le couple Thillet-Bordes était pleinement investi dans la pêcherie et ses futurs développements. Au point qu'ils ne consacraient qu'un minimum de temps au petit Émile qui grandissait chez les grands-parents. Henriette décida alors qu'après le baptême elle modifierait radicalement son emploi du temps.

Pour diverses raisons ce baptême en l'église Notre-Dame des passes fut l'occasion d'un grand bonheur partagé. Bonheur pour tous, qui apprécièrent la beauté de la Petite Mer vue du Moulleau. Bonheur, ensuite, pour Éléonore qui se languissait de n'avoir encore point vu son petit-fils. Bonheur également pour les deux jeunes couples, Henriette, Auguste, Louise et Léon, ravis de se revoir sans les deux affreux trublions Victor et Alphonse, restés dans le Nord. Et enfin, un grand bonheur pour Marguerite de Marmont. En effet, cette brève cérémonie rythmée par quelques hurlements du petit bonhomme, marqua le réveil de la marraine. Un changement d'attitude peut-être provoqué par le bonheur de Léon et de Louise qui eux non plus n'avaient pas encore d'enfant. En s'attachant aux basques de Louise, Marguerite sembla d'un coup abandonner ses habits de jeune épouse désenchantée. De son côté Auguste ne quittait pas Éloi de Marmont, fasciné par tout ce qu'il contait à propos de la construction des fofolles. Des récits truffés d'humour. Un humour fort plaisant et en aucune façon amer ou caustique. Ainsi en allait-il de ses comparaisons entre certaines villas et les cabanons des pêcheurs ! Et sans aucune méchanceté pour les pêcheurs, bien au contraire. Lui le Bordelais de souche n'hésitait pas à taquiner ses amis de la métropole girondine. Henriette et

Auguste riaient avec lui au point de délaisser quelque peu leur petit Émile qui passait à quatre pattes – en riant, lui aussi – entre Éléonore et son autre grand-mère. À cette occasion la jeune maman put se réjouir de la complicité naissante entre les deux grands-mères. Merci au petit, cela faisait chaud au cœur. Le gamin babillait de façon incompréhensible mais il ravissait l'assemblée grâce à son rire. Un merveilleux rire d'enfant. Bien plus enthousiasmant que ses pleurs pendant la cérémonie du baptême. Les parents en arrivaient à rêver qu'un jour le petit bonhomme démontrerait une parfaite maîtrise de l'humour léger, délicat et sans perfidie tel qu'Éloi de Marmont leur dispensait d'un ton faussement désinvolte. Ainsi avait-il glissé à Henriette :

— Chère amie, les rumeurs circulent vite autour de la Petite Mer. J'ai appris que vous êtes devenue une célébrité dans les quartiers des pêcheurs et d'ouvriers. Si, si, et je vous en félicite. Mais sincèrement je vous verrais bien avec un pied dans un quartier et un pied dans l'autre. Le succès de la pêcherie et bientôt celui de la conserverie doivent vous inciter à trouver votre place dans le quartier chic. Euh, comprenez-moi bien, ajouta-t-il en arborant un grand sourire, je ne fais point en l'instant de réclame pour l'architecte de Marmont, soyez-en convaincue ! Je trouve simplement que vous méritez ce lieu. Et que cela se produise avec le concours de de Marmont, de Regnauld ou d'un autre, peu importe ! Vous aimez la vie, cela se devine, et dans ce quartier chic et tout neuf règne un enthousiasme communicatif.

Il baissa d'un ton, pour reprendre :

— Ici, même les Bordelais se côtoient entre eux et côtoient même avec plaisir des estrangeys ! Une sacrée preuve du bon air local, ne trouvez-vous pas ? Un miracle de plus sur la Petite-Mer !

Il éclata de rire et fit bien rire Henriette la nordiste.

— Oui j'insiste, poursuivit-il, vous respirez sur la petite montagne d'Arcachon l'air le plus sain et le plus curatif de tout l'empire. Vous-même, votre époux et vos enfants – car je ne doute point qu'Émile aura des petits frères et des petites sœurs – vous vivrez fort vieux grâce au bon air d'Arcachon. Et je ne vous cache pas que je ne recherche des contrats qu'ici, pour profiter, par obligation, de l'atmosphère unique de la Petite Mer. Ainsi pourrai-je sans doute ennuyer ma chère femme encore une bonne quarantaine d'années !

Il éclata de rire à nouveau. À regret, Henriette le laissa attablé à côté d'Auguste pour récupérer son cher petit qui faisait déjà marcher ses deux grands-mères, à défaut de marcher lui-même.

Dès le surlendemain du baptême, Henriette décida de mettre un terme à sa coopération avec l'hebdomadaire lillois. Pour consacrer plus de temps à son fils. Une énorme déception, tant pour elle que pour son rédacteur en chef qui effectua aussitôt le déplacement à Bordeaux puis à Arcachon en sa compagnie. À son tour il fut subjugué par la beauté des lieux. Mais lorsqu'elle lui montra la pile des comptes de la société de son mari, il comprit. Il comprit d'autant mieux qu'il était père de famille, lui aussi. Et donc, avec Émile d'un côté et les comptes de bientôt deux sociétés de l'autre, il admit qu'elle ne pouvait plus assumer régulièrement son lot d'articles tant appréciés dans le Nord. Car beaucoup de lecteurs de Lille et de ses environs y trouvaient un coin d'évasion, simple et authentique. Malgré tout l'homme parvint à obtenir de son ex-collaboratrice un article par mois et deux en juin, avant l'été. Ce qu'Henriette accepta avec joie.

6

Raymonde se réjouissait de voir grandir Émile :

— Un sacré petit polisson, selon elle, un filou qui va donner du fil à retordre à ses parents !

Henriette et Raymonde passaient beaucoup de temps ensemble, surtout l'hiver venu. La domestique, qui savait que ses maîtres envisageaient de disposer d'une maison à Arcachon, croyait dur comme fer que monsieur Auguste aurait la sienne avant ses parents ! Elle ne cacha guère ses espoirs à Henriette :

— J'ai accepté ce travail chez vos beaux-parents avec l'unique espoir de retourner un jour en bord de Petite Mer. Alors madame, je vous en prie, ne tardez point à l'acquérir cette maison dont vous rêvez, monsieur Auguste et vous. Je voudrais tant terminer mon travail de domestique dans votre belle villa sur la petite montagne. Ce serait mon accomplissement, ce serait mon graal ! Attention, je me sens très bien ici, au quai des Chartrons, chez monsieur et madame Thillet-Bordes. Mais vous connaissez mon rêve, désormais.

Henriette sourit et lui répondit :

— Merci Raymonde pour la confidence. Mais en admettant que nous fassions construire prochainement, que pourrez-vous faire ? Vous êtes au service des parents d'Auguste, je vous le rappelle.

— Je le sais bien, madame Henriette, mais dans de telles circonstances je m'engagerai à leur trouver une remplaçante.

— S'ils l'acceptent !

— Mais oui, mais oui, je sais bien que nul n'est irremplaçable, surtout moi ! Et en attendant c'est votre petit bout de chou qui m'encourage à patienter. Mais pour combien de temps ? C'est que je suis née le jour de la fin de l'empire, moi. L'empire, le vrai. Je vieillis et je sens mes rhumatismes. Et justement, j'ai beaucoup appris en lisant vos articles : l'air d'Arcachon est bienfaisant pour un tas de choses, dont les rhumatismes. Alors dépêchez-vous, madame Henriette, faites-la construire la villa de vos rêves !

Auguste ne revenait qu'occasionnellement à Bordeaux pendant la semaine. Ses hangars pour la conserverie et pour la fabrique de filets prenaient forme et avaient déjà fière allure. De son côté, depuis le quai des Chartrons, Henriette se consacrait à son bambin de deux ans et aux comptes de la SPTB. Des comptes qui risquaient fort de se compliquer avec les nouvelles activités en gestation. Elle réalisa combien elle avait eu raison d'abandonner sa charge de journaliste à temps partiel. Et pourtant elle regrettait ce travail, d'autant plus que les sujets à rapporter ne manquaient vraiment pas. Du côté ostréicole les toutes premières portugaises arrivaient sur la Petite Mer. Un nouveau vapeur d'Arcachon sillonnait l'océan. Depuis le début de l'année la ville était éclairée au gaz. Et enfin, Jean Mauriac était élu maire d'Arcachon. Côté bordelais on apprenait que le tristement fameux phylloxéra était isolé et étudié par un groupe de scientifiques. Et du côté familial, Marguerite annonçait la naissance de son premier enfant, Aimée. Un prénom qu'elle avait choisi comme symbole de ses souffrances morales et de l'aboutissement de ses rêves les plus profonds. Pour Auguste, aucun doute possible, Marguerite s'était transformée psychologiquement suite au baptême d'Émile et ce changement avait favorisé les bonnes réactions de son corps. Impossible à vérifier, certes, mais Henriette n'était pas loin d'abonder dans ce sens. Depuis ce jour, Marguerite et Aimée, avec parfois Éloi de Marmont en personne, s'invitaient au quai des Chartrons pour habituer – selon elle – tant sa fille que son filleul à vivre avec un autre enfant. En réalité elle s'offrait un petit plaisir car elle s'ennuyait vite, seule avec son petit bout, puisqu'Éloi s'affairait soit dans son bureau d'architecte, soit sur le terrain, à Arcachon. Henriette n'était pas dupe mais elle accueillait volontiers une Marguerite totalement transformée. Quelques mois plus tard, au tout début de l'année 1869, Henriette apprit la naissance de son premier neveu, Désiré, le fils de Léon et de Louise Vercoutre. Un nouveau grand bonheur pour elle, très proche de son frère Léon, mais également pour Marguerite qui, depuis le baptême d'Émile, était devenue l'amie proche de Louise.

Hélas, cette liesse familiale ne dura que quelques mois. D'abord une terrible tempête fit plusieurs victimes parmi les marins-pêcheurs de la Petite Mer. Frayeur indescriptible pour Auguste jusqu'au moment où il comprit que l'Arkasson et la SPTB étaient épargnés. Mais dans de telles circonstances la solidarité jouait à plein. Auguste apporta son soutien à la concurrence et l'Arkasson ne reprit pas la mer avant que toutes les cérémonies en l'honneur des victimes ne se fussent déroulées. Cette solidarité du monde marin était ancrée dans les esprits et dans les mœurs. Elle était indispensable et à préserver à tout prix. Ensuite, juste avant Noël, survint la mort de Charles Vercoutre. Selon le médecin de famille il avait été victime d'un problème cardiaque indétectable :

— Il semble qu'une artère se soit déchirée après inflammation et dilatation subite, précisa-t-il à Éléonore, bouleversée et effondrée[16].

16 – Aujourd'hui on aurait diagnostiqué une rupture d'anévrisme.

Après des obsèques émouvantes dans une église Saint-Maurice archibondée, Éléonore continua de pleurer du matin au soir malgré tout l'amour et toute l'attention de son entourage. D'Henriette et de Léon, en premier ; de Victor et d'Alphonse, tout de même aussi ; mais peut-être plus encore de la part de Louise, sa belle-fille et de Marguerite, l'amie de Louise, aussitôt débarquée à Tourcoing. Les deux jeunes mamans se relayèrent toute la journée pour tenter de consoler Éléonore. Une tâche titanesque auprès d'une veuve qui n'acceptait pas cette disparition. Elle revoyait sans cesse l'image de Charles rentrant trois jours plus tôt de la société avec un sourire jusqu'aux oreilles. Car d'une part, grâce à Noël, il songeait consacrer enfin quelques jours à Désiré et, d'autre part parce que les résultats de l'exercice 1869 apparaissaient très prometteurs. Et il ne pouvait pas s'imaginer que l'été 1870 pourrait tout faire s'effondrer.

En conséquence de cet évènement dramatique, Léon fut aussitôt propulsé à la tête des Teintureries Vercoutre. Une charge lourde qu'il se jura d'assumer avec abnégation et passion en mémoire de son père et au nom des Vercoutre. D'emblée il songea à envoyer ses frères très loin et le plus vite possible.

Auguste compatissait. Triste en premier lieu pour Henriette qui adulait son père. Triste également pour les Teintureries malgré tout l'allant et toute la volonté de son cher beau-frère. Et heureux que son père à lui se portait bien, car à ce jour il n'avait guère de successeur. D'autant moins que les cousins Thillet-Bordes pressentis pour reprendre le négoce ne venaient voir leur oncle qu'entre deux parties de chasse ! Tous étaient chasseurs et pratiquaient souvent, non loin de la Petite Mer. Auguste se l'était fait confirmer par Éloi de Marmont, lui-même chasseur invétéré et adoubé, de ce fait, par tous les cousins. Ils se retrouvaient régulièrement entre la Saint-Michel et la mi-novembre pour chasser la palombe. Éloi disposait en effet de sa propre palombière, ce qui ne l'empêchait pas de partir avec son chien à la chasse à la bécasse. Et après Noël tout ce petit monde chassait le gibier d'eau, surtout les canards et les bernaches, à l'affût dans une tonne. La Petite Mer était un réservoir inépuisable pour ce gibier d'eau très à l'aise dans les crassats par exemple. Et le nom d'île aux oiseaux n'était franchement pas usurpé ! Éloi, plus que les cousins Thillet-Bordes, appréciait ces chasses parce qu'elles lui donnaient l'occasion de côtoyer des gens du peuple comme des résiniers et des marins.

Henriette tentait de se consoler de son côté en chérissant son petit Émile, en se plongeant dans les comptes des sociétés Thillet-Bordes et en lisant avec assiduité l'Avenir d'Arcachon qui s'était substitué au Journal d'Arcachon quelques semaines avant la fin de l'année.

Alors que, doucement, tous les membres de la famille, sauf Éléonore, se remettaient du décès brutal de Charles Vercoutre, la France, complétement indignée, déclarait la guerre à la Prusse de Bismarck le 19 juillet 1870.

— Pourquoi indignée, se demandait Henriette en découvrant les manchettes des quotidiens ?

Au fil de ses lectures elle comprit que Bismarck avait manipulé les journaux prussiens pour titiller l'humeur de son roi et rendre la guerre inévitable. En effet, quelque temps plus tôt, la candidature au trône d'Espagne d'un prince allemand avait soulevé un tollé en France : la crainte d'une manœuvre d'encerclement. Le 12 juillet le prince retirait sa candidature. Mais les autorités françaises demandèrent aussitôt une confirmation officielle à Guillaume. Celui-ci, depuis Ems, sa ville de cure, envoya une dépêche confirmant le renoncement du prince, mais il s'en trouva fort agacé. Bismarck en profita pour réécrire la dépêche d'Ems en soulignant la prétention et l'arrogance de l'ambassadeur de France. Il la fit publier, remodelée, dans tous les journaux prussiens. Cela créa sans tarder, et comme Bismarck l'escomptait, un incident diplomatique gravissime au point que la France décréta la mobilisation générale. Après quelques escarmouches ce fut l'abandon de l'Alsace par les troupes françaises. Déjà…

Henriette frémissait à la lecture de ces nouvelles, craignant le pire pour Tourcoing et pour les tourquennois. Elle décida aussitôt de faire venir sa mère Éléonore à Bordeaux. D'une part cela l'éloignerait de la pression de la guerre et d'autre part c'était un moyen de la sortir de l'atmosphère délétère de la grande maison de Tourcoing. Dans cette demeure familiale rôdait en permanence, selon la veuve elle-même, le fantôme de son mari. Elle voyait Charles dans chaque pièce. Elle l'imaginait jaillir vers elle ou se saisir d'un objet ou de se mettre à table en donnant ses ordres à la domestique. Parfois il lui tournait le dos, s'accoudant à une fenêtre pour prendre l'air entre deux discussions avec des collaborateurs qu'il avait invités. Charles régnait toujours sur la maison, et peut-être plus que de son vivant ! Une emprise diabolique. Déchirée entre son désir de fuir et sa dévotion envers son cher mari, Éléonore finit par accepter de partir, devant l'insistance de sa fille, de Léon et même des deux cadets. À Bordeaux, bien accueillie par les Thillet-Bordes, elle sembla retrouver un soupçon d'allant. Surtout grâce au petit Émile, son cher petit-fils, sa bouée de sauvetage. Car Désiré, lui, était encore un tout petit bébé. Ici, à Bordeaux, le gamin se montra espiègle, coquin et tortionnaire avec sa deuxième grand-mère. Plus, même, qu'avec la « bordelaise ». Dans l'esprit d'Éléonore, Émile représentait celui qui parvenait à se substituer à

Charles. Celui qui, temporairement, effaçait l'image obsédante du défunt. Car il fallait s'en occuper du petit ! De façon fort différente d'avec le mari, mais quelque part l'esprit de la démarche lui semblait identique... ou presque. Son potentat de Charles avait toujours été un grand enfant. Alors elle appréciait ces moments avec le petit enfant. Des moments toujours trop courts à son gré. Ainsi refusa-t-elle de se déplacer à Arcachon si Émile ne venait pas avec elle. Cela au grand dam de l'autre grand-mère et surtout d'Henriette qui souhaitait que sa mère puisse profiter du bon air de la Petite Mer sans avoir à supporter les contraintes propres à un petit bonhomme de quatre ans et demi.

Léon, de son côté, propulsé à la tête des Teintureries Vercoutre, décida donc d'expatrier ses frères. Il envoya Victor en Argentine et Alphonse en Australie pour trouver des approvisionnements réguliers et conséquents en matière première : la laine. Et tout autant pour avoir la paix et diriger son entreprise en maître incontesté. Sa chance fut que ses frères ne rêvaient que de cieux lointains et moins ombragés que celui qui régnait au-dessus de la France et de la Prusse. Aussi sa décision fit elle l'unanimité. Victor et Alphonse en arrivaient même à remercier leur frère ! Ce qu'ils firent, du bout des lèvres. Aucun des trois ne se doutait, en festoyant pour célébrer cette séparation, que leur vie allait en être radicalement transformée. Celle des deux plus jeunes en particulier.

Alphonse, serein et heureux sur le paquebot qui l'emmenait jusqu'au Tonkin en passant par les Indes, et avant sa deuxième étape jusqu'à l'Australie, repensait à cette incroyable contrariété six années plus tôt. Malchanceux au tirage au sort, il était alors tenu d'effectuer plusieurs années de service aux armées. Avec à la clé une mobilisation à l'heure où il sillonnait l'océan Indien. Mais feu son père avait arrangé la situation malgré des convictions très nationalistes. Merci aussi aux Teintureries Vercoutre et aux revenus substantiels qu'elles procuraient. Alphonse frissonna, il aurait pu se retrouver nez à nez avec un Prussien vindicatif. Ce n'était plus son souci, désormais. À sa place un petit Français d'une famille pauvre allait risquer sa vie pour la Nation. Ce petit songe s'effaça bien vite de son esprit. Il voguait déjà à plus de deux mille milles de la France en guerre.

Une guerre qui tournait au vinaigre. Tout s'accéléra après les défaites à l'Est et la chute de l'empire. La création de la troisième République ne changerait pas, hélas, le sort de l'Alsace et de la Lorraine. En Gironde, le maire d'Arcachon, Jean Mauriac, était révoqué par le préfet. Un poste qu'il récupéra peu après car son successeur décida en fin de compte de ne pas occuper la mairie. Jean Mauriac lança aussitôt une campagne de soutien au pays. Arcachon se consacra à accueillir et à loger des familles de réfugiés. Émue, Henriette souhaita apporter son assistance par solidarité avec les gens du Nord et de l'Est. Mais comment faire ? Les circonstances lui apportèrent une solution. En novembre Mauriac était révoqué à nouveau et remplacé par Adalbert Deganne. Ce dernier obtint de la famille Pereire que la villa Victoria fut dédiée aux soins des blessés de guerre. Et juste à ce moment se déroula la terrible bataille d'Amiens. Les Thillet-Bordes tremblaient pour les cousins et Éléonore était mortifiée. Cette bataille décida Henriette, contre l'avis d'Auguste, à offrir ses services à la villa Victoria. Elle y consacra trois jours par semaine et ne regretta nullement son dévouement. Elle croisa plusieurs soldats originaires de Lille dont l'un était un cousin éloigné qu'elle avait connu dans les petites classes. Le blessé – il était amputé de l'avant-bras gauche – ne sut comment remercier Henriette et lui montrer sa reconnaissance. Guéri mais handicapé, il regrettait amèrement de ne pouvoir aider sa cousine à la villa Victoria qui ne désemplissait pas. Mais compte tenu de ses antécédents scolaires, il parvint à s'occuper – provisoirement – des comptes de la STPB. Il s'en chargea si bien que le patron, à l'instar de son épouse, apprécia de plus en plus cet Albert, à la fois généreux, sensible et compétent.

Éléonore, malgré la présence de son Émile chéri et la joie d'apprendre que Désiré grandissait et devenait lui aussi un petit être attachant, oubliait de se soigner. Elle se négligeait, carrément. Elle négligeait un corps vieillissant. Une attitude à bannir, à cet âge, pour rester en bonne santé. Sa fille s'en aperçut mais Éléonore, irascible comme jamais, ne supportait plus aucune remarque la concernant. Sauf celles qui pouvaient concerner sa façon de se comporter avec Émile. Le sujet de son propre corps était devenu tabou. Seule comptait la santé du petit-fils. Point.

Lorsqu'elle fut sur le point de rentrer à Tourcoing, une fois cette misérable guerre perdue, elle éclata en sanglots. Un torrent de larmes, au point qu'Henriette dut se résoudre à l'accompagner jusque dans le Nord. Inlassablement, la fille tentait de convaincre sa mère qu'elle allait retrouver son petit Désiré qui devait se languir de revoir sa grand-mère. Mais sans le moindre soupçon de résultat. Les larmes coulèrent pendant tout le trajet. La crainte de retrouver cette grande maison de Tourcoing, hantée par le fantôme de Charles ? Le regret de ne plus voir « son » petit Émile ? De ne plus le voir, jamais, persuadée de son triste sort ? Sans doute un peu tout à la fois. En observant sa mère, Henriette se rendait compte combien cette dernière avait perdu du poids. À coup sûr plus de cinq kilos. Allait-elle se faire réprimander par son frère ? À parier que non, même s'il lui en demanderait les raisons. Et quoi lui répondre d'autre qu'avec un moral gravement atteint par la mort brutale du père, elle ne songeait plus à vivre normalement ?

7

Éléonore dépérissait, et la France aussi. Le pays vivait, angoissé, à l'écoute des nouvelles de la Commune de Paris. Dans le Nord sans doute plus que dans le Sud, du fait de la bataille de Bapaume, juste après le nouvel an 1871, suivie du siège de Péronne et de la bataille du Mans. L'étau se resserrait et la capitulation suivait. Les Vercoutre durent déplorer plusieurs victimes dans la famille et dénombrer quelques cousins enfermés dans des places fortes comme Cambrai. L'Alsace et la Lorraine étaient annexées à « l'empire Allemand » issu de la victoire. Les Français, vaincus et déprimés, reportaient leur centre d'intérêt sur la Commune de Paris d'où provenaient des informations étranges, à la limite du vraisemblable. Les Versaillais – des Français – encerclaient les insurgés de la capitale. Des insurgés qui bénéficièrent un temps de la sympathie générale, car eux, au moins, avaient honte de la défaite. Eux toujours, préservaient la liberté de la presse. Eux encore, avaient le courage d'empêcher que les Prussiens ne se saisissent des deux cent vingt-sept canons de Paris, rassemblés au nord de la ville. En outre ces Communards avaient créé une Union des Femmes pour la défense de Paris et pour veiller aux soins à apporter aux contingents de blessés. Henriette appréciait. Elle partageait même cette orientation puisqu'elle soignait des blessés à la villa Victoria. Elle comprenait également que cette Union réclame le droit au travail avec égalité de salaire homme femme. Par contre elle ne comprenait pas que ces mêmes Communards, si sympathiques à ses yeux, puissent réclamer l'union libre et la séparation des pouvoirs entre l'Église et l'État. Certains devaient dérailler. Et lorsqu'elle apprit que ces mêmes Communards avaient pris des religieux en otage, elle fut sous le choc et se détacha totalement de ces citoyens révolutionnaires. Plus révolutionnaires que citoyens. Certes ils devaient se défendre et trouver des moyens pour y parvenir, mais ça, non ! Un peu plus tard force lui fut d'admettre qu'elle s'était fourvoyée sur leur compte : ils venaient de fusiller des généraux de l'armée française et, acte impardonnable, d'emprisonner l'archevêque de Paris en personne !

— Comment s'égarer à ce point ? Passer ainsi d'idées positives à ce délire révolutionnaire ! La folie de quelques meneurs, je le crains. Mais tout est gâché. Et pour couronner le tout on nous apprend que ces Communards, ardents défenseurs de Paris, saccagent les plus beaux monuments de la capitale ! Comment est-ce possible d'aboutir à ces égarements, à de telles horreurs ? L'assaillant en aurait-il fait autant ? J'en arrive à en douter...

Fut-ce à cause de ce cumul d'exactions ? Peut-être. Bismarck décida de soutenir le gouvernement de Thiers en libérant soixante mille prisonniers de guerre pour aider les Versaillais. Parmi eux il y en eut beaucoup qui, une fois sur place, se sentirent dupés et rechignèrent à reconquérir Paris. Les désertions atteignirent un niveau rarement égalé... ce qui n'empêcha pas les Versaillais de progresser grâce à l'installation de leurs canons sur toutes les collines qui entouraient la capitale. À force de bombarder ils parvinrent à entrer dans Paris par la porte de Saint-Cloud, le 21 mai 1871. Prostrés, les Français des provinces apprirent rapidement l'ampleur du carnage. Une curée qui s'acheva avec plus de dix mille morts chez les Communards et plus de mille chez les Versaillais. Partout dans le pays ce fut un choc, terrible, d'autant plus que de magnifiques bâtiments avaient été incendiés. Comme les Tuileries[17]. Henriette en trembla, s'imaginant trouver le casino de la forêt réduit en cendres… l'horreur absolue. Avec la paix finale, franchement pas glorieuse, l'Église et l'État, dans un souci de conciliation et de reconstruction, décidèrent de bâtir la basilique du Sacré-Cœur à l'endroit précis où était née la Commune pour la défense des canons de la ville.

*

L'esprit à des années-lumière des conséquences de la guerre, Éléonore ne parvenait pas à estomper ses immenses douleurs, à réduire un indicible chagrin. Une fois dans la grande maison de Tourcoing le fantôme de Charles l'obséda immédiatement. Au point de s'adresser à lui haut et fort, et systématiquement. Lui parler avec ses mots à lui, comme pour tenter de l'amadouer. Elle s'adressait à lui dans chacune des pièces où elle ressassait les habitudes de son défunt mari. Là, assis dans sa chère bibliothèque, elle voyait Charles se gratter la tête, intrigué par sa lecture. Et là, dans la petite salle-à-manger Louis XV, celle où ils dînaient ou soupaient en petit comité, avec deux enfants au maximum, elle le revoyait passer son index dans sa coupe de glace au café. Sa petite folie. Avec à chaque fois la même justification :

— Oui mes enfants, chez nous, chez les Vercoutre, on sait se tenir devant les autres. Mais plus que tout, on déteste le gaspillage.

La grande maison tourquennoise, même envahie par le fantôme de Charles, était froide, désespérément froide. Il n'y avait plus les enfants, il n'y avait plus leurs bruits. Plus de réprimande

17 – Qui durent être rasées en 1882.

paternelle à Victor ou à Alphonse qui avaient tendance à parler à tort et à travers. Éléonore regrettait ce temps. Les larmes coulèrent à nouveau. Dans le vestibule elle le vit soudain enfiler son pardessus et ajuster son chapeau avec précision. Ni trop en arrière, c'était trop comique, ni trop en avant, cela faisait voyou. Une fois prêt il aimait s'adosser une petite minute à l'armoire normande, comme s'il prenait son souffle avant de sortir et d'affronter une longue, très longue journée de labeur. Il rentrait souvent très tard. Éléonore se repassait toutes ces scènes dans les moindres détails et elle n'osait pas toucher Charles, de peur de briser l'instant. Lui, semblait la regarder, parfois, mais jamais ne lui adressait la parole. Puis la porte claqua devant elle et Charles disparut. La porte avait claqué mais sans faire aucun bruit. La fin d'une scène complétement muette. Seuls les pleurs de la vieille femme étaient sonores, discrètement sonores. Elle réalisait, parfois, qu'elle baignait dans un océan de songes. Des songes épouvantables, en définitive, qui remuaient le couteau dans la plaie. Et les soirs étaient pires encore que les matins. Éléonore sentait Charles qui passait derrière elle dans le salon. Et à chaque fois il lui caressait la nuque comme on caresse son chien. Malgré tout elle attendait ces instants très personnels. Alors chaque soir, au lieu de manger son souper préparé par la domestique, elle s'installait dans son fauteuil dans l'attente de sa caresse. Une attente qui pouvait durer des heures avec, certaines fois, aucune apparition. Déprimant. Ainsi dépérissait-elle, jour après jour, malgré les admonestations de son fils Léon, de sa belle-fille et de sa domestique. Léon lui avait proposé de l'installer chez lui, à quelques centaines de mètres de la grande demeure. Mais elle avait refusé, fermement. Au prétexte de ne pas déranger… impossible d'avouer qu'elle retrouvait Charles.

Vu l'état pitoyable de leur mère, Léon se résolut à prévenir sa sœur qui débarqua dans la semaine à Tourcoing en compagnie de son ineffable Émile. Le gamin était prêt à délurer son cousin Désiré. Mais en arrivant dans la grande maison de Tourcoing le petit garçon comprit que quelque chose d'anormal était en train de se produire. Sa grand-mère Éléonore était méconnaissable : maigre, ratatinée, et la peau toute fripée, elle lui parut à peine plus grande que lui. Elle parvint malgré tout à lui sourire. Pour lui dire que son pauvre grand-père devait à cette heure se réjouir de voir son petit Émile grandir et venir soutenir sa vieille grand-mère. Un peu plus tard l'enfant la surprit en train de parler derrière la grande porte de la cuisine. Il écouta et crut qu'elle s'adressait « à la Raymonde d'ici ». Mais il venait de croiser la domestique qui regagnait sa chambre. Parlait-elle alors à sa maman ou à son oncle Léon ? Mais non, ils discutaient tous les deux dans le grand salon. Quant à la tante Louise, elle était partie coucher Désiré. Il s'approcha et entrouvrit discrètement la porte. La grand-mère parlait-elle toute seule ? Il essayait de comprendre tout en hésitant à entrer pour découvrir l'autre personne, calée dans un coin de la cuisine.

— Prends-moi la main, Charles, je t'en conjure et emmène-moi avec toi. Là où tu vis, désormais. Au ciel, au paradis ou même en enfer, pourvu que je sois avec toi.

Ce n'était pas possible, le grand père avait disparu et jamais sa grand-mère ne l'avait tutoyé. Pris dans ses interrogations il poussa la porte un peu fort. D'abord surprise, Éléonore parvint à sourire à son petit-fils. Un sourire misérable. À voix basse, elle lui glissa :

— Tu sais mon petit, j'essaie d'appeler ton grand-père pour qu'il nous protège, depuis le paradis. Pour qu'il nous protège tous, surtout après cette guerre épouvantable qui a tué trop de gens. Je voudrais tant que du ciel il vous guide, ton cousin Désiré et toi. Peut-être s'en charge-t-il déjà, mais je voudrais tant en être sûre. Maintenant, Émile, il est tard. Va te coucher, Désiré l'est déjà depuis près d'une heure.

Elle embrassa son petit-fils et attendit qu'il ait refermé derrière lui pour fondre en larmes. Un chagrin indescriptible. La vieille dame s'essuya les doigts sur ses cheveux gris tirés en arrière pour former un petit chignon discret. À cet instant elle ne pouvait deviner combien Émile resterait marqué par cette rencontre. Une des dernières…

Chez elle – chez Charles ? – à Tourcoing, Éléonore prenait le temps – et prenait sur elle – de se rendre quotidiennement au cimetière. Tant par conviction religieuse et pour prier pour l'âme de son défunt mari, que dans l'espoir de le voir apparaître et pouvoir lui parler, à défaut de dialoguer. Elle affrontait parfois les pires intempéries dans ce cimetière qui endurait tous les vents. Léon craignait pour elle mais, têtue comme une mule, il ne parvenait jamais à la dissuader de se rendre devant la tombe du père. Même par un temps de gueux. Pour elle il s'agissait juste d'effectuer son devoir, celui d'une bonne chrétienne. Éléonore, si forte et si fragile à la fois. Inexorablement, et malgré tout l'amour et toute l'attention d'Henriette et de Léon, le corps de leur mère s'amenuisait jour après jour. La vieille femme partait, c'était son tour. Mais elle, en prévenant tout son monde. Un matin, alors qu'elle pénétrait dans le cimetière, elle s'effondra devant la grille d'entrée. Inanimée. Comme beaucoup de tourquennoises se rendaient régulièrement au cimetière, elle fut rapidement emmenée à l'hôpital. Henriette et Léon y arrivèrent tout juste pour capter son dernier soupir, son dernier sourire : elle savait qu'elle allait rejoindre Charles, l'amour de toute une vie.

Sur décision de Léon, ni Émile ni Désiré ne furent autorisés à assister aux obsèques. Émile en voulut à son oncle, d'autant qu'avec Désiré ils imaginaient déjà remplacer oncle Victor et oncle Alphonse qui ne seraient prévenus que dans plusieurs semaines… Dans une église bondée et glacée, les obsèques se déroulèrent… tristement. Mais un peu plus tard, lorsque le cercueil d'Éléonore disparut dans la terre et toucha celui de Charles, le soleil se mit soudain à briller et éclaira un coin de ciel bleu.

*

De retour à Bordeaux depuis la fin de l'hiver, Henriette se ménageait puisqu'elle attendait, enfin, un deuxième enfant. Depuis le début d'un printemps ensoleillé elle aimait parcourir Bordeaux sur le phaéton de la famille. La stabilité de la petite voiture lui convenait à merveille, surtout vu son état. Au point qu'Auguste en loua un autre à La Teste, tant pour son épouse que pour transporter du matériel. Comme des filets neufs, par exemple, destinés aux chaloupes des marins qui ignoraient encore les vapeurs mais qui fournissaient déjà la CTB, la conserverie Thillet-Bordes. Henriette s'appropriait souvent la voiture pour flâner dans la petite montagne et constater que les constructions fleurissaient comme des crocus au printemps. Elle se régalait de promener son fils dans ce quartier car Émile adorait voir les mulets qui croulaient sous les matériaux divers destinés aux futures villas. Le gamin comptait toutes les bêtes, qui ne manquaient pas car les muletiers, à califourchon sur leur animal, tentaient de faire avancer les autres qui ployaient sous les solives et autres cadres de fenêtres aux formes pour le moins baroques. Henriette en profitait pour s'aérer et pour prendre du bon temps avec son fils ravi d'assister à tout ce remue-ménage. Elle en oubliait un peu l'image de sa propre mère ainsi que les nouvelles parfois lugubres de Bordeaux. Le phylloxéra, ce monstre, progressait partout, comme dans la vallée du Rhône, considérée comme sinistrée et, plus récemment, à Cognac. Impitoyable, « la bête » se rapprochait. Les parents d'Auguste, comme ceux des cousins, se demandaient ce que faisaient les scientifiques. Et par ailleurs, à Arcachon même, surgissaient de vilaines polémiques pour alimenter les gazettes avant l'été. Du moins, c'était ce que croyait Henriette, peu concernée par les questions mises en avant : afin d'attirer une société respectable dans la ville, la municipalité d'Arcachon venait de décider de fermer toutes les maisons de tolérance… mais ce n'était pas le cas à La Teste ! Une deuxième pomme de discorde provenait de la réputation même de la jeune cité, célébrée pour la qualité curative de son air ambiant. La ville pariait sur le tourisme sanitaire, mais déjà quelques élus municipaux et certains autres des villes voisines s'inquiétaient de l'image et des conséquences que cette réputation entraînait. Le nombre des curistes augmentait rapidement, certes, mais des voix s'élevaient pour alarmer les édiles sur le nombre des contagieux qui augmentait forcément dans les mêmes proportions, si pas plus vite !

Début juin naquit un petit Albert. Seule un court instant avec son bébé, Henriette ne put retenir quelques larmes en pensant à sa propre mère. Aurait-elle mieux accepté sa vie avec un troisième petit-fils ? Sans doute pas. Henriette aurait pourtant aimé lui expliquer le choix d'Albert comme prénom. Elle avait opté pour ce prénom, avec l'accord d'Auguste, en hommage au cousin, blessé de guerre, et soigné par elle avant de devenir le chef comptable du groupe SPTB. Un comptable encore plus méticuleux qu'Henriette elle-même. Un sacré compliment ! Et tout naturellement le cousin Albert endossa le rôle de parrain du nouveau-né. Raymonde, de son côté, ne cacha pas sa joie à propos de cet évènement familial. En effet, elle commençait à trouver Émile, un beau gamin de six ans, beaucoup trop polisson et beaucoup trop gâté. Selon elle, madame Henriette lui passait tout ou presque. Désormais ce serait moins évident. Une excellente nouvelle.

L'arrivée d'Albert coïncida avec le début de la scolarité d'Émile. Une scolarité effectuée à Bordeaux, dans une école privée réputée. Un choix évident pour Auguste, mais une double frustration pour sa femme et pour son fils qui aimaient tant flâner en bordure de la Petite Mer. Émile, d'emblée, en voulut à son petit frère. Une inimitié qui ne s'éteindrait jamais, d'autant que le cadet allait devenir fantasque et désinvolte, tout le contraire de son aîné. Auguste constata bien vite cette distance entre les deux garçons mais il laissa le soin à Henriette de s'en dépatouiller. Les deux époux avaient conclu un pacte, un pacte tacite fondé sur le partage. Lui, Auguste, exerçait son autorité sur ses entreprises et elle, Henriette, dominait la famille et le foyer. Ainsi Raymonde ne rendait-elle de compte qu'à « ces dames » et de plus en plus à la seule belle-fille. Une situation que l'on retrouvait similaire chez Louise et Léon.

En 1873 Émile célébra ses sept ans. L'âge de raison, soulignait-on avec insistance à cette époque. À l'école le gamin faisait preuve de caractère et de ténacité. À la maison il daignait, parfois, s'occuper de son petit frère. Mais cela changerait du tout au tout à partir du moment où Albert commencerait à marcher…

8

Henriette rêvait des vacances de l'été 1873 pour flâner à nouveau autour de la Petite Mer. Pour assister, par exemple, aux régates organisées par le tout nouveau Yachting Club d'Arcachon. Car chez les cousins Thillet-Bordes le sujet de conversation, bien différent, se résumait à la remise en état des palombières pour préparer la prochaine saison de chasse. Le petit Émile semblait partagé : comme sa mère, après une première année scolaire « coincé » à Bordeaux, il rêvait de Petite Mer. Mais l'idée de suivre les grands pour bichonner avec eux leurs palombières, le captivait autant. Ces premières vacances lui apportèrent les deux : il profita du Bassin et participa – symboliquement – aux travaux sur deux palombières. Une activité surprenante, car dans sa petite tête de gamin de sept ans, il s'agissait de réparer et d'agencer une cabane. Certes cela en fit partie mais l'essentiel se situa ailleurs, en dehors de la cabane : remonter de longues tiges munies de perchoirs pour poser des canards ou des appeaux et réinstaller de grands filets un peu partout. Avec forcément un méli-mélo de cordages placés avec précision. Quel boulot ! En réalité ce qu'il apprécia le plus dans cette deuxième activité, fut l'absence de son frère. Un petit frère qui commençait à marcher et qui collait un peu trop aux basques de son aîné. Au point que ce dernier lui asséna, juste au début des vacances :

— Albert, Albert, je rêve de vacances sans toi !

Mais le petit ne pouvait pas comprendre le pourquoi des vitupérations de son aîné à son encontre.

Henriette et Auguste passèrent ensemble des moments délicieux à Arcachon entre le 14 juillet et le 15 août. Des pêcheurs les accueillaient régulièrement dans leurs pinasses ou leurs pinassottes. C'était tellement pratique de partir à pied de l'hôtel jusqu'à la jetée d'Eyrac, et de là, voguer jusqu'au Cap Ferret. À l'arrivée il fallait mettre les pieds dans l'eau, le plus souvent jusqu'aux cuisses. Peu leur importait. Albert, dans les bras de son père et Émile, tiré par sa mère, gagnaient la terre ferme, enchantés. Enchantés par le calme et par la beauté du décor. Par la mer et le sable pour les petits, et par la nature chez les parents. Avec la forêt entre deux océans et face à eux « le petit tas de sable », comme disait Émile, ou « ce pilat », comme disaient les gascons. Sans oublier, au milieu de la Petite Mer, des chaloupes, des tilloles, des pinassottes et parfois un chalutier vapeur, qui prouvaient combien le petit monde des marins-pêcheurs s'activait, à toute heure et par tous les temps. Auguste et Henriette rêvaient de s'isoler dans la forêt mais cela s'avérait impossible : dès qu'ils tentaient de disparaître Albert pleurait et hurlait au point que son frère commençait à lui taper dessus. Et dire qu'en présence de ses parents le cadet savait se montrer mignon et même déjà charmeur ! Au cours d'une longue promenade, cet été-là, en direction du nord, ils aperçurent d'abord quelques filets qui séchaient sur l'estran et, soudain, ils se trouvèrent nez-à-nez avec une maison incroyable, digne des plus grandes fofolles de la ville d'hiver. Ils apprirent bien vite de la bouche d'un marin, croisé dans cet endroit magique, que cette bâtisse franchement mauresque était la villa algérienne de Léon Lesca. Cet homme, célèbre pour avoir entrepris et réalisé la construction du port d'Alger, avait acquis un lot de terres sur le Cap Ferret. Il y fit donc construire cette villa si caractéristique de ses souvenirs algériens et il l'occupait depuis 1865[18]. Un véritable petit casino de la forêt de l'autre côté de la Petite Mer ! Il n'en fallait pas plus pour que le fantôme de la villa Thillet-Bordes sur la petite montagne resurgisse d'un coup ! Quelle beauté, quelle lumière en ce milieu de matinée. Le soleil mettait en valeur tous les invraisemblables détails de cette façade mauresque stupéfiante. Henriette fixa Auguste. Ce dernier comprit dans le regard de sa femme qu'elle lui transmettait un message. Un message qu'il devina d'autant plus aisément qu'il pensait au même moment exactement comme elle : leur future villa aurait une touche mauresque. Et comme elle se situerait non loin du casino, cela ne déparerait point. En bon voisinage… Ils scrutèrent le bâtiment sous toutes ses coutures : inspirant !

Le lendemain, au pied de leur chère ville d'hiver, côté maritime, ils assistèrent à une régate animée par un fort vent de nord-ouest. Sur les douze embarcations en course, deux dessalèrent, ce qui bouleversa Henriette. Auguste la rassura aussitôt, il connaissait ce genre de situation. À l'arrivée, jetée d'Eyrac, un équipage anglais avait pris à nouveau la première place et remporté le trophée : un panier de victuailles avec en prime six bouteilles de Bordeaux grand cru, que les vainqueurs osèrent appeler « *claret* » malgré tout ! Six bouteilles de soixante-quinze centilitres, ce qui correspondait, en mesure anglaise, à un sixième de gallon par bouteille. Et ce qui expliquait également la contenance d'un tonneau : deux cent vingt-cinq litres, soit trois cents bouteilles.

À la rentrée scolaire d'Émile, la deuxième, était créée l'Association Syndicale des Parqueurs d'Arcachon. Auguste comprit que le petit monde de l'ostréiculture s'organisait. Et

18 – La chapelle ne serait construite que plus tard.

il se demanda si la pêche n'allait pas être engloutie, ici-même, par cette activité qui croissait vite, très vite. Indispensable de suivre cette évolution de près. Sans doute y avait-il la place pour ces deux corporations maritimes sur la Petite Mer, mais cela n'empêcha point Auguste d'esquisser une grimace… avant de replonger dans son quotidien d'entrepreneur.

Et Noël arriva, avec d'abord une bonne nouvelle, en dépit de son caractère provisoire : le phylloxéra ne sévissait toujours pas dans le Bordelais. Émile, lui, n'apprécia ce Noël qu'à moitié : le petit frère attirait toutes les attentions. Frustrant et agaçant. Son père, fils unique, ne connaissait pas son bonheur ! Mais l'enfant parvint à se satisfaire de son nouveau jouet : un gros tambour. De quoi détourner les attentions et de quoi taper sans ménagement à défaut de taper sur son frère. Ce fut aussi le premier Noël sans les parents d'Henriette. Cette dernière reçut en cadeau toute la compassion de Raymonde, désormais aux petits soins pour celle qui serait, à n'en pas douter, sa prochaine patronne. Car les parents d'Auguste se faisaient fort vieux et ne sortaient plus de leur maison du quai des Chartrons. Auguste en frémissait, lui qui se souvenait du dynamisme connu et reconnu de son père.

L'année 1874 fut marquée par la valse des maires à Arcachon. Au final, Lamarque de Plaisance récupéra son poste en novembre. Entretemps la ville et, partiellement, la Petite Mer, avaient été secouées par un terrible orage de grêle ! Comme quoi ce qu'on imaginait uniquement chez les autres pouvait très bien survenir chez soi. À méditer…

En septembre naissait Édouard Vercoutre, le deuxième fils de Léon. Plus au sud, dans le clan Thillet-Bordes, cette bonne nouvelle en provenance des cousins du nord passa vite au second plan : en janvier 1875 décédait Émile Pereire. Un véritable coup de tonnerre. Un coup de massue pour le père d'Auguste, et de vives inquiétudes pour d'éventuelles conséquences à Arcachon. Déjà que ses élus – entre deux chamailleries – redoutaient une désaffection de la part de la République dans la mesure où c'était l'empereur qui avait créé la ville et aidé à la lancer... alors, avec la mort d'Émile Pereire, qu'allait-il advenir de toute l'assistance, des réalisations en cours et de tous les projets pour Arcachon ? En réalité l'élan était donné et les sociétés des frères Pereire fonctionnaient à plein régime. Et, ô soulagement, la République lança un signe fort puisque Thiers en personne s'y rendit l'année même du décès d'Émile Pereire.

Cette disparition brutale du grand banquier entraîna-t-elle celle du père d'Auguste, huit mois plus tard, allez savoir ? Le vieil homme n'avait plus que le nom de Pereire à la bouche, un personnage déjà mythique et qu'il semblait déifier. D'une faiblesse indescriptible, le père d'Auguste mourut en toute discrétion en septembre. Il avait renoncé à vivre. Et juste à la fin des funérailles en Saint-André de Bordeaux, devant une foule recueillie, la veuve rassembla les siens pour avouer qu'elle aussi, d'une certaine manière, renonçait à la vie en se retirant dans un couvent des Pyrénées, sa région d'origine. Une décision irrévocable malgré les concerts de regrets de son fils et de sa belle-fille. Quant aux cousins, respectueux en apparence du défunt comme de la décision de la veuve, ils avaient déjà l'esprit ailleurs. Provisoirement. Voilà que le mildiou ravageait des vignes un peu partout, comme si les angoisses causées par la propagation du phylloxéra ne suffisaient pas. Comment pallier ces catastrophes ? Celle du moment, et les autres en perspective.

Loin des soucis viticoles de la famille, Raymonde changea donc de patron. Elle précisa de façon claire et nette qu'elle rendait désormais des comptes à madame Henriette et à elle seule. Message bien perçu par Auguste… d'une Raymonde au franc-parler toujours impayable. Ainsi au marché, alors qu'elle était accaparée par des consœurs curieuses de sa situation toute nouvelle, elle répondit, à propos de ses jeunes patrons :

— Je vous le dis tout net, madame et monsieur ont fait samedi dernier une sacrée sieste crapuleuse, et au beau milieu du grand salon !

— Non ?! En es-tu certaine, demanda Berthe ?

— Oh oui, comme je te le dis ma chère petite. Il y a des bruits qui ne trompent pas !

— Ben, au moins c'est qu'ils s'entendent bien ces deux-là !

— Ah, pour sûr, je puis vous le garantir. Le petit Albert, comme son grand frère Émile, sont des purs produits d'amour !

D'un autre côté, Raymonde détestait la présence de plus en plus embarrassante du cousin Roger dans la maison, au prétexte de retrouver des archives de la société de négoce Thillet-Bordes, dont il avait désormais seul la charge. D'ailleurs, madame Henriette ne l'appréciait guère, elle non plus. Une personnalité étrange que ce cousin Roger. Un homme distant, hautain et, pire, au regard inquiétant. Henriette se souvenait de la tristesse non feinte de son beau-père lorsqu'il avait réalisé qu'Auguste ne briguerait pas sa succession. Ce Roger lui faisait-il déjà peur à l'époque ? Si tel était le cas, alors le beau-père avait vu juste. À peine installé, Roger chamboula quelques contrats majeurs et historiques pour favoriser une clientèle existante mais mineure avant 1875 : la clientèle allemande, « l'ennemi ». Cette nouvelle orientation achevée, voilà qu'Henriette et même Raymonde s'aperçurent que le cousin tentait de manipuler d'autres cousins Thillet-Bordes pour « virer » Auguste et les siens de la maison du père, cette demeure de famille, historique, du quai des Chartrons. Au prétexte officiel du côté pratique de la maison, sise au-dessus des entrepôts du grand négoce familial. Auguste tint bon malgré les pressions exercées par certains proches qui lui enjoignaient de s'installer définitivement à Arcachon. Henriette, pourtant sensible à ce dernier argument, défendit son époux bec et ongles, pour le principe et pour conserver la belle demeure de cette branche de la famille. Rapidement, Roger essaya un autre subterfuge ; ne parvenant point à déloger le cousin, voilà que ce coquin sous-entendit qu'un trésor se terrait dans les locaux.

— Archives à l'appui, braillait-il, en affirmant posséder une lettre du grand-père commun. Lettre qui mentionnait ce trésor caché.

Mais il s'agissait là d'une preuve qu'il ne voulait montrer à personne, sauf à sa femme. Qui elle, évidemment, restait évasive sur le sujet. Le soi-disant « trésor Thillet-Bordes » était constitué par la fortune d'Alceste Thillet-Bordes, le grand-père commun et un colonel pionnier de l'Algérie. Un trésor substantiel rapporté et amassé d'année en année. De l'or, des bijoux ? Aucun document ne précisait la nature du trésor, selon Roger. Passablement agacé, Auguste demanda au cousin pourquoi il parlait de cette lettre seulement maintenant, depuis le décès de son père ?

Roger répondit, après réflexion, que la mort de son oncle l'avait incité à fouiller dans les archives de son propre père. Ce fut alors qu'il découvrit le document du grand-père. Un document secret. Et depuis, Roger s'était fait à l'idée de l'existence de cette manne et que celle-ci se cachait soit sous les entrepôts, soit dans la maison même, derrière un mur épais ou derrière l'une des cheminées.

— Et pourquoi ne me montrez-vous pas ce document, grinça Auguste ?

— D'une part parce que, clairement, le contenu ne m'y autorise pas, et… et d'autre part, euh, pour ne pas vous offenser.

— Quoi ! Vous en avez trop dit ou pas assez ! Allez, cousin, videz votre sac !

— Je le répète, je ne peux pas, pour ne pas salir la mémoire de mon oncle.

Auguste était prêt à empoigner Roger. Ce dernier se sentit menacé et bégaya :

— Le… le grand-père, oui, il a adressé cette lettre à mon père et à lui seul. Pas au vôtre. Euh, c'est précisé. Mais… vous le savez, Auguste, nos deux pères ne s'appréciaient guère. Et, semble-t-il, le grand-père avait un penchant très net en faveur de mon père.

— Que dites-vous là ? Qu'en savez-vous ? La vérité c'est que vous avez monté toute cette histoire avec toujours le même but : m'expulser du quai des Chartrons !

— Non, c'est la vérité !

— J'en doute.

Cette vilaine querelle entre cousins en entraîna une deuxième, malheureusement, entre les Thillet-Bordes d'un côté, et les Vercoutre de l'autre. Avec toujours pour origine, Roger le cousin véreux. En effet, lorsque Léon et Louise apprirent que le fameux cousin s'attachait à fournir l'ennemi, ils jugèrent que la Famille Thillet-Bordes se comportait de façon indigne. Si ce Roger ne quittait pas son fauteuil de président du négoce, cela signifierait que toute la famille bordelaise soutenait le cousin.

Et dans ce cas les relations avec les Vercoutre seraient interrompues. Comment était-ce possible de faire commerce avec ceux qui nous avaient pris l'Alsace et la Lorraine ? Pas de personnage de ce genre chez les Vercoutre ; ni de près ni de loin. Henriette devait choisir son camp. Elle comprenait mais trouvait Louise beaucoup trop intransigeante. Certes sa belle-sœur était celle, dans le giron familial, qui avait perdu le plus grand nombre de proches pendant la guerre. Mais de là à couper les ponts avec la sœur de son mari, c'était abusif. Déplorable, même, d'autant plus qu'Henriette refusait d'adresser la parole au cousin Roger ! Bref, elle trouva cette brouille aussi ridicule que détestable :

— Les Nordistes contre les Sudistes ! Nous voilà revenus en 1865, de l'autre côté de l'Atlantique… quelle bêtise ! Mes jeunes frères ont bien de la chance, loin de ces querelles stupides.

En effet les deux cadets, forts de leurs succès comme de leur intégration dans leur nouveau pays, ne voulaient plus entendre parler d'un retour en France. Une France républicaine, amputée et meurtrie par la guerre et traumatisée par la Commune de Paris. Ils étaient venus une dernière fois pour assister aux obsèques de leur mère. Victor, en critiquant la République, faisait preuve d'une bonne dose d'ingratitude : cette même République venait tout juste, en juillet 1875, de le nommer consul de France à Bahia Blanca, au sud de Buenos Aires, sur la côte Atlantique. Et Alphonse rêvait du même poste à Melbourne. Quant à Léon, en définitive, il se réjouissait du zèle de ses frères à lui procurer les meilleures laines à des prix défiant toute concurrence en dépit du coût du transport.

Auguste, entre deux querelles avec Roger, assistait avec fascination à la transformation d'Arcachon. Avec autant de satisfaction que d'inquiétude. Le syndicat des parqueurs de La Teste créait un marché aux huîtres à Arcachon. Quelques mois plus tard les pêcheurs répondaient en établissant un marché à la criée dans la halle centrale. Plus surprenant, deux chantiers de construction navale voyaient le jour et Auguste s'interrogeait : devait-il suivre cette voie, lui aussi ? Henriette tenta de l'en dissuader, catégoriquement. Elle obtint gain de cause, mais pour combien de temps ? Avec cette nouvelle charge sur le dos, très lourde, Auguste n'aurait plus aucune raison de conserver la maison du quai des Chartrons. Ainsi en arrivait-elle à prendre parti pour la vie à Bordeaux alors qu'elle rêvait depuis des années de s'installer à Arcachon ! Le monde à l'envers. Mais il était capital de conserver la maison bordelaise tant que cette histoire du trésor du grand-père ne serait pas élucidée. Et Raymonde réagissait exactement comme sa jeune patronne tout en rêvant, elle aussi, de revenir vivre à La Teste. Pendant ce temps la police, avec des ouvriers du bâtiment, scrutait le sol et les murs de l'entrepôt et des garages deux fois par semaine, mais sans succès. Ils allaient bientôt procéder à l'examen des étages.

Dès que cela lui était possible par rapport à la scolarité d'Émile, Henriette s'échappait du quai des Chartrons. Pour fuir cette atmosphère tendue, entretenue par un Roger véritablement cupide. Et pour retrouver à la place la Petite Mer et la ville d'hiver dont elle était devenue une inconditionnelle. De nouvelles villas sortaient encore de terre, c'était impressionnant. Et depuis la terrasse du Bel Air elle adorait observer la jetée d'Eyrac où se côtoyaient – presque – les nantis de l'ouest et les modestes travailleurs de l'est. Son cœur penchait à l'est et sa raison à l'ouest. Un jeudi de congé, alors qu'Albert dormait et qu'Émile jouait en contrebas de la terrasse, elle suivait une barrière de nuages qui fuyait en cotonnade vers le nord du cap

Ferret. Elle savait qu'elle aurait droit très vite à cette lumière magique sur la Petite Mer dès que le soleil inonderait celle-ci en provoquant mille reflets d'argent. Quelle beauté ! Et parfois il y avait mieux encore. Le surlendemain, alors qu'Auguste venait de les rejoindre, ils eurent l'occasion d'assister à une scène encore plus exceptionnelle. Au petit matin, au lever du soleil, Albert dormait sagement. Le petit-déjeuner était servi en terrasse pour les plus courageux. Ils en faisaient partie tous les trois, avec deux couples et un groupe d'Anglais. Le soleil était supposé apparaître, caché par une barrière de nuages. Ce fut le moment choisi par le maître d'hôtel pour inciter les présents à filer sans traîner jusqu'à la jetée d'Eyrac et de s'y installer pour admirer le ciel, plein est :

— Au début, vous ne verrez pas le soleil, caché trop à l'est, mais vous le devinerez grâce à ses effets sur la barrière de nuages.

Les quinze présents ne se le firent pas dire deux fois et en moins de trois minutes ils étaient tous accoudés à la rambarde est, les yeux en quête d'un grand spectacle. Et ils ne furent pas déçus. La barrière de nuages se déchira en deux pour se colorer sur sa face sud. Le rideau du théâtre venait de s'ouvrir. Le théâtre des lumières. Agglutinés de plus en plus vers la ligne d'horizon, les nuages se prêtaient en effet au coloriage facétieux d'un soleil naissant. Du violet, puis un très joli mauve qui se transforma à son tour en rose et en orangé avec la force croissante des rayons. Plus au nord, des reflets bleutés et argentés contrastaient encore avec les roses et les oranges. En levant la tête ils aperçurent les nuages qui tiraient leur révérence pour laisser la place à un ciel bleu d'une pureté incroyable.

— Oh God, it's gorgeous! Oh, darling, it's wonderful!

Émile regarda ses parents alors que son père, tout sourire, venait de dire, lui aussi :

— Henriette, darling, cela vous a-t-il plu ?

Il expliqua brièvement le sens de ces trois ou quatre mots d'anglais à son fils, puis Henriette lui asséna :

— Imaginez, mon ami, que nous puissions assister à cette féérie depuis la véranda du salon de notre villa, sur la petite montagne.

— Je sais, nous en rêvons tous les deux. Patience, ma belle. Ce temps viendra, mais il nous faut d'abord résoudre cette question soulevée par Roger. S'il dit la vérité, alors je fais construire sur le champ, grâce à ma part. Ensuite je lui laisserai la maison au motif de la commodité. Mais j'en doute…

— Oui, ce n'est qu'un menteur.

Lorsqu'ils eurent regagné la terrasse le maître d'hôtel leur expliqua que c'était la troisième fois qu'un tel spectacle se produisait, ici, le matin, depuis qu'il travaillait au Bel Air.

— Ces variations de lumière sur les nuages sont plus fréquentes le soir, au coucher du soleil. Et surtout depuis le nord du Moulleau ou carrément plus au sud. Reste que le matin, à la pointe de l'Aiguillon, cela vaut le déplacement !

Henriette pinça discrètement le bras d'Auguste et lui souffla à l'oreille :

— De notre villa nous pourrions jouir des deux tableaux, celui du matin et celui du soir. Mais l'aurons-nous un jour… Ce serait notre fille. Moi je vous ai donné deux garçons…

— Patience Henriette, patience, je vous en prie. Donnez-moi une fille, justement, et nous l'aurons notre villa, je m'y engage. On lui donnera même un nom proche de celui de notre fille !

— Comme vous y allez, mon ami !

Et ils s'embrassèrent en riant.

9

Lorsqu'Émile eut atteint ses dix ans, son côté strict et précis dut s'accommoder d'une forme de romantisme et d'espièglerie. Au grand dam de son père qui reçut des notifications alarmantes du directeur de la grande école privée. Émile s'adonnait de plus en plus régulièrement aux plaisirs de l'école buissonnière. Jamais ses parents ne purent obtenir la moindre explication malgré quelques roustes carabinées administrées par son père. En fait sa mère devinait qu'il s'intéressait aux jeunes filles. Pour ses dix ans il vola un premier baiser à une gamine de neuf ans, Marthe. Il ne savait pas exactement à quoi correspondait l'expression « tomber amoureux » mais il réalisait que cette Marthe l'attirait plus que tout. Plus que son jouet préféré, plus que son meilleur copain, plus que la Petite Mer et même, plus que sa mère. Ça promettait ! C'était un baiser volé pendant la récréation car dans son école privée de Bordeaux les classes étaient bien sûr séparées entre garçons et filles. Mais à la récréation – une originalité de cet établissement – les classes étaient mélangées. Des instants de détente dont Émile profitait au maximum. Aussitôt sorti de sa salle de classe il abandonnait ses copains et s'intégrait aux groupes de filles. Qui elles, n'attendaient qu'Émile, drôle et séducteur à la fois ! Le gamin, du genre précoce, devenait l'attraction au point de perturber certains professeurs et d'agacer le directeur de l'école. Mais que pouvait-on lui reprocher en la circonstance ? Le directeur ne tarderait pas à trouver : ses abus d'école buissonnière avec, à chaque occasion, la présence d'une des jeunes élèves à ses côtés ! De grosses punitions à la clé, pour lui bien sûr, mais également pour la pauvre fillette entraînée par le copain adulé par toutes.

Contrôlé de près, mais insatiable, l'apprenti jeune homme trouva un subterfuge, avec l'aval discret de Raymonde. Certains samedis matin, lorsque les parents renonçaient à se rendre à Arcachon, soit à cause du sale temps, soit pour des motifs professionnels, Émile accompagnait Raymonde au marché. Il adorait. Il y observait les gens, plus que les étals des commerces. Et surtout les jeunes demoiselles. Raymonde, sans le montrer, s'amusait du comportement et des réactions du petit bonhomme, tout en étant prête à le gendarmer pour ses audaces. Et rapporter aux parents, ce qu'elle ne ferait jamais, en fin de compte. Elle s'efforçait de scruter les étals, c'était son travail, tandis que lui s'attardait sur les jolis minois de jeunes filles parfois cinq ou six ans plus âgées que lui. Il faisait preuve d'un toupet extraordinaire. Par deux fois le même samedi matin Raymonde dut l'arracher en tirant violemment sur son manteau : le joli cœur était prêt à embrasser une belle petite qui le croisait dans l'allée.

— Mais Raymonde, grommelait-il, elle est si jolie ? Je voulais juste la serrer dans mes bras. Elle serait si contente, et moi aussi !

— Vous ferez ça plus tard, quand vous aurez vingt ans.

— Mais à vingt ans je serai mort, ou elle sera morte !

— Arrêtez de dire des bêtises, Émile ! Regardez-moi, je suis bien vivante, non ? Eh bien j'affiche trois fois vingt ans. Et vos chers parents, presque deux fois. Alors, s'il vous plaît, réfléchissez un instant et comportez-vous comme le jeune homme de bonne éducation que vous êtes.

— Mais qu'y a-t-il de mal à embrasser une jolie petite fille ? Cela doit lui faire plaisir, j'en suis sûr !

— …

Raymonde leva les yeux au ciel, se retenant de rire. Le jeune homme devenait intenable. Et lorsque ce fut le tour d'Albert d'accompagner Raymonde au marché, celle-ci pensa que ce ne serait point une corvée. Quelle erreur ! Ce fut pire qu'avec Émile. Le cadet, lui, ne cherchait pas à embrasser les jeunes filles mais plutôt à taquiner tout le monde et à faire des farces parfois embarrassantes. Comme de tirer les nappes des petits étals pour en faire tomber tous les produits présentés. Et il filait en éclatant de rire…

— Oh misère de misère, grognait Raymonde. Voilà la naissance d'un grand facétieux.

Et, courageuse en diable, elle poursuivait le gamin dans les allées du marché. À bout de souffle, serrant fort le loustic, elle grognait encore :

— Comme je plains ses parents. Ce ch'ti là va leur concocter les pires filouteries avec son air de Sainte Nitouche !

*

Le soi-disant trésor n'était toujours pas découvert. Roger, visiblement, profitait des recherches qui s'éternisaient pour s'incruster chaque jour un peu plus dans la grande maison du quai des Chartrons. À cause de cette péripétie sordide, Henriette ne cessait plus de fixer le portrait du grand-père, accroché au mur du petit salon, plutôt que le supposé Vermeer. Comment imaginer qu'un homme aussi droit, pour ne pas dire austère, ait pu dissimuler un trésor à l'insu – ou presque – de toute la famille et surtout le réserver à un fils plutôt qu'à un autre ? Les affirmations de Roger n'étaient que balivernes, elle s'en persuadait sans peine. Le montage d'un malveillant qui venait entraver la vie d'une famille heureuse pour lui extorquer sa demeure. Fut-ce à cause de ce cousin infâme et encombrant, elle ne pouvait l'affirmer, elle rêva de plus en plus régulièrement de Sa maison. Celle de la ville d'hiver à Arcachon. Une sorte d'échappatoire, à n'en pas douter. Sa maison lui apparaissait désormais une nuit sur deux, extraordinaire, juchée sur un promontoire de la petite montagne. Avec toujours, à la fin de chacun de ses rêves, cette vue incroyable depuis la véranda du salon. Une vue équivalente à celle admirée ce fameux matin, lorsqu'elle était accoudée à la jetée d'Eyrac :

— Oh Seigneur, cette petite véranda, quel endroit délicieux ! Le parquet qui craque un peu et je bondis sur le sofa garni de velours. Raymonde m'a déposé quelques chocolatines que je déguste en observant un ciel qui change de couleur. Mon Dieu comme j'aime ces instants magiques, que je savoure en évitant le moindre bruit.

Le plus souvent Henriette sortait de son rêve lorsque le bleu du ciel devenait intégral. Sinon Albert s'en chargeait, en pleurnichant.

*

L'année 1877 fut marquée par un ouragan meurtrier faisant un mort devant Notre-Dame d'Arcachon. À dire vrai, le deuxième en six mois. Mais la Petite Mer n'était pas quitte pour autant : elle dut subir deux tempêtes consécutives qui causèrent la disparition d'une chaloupe dans les passes, entraînant de nouvelles victimes. Au point qu'Adalbert Deganne, élu maire de la ville depuis peu, en remplacement de Lamarque de Plaisance, se demandait si le poste n'était pas maudit, et lui avec. Car il lui fallut, en outre, gérer de grosses bagarres entre le comité de défense de la plage d'un côté, et les pêcheurs de l'autre. Avec, pour conséquence, une nouvelle tension entre les municipalités concernées : celle de La Teste, qui accueillait une majorité des marins-pêcheurs, et celle d'Arcachon, qui tenait à bichonner ses « estrangeys » et ses hôteliers. Mais où étendre les filets si la plage devenait interdite aux pêcheurs ? Où entretenir les chaloupes et autres tilloles qui parcouraient la Petite Mer ? Ces bisbilles débouchaient sur une sorte de lutte des classes avant l'heure ! Pour faire bonne mesure l'Aiguillon, un quartier testerin, lança ses premières courses à l'hippodrome, mais avec un succès mitigé.

Un peu plus tard, en plein mois d'août, une tornade détruisit des centaines de tilloles et fit quelques nouvelles victimes. De quoi inquiéter et rebuter les vacanciers d'Arcachon. Une bonne nouvelle succédait malgré tout à une mauvaise : les Bordelais annoncèrent avoir jugulé le mildiou en inventant une potion magique, « la bouillie bordelaise ». Un mélange d'eau, de sulfate de cuivre et de chaux. Mais dans la foulée, à propos de chaux, démarrait une crise ostréicole sans précédent : les huîtres devenaient violettes et peu appétissantes ! Les intempéries accumulées avaient-elles joué un rôle dans cette catastrophe ? Depuis, les ostréiculteurs vivaient dans la hantise de l'arrêt complet… Aussi, sans parader le moins du monde, Auguste se réjouissait-il intérieurement de ses choix : la pêche, a priori moins soumise aux vicissitudes climatiques que la culture des huîtres ; et le chalutier vapeur, plus résistant à toutes ces intempéries à répétition. Il lui fallait donc investir dans de nouveaux vapeurs. Mais Auguste et sa famille ne furent point épargnés pour autant en cette deuxième moitié de l'année.

La pauvre maman, isolée dans son couvent des Pyrénées, venait de rendre l'âme. Auguste commença par fustiger ces sœurs qui n'avaient même pas daigné le prévenir de l'état de faiblesse extrême de sa mère. Par leur faute il n'avait pu la revoir vivante une dernière fois. Il se calma lorsque la mère supérieure lui eut remis un pli écrit de la main fébrile de la disparue et adressée à son cher fils. Elle expliquait avoir enjoint les sœurs de ne prévenir la famille que seulement après son décès, lorsqu'elle aurait trouvé sa place à côté du Seigneur. Elle avait même souligné deux fois les mots « seulement après ». Elle souhaitait bon courage et une vie heureuse à toutes et à tous, et elle terminait sa missive pathétique par un terrible avertissement :

— *Méfiez-vous Auguste, mon cher fils, du cousin Roger. Votre père ne l'aimait guère, et Dieu sait comme il avait raison. Comment aimer un homme aussi vénal que menteur ?*

Le même mois Auguste eut l'occasion de démontrer qu'il n'était pas vénal, lui. Il décida en effet de soutenir l'École centrale Maritime qui avait ouvert ses portes quelques années plus tôt. Grâce à ses succès elle avait quitté le quartier du Moulleau pour s'installer dans l'ancienne école Saint-Ferdinand. Les marins de l'un de ses voiliers furent même reçus par le Pape Pie IX qui encouragea l'école. Ce voilier s'appelait le Saint-Elme. Un peu plus tard, en devenant collège d'enseignement général, l'école adopterait le patronyme de Saint-Elme. Auguste tenait à soutenir l'initiative maritime tout en espérant faire mieux connaître la SPTB. Et il comptait, grâce à la formation dispensée, récupérer plus tard des marins bien formés et aptes à naviguer pour sa société.

*

Pendant tout ce temps les recherches continuaient dans la maison du quai des Chartrons. Chaque mur, chaque paroi étaient examinés, scrutés à l'œil et à l'oreille, mais toujours sans résultat. Roger donnait l'impression de passer tout son temps à surveiller les recherches. Au point qu'Auguste, exaspéré, prépara un rapport circonstancié pour le conseil de la société de négoce où il siégeait, et dans lequel il soulignait que le nouveau président ne s'occupait plus de la société. Et cela pour rechercher un trésor, sans doute inexistant mais qui, s'il existait, lui reviendrait à lui personnellement et en aucun cas à la société. Mais Roger manigança pour retarder la réunion du conseil de plusieurs mois. Et il faillit obtenir gain de cause ! Un matin, au hasard de leurs recherches, deux jeunes architectes crurent bien découvrir la cachette du fameux trésor. La réalité fut plus fade et décevante. Dans une encoignure au-dessus de la porte menant au grenier, le plafond sonnait creux. Montés au grenier, les deux hommes, suivis par Roger et par Auguste, s'aperçurent que le sol, à l'aplomb de la porte de l'étage en-dessous, sonnait le creux également. Auguste fit aussitôt procéder à l'ouverture du plancher. Une mince paroi de plâtre sauta sur le champ pour laisser apparaître un logement de la taille de quatre ou cinq coffres côte-à-côte. La mimique jouissive du cousin Roger ne dura qu'un instant. Ils ne récupérèrent que quelques vieux cartons pourris contenant du linge, et trois caisses de bouteilles, sans doute avec du vin… mais sans étiquette ni marque distinctive. Déception immense de Roger et sourire amusé d'Auguste, qui conclut :

— Vous êtes bien d'accord, cher cousin, il n'y a rien d'autre que ces cartons de linge et ces caisses de bouteilles ?

Roger passa une nouvelle fois une bougie dans le logement et, dépité, conclut à son tour :

— Euh, oui, visiblement. C'est navrant.

— Alors, cher cousin, nous arrêtons-là ces recherches. Et même si ces bouteilles peuvent valoir une fortune, je vous en fais cadeau. Oui, je vous les laisse toutes, sans exception ! Mais désormais vous ne remettez plus jamais les pieds dans Ma maison. Suis-je assez clair ?

— Trop, et je le regrette, car vous refusez de comprendre. Mes fonctions de président et successeur de votre père entraînent, en toute logique, que je m'installe ici-même, au-dessus des réserves de l'entreprise.

— Argument inacceptable, mon cher cousin ! Vous demeurez aujourd'hui à moins de deux encablures des entrepôts. Vous êtes plus jeune que moi et vous refuseriez de marcher quatre encablures par jour ? Je n'ose le croire. C'est la maison et sa taille que vous visez. Alors oubliez-la ou proposez-moi un prix. Un prix rondelet, car elle le mérite.

Les deux cousins se quittèrent définitivement fâchés mais Henriette et l'ineffable Raymonde en furent bien soulagées. Trois mois plus tard, au cours d'un conseil tumultueux, Roger était mis en minorité par une seule voix d'écart. Celle d'Auguste… Ou celle du cousin Martin qui, de ce jour, devint président de la société de négoce Thillet-Bordes. Ce Martin, cousin d'Auguste comme de Roger, n'avait pas vocation à prendre la présidence. Passionné d'œnologie, il aimait s'attarder en compagnie des maîtres de chais pour discuter des qualités ou des défauts d'un château ou d'un millésime. Mais au moins était-il respecté dans ce petit monde du vin. Respecté et jugé parfaitement honnête.

On apprit quelques mois plus tard qu'une société de négoce en vins, basée à Mayence en Allemagne, s'était offert les services du cousin Roger. Henriette profita de cette situation nouvelle pour « recoller les morceaux » avec les siens, à Lille et à Tourcoing. Fin de la brouille stupide entre les Vercoutre et les

Thillet-Bordes. Elle apprit à cette occasion qu'Alphonse, à son tour, venait d'être nommé consul de France à Melbourne. Et de son côté, elle annonça à Louise et à Léon qu'elle attendait un troisième enfant, sans doute pour le mois de juin. Sans dévoiler ses souhaits elle rêvait d'avoir une fille. Un peu parce qu'Auguste lui avait promis qu'une fille l'inciterait à faire construire encore plus rapidement cette maison tant espérée en ville d'hiver. Mais plus encore parce qu'elle constatait que les familles n'avaient donné que des garçons : Émile et Albert d'un côté ; Désiré et Édouard, de l'autre. Elle pria comme jamais pour être exaucée et accoucher d'une petite Marie. Tout simplement parce qu'elle appréciait ce prénom et voulait remercier la mère de Jésus.

Marie naquit à la fin du mois de mai 1878. Un véritable souffle de bonheur, une bénédiction pour Henriette. Un troisième enfant et enfin une fille. Auguste apprécia, lui aussi. Même Émile, âgé de douze ans désormais, trouva charmant d'avoir une petite sœur. Une toute petite sœur. Raymonde, instantanément, joua les grands mères attentionnées, ce qu'Henriette accepta d'autant plus facilement que Marie ne connaîtrait jamais le bonheur d'être choyée par au moins une grand-mère. Seul Albert couina contre cette naissance. Une naissance tant attendue, une petite fille tant espérée… et du coup ce « satané » bébé devenait le seul centre d'intérêt de la famille et même des proches ! Albert vécut très mal cette situation de désintérêt, relatif, mais à valeur d'absolu pour lui. D'emblée son esprit refusa cette petite sœur. Et en plus ce diable d'Émile jouissait ouvertement de cette situation nouvelle : Albert recevait la monnaie de sa pièce !

La petite Marie avait tout juste quatre mois lorsque la famille d'Auguste, au grand complet, assista à l'inauguration du buste de Brémontier, l'homme qui avait su reboiser les dunes pour les maintenir en place. Cette inauguration se déroula en ville d'hiver, dans un cadre magique. Henriette imaginait déjà, sur les hauteurs, à une ou deux encablures au nord, la construction de Sa villa, ornée de décors mauresques. Avec en prime une vision sur la véranda du grand salon qui donnait sur la forêt. Partie dans sa rêverie, elle ne retint rien du discours inaugural et laissa Auguste réprimander Émile et Albert qui n'arrêtaient pas de se chamailler.

— Cette villa sera pour toi, souffla-t-elle en embrassant son petit bout de chou de quatre mois.

Pour son premier anniversaire Marie était si belle et ressemblait tellement à une poupée miniature fignolée avec soin par un artiste pointilleux, qu'Auguste et Henriette en arrivèrent à s'intéresser de près à un phénomène relativement nouveau : la photographie. Les personnages les plus célèbres de l'État, les plus grands artistes, se faisaient régulièrement tirer leur portrait. Ils se souvenaient tous les deux du portrait de Napoléon III tiré juste avant la bataille de Solferino, en 1859. Une victoire, mais surtout un massacre, au point que l'empereur victorieux n'osa pas demander une nouvelle photographie à son retour. L'idée germa de trouver un spécialiste à Bordeaux pour ensuite envoyer par courrier, à Lille et à Tourcoing, le portrait de la petite reine.

— Et plus tard, insista Henriette, il nous sera possible de faire faire des photographies de la Petite Mer et de notre belle villa de la ville d'hiver, à l'attention de ma famille du Nord. Qu'en pensez-vous, jeune père ?

— Je pense que notre villa pourrait s'appeler Marie car elle sera aussi belle que notre chère petite !

Face à cet océan de bonheur, l'inquiétude régnait chez les viticulteurs et chez le cousin Martin depuis l'annonce des ravages du phylloxéra sur tout le vignoble de la Côte d'Or. Dans une année cette bête immonde n'allait-elle pas atteindre le Bordelais ? Elle avait déjà ravagé le Cognac voisin… Mais, enfin, la recherche semblait réagir. D'une part des traitements de la vigne au sulfure de carbone apparaissaient plutôt efficaces pour éloigner « le massacreur » à défaut de l'éradiquer ; et d'autre part certains plants de vignes américaines, importés, s'avéraient résistants et efficaces comme porte-greffes. Malgré tout la hantise subsistait et Martin venait régulièrement s'épancher et se requinquer chez Auguste… pour s'incruster presqu'autant que l'horrible Roger ! Mais avec un état d'esprit radicalement opposé. Personne ne s'y trompait, et surtout pas Raymonde, ce censeur implacable, qui accepta monsieur Martin comme s'il s'agissait du frère cadet de monsieur Auguste. Un frère adorable et honnête. Au cours d'une de leurs nombreuses conversations Auguste comprit que le cousin Martin jouissait d'une excellente réputation auprès des différentes sociétés des frères Pereire. Ces sociétés recevaient beaucoup de clients et de fournisseurs qu'il fallait bien traiter. Et Martin, en œnologue réputé, savait conseiller en vins les directions du groupe. Auguste nota dans sa tête cet atout particulier du cousin qui pourrait favoriser un contact précieux avec un architecte du groupe Pereire le jour où il déciderait – enfin – de faire construire en ville d'hiver.

10

Les mois se suivaient à un rythme accéléré, tant pour les Thillet-Bordes que pour les Vercoutre. Émile grandissait vite et entre ses onze et dix-sept ans, il allait tomber quatre fois amoureux ! Et chaque fois, que ce fut avec Marthe, avec Suzette, avec Pauline ou avec Geneviève, il rêvait d'emmener ses « fillettes » en bord de mer à Arcachon ou au Cap Ferret. Et plus certainement encore dans le bois autour du casino. Un paradis pour ses premières ivresses d'amoureux encore ignorant de la vie. Quoique très vite, grâce à Pauline, incontestablement plus délurée que les deux premières, il goûta de ce délire et de ce délice d'amour avec son cortège de bonheurs suivi d'autant de frayeurs incontrôlables. Des séquences bientôt renouvelées avec Geneviève. Ces péripéties n'empêchaient pas le jeune homme de s'affirmer bon élève. Au point qu'il en arriva à se poser des questions – et ses parents avec lui – au sujet des obligations militaires. De son côté le jeune Albert, chaque jour un peu plus taquin voire caustique, ne cachait guère sa frustration et son amertume de voir sa petite sœur focaliser les attentions et les marques d'amour. Cette situation le fit un tant soit peu se rapprocher de son aîné, entre deux chamailleries avec lui tout de même. Que faire devant cette petite Marie aussi espiègle que ravissante ?

À Tourcoing, Léon dirigeait d'une main de fer les Teintureries Vercoutre, laissant à Louise l'intégralité des questions d'éducation et de ménage. Désiré paraissait aussi sage et discret qu'Édouard polisson et pénible à canaliser. Leur père s'était réconcilié avec les Thillet-Bordes d'une part, et avec ses deux frères d'autre part. Car ces derniers, de fort loin, participaient à enrichir considérablement la société familiale grâce aux fournitures de laines d'une qualité rarissime pour des prix très intéressants. Un Léon enjoué qui alla jusqu'à envisager passer quelques jours chez sa sœur Henriette, lorsque la mère de Louise tomba gravement malade. Ce qui reporta le projet *sine die*. Dommage. Vraiment dommage, d'autant plus qu'Henriette se réjouissait des circonstances d'une visite à Arcachon : la ville venait d'acquérir le casino et projetait pour l'été d'organiser de merveilleux concerts en extérieur dans un décor exotique de rêve. Avec des aloès, des oliviers et tant d'autres variétés surprenantes. Surprenantes ? Pas vraiment puisqu'il s'agissait d'agrémenter les jardins de ce monument estampillé Andalousie et Afrique du Nord. Dommage également, puisqu'ils auraient pu croiser Alphonse XII d'Espagne qui se fiançait à Marie-Christine de Habsbourg. Un véritable roman d'amour, princier… royal, même ! Henriette écrivit à son frère avoir croisé le futur couple royal sur la toute nouvelle place Thiers, inaugurée en début d'année. Car Henriette continuait, entre ses tâches de mère et de maîtresse de maison, à écrire un journal exactement comme lors de ses premiers stages à Arcachon. Elle adorait répertorier les évènements qui se déroulaient sur le Bassin. Et cela ne manquait pas ! Comme la valse des maires pour aboutir à l'élection de Gustave Hameau en 1880. Et comme, quelques mois plus tard, la disparition d'Alphonse Lamarque de Plaisance, le tout premier maire de la ville. Elle consigna également la relance de la vigne à Gujan avec des plants du Médoc. Une entreprise risquée à cause de la crainte justifiée du phylloxéra. Et connaissant l'esprit d'Henriette, si proche du monde des pêcheurs, tant de cœur que de raison, il lui fallait coucher quelques réflexions à propos de la rentrée au collège Saint-Elme. Elle profita d'une mission pour dénicher des employés pour la toute jeune conserverie et pour la fabrique de filets, pour écrire ces quelques lignes :

— *Un lieu de paradoxes, proche géographiquement des milieux des pêcheurs et des employés des conserveries, mais si loin quant à la fréquentation. Un collège réservé aux riches, aux nantis, aux enfants des familles propriétaires des villas de la ville d'hiver...*

Auguste en profitait pour la pousser aux contacts et glisser aux dirigeants de la municipalité l'idée de l'importance d'une bonne éducation pour naviguer sur des chalutiers à vapeur. Et tout autant pour faire l'apologie de la SPTB, pour faire de la réclame ! Henriette en profitait pour se déplacer en phaéton et circuler dans le quartier des pêcheurs, côté Arcachon comme côté La Teste. Elle entendait les sirènes des chalutiers et parfois elle suffoquait à cause de la fumée noire et plus encore à cause de la poussière de charbon. Dans ces quartiers la vie n'était pas rose tous les jours. Mais au moins les familles les plus pauvres mangeaient elles à leur faim ou à peu près. Certains pêcheurs livraient désormais régulièrement à la conserverie Thillet-Bordes, bien conditionnés qu'ils avaient été par la gentillesse de madame Henriette. Après chaque passage dans ce quartier, elle revenait immanquablement dans sa chère ville d'hiver, un peu pour couper avec le quartier des pêcheurs, mais avant tout pour observer les constructions de villas aussi fofolles les unes que les autres. Elle constatait que le nombre des chantiers allait croissant et tremblait à l'idée qu'Auguste put renoncer au projet, faute de terrain ! Pour se requinquer moralement elle terminait l'après-midi par une promenade autour du casino avec un arrêt devant la salle d'Euterpe, le théâtre d'été. Un endroit magique pour assister à d'excellents spectacles, avec tout autour, un décor unique !

Une fois par mois, surtout à partir des beaux jours du printemps, Henriette emmenait ses enfants pour faire « son » tour d'Arcachon. Lorsqu'ils traversaient le quartier des pêcheurs et des ouvriers, Émile, et même parfois Marie, plaignaient ces marins-pêcheurs qui naviguaient sur les vapeurs de leur père. Quelle vie, sur un bateau de fer avec cette fumée permanente et cette odeur âcre et agressive de la poussière de charbon. Un sort peu enviable. Ces pauvres marins devaient rêver de grands voiliers et de ciel bleu.

— Et peut-être même des chaloupes à rames, précisait Émile à sa mère.

— Dans un sens vous avez raison mon fils. Mais n'oubliez jamais que l'un des buts des vapeurs est d'accroître la sécurité des marins. Une réalité, à ce jour.

Albert, lui, comme rarement, restait muet comme une carpe dans ces quartiers qui l'effrayaient. Il ne retrouvait sa langue qu'une fois en ville d'hiver. Tous les quatre admiraient ces villas originales et scrutaient celles qui sortaient de terre. Marie la première, glissait à sa mère :

— Et nous, quand maison ? Maison à nous, ici ?

La gamine d'à peine quatre ans savait déjà ce qu'elle voulait :

— Oh oui maman, maison comme la grande, en petite pour nous.

— Quelle grande ? Le casino mauresque, dans le parc ?

— Oui celle avec les escaliers.

Henriette crut vaciller. Sa fille rêvait comme elle. Exactement comme elle. Elle regretta l'absence d'Auguste, mais elle lui en glisserait un mot. Et Albert, à nouveau loquace, enchaînait déjà :

— Non, mère, pas ça ! Plutôt une belle maison comme le grand chalet, derrière le parc.

— En tout cas conclut Émile, père devrait se décider sans tarder. Les places sont déjà rares, et chères je présume ?

Décidément les enfants faisaient preuve de bon sens et de lucidité.

— À notifier au chef de famille, se dit la mère pour elle-même.

Autre nouvelle consignée dans le journal d'Henriette, l'ouverture de l'hôtel de la Forêt[19]. Une excellente nouvelle, hélas aussitôt reléguée au plus profond de la Petite Mer pour cause d'explosion au casino. Choquant, d'autant plus qu'elle entraîna la mort de deux personnes. Au même moment, dans le Nord, la mère de Louise rendait l'âme. Henriette monta jusqu'à Tourcoing, accompagnée par Marguerite qui tenait à soutenir son amie. Elles arrivèrent juste à temps pour assister aux obsèques. Le lendemain elles parvinrent à convaincre Louise et Léon de passer quelques jours à Arcachon pendant les fêtes de Pâques. Pour changer les idées d'une Louise effondrée. La visite fut courte et sans la présence d'Émile qui révisait pour passer son baccalauréat. Le jeune homme rêvait de devenir étudiant en droit, le plus loin possible de son frère, tout en regrettant d'abandonner sa petite sœur. Il laissa donc Désiré et Édouard avec Albert et Marie. Désiré, à l'aube de ses quatorze ans, apparaissait comme un adolescent déterminé, vif, austère et précis. Quant à Édouard il s'acharna à se montrer plus taquin qu'Albert, ce qui provoqua quelques torrents de larmes chez Marie.

19 – Futur Grand Hôtel Regina.

Pendant ce court séjour, Auguste en profita pour visiter avec les cousins la toute nouvelle société de construction navale, les Chantiers Lalande à Gujan-Mestras. Auguste semblait mi-admiratif mi-jaloux devant cette petite manufacture qui aurait pu être la sienne. Avec Léon ils en arrivèrent, en voyant les ouvriers au travail, à évoquer la constitution prochaine de syndicats d'ouvriers. Une loi était en préparation, ils le savaient[20]. S'il s'agissait de se rencontrer pour discuter au café du syndicat, c'était acceptable, selon Léon, très méfiant sur le sujet. Mais pas question que cela puisse perturber la bonne marche de l'entreprise. Dans le nord industriel cela risquait d'être une explosion à tout moment. Un souci de plus pour le chef d'entreprise. Auguste restait plus perplexe. Léon argumentait en citant des exemples aux États-Unis et surtout en Grande-Bretagne : un sacré motif d'inquiétudes[21]. En réalité Auguste était encore traumatisé par un autre évènement, beaucoup plus grave à ses yeux : le drame du Pélican, le chalutier d'une société concurrente qui avait sombré quelques semaines plus tôt, non loin de l'Île de Ré avec treize morts dans le naufrage. Solidarité oblige, Auguste et tous les siens avaient assisté aux cérémonies en mémoire des disparus en mer. Au final, un constat terriblement amer pour les présidents des sociétés de pêche : l'océan parvenait donc à vaincre les gros chalutiers vapeurs. Ils prièrent tous pour ne plus jamais revivre un tel drame qui pouvait remettre en question la viabilité même des vapeurs…

Henriette s'appliquait à guider sa famille du Nord dans les ruelles neuves de la ville d'hiver. Louise et Léon furent époustouflés par le cadre, par le parc du casino, mais peut-être

---

20 – Loi du 21 mars 1884.

21 – Quelques longues grèves paralysèrent les activités industrielles des deux pays à cette époque.

plus encore par la toute nouvelle villa Giroflé, qui subjugua tout autant Auguste. Un déclic ? Ce mélange de gothique et de Renaissance le laissa pantois. Et quelques semaines plus tard il obtint d'en faire la visite avec sa femme. Henriette remarqua immédiatement le confort de la villa qui disposait du chauffage central. La cerise sur le gâteau ! Le soir même de cette visite Auguste se rendit chez le cousin Martin, sans en informer son épouse.

— Martin, vous êtes proche, nous le savons tous, des directions des sociétés des frères Pereire. Pourriez-vous m'obtenir sans tarder le nom de l'architecte le plus recommandable, après Paul Regnauld, j'entends, pour discuter avec lui de la construction d'une villa dans la ville d'hiver ?

— Certes, cousin, j'ai mes entrées. Mais je vais devoir faire confiance en mes relations car à titre personnel je ne connais de nom que Paul, en effet.

— Faites comme vous pouvez, cher cousin. Je vous en saurai gré, de toutes les façons.

Auguste avait déjà des idées bien arrêtées sur le style, la taille et les pièces de sa future propriété. Des idées largement puisées chez Henriette. La touche mauresque, indispensable ; la situation, au plus haut de la petite montagne pour apercevoir d'un côté le Bassin et de l'autre la grande forêt ; la disposition des deux salons, agrémentés chacun par une petite véranda à la place des balcons. Ainsi, avec une telle structure, les invités allaient automatiquement tomber amoureux de la Petite Mer, si ce n'était pas déjà le cas. Une forme de propagande bien dans l'esprit d'Auguste Thillet-Bordes, chef d'entreprise et précurseur !

Les cousins à peine rentrés à Tourcoing, Henriette apprit qu'un arrêté préfectoral autorisait un marin-pêcheur de Gujan à construire une cabane ostréicole en plein Bassin. Et cela en dépit du souvenir indélébile du fameux raz-de-marée survenu neuf mois plus tôt. Un raz-de-marée qui avait balayé la jetée d'Eyrac et isolé gravement l'île aux oiseaux. Heureusement un chalutier était parvenu, deux jours plus tard, à embarquer les malheureux îliens et les déposer sains et saufs à Arcachon. Un chalutier qui n'appartenait pas à la SPTB mais qui démontra, si besoin était, le bien fondé du développement des pêcheries constituées de chalutiers vapeur. Du moins fut-ce là la conclusion d'Auguste… avant le drame du Pélican. À la même date, entre ces deux évènements dramatiques, Henriette avait consigné sur son journal la fermeture du buffet chinois. Quelle tristesse ! Quelle déception de voir disparaître cet établissement qui avait valeur de symbole et de mise en bouche pour l'estrangey qui débarquait sur le Bassin d'Arcachon pour la première fois. Henriette concluait son paragraphe par :

— *...une page de l'Histoire d'Arcachon se tourne... déjà.*

Huit mois après avoir enregistré la demande de son cousin, Martin revint au quai des Chartrons accompagné par un architecte de renom : Éloi de Marmont, qui riait sous sa cape ! Une demi-surprise… Cette fois Auguste ne put cacher son projet plus longtemps à son épouse. Cette dernière, émue et ravie, accueillit Éloi avec tout son charme et tout son enthousiasme. Ils eurent ensemble une première discussion à bâtons rompus concernant la future construction. L'architecte avait apporté dans ses cartons une liste de cinq terrains disponibles avec leur localisation. Henriette écoutait, silencieuse, mais lorsqu'Éloi eut terminé de présenter les terrains, elle s'écria :

— Celui-là, celui-là Éloi ! Oh oui, celui-là Auguste, mon doux ami !

Et elle pointa le doigt sur un petit carré dessiné sur un plan tracé au crayon et annoté de chiffres correspondant d'une part à la superficie et d'autre part à la hauteur – l'altitude – approximative. Celui qu'elle désignait n'était pas le plus grand mais il était situé le plus en hauteur parmi les cinq. Éloi de Marmont afficha un sourire, déjà complice :

— Un excellent choix, ma chère Henriette. C'est en effet, et je peux en témoigner car je connais les cinq terrains pour m'y être déplacé à plusieurs reprises, le meilleur emplacement parmi ceux que la société met à disposition. Mais ce n'est pas le moins dispendieux, je tiens à le préciser.

— Qu'importe, balaya Auguste. Je vous fais confiance, et réservons donc celui-ci dès aujourd'hui. En fait je le situe très bien. Il domine presque la petite montagne. Oui, c'est très satisfaisant et cela fait tant plaisir à ma chère épouse.

Henriette, muette de bonheur, eut toutes les peines à cacher une larme.

— Maintenant, reprit Éloi, parlons simplement sans entrer dans trop de détails. Révélez-moi vos souhaits pour la construction et ensuite je pourrai vous préciser ce qui est réalisable et ce qui ne l'est pas. Lorsque j'aurai une idée claire et précise sur vos souhaits et que nous serons d'accord sur les grandes lignes, je vous abandonnerai pour trois mois. Je reviendrai ensuite avec un plan et une ébauche de devis. Entretemps vous devrez passer à la société pour signer l'acte d'achat du terrain ainsi que – si cela vous sied – celui qui m'attache à vous pour la construction.

Ils se levèrent et, à peine la porte du salon ouverte, Marie s'engouffra dans la pièce. Éloi de Marmont salua la jolie petite fille de presque six ans, insouciante et amusante. Il savait bien qu'elle faisait le bonheur de ses parents. La nuit venait de tomber et le ciel semblait chargé de nuages. Marie lança aux trois adultes :

— Pourquoi y z'ont pas allumé les étoiles, ce soir ?

Amusé, Éloi répondit à la place des parents :

— Parce que ce soir, l'étoile c'est vous, jolie demoiselle !

Surprise, Marie regarda ses parents et Henriette ne put s'empêcher d'ajouter :

— Bientôt nous aurons une belle maison grâce à oncle Éloi. Cette maison dont nous rêvons tous, peut-être que nous pourrons l'occuper pour vos dix ans. La villa de Marie, la villa Marie…

— N'oubliez pas ses frères, tout de même, glissa Auguste à son épouse vibrante de bonheur. Lui trouver un nom n'est pas une urgence, elle n'existe même pas encore sur plan !

— Ceci dit, reprit l'architecte, pour la distinguer dans mon service, je vais la nommer « M ». M comme Marie.

— Ou M comme de Marmont, plaisanta Henriette ?

— Oh non, chère Henriette. Si tel était le cas il y en aurait déjà dix autres en ville d'hiver qui porteraient cette lettre de reconnaissance.

— Ou M comme mauresque, pendant que vous y êtes, ajouta Auguste !

— Nooon, reprit Henriette, cela ferait trop prétentieux par rapport au casino tout proche.

— Bon, contentons-nous de M pour aujourd'hui. Ce sera un peu les trois ensemble, conclut Éloi.

Lorsqu'elle retourna à Arcachon, Henriette s'en fut directement voir ce terrain qui allait lui appartenir. Elle se réjouit de son choix, même si elle eut préféré encore plus de hauteur. C'était déjà fort bien. Au même moment le directeur du Bel Air lui apprit qu'enfin l'eau courante venait d'être installée en ville, en provenance du lac de Cazaux.

— Ainsi, songea Henriette, la villa aura le chauffage central et l'eau courante. Auguste a-t-il donc eu raison de traîner autant pour se décider ?

Ce que redoutait Auguste, ès-qualité de président de la SPTB, survint en mars 1884 : la création du premier syndicat de marins à Gujan-Mestras. Il songeait aux propos inquiétants du beau-frère. Pour se changer les idées il s'en fut trouver Éloi dans son bureau, qui lui esquissa les plans de leur future villa. Avec rapidité et précision… quel talent ! Adjoint du grand Paul Regnauld n'était point usurpé… Avec l'accord d'Henriette, Auguste venait de prendre une décision osée mais raisonnée : laisser volontairement libre cours à Éloi qui avait acquiescé à leur « habillage » mauresque et à leur souhait de créer deux salons avec véranda.

Plus que jamais Henriette parcourait la ville d'hiver en phaéton, parfois avec Auguste à ses côtés, pour s'émerveiller des constructions baroques en cours et pour s'armer de patience. Voire même pour piquer une idée çà et là. Elle appréciait toujours autant la situation de leur terrain ; proche de la place des palmiers et de son charmant kiosque à musique ; à deux encablures environ d'une plage magnifique ; et à deux pas du casino mauresque, cette bâtisse qui ne cessait de la stupéfier. Où étaient donc la sagesse et l'uniformité des constructions de son cher Nord ? Au bord de la Petite Mer elle palpait vraiment un autre monde. Mais qu'elle cautionnait totalement, après avoir commandé une façade aux accents mauresques pour sa propre maison. Certes, ici, la faune des oisifs richement vêtus et qui paradaient dans les jardins du casino ne lui convenait guère.

Car dans le Nord même les plus fortunés savaient rester discrets et surtout, ils travaillaient. Parfois même très durement. Parader n'existait pas dans ses gènes, quand bien même serait-elle propriétaire de la plus luxueuse villa de la ville d'hiver. Mal à l'aise devant des gens pourtant souvent moins fortunés qu'elle, elle rêvait de ces lieux avant tout pour les beautés du site et la qualité de la vie qu'ils proposaient. Une sorte de paradis exotique pour cette native de Lambersart, la banlieue chic de Lille. Lorsqu'elle regagnait l'Aiguillon et le grand hangar de la SPTB, avant de rentrer sur Bordeaux, elle goûtait un peu moins du décor, certes, mais beaucoup plus de la faune locale, modeste et travailleuse. Ce monde du travail avait toujours été le sien, qu'il fut pauvre ou aisé.

Pour ses soixante-dix ans, Raymonde songea à quitter ses fonctions. Mais lorsqu'elle apprit que monsieur Auguste envisageait sérieusement la construction d'une villa dans la ville d'hiver d'Arcachon, non loin du lieu de ses racines familiales, elle décida de prolonger ses services auprès du couple Thillet-Bordes. Afin de connaître cette maison et d'y servir au moins un an. Cela d'autant plus, et malgré leurs travers, que le couple faisait de bons patrons. Même si elle ne s'habituait vraiment pas au ton caustique et déjà condescendant de ce gamin fat qu'était Albert, selon elle. Un garnement qui se croyait indubitablement un être supérieur ! Quel contraste avec la jeune Marie, la plus respectueuse et la plus proche des « domestiques ». Parce que c'était une femme ? Pas certain. Marie était l'exact opposé de son frère Albert qui commençait à s'épancher en bavardages grandiloquents alors qu'il n'avait que douze ans. Ça promettait ! Raymonde avait interdiction de lui répondre ou elle se faisait houspiller par monsieur Auguste. Car ce satané Albert ne manquait jamais de rapporter à son père la moindre réaction de « la bonne ». Oui, pour ce jeune prétentieux il y avait son monde d'un côté et celui des larbins de l'autre.

— Un jeune animal puant et amateur d'esbroufe ! Comment madame peut-elle accepter ça, ce n'est pourtant guère son style ?

Raymonde préférait tout de même Émile. Agréable, respectueux, mais pas franchement proche. Surtout depuis qu'il courait les filles et qu'il tenait à rester le plus discret possible. Quoique son manège n'échappait jamais à cette fine lame qu'était Raymonde. Peut-être même était-il distant à cause justement de l'instinct quasi infaillible de l'employée de maison. Et puis, de toute façon, monsieur Émile allait partir, aux dires de madame Henriette, à l'autre bout de la France pour effectuer ses obligations militaires.

— Loin de ses conquêtes bordelaises, songea Raymonde en riant, mais sûrement pour en faire d'autres…

11

Émile venait de réussir brillamment son baccalauréat et se lançait dans des études de droit à la Faculté de Bordeaux. Bouillant et avide d'action, ses études le lassèrent très vite. Sa seule activité physique se résumait, en fin de semaine, à des chamailleries et des pugilats avec un frère infernal. Parfois il parvenait à s'évader pour marcher des heures dans la forêt d'Arcachon, autour du terrain de leur future maison. Et, plus rarement encore, au Cap Ferret qu'il adulait tout autant.

Vu ces circonstances, et en parfait accord avec son père, il décida de son départ aux armées. Son père s'impatientait de l'avoir à ses côtés pour le former comme responsable de la conserverie Thillet-Bordes, en plein développement. Cette décision lui convenait donc à merveille. Quant à Émile, qui savait désormais qu'il était affecté à une unité dans les Alpes, il rêvait déjà de cet éloignement et d'activités militaires ardues dans la montagne. Quel changement en perspective ! La loi Cissey de juillet 1872 concernant le service national permettait de réduire la durée du service obligatoire de cinq années à une seule, voire même à six mois, par le truchement d'un tirage au sort. Auguste sauta de joie lorsqu'il apprit que son fils « en prenait » pour un an seulement. Quelques semaines plus tard Émile effectua le long trajet Bordeaux Cran-Gevrier, à côté d'Annecy, pour être intégré au bataillon alpin des chasseurs à pied. Une unité créée après la défaite de 1871. Son installation et son adaptation ne posèrent aucun problème à ce jeune homme actif de vingt ans à peine. Très à l'aise avec tous ses camarades de l'unité, toujours premier à vouloir rouler sa bosse dans la montagne, il rêvait malgré tout de longues promenades apaisantes au bord du lac d'Annecy, la Petite Mer locale. Il devint même un inconditionnel des flâneries dominicales entre Annecy et Talloires en passant par Veyrier-du-Lac. Des balades qu'il effectuait seul, le plus souvent, car la majorité de ses compagnons n'avaient pas la fibre – ou pas encore – pour apprécier les beautés des paysages locaux. Dommage pour eux.

Trois mois seulement après son arrivée en juillet, à la mi-octobre donc, alors qu'il flânait, heureux, par une belle journée d'automne, le long du canal de Thiou à proximité du lac, il la vit ! Sans savoir à cet instant précis que cette vision allait bouleverser sa vie. Et même doublement… Il abordait le pont Perrière, ou peut-être le pont Morens, il fut incapable de s'en souvenir tellement il se sentit troublé. C'était presque en bord de lac… Il y croisa une beauté légère et irrésistible, une jeune personne avec une classe naturelle époustouflante. Un visage doux et décidé à la fois. Une allure de princesse. Il fixa son regard sur cette charmante jeune femme à la chevelure auburn et fut aussitôt incapable de regarder ailleurs. Lorsqu'elle-même perçut le regard du jeune militaire, ce dernier en fut submergé et cloué sur le pont par la beauté infinie de ses yeux, et par son sourire. Car d'emblée Émile fut persuadé que la jeune femme lui avait souri avant de détourner son regard, dans un réflexe de pudeur. Un signe de bonne éducation. Totalement aimanté, Émile continuait de la fixer. La silhouette puis la vue de sa chevelure soignée qui cachait le haut du dos, achevèrent de le convaincre : il devait l'aborder. Mais comment ? Il ne chercha guère longtemps :

— Excusez-moi, mademoiselle ! Vous qui m'avez souri lorsque nos regards se sont croisés, puis-je vous demander –

si vous êtes d'Annecy – de m'aider à mieux connaître cette ville magnifique en une demie journée ? Je suis basé près d'ici à Cran-Gevrier, et dois rentrer en caserne au plus tard à six heures, demain matin.

Essoufflé par l'enchaînement de ses paroles et surpris par son audace, il marqua un temps d'arrêt. La jeune femme le gratifia aussitôt d'un deuxième sourire irrésistible :

— Oui mon lieutenant, répondit-elle, visiblement satisfaite de son effet, ma famille demeure à Talloires, tout près d'ici. Que voulez-vous savoir, que voulez-vous connaître ?

— Euh… mademoiselle, vous connaissez les grades des officiers de l'armée ?

— Mais oui, beau militaire, car mon père fut capitaine en Périgord avant de devenir commandant à Cran-Gevrier !

— Oh, est-ce possible ? Vous êtes la providence. Sachez que je suis Bordelais et, pour quelques mois encore, sous-lieutenant à Cran-Gevrier. Puis-je donc connaître le nom de votre cher père ?

— Bien sûr, il s'agit du commandant de Prégent. Mais il vient d'être muté et retourne en Dordogne, à Périgueux, ès-qualité de lieutenant-colonel. Et ma mère et moi devons le rejoindre dans trois mois.

— Doux Jésus, quelle chance inouïe ! À Périgueux, là où mon propre père souhaitait que j'effectue mon service national. Le nom de de Prégent ne m'est pas inconnu, en effet. Je suis personnellement sous les ordres du commandant Fillol, qui est son successeur me semble-t-il ?

— Oui, exactement. Et maintenant, jeune lieutenant, que puis-je pour vous ?

— Oh, oserais-je demander à la fille du lieutenant-colonel de bien vouloir accorder quelques heures à un petit sous-lieutenant en quête de rêves et de beauté ? À commencer par flâner dans Annecy aux côtés de la plus jolie fille de toutes les Alpes. Ce serait un bonheur immense. Pour moi, j'entends.

— Comme vous y allez, lieutenant, répondit-elle avec un sourire amusé et complice à la fois ! Je ne sais si je dois accepter.

— Mademoiselle… euh…

— Colette. Colette de Prégent, lieutenant…

— Sous-lieutenant Thillet-Bordes, Émile Thillet-Bordes. Oh, mademoiselle Colette, si votre après-midi est libre, je vous en supplie, ne refusez pas !

— Une partie de mon après-midi est libre, je le concède. Mais dois-je accepter pour autant ? Nous ne nous connaissons point.

— Point encore, et c'est là l'occasion, chère mademoiselle.

— Alors, jeune sous-lieutenant, suivez le guide et écoutez-le bien sagement.

— À vos ordres, guide de Prégent !

Ensemble ils flânèrent deux bonnes heures dans les plus beaux quartiers de la « Venise des Alpes ». Une cité parfaitement adaptée au romantisme le plus palpitant. Pour une promenade le long des petits canaux et sur des ponts fleuris, pour aboutir à une douce flânerie le long du lac. Colette, sérieuse et précise dans sa fonction d'un jour, lui montra le château, le Palais de l'Isle, la porte Perrière et les nombreuses églises de la cité en terminant par la cathédrale Saint-Pierre. Mais Émile ne retint rien, ni de Notre-Dame de Liesse, ni de Saint-François de Sales : il ne voyait qu'elle, son guide. Il savourait un indicible bonheur et se retenait, avec peine, de prendre Colette par le bras. Il l'écoutait, il l'admirait, mais il aurait été incapable de répéter ses présentations pourtant claires et précises. Intarissable sur les beautés d'Annecy. À un moment elle le fixa, soudain muette. Il la regarda en face et lui sourit.

— M'écoutez-vous, lieutenant Émile, finit-elle par lui dire ? J'en doute.

— Je vous écoute, chère mademoiselle Colette et j'admire Annecy telle que décrite par un guide merveilleux. Mais j'aimerais tant que nous fassions une pause pour que vous puissiez me parler de vous.

— Et pourquoi cela ?

— Parce que ce que je trouve de plus séduisant à Annecy aujourd'hui, c'est vous !

— Oh, lieutenant, c'est une déclaration ou j'en perds mon latin ! Je ne vous connais pas, jeune homme. Nous nous sommes rencontrés il y a deux heures à peine.

— C'est justement le moment de mieux nous connaître et pour moi de vous apprécier encore plus. Indiquez-moi s'il vous plaît un petit estaminet où nous pourrions être tranquilles et profiter également du merveilleux décor offert par Annecy.

— Enfermés par cette belle journée, vous n'y pensez pas ?!

— Alors, s'il vous plaît, trouvez-nous un établissement avec terrasse. Et je vous invite, naturellement.

— La question n'est pas là mon am… euh, mon lieutenant je veux dire.

— Moi j'aimerais tant pouvoir vous appeler mon amie…

— Jouer les audacieux et les hommes pressés, cela semble décidément bien vous convenir, beau militaire.

— Pressé, oui dans un sens. Ne vous ai-je point déjà précisé que je devais impérativement me trouver en caserne avant le jour, demain matin ?

— Si fait.

— Et je souhaite de tout mon cœur pouvoir vous revoir au plus vite. Avant, bien évidemment, votre retour à Périgueux. Et lorsque vous serez installée chez votre père en Dordogne je serai, à mon tour, votre guide pour cette belle région qui va de la Dordogne jusqu'en Gironde

— Ah oui, bon plan en effet. À méditer. Allez, d'accord, suivez-moi. À deux pas d'ici il existe un petit débit avec terrasse d'où l'on aperçoit le lac.

Émile souffla discrètement, subodorant que sa vie risquait de basculer. Une première fois.

Colette, très détendue, s'afficha livre ouvert. Livre ouvert discret, mais livre ouvert malgré tout. Elle ne lui cacha point qu'elle rêvait d'une autre vie. Elle s'ennuyait à aider sa mère infirme, à tricoter ou à faire du crochet. Elle rêvait d'espace, de voyages et surtout de la mer. Une étendue d'eau plus vivante qu'un lac, si beau fut-il, comme c'était le cas à Annecy. Ses études avaient été interrompues pour rester auprès de sa chère mère alors que le commandant était toujours par monts et par vaux. Le contraire de ce qu'elle pouvait rêver. En prononçant de tels aveux elle fronçait les sourcils. Émile ressentit alors que la jeune femme devait avoir du caractère. Encore un bon point.

— Je comprends ce sentiment, souffla Émile à voix très basse et en regardant Colette dans les yeux. C'est le besoin de vivre, de vivre intensément. On ne vit qu'une fois et la vie est bien courte, en définitive. Madame votre mère souffre-t-elle d'une grave infirmité ?

— Oui, elle est paralysée des deux jambes. Elle en souffre. Beaucoup plus mentalement que physiquement. Enfin, il me semble. Elle m'aime et culpabilise pour moi. Mais j'ai fait une promesse à mon père : jusqu'au jour où je rencontrerai un homme qui partagera ma vie je serai aux soins de ma pauvre mère pour le libérer, lui, pour qu'il puisse continuer son travail de comm… de lieutenant-colonel, pardon.

Émile devina que la chance lui souriait. Qu'il pouvait devenir le prince charmant pour cette jeune femme qui serait ainsi déliée de sa promesse grâce à cette rencontre. Ainsi pourrait-elle changer de vie et découvrir le port de la Lune et la Petite Mer. Deux endroits magiques pour rêver d'espace et de voyages maritimes. Alors il lui ouvrit son cœur sur le champ.

— Mon regard ne m'appartient plus et mon cœur vous appartient déjà. Ce que vous venez de m'avouer au sujet de vos espérances me conforte dans ce que je viens de vous dire. Vous savez, comme beaucoup de jeunes gens j'ai cru tomber amoureux à quinze ou dix-sept ans. Je m'amourachais rapidement, je le reconnais. Aujourd'hui c'est différent, je vais avoir vingt ans. Je suis obligé d'admettre et de vous dire que je ressens pour vous un amour sincère, déjà profond, et que j'estime même éternel. Cette rencontre était prévue, j'en suis intimement convaincu et je ne puis l'imaginer autrement. Tout concorde. Je vous ai bien écoutée parler d'espérance comme d'espace maritime. Et moi, lorsque je vous ai aperçue sur le pont, euh, le pont…

— Le pont Perrière.

— Oui, le pont Perrière, vous vous en souvenez très bien. À cet instant précis j'ai su que votre visage serait ancré à jamais dans mon esprit. Et cela d'autant plus que je suis persuadé que moi aussi je vous ai troublée. Colette, dites-moi que oui !

— Euh, troublée, je ne saurais dire. Interloquée, je vous le concède. Et je vous concède également que depuis je m'émeus de tant de sollicitude.

— Oh c'est simple, je suis réellement amoureux et je vous avoue, sans prétention aucune, que l'un de mes plus grands plaisirs est de faire plaisir à quelqu'un. Et si j'aime la personne visée, alors mon plaisir est décuplé. Avec vous, mademoiselle Colette, il est multiplié par dix, par cent, que dis-je, par mille ! Pour atteindre le bonheur absolu. Laissez-moi vous prouver ma tendresse débordante.

Il osa l'effleurer pour lui caresser la joue. Surprise, elle amorça un mouvement de recul mais aussitôt elle prit sa main dans la sienne, dans un élan de tendresse. Le soleil se couchait et Colette demanda à Émile de régler les deux consommations pour l'entraîner vers un endroit, un point sublime pour apprécier le coucher de soleil sur le lac. Un crochet non loin de la route de Veyrier-du-Lac. Le temps s'y prêtait. Émile lui prit le bras et elle lui sourit, mutine, mais ne retira pas son bras. Débordant de tendresse le jeune sous-lieutenant eut toutes les peines à se gendarmer pour ne point déjà la serrer dans ses bras. Ils assistèrent, silencieux, à un coucher de soleil qu'Émile jugea digne de certains couchers sur la Petite Mer. Il glissa à l'oreille de Colette :

— Encore un signe positif.

Hélas, il était temps de se quitter. Au retour dans le centre-ville Émile la questionna à nouveau au sujet de sa pauvre maman qu'il aimerait rencontrer, ainsi que le lieutenant-colonel de Prégent.

— Attendez mon ami, je vous en prie. Nos esprits doivent s'apaiser et nos cerveaux fonctionner à froid. Je vous propose, dans un premier temps, de nous revoir dimanche dans quinze jours, si vous obtenez une permission de sortie.

— Oh, chère Colette, je m'agenouillerais devant mon commandant pour l'obtenir, si besoin était. Mais je vous le confirme : dimanche dans quinze jours, ici même, sur notre cher pont Perrière, à deux heures de l'après-midi. Ce qui signifie dans une éternité. Mon attente va se révéler infernale, je le sens, mais je parviendrai à tenir en pensant à vous. Et, s'il vous plaît, laissez-moi votre adresse.

Colette sourit mais obtempéra. Un nouveau signe positif. Ils se quittèrent sur un léger effleurement de la main d'Émile sur la joue de Colette. Elle le regarda partir, il courait presque. Elle ne réalisa pas que pour lui c'était un moyen de cacher ses larmes. Alors, triste et troublée elle aussi, elle s'en fut reprendre la voiture à cheval qui la ramènerait jusqu'à Talloires pour retrouver sa pauvre mère. Et pour lui prodiguer de nouveaux soins avec toujours autant d'amour.

Pour s'empêcher de gamberger comme un malade pendant des jours et des jours, Émile participa sans compter à toutes les marches en montagne. Des marches épuisantes en partie à cause du paquetage complet. Avec sa section il parcourut des lieues et des lieues, découvrant des endroits pittoresques et d'autres, non loin d'Annemasse, qui proposaient des établissements dédiés aux même cures que celles tant appréciées à Arcachon ! Mais chaque nuit, malgré une fatigue extrême, il rêvait. Il rêvait d'un ciel étoilé comme on peut en voir en montagne, mais transposé au-dessus du port de la Lune ou au-dessus de la Petite Mer, au niveau de cette colline de sable qui la surplombe. Et à chaque fois il voyait apparaître un astre. Une boule d'or qui aurait pu être le soleil, mais en pleine nuit. Une boule d'or qui lui dévoilait le visage doux et élégant de Colette sa bien-aimée. Comme il s'en doutait il fut incapable de patienter quinze jours sans lui écrire un premier courrier, ses premiers véritables mots d'amour. Il réalisait en écrivant à quel point il était amoureux : pour ses précédentes amourettes, jamais l'idée d'écrire ne lui avait effleuré l'esprit. Et cette fois c'était indispensable. Il peaufina un texte, après mille ratures, qui ne lui convint qu'à moitié. Mais il souhaitait à tout prix lui faire part de ses sentiments. Des pulsions plus aisées à transmettre par écrit que par oral, en définitive.

Colette, ma tendre amie,

Vous me faites franchir les étapes du temps. Je me souviens du petit garçon tendre et drôle que je fus jusqu'à l'âge de dix ans. Puis de l'adolescent perpétuellement angoissé et inquiet. Et enfin du jeune homme passionné mais discret. Vous avoir rencontrée me transforme déjà et va me transformer encore. Vous avez pris mon cœur, et mon esprit s'enfle d'espérance. Je me devine dans vos bras, à nouveau petit garçon tendre et drôle. Oui Colette, saisissez-vous de moi avant que l'affaire florissante de mon père ne m'accapare au plus haut degré. Ce que j'espère, malgré tout, tout autant que je le redoute. Il vole de succès en succès et s'impatiente de me voir le seconder. Notre famille, fort respectable est, je crois, digne de la vôtre. Mon père appartient à une famille de notables bordelais et ma mère est la fille d'un important industriel du Nord, cette région d'entrepreneurs qui fait la fierté de la Nation. Colette, sachez-le, ne serais-je qu'un simple pêcheur ou un brave résinier, je ne vous en aimerais pas moins, oh non ! Mais c'est une chance, je le crois, d'être nés, vous et moi, de vieilles familles aussi respectables que respectées.

Allez-vous apprécier ma spontanéité à vous écrire et ma sincérité en me dévoilant de la sorte ? J'ose y croire, d'autant plus que je me sens incapable de trouver les mots justes, devant vous. Colette, je vous en conjure, ne peuplez plus uniquement mes rêves ! Je passe des nuits exquises à rêver de la forêt des Landes. Je nous y aperçois, sagement bras-dessus, bras-dessous. Et par intervalles nous nous étreignons et nous nous em-

brassons avant de reprendre notre belle promenade. À chaque fois un peu plus heureux encore. Mais mon réveil est toujours horrible.

Ma tendre amie, franchissez le pas et autorisez-moi à rencontrer vos parents. Et plus tard vous me rejoindrez à Bordeaux pour rencontrer les miens. Du quai des Chartrons nous partirons ensemble pour un lieu magique que je souhaite vous faire découvrir : la Petite Mer de Buch. Mon père vient de décider de la construction d'une jolie villa sur le lieudit de « la petite montagne d'Arcachon ». Un site encore naturel et sublime que j'aurai plaisir à vous faire connaître. Une première soirée délicieuse au casino de la forêt nous y attend ! Sachez que déjà je ne parviens plus à m'imaginer en ces lieux – qui me fascinent depuis ma plus tendre enfance – sans vous à mes côtés. Oh, Colette, répondez-moi vite avant que j'en perde la raison. À dimanche ma douce et tendre amie.

Émile, votre dévoué.

Le rendez-vous du dimanche fut plus bouillant encore que le premier, malgré un temps maussade. Colette se révéla à Émile, conquise à son tour. Elle lui jura de parler à sa mère prochainement, mais seulement lorsque son père serait de passage à Talloires. Avec sa mère seule, malgré un amour réciproque évident, Colette craignait les réactions de la pauvre infirme : la peur de perdre sa chère fille et sa servante. Au cours de cette deuxième rencontre, au détour du pont Morens, ils s'embrassèrent enfin. Comme des fous, comme des assoiffés d'amour. Colette lui avoua qu'elle aussi avait rêvé d'Émile, le beau sous-lieutenant, chacune des quinze nuits qui précédèrent ce dimanche béni. Avec un rire enfantin elle lui conta avoir imaginé qu'elle le tenait par le bras au sommet d'une gigantesque colline de sable avec un cap et l'océan pour horizons. Fou de bonheur, Émile comprit qu'il avait gagné. Seul bémol, le néo-lieutenant-colonel venait d'enjoindre sa femme et sa fille de le retrouver au plus vite à Périgueux, puisque le logement était prêt. La mère de Colette tenait également à ce retour en Dordogne sans délai. La mort dans l'âme, Émile réalisa qu'il lui restait plus de sept mois à accomplir à Cran-Gevrier. Une éternité. Il lui faudrait à tout prix obtenir quelques jours pour se rendre à Périgueux. Tant pis pour le quai des Chartrons, pour le port de la Lune et pour la Petite Mer. Et, juste au moment de leur séparation, pathétique, Colette avoua à Émile avoir adoré son courrier. Elle allait être servie !

*

À Arcachon, le casino de la plage ouvrait ses portes. Il fut salué par une vilaine tempête. Et quelques jours plus tard un autre évènement ressembla un peu à une tempête pour Auguste : la création officielle du syndicat ostréicole d'Arcachon, suivi deux mois plus tard par le lancement du journal de l'ostréiculture « Le Bassin d'Arcachon ». À cette date Henriette et Auguste reçurent une longue lettre d'Émile qui les informait avoir rencontré La jeune demoiselle de sa vie. Une jolie Colette, sa cadette d'une bonne année et une jeune fille de très bonne famille. Comme un fait exprès son lieutenant-colonel de père était muté de Cran-Gevrier à Périgueux. Son épouse et sa fille allaient le rejoindre bientôt. Une nouvelle formidable mais provisoirement terrible pour lui, cantonné dans les Alpes jusqu'au mois de juillet.

Auguste prit soin de lui répondre. Après l'avoir tout de même remercié pour l'information il le mettait en garde en soulignant que sa mère comme lui le trouvaient fort jeune pour convoler avec une gamine d'à peine dix-neuf ans.

Avec son humour grinçant Émile lui répondit que d'abord ils n'étaient pas encore mariés et qu'une année voire deux passaient si vite. Lorsqu'un mariage serait envisageable, après son service national et les rencontres des parents, il aurait bien vingt-deux ans et elle vingt-et-un. Mais ensuite il s'appliqua à rédiger quelques lignes bien pesées qui, en résumé, exprimaient ceci :

— *On a l'âge des femmes que l'on désire. Père, quand je serai vieux, peut-être aimerai-je une jeunette qui m'aidera à rajeunir ! Plus sérieusement, ces histoires d'âge n'ont guère d'importance. Colette est bien née et je l'aime. N'est-ce pas là l'essentiel ?*

Devant la détermination du fiston, Henriette et Auguste décidèrent d'attendre et voir. Sans précipitation. Pour évacuer une forme d'angoisse naissante Auguste entraîna sa femme le plus souvent possible sur la petite montagne. Du moins lorsque les entreprises Thillet-Bordes lui en laissaient le loisir. Les travaux de leur villa venaient tout juste de commencer, quinze jours après l'inauguration du casino de la plage. Du coup ils pouvaient profiter des spectacles et des concerts donnés par ce nouvel établissement. Ils assistèrent également à l'ouverture d'un Tir aux Pigeons[22] situé à l'est de la ville. Fut-ce à cause de cette pression exercée par la construction de la villa ou plutôt par cette autre de savoir que son cher fils fréquentait ? En tout cas Henriette cessa d'écrire son journal alors même que les informations sur le Bassin s'accumulaient, bonnes ou mauvaises, enthousiasmantes ou tristes. La dernière en date, triste hélas, faisait état du décès d'Adalbert Deganne, dans son château,

22 – Tir au Vol qui n'a rien à voir avec celui qui sera ouvert plus tard aux Abatilles.

à peine huit mois après l'ouverture du deuxième casino de la ville… dans le château.

Auguste, plus encore qu'Henriette, adorait passer sur le chantier et constater de l'état d'avancement des travaux. Petit à petit leur villa sortait de terre et il aimait vérifier si elle se présentait conforme à leurs attentes et à leurs espoirs. Ce n'était pas facile de se faire une idée précise. Les engins de chantiers étaient parfois bruyants et il subsistait toujours des dizaines de monticules de terre qui leur empêchaient de distinguer correctement les fondations. Lorsque les ouvriers quittaient le chantier Auguste adorait fouler le sol de son terrain, armé d'une paire de bottes de marin-pêcheur. Henriette n'osait pas l'accompagner mais écoutait toujours avec attention ses comptes rendus et elle savait juger de la satisfaction ou pas sur le visage de son époux. Marie écoutait sagement, elle aussi, alors qu'Albert soliloquait et semblait s'ennuyer. Au fond d'elle-même Henriette n'attendait qu'une seule chose : voir la pose de ses deux fameuses vérandas au premier étage. Auguste, lui, ne pensait qu'à l'eau courante et au chauffage central. Il ne supporterait aucune mauvaise surprise sur ces deux points. C'était vital. Mais il faisait confiance à Éloi de Marmont, lui-même très présent sur le chantier… par conscience professionnelle et pour soigner le cousin par alliance. Éloi contrôlait les étapes de la construction. Dans le sous-sol étaient prévus une cave, une cuisine, deux minuscules chambres et un cabinet de toilettes avec commodités. En fait, un niveau dédié au personnel éventuel. Le rez-de-chaussée devait comprendre la buanderie, une lingerie, une salle de réception et une grande cuisine. Un bel escalier permettrait d'accéder aux étages. Le premier étage ferait place à la salle-à-manger familiale, aux deux salons avec leurs fameuses vérandas, et à une petite pièce qui pourrait occasionnellement servir de chambre. Le grand salon sud serait agrémenté d'une partie bibliothèque. Au deuxième étage, Auguste aurait aimé sept chambres, mais il dut convenir que l'espace réservé ne permettait pas d'en envisager plus de cinq tout en ménageant l'espace et le confort nécessaires. Enfin, sous le toit, un grenier mansardé était envisagé. À ce jour, pour les étages ils devaient encore patienter.

Et lorsqu'ils disposaient d'un peu de temps, Henriette et Auguste aimaient aller, par curiosité et par souci de comparaison, constater l'état des travaux d'une autre villa. Une villa construite exactement en même temps que la leur. Cette villa s'appellerait Lulli et serait livrée la même année. Ces visites les aidaient à s'armer de patience, même si Auguste, en définitive, trépidait de plus en plus.

12

Baccalauréat en poche, Colette avait envisagé poursuivre ses études en visant la faculté d'Histoire, à Paris, avec l'intention de devenir professeur. Mais l'investissement et le travail pour un tel objectif paraissaient incompatibles avec son dévouement envers sa mère. Il s'agissait-là d'une promesse faite à son père et qu'elle devait tenir. Le commandant s'était montré ferme et strict, bien à l'image de sa fonction comme de ses origines :

— Vous consacrerez votre vie de jeune fille à votre chère mère, lui avait-il asséné. Vous avez réussi votre baccalauréat, c'est un atout déjà remarquable pour une jeune femme. Vous n'avez aucune raison de viser des écoles ou des universités globalement destinées aux garçons. Trouvez un bon parti et je vous délierai de vos engagements. Tant pis pour ma chère Yvonne et tant pis pour moi. Mais votre chère mère, comme moi, nous respecterons votre décision et favoriserons la réussite de votre couple.

Colette avait « signé », passablement perturbée. En ce temps-là on ne discutait jamais la décision d'un père, surtout de la part d'une jeune fille. Ou alors on quittait la famille, pour toujours. Elle écrivit tout cela à Émile pour lui faire admettre toute sa frustration et surtout pour lui faire comprendre pourquoi elle s'était aussi vite jetée dans ses bras. Elle ajoutait aussitôt qu'elle vivait un conte de fée, et qu'elle devinait que lui aussi devait en vivre un. À coup sûr ! Son attitude ne trompait pas. Elle terminait cette première lettre par :

— ...mon ami, dès mon arrivée à Périgueux, je vous écrirai pour vous proposer des dates afin que vous puissiez rencontrer mes parents. Si la rencontre se déroule comme nous le souhaitons vous et moi, je demanderai l'autorisation de me rendre à Bordeaux pour me présenter à vos chers parents. Oh Seigneur, faites que le temps s'égrène plus vite, je rêve de vous retrouver, mon ami...

Lorsqu'Émile eut parcouru ce courrier il en eut mal de bonheur. Il comprit qu'il était indispensable de revoir Colette une fois, au moins une fois, avant qu'elle ne rejoigne Périgueux. Il lui répondit, lui proposa une date et ils réussirent à se retrouver. Et bien sûr au niveau du pont Perrière. Indifférents aux badauds qui traversaient le pont, ils s'enlacèrent et s'embrassèrent comme deux amoureux privés l'un de l'autre depuis des lustres. Ils avaient choisi de déjeuner ensemble. Côte à côte, avec la vue sur le lac derrière la vitre d'une minuscule avancée, en étage, ils ne pouvaient plus se séparer. Collés l'un contre l'autre, ils picorèrent avec indifférence des petits plats pourtant succulents. Ils n'arrêtaient pas de se parler à l'oreille. La passion de l'un vers l'autre était palpable avec en plus quelque chose de viscéral. À la fin du repas leur décision était prise : Émile prendrait pour eux deux une petite chambre en dehors du centre-ville et raccompagnerait ensuite Colette jusqu'à Talloires. Il réalisait qu'il prenait le risque de ne pas pouvoir rentrer à temps en caserne. Il devinait déjà la colère du commandant Fillol, mais à cet instant il n'en avait cure. Lorsqu'ils quittèrent le petit restaurant, ils tremblaient. Tous les deux. Émile observa le lac de cet endroit : une vue splendide avec des accents... arcachonnais ! De bon augure. Les dés étaient jetés, il se présenterait prochainement aux parents de Colette alors qu'il serait son amant. Ainsi fautèrent-ils dans un petit établissement bien fade.

Peu leur importait. Ils auraient été incapables de décrire le château de Versailles s'ils s'y étaient aimés pour la première fois ! Colette, enhardie et presque téméraire, le combla. Deux bonnes heures insensées. L'un comme l'autre touchèrent au bonheur absolu. Lorsqu'il leur fallut se séparer pour quitter la petite pension, la séparation ressembla à un déchirement. Un déchirement physique. Toutes les minutes, en se préparant pour partir, ils se collaient à nouveau l'un contre l'autre. Qui, à ce moment, laissa couler le plus de larmes ? Impossible à distinguer. Émile proposa à Colette de retourner au charmant petit restaurant du midi pour une simple collation avant le retour à Talloires. Elle accepta tout en grimaçant : sa mère allait s'inquiéter.

— Bof, ma mie, il va bien falloir qu'elle s'habitue à ne plus disposer à tout instant de sa fille qui la bichonne comme trois domestiques au moins.

Elle lui sourit sans répondre. Par chance ils occupèrent la même table à l'étage. Une lumière argentée régnait sur le lac, paisible et beau. Calés l'un contre l'autre, Émile sortit alors un petit paquet de sa poche. Un petit paquet qu'il glissa discrètement entre les deux verres en cristal de la place de Colette. Un instant émouvant. Colette, ahurie, fixa le paquet puis jeta un œil en direction de son amant. Avait-il tout prévu, tout prémédité ? Elle frémit, mais Émile tout autant, ce qui la rassura. Le jeune homme fondait littéralement devant la beauté d'une Colette intriguée. Elle prit un temps infini pour ôter le papier et pour découvrir un merveilleux petit écrin mauve. Une couleur qu'il avait délibérément choisie car il lui semblait qu'elle correspondait parfaitement à la personnalité de sa bien-aimée. Une fois l'écrin ouvert, Colette rougit et pâlit presqu'en même temps. Sa surprise provenait de la magnificence de l'objet déposé dans l'écrin plus que sa fonction : une bague, une bague de fiançailles, à l'évidence. Colette n'en pouvait plus d'émotion et laissa couler un torrent de larmes. Elle se tourna pour se jeter dans les bras de son tendre amant. Reconnaissante et heureuse. Un minuscule diamant voisinait un joli rubis pour former comme un petit scarabée. L'ensemble était serti dans un tour de platine ou d'or blanc. Une merveille. Émile avait cassé sa tirelire et même beaucoup plus puisque son père, de mauvaise grâce, avait accepté de participer, à la condition de récupérer le bijou en cas de rupture… Mais Émile avait été incapable d'évoquer ce point avec sa tendre et douce.

— Émile mon amour, ce bijou est comme une jolie petite bête vivante. C'est tout moi. Merci mon tendre ami, et maintenant, à vous de jouer.

Elle lui tendit sa main. Émile prit la bague et, symboliquement, lui passa au doigt. Il y parvint, même s'il tremblait sans pouvoir se retenir. Et cela plut à Colette. À cet instant l'un et l'autre ne parvenaient plus à ouvrir la bouche, à prononcer le moindre mot. Colette, aimantée par la bague, Émile concentré sur le visage de sa bien-aimée. Régnait alors un silence aussi pur que le diamant de la bague. Un dernier baiser fougueux et ils quittèrent cet établissement magique qui marquait à jamais l'union entre deux êtres complétement amoureux l'un de l'autre. Émile comprit que le temps des souffrances allait commencer. Le temps de l'attente.

Dans la grande voiture tirée par deux chevaux, ils restaient serrés l'un contre l'autre. En arrivant dans Talloires Colette, à regret, ôta la bague pour éviter les questions de sa mère. Il était trop tôt. Lorsqu'Émile reprit une calèche pour rentrer à Cran-Gevrier en passant par Annecy la magique, ce creuset de sa vie amoureuse, il fut incapable de contrôler ses larmes. Il parvenait malgré tout à se consoler en sentant le parfum subtil de Colette, la femme de sa vie.

En s'approchant de sa mère, Colette tremblait, elle aussi. Impossible de se contrôler. Allait-elle subir un déferlement de remarques et de questions, tant pour son retard que pour son comportement ? Visiblement fatiguée, Yvonne de Prégent ne dit rien. Elle avait mangé, très peu, mais elle n'avait pas faim. Colette se contenta de l'installer dans son lit. Alors sa mère conclut ainsi la journée :

— Vivement que nous nous installions à Périgueux. Je n'en peux plus d'être ici. Et un jour tu connaitras un jeune homme d'Annecy alors que nous déménagerons en Dordogne. Pas une bonne idée… Bonne nuit ma fille.

Colette fut sidérée. Sa mère était-elle intuitive à ce point ? Était-ce un pur effet du hasard ? Peu probable. Dans son lit à son tour, Colette réfléchissait en tremblant. Tout fusait dans son cerveau : les paroles de sa mère, d'abord. Fallait-il la mettre au courant dès maintenant ? Lui parler de ce jeune homme rencontré à Annecy, certes, mais ayant sa famille à Bordeaux, bien plus près de Périgueux. En outre elle tremblait car cette idée de lien définitif lui faisait peur, quand bien même pariait-elle qu'Émile la respecterait et respecterait en grande partie sa liberté.

— Lorsqu'on s'aime l'un comme l'autre à ce point, cela ne fait pas de doute, songea-t-elle.

Elle gambergea quelques minutes avant de s'endormir en espérant qu'elle n'allait pas se retrouver enceinte dans quelques semaines. Logiquement, non, mais allez savoir ?

*

Émile n'appréciait pas les méditations solitaires. Il lui fallait une présence, et les rares fois où il n'en disposait pas il l'inventait ou il les inventait. Mais du jour où il rencontra Colette il en arriva à aimer se retrouver seul… pour être exclusivement avec sa tendre amie, son merveilleux amour. Par la pensée, bien sûr, mais avec elle malgré tout. Colette le transformait. Lorsqu'il fut autorisé à prendre quelques journées consécutives, il fit un passage rapide au quai des Chartrons avant de filer vers Périgueux. Le lieutenant-colonel de Prégent et Yvonne, son épouse, attendaient de découvrir ce jeune homme de Bordeaux. Yvonne le critiquait déjà avant même de l'avoir aperçu…

Henriette et Auguste ressentirent, lors de ce bref passage, des attitudes déjà différentes de la part de leur fils. Plus attentif, par exemple, aux propos de sa chère mère que dans un passé récent où il ne semblait écouter que… le patriarche. La vie avec Colette augurait de bien des transformations, tant dans la psychologie du fiston que dans la vie à Bordeaux, avec un couple à côté d'un frère et d'une très jeune sœur. Un frère qui ne broncha point en retrouvant son aîné, tout en continuant, imperturbable, à débiter ses facéties d'adolescent à la vie facile. Que réserverait-il à Colette et comment cette dernière allait-elle le supporter ? Émile imaginait bien son tendre amour se rabattre sur Marie, aussi enthousiaste qu'adorable. Avant de quitter Bordeaux pour Périgueux, il s'en fut revoir le port de la Lune, à défaut de la Petite Mer. Le trajet aller-retour lui aurait pris trop de temps. Il flâna, s'imaginant au bras de sa bien-aimée. Colette rêvait de grands espaces, elle aimerait le port de la Lune pour imaginer l'océan jusqu'aux Amériques. Mais, amoureuse de la nature, elle préférerait encore la Petite Mer. Et peut-être même encore plus le Cap-Ferret, plus sauvage et véritable presqu'île à cheval sur l'océan. Lorsqu'il monta dans le train pour Périgueux, Émile était dans ses petits souliers. Il songea que Colette, tout autant que lui, devait trembler en imaginant la contrariété ou l'amertume d'une mère possessive, et les remarques acerbes d'un père strict, façonné par l'armée française. L'union devrait se montrer plus forte que les obstacles et que les peurs. Le train approchait de Périgueux, c'était le jour J. Ne pas se tromper, ne pas adopter de mauvaises attitudes. Colette pourrait-elle l'aider, le guider par quelques signes d'encouragement ou d'alertes ? Il avait bon espoir. Militaire, sous-lieutenant, comment le lieutenant-colonel de Prégent pouvait-il mal l'accueillir ? Dans le quartier des officiers, Émile pénétra dans un logement fonctionnel et de bon goût. Un jeune soldat était présent, provisoirement, pour assurer le service à table, en liaison avec la cuisinière. Car Émile était convié à déjeuner. Un déjeuner digne du Périgord. Il présenta ses respects à madame de Prégent et rencontra enfin le prédécesseur de son chef, le commandant Fillol. Ce dernier avait remis un pli à son sous-lieutenant à l'attention du lieutenant-colonel. Le commandant soulignait tout le bien qu'il pensait du jeune Thillet-Bordes, un garçon bien élevé et particulièrement courageux. Inutile d'en ajouter plus. Tandis qu'André de Prégent lisait la lettre de son successeur à Cran-Gevrier, madame fit peur à Émile, tant par sa condition effrayante et navrante que par ses remarques peu engageantes. Clairement, elle redoutait qu'on lui prenne sa fille. Heureusement, il apprécia le lieutenant-colonel, un homme droit, positif et enthousiaste. Un enthousiasme amplifié, à l'évidence, par cette mutation avec une nomination à la clé. Une promotion, lui sembla-t-il, qu'il espérait depuis longtemps, trop longtemps. André de Prégent s'en confia au sous-lieutenant Thillet-Bordes en lui demandant une discrétion absolue sur le sujet. Une marque de confiance qu'Émile apprécia au plus haut degré. À moins que ce ne fut un test… mais lorsqu'il croisa le regard de Colette il comprit qu'elle appréciait, elle aussi. Et André de Prégent leva son verre et déclara :

— Mon cher sous-lieutenant, nous sommes d'accord pour cette future union, même si nous vous trouvons, notre chère fille et vous, vraiment très jeunes. Dans ces conditions je tiens à envisager deux étapes : d'une part Colette rencontrera vos chers parents. Et à son retour, si monsieur et madame Thillet-Bordes adoptent notre fille et agréent cette union, il nous faudra prévoir une rencontre avec eux. Et vous le comprenez bien, jeune homme, cette rencontre devra se tenir ici-même. Venir à Bordeaux nous enchanterait, vous l'imaginez aisément, mais l'état de ma pauvre Yvonne rend un tel déplacement fort compliqué. Possible, mais compliqué.

Pendant tout le discours de son cher père, Colette fixa son assiette. Point par timidité ni crainte, mais pour éviter le regard de sa mère. Yvonne grimaçait en permanence, ce qu'André ne pouvait pas ne pas voir. Sans doute était-il habitué à ces manifestations de contrariété égoïstes. Ce fut ce qu'en conclut Émile, finalement ravi de l'issue de ce déplacement qu'il redoutait tant.

À peine rentré à Cran-Gevrier il écrivit à ses parents pour leur narrer le déroulement détaillé de cette rencontre. Et son père lui répondit illico :

— *Avant de vous enthousiasmer, mon fils, restons prudents je vous en conjure. Il est indispensable de nous renseigner sur ces de Prégent avant de vous laisser croire que nous sommes ravis. Il nous faudra, votre chère mère et moi, rencontrer cette jeune fille puis ses parents. Je redoute, je ne m'en cache pas, une vieille famille de la noblesse décalée, voire décadente et porteuse d'attitudes peu conformes au développement des processus économiques. Restons vigilants, s'il vous plaît. Votre mère insiste, pour me convaincre sur le fait que vous vous aimez. J'en conviens, mais admettez que le contraire serait absurde.*

Et nous avons notre mot à dire. Je n'accepterai pas une liaison avec des fantoches, fussent-ils de la vieille noblesse du pays. Mais comme vous, je souhaite rencontrer des personnes dignes et qui seront les bienvenues pour agrandir le giron familial. Une fois encore votre mère considère que la famille d'un haut gradé de l'armée française ne peut engendrer de fantoches. J'accepte cette remarque tout en songeant aux quelques détraqués de la Commune de Paris. Vous aviez cinq ans, mon fils, lorsque des hauts gradés français ont sciemment massacré d'autres hauts gradés français. Alors j'exige la plus extrême prudence. Et je compte sur vous, enfin, pour représenter dignement le nom des Thillet-Bordes...

À la lecture de cette longue lettre Émile réalisa combien il avait eu raison d'omettre d'évoquer l'existence d'un demi-frère de Colette, le fils du lieutenant-colonel, d'un premier lit. Cet Henri de Prégent vivait à Paris et n'avait gardé aucun contact avec son père et encore moins avec sa demi-sœur. Ce qui, aux dires de cette dernière, n'avait guère d'importance tant le Henri en question était rabat-joie, pessimiste, anticlérical et limite révolutionnaire !

*

Alors qu'Émile, épuisé psychologiquement, en terminait avec son service national, alors que le commandant Fillol regrettait amèrement son départ, Colette l'attendait en piaffant, au point d'exaspérer sa mère. En effet il était convenu qu'en chemin vers Bordeaux il viendrait chercher sa chérie pour l'emmener jusqu'au quai des Chartrons. Lorsqu'il sonna chez les de Prégent, Colette vint lui ouvrir et lui sauta au cou. Aussitôt Émile entendit, au fond de la pièce principale, Yvonne de

Prégent qui râlait comme une personne malade et souffrante. Colette susurra à son amant que sa pauvre mère n'acceptait pas cette séparation, même pour une petite semaine.

— Mais ne vous en faites pas, mon amour, poursuivit-elle dans son oreille, mon cher père a tout prévu. Deux jeunes militaires et une infirmière seront aux soins de ma mère pendant toute la durée de mon absence. Et cela jour et nuit. Préparons-nous à partir, préparez-vous à l'entendre grincher.

De fait Yvonne de Prégent n'eut aucun mot aimable à l'égard d'Émile. Ce dernier eut même la certitude d'entendre, à un moment, qu'elle grommelait :

— Voleur d'enfant… vous profitez bassement de mon état…

Colette embrassa sa mère qui éclata en sanglots. L'infirmière leur fit signe de partir. À peine la porte refermée, Colette sanglota à son tour dans les bras de son bien-aimé qui ne savait pas quoi dire pour la consoler, pour la rassurer. Mais à peine installés dans le wagon de chemin de fer, direction Bordeaux, tout semblait oublié. Émile avait retenu en première classe et ils profitèrent du bon confort pour se détendre en admirant les magnifiques paysages de Périgueux à Bordeaux. Il était prévu d'atteindre Bordeaux vers quatre heures. Dans ces conditions Émile comptait emmener directement Colette au port de la Lune, avant de la présenter à ses parents. Le père ne rentrait que vers sept heures, pas avant.

Dans leur élégant compartiment, Colette décida d'aborder un sujet délicat. Elle avoua à Émile avoir passé des moments angoissants, pour ne pas dire pire, craignant pendant près de deux semaines de se retrouver enceinte. Mais finalement tout était rentré dans l'ordre. Une sacrée frayeur malgré tout. A posteriori Émile, le visage blême, s'en voulut énormément. N'auraient-ils pas dû s'aimer de la sorte ? Risquaient-ils d'être punis ? Mais le souvenir de ce moment exceptionnel balaya bien vite son sentiment de culpabilité.

Colette parut fascinée par le port de la Lune. Elle ne lâchait pas Émile, se serrant contre lui sans rien dire… déjà loin, déjà au bout du monde? Il commençait à la connaître. L'intimité aidant, Colette se révélait à lui en apparaissant comme son opposée sur beaucoup de points. Était-ce cela qui l'attirait tant? La jeune femme affichait un côté bohême, peu intéressée par la vie quotidienne, en dépit de ses obligations envers sa propre mère… ou peut-être à cause de ces obligations? Pas femme d'intérieur pour deux sous, il la trouvait par ailleurs désopilante lorsqu'elle vociférait pour la récupération de l'Alsace et de la Lorraine. L'influence du père? Sans doute, mais pas seulement… Lorsqu'ils rejoignirent le quai des Chartrons, elle à contrecœur, elle déclara à son chéri que Bordeaux était une bien jolie ville. Grâce à sa rivière et aux quais de son port.

Henriette leur ouvrit et sourit à Colette. D'emblée elle la trouva jolie et dotée à coup sûr d'une forte personnalité. Oui, son fils avait bon goût. Un peu intimidée pendant les premières minutes, Colette apprécia madame Thillet-Bordes à son tour. La mère de son chéri affichait une classe évidente et un regard chaud et bienveillant. Puis elle fut surprise par la beauté et la spontanéité de la petite Marie qui l'embrassa comme sa grande sœur. Une fois installés dans le salon débarqua Albert qui venait d'achever son travail scolaire pour le lendemain. Il se présenta, légèrement condescendant et posa d'emblée quelques questions à celle qui pouvait devenir sa belle-sœur.

— Avez-vous des frères et des sœurs ? Émile ne m'en a rien dit. Un frère de mon âge, ce serait épatant. Cela me changerait d'un frère trop vieux et d'une sœur trop bébé.

Marie lui tira la langue et haussa les épaules. En faisant la moue, Albert quitta la pièce avant même d'avoir obtenu une réponse, prétextant qu'il venait de repenser à un texte d'Histoire qu'il n'avait pas encore révisé. Colette sauta sur l'occasion pour lui proposer gentiment de l'aide, elle qui avait aspiré à devenir professeur d'Histoire. Mais il déclina en faisant non de la tête. Colette n'apprécia guère l'attitude du jeune frère mais se consola grâce à la petite Marie et sa maman, une personne vraiment attachante à ses yeux. Puis ce fut l'arrivée d'Auguste Thillet-Bordes. L'homme resta distant tout en remarquant la beauté de cette très jeune personne, ainsi que son regard franc et direct. Cette Colette lui rappela, avec un physique différent, Henriette il y a quelque vingt-deux ans déjà…

Après un dîner presque convivial, Henriette montra sa chambre à Colette tout en lui parlant du programme du lendemain :

— Mon fils a dû vous informer que demain nous partons tous les six à Arcachon. Il tient tellement à ce que vous connaissiez cette petite station de bains de mer, un endroit charmant, à tel point que nous y faisons construire une villa.

— Oui madame, je suis au courant, en effet. Et je rêve de m'y rendre avec vous tous comme guides.

— Prions pour bénéficier de beau temps. Pour une première visite, c'est toujours préférable. Allez, bonne nuit mademoiselle de Prégent.

— Bonne nuit madame Thillet-Bordes, et merci pour tout.

Henriette retrouva Auguste et Émile qui discutaient dans le grand salon. Le père asticotait son fils pour en savoir plus sur les de Prégent et pour trouver une date de rendez-vous à Périgueux. Il considérait que son fils n'en avait pas appris assez. Mais il conclut malgré tout que cette charmante demoiselle paraissait dotée d'une excellente éducation.

La demi-journée à Arcachon fut idyllique à défaut d'être agrémentée d'un temps parfait. Mais elle fut surtout trop brève, beaucoup trop brève. Tant pour Colette, ébahie par le spectacle de la Petite Mer, que pour Émile, qui ne réussit pas à lui en faire découvrir assez. Trop courte pour Auguste également qui souhaitait sonder cette jeune femme sur sa famille. Il tenta bien une ou deux fois, mais Colette resta évasive. Et pourquoi donc évoquait-elle son frère du bout des lèvres ? Bizarre. Néanmoins le père d'Émile proposa trois dates pour une rencontre à Périgueux. Aux parents de Prégent de choisir. Auguste imaginait volontiers que la vie d'un officier supérieur remplissait l'agenda avec parfois des modifications impromptues. D'où les trois dates proposées et que Colette avait bien notées. Elle transmettrait.

Le retour à Bordeaux fut calme, presque silencieux. Seul Albert s'acharna à raconter ses bêtises d'écoliers à propos de gamins qui commençaient à s'amouracher… Il était le seul à rire de ses plaisanteries. Son père n'était plus là pour le faire taire, resté à La Teste pour un rendez-vous animé avec le personnel, tant de la pêcherie que de la conserverie. Il angoissait un peu, craignant des revendications farfelues ou dangereuses pour son entreprise. Colette avait pris le parti d'échanger quelques mots avec Marie. Cette enfant lui plaisait et Henriette le remarqua et apprécia.

Lorsque la jeune de Prégent monta dans le train de Périgueux, Émile souffrit le martyre. Une séparation déchirante, même s'il cherchait à se consoler en songeant combien sa tendre et douce avait été conquise par la Petite Mer et par le casino de la forêt.

*

L'accueil du couple Thillet-Bordes à Périgueux fut sympathique, sans plus. Impossible pour Auguste de juger de l'aisance de ces de Prégent qui résidaient dans un logement attribué aux officiers supérieurs. Circonspect, il apprécia malgré tout le néo-lieutenant-colonel, un homme droit et certainement courageux. Mais il fut rebuté par l'attitude perpétuellement grincheuse d'Yvonne de Prégent. Certes elle avait des excuses, mais de là à accuser la Terre entière de tous ses maux… Auguste imaginait mal son fils avec une belle-mère comme celle-là. Au point de songer que si cette femme pouvait être internée cela faciliterait les épousailles ! La mère de Colette implorait sans cesse les trois présents d'attendre le plus possible avant de célébrer ce mariage qui allait transformer sa vie… enfin, ce qu'il en restait. André de Prégent dut la gendarmer à plusieurs reprises. De son côté, Henriette se creusait la tête pour trouver la solution la moins désespérante pour cette pauvre femme qu'elle plaignait du fond du cœur. Et soudain elle prit la parole, avec de la lumière dans les yeux :

— Voilà ce que je vous propose : célébrer le mariage de nos deux chers enfants en même temps que les dix ans de notre petite Marie ainsi que l'inauguration de notre villa à Arcachon. Cela nous laisse environ dix-huit mois pour tout bien préparer. J'entends, matériellement, mais tout autant pour préparer nos esprits à l'envol de nos deux tourtereaux. Qu'en pensez-vous ?

En prononçant ces derniers mots elle fixait Yvonne de Prégent qui ne répondit rien mais qui poussa un léger soupir. De fatalité ou de soulagement ?

— C'est une excellente idée, chère madame Thillet-Bordes, répondit André de Prégent avec une mine réjouie. Nous sommes donc d'accord tous les quatre et désormais nos destinées sont liées. Pour le meilleur, nous en sommes persuadés, n'est-ce pas ?

Deuxième partie

Colette et Augustine

13

Dès son retour définitif de Cran-Gevrier, Émile débuta chez son père comme directeur de la CTB, la conserverie. Colette l'encouragea dans sa prise de responsabilités tout en redoutant cette « rivale » qui risquait d'accaparer son homme beaucoup plus qu'elle. Les faits lui donnèrent tort : Émile trouva le temps de lui écrire de longues lettres deux fois par semaine. Elle ne lui répondrait que trois fois durant ces quinze premiers mois interminables en attente du mariage. Quinze mois heureusement entrecoupés de courtes visites à Périgueux ou à Bordeaux. La plus marquante fut incontestablement cette petite semaine à Arcachon au milieu de l'été 1887. Colette pleurait de bonheur pendant ces longues soirées passées en terrasse, au pied du casino de la forêt. Émile buvait ses paroles, lorsque l'émotion lui laissait un répit pour en prononcer ! Et ils se réjouissaient, comme les parents, de voir la villa sortir de terre. Mais plus encore, Colette resterait marquée par deux journées exceptionnelles. Émile l'avait deviné, commençant à bien connaître sa dulcinée : la journée au Cap Ferret et celle sur la dune. Au Cap, cette promenade en forêt, ces odeurs de mimosa d'été et la découverte de la pointe, ce promontoire entre deux mers, furent pour elle comme un incroyable cadeau de fiançailles. Inoubliable, y compris la traversée en bateau, qu'elle avait pourtant appréhendée. Un soleil radieux illuminait cette dune irréelle qui semblait les toiser de l'autre côté du Bassin. Une dune qu'elle gravit allégrement deux jours plus tard, faisant preuve à cette occasion d'une énergie qui sidéra Émile.

Ah, quand elle aimait, plus rien ne comptait et plus rien ne l'arrêtait ! Il se souvint brièvement de ce petit hôtel des faubourgs d'Annecy où, déjà, elle l'avait stupéfié par son énergie… Heureux de la voir respirer à fond en haut de cette colline de sable, il savait qu'elle aimait. Au point qu'elle ne voulait plus redescendre. Elle courait comme une folle sur la crête, comme si la montée n'avait été qu'une formalité pour ses mollets de jeune fille. Pour l'un comme pour l'autre ces six journées passèrent trop vite. Il lui fallait reprendre le collier et elle devait rentrer à Périgueux pour retrouver sa pauvre mère et la litanie des reproches. À côté de ces bonheurs successifs interrompus parfois d'inquiétudes compréhensibles à propos de sa maman, Colette laissa glisser les remarques caustiques d'Albert comme le vent sur les plumes d'un eider. Émile, lui, digérait beaucoup moins bien ces chamailleries permanentes avec son frère. Il se retenait pour ne pas le gifler, mais il se montrerait rancunier au fil des années. Henriette avait malgré tout gendarmé son cadet à plusieurs reprises et contribué à rendre Colette le plus à l'aise possible, tant au quai des Chartrons qu'à l'hôtel Bel-Air. Elle appréciait la spontanéité de sa future belle-fille. Comme ce fut le cas devant la villa qui sortait de terre ou comme dans son comportement de grande sœur vis-à-vis de Marie. Et elle riait encore de la tenue affriolante que Colette avait revêtue pour monter en haut de la dune. Elle riait en pensant à son décolleté et à ses mollets bien visibles et en songeant à la réaction d'Auguste en la voyant ainsi attifée. Par chance il était parti très tôt à la SPTB et ne rentra que fort tard, après le dîner. Le soir le visage de la jeune femme éclatait de couleur et Henriette imaginait avec amusement son buste et ses jambes à coup sûr tout aussi colorés !

Émile tint également à faire avec sa bien-aimée la visite des locaux de la SPTB et de la CTB. Elle devait connaître le lieu de travail de son futur mari et de son futur beau-père, tout en appréhendant un environnement différent de celui de la petite montagne. Colette fut impressionnée et passablement intimidée. Sans le comportement protecteur d'Émile d'une part, et sans la gentillesse et l'accueil des gens croisés d'autre part, elle se serait éclipsée au plus vite. Rentrés au Bel-Air, elle questionna son chéri à propos de ces quartiers qu'elle qualifia, selon sa propre vision, de « délaissés ». Ce monde de travailleurs à la vie dure lui fit un peu peur. Car Colette ne connaissait, sans en avoir pleinement conscience jusqu'à ce jour, que le monde des nantis et accessoirement celui des militaires… qui marchaient au pas devant son père.

D'ailleurs tout ne fut pas rose sur le Bassin pendant cette période. Quelques grèves, dont une avec défilé des pêcheurs et des employés des conserveries et autres fabriques de filets, assommèrent Auguste, choqué par ces affrontements. L'un de ses employés lui fit demander un rendez-vous en tête-à-tête, et à Bordeaux ! Buté et passablement rebuté, Auguste allait refuser lorsque, poussé par sa femme et par son fils, il finit par accepter. Malgré tout Auguste redoutait cette rencontre, d'autant plus que l'employé en question était passé par un intermédiaire – en l'occurrence Albert le comptable – pour obtenir le rendez-vous en évitant de se dévoiler. Surpris, Auguste n'en crut pas ses yeux : Hector en personne sonna à la porte cochère du quai des Chartrons, un samedi matin. Hector, d'ordinaire grande gueule et sûr de lui, apparut tout penaud. Visiblement gêné, il finit par déballer son message :

— Monsieur le président, ne nous en veuillez point. Point trop, en tout cas. Je vous explique, mais s'il vous plaît, considérez que ce rendez-vous et cette conversation n'ont jamais eu lieu. Je vous en prie.

— Exprimez-vous, Hector ! Je voudrais comprendre avant de faire des promesses inconsidérées.

— Monsieur le président, tous les pêcheurs de la SPTB et tous les employés de la CTB m'ont mandaté, avec la plus grande discrétion, pour vous livrer le message suivant :

— Au fait, au fait Hector, je vous prie !

— J'y arrive monsieur Thillet-Bordes, j'y arrive. Ce mouvement n'est point dirigé contre vous, ni contre la SPTB ou la CTB. Tous, absolument tous, nous apprécions votre comportement de patron proche de ses employés, ainsi que l'attitude toujours généreuse de madame votre épouse qui vient régulièrement à notre rencontre. Mais nous appartenons à une corporation. Et même à plusieurs corporations des métiers de la mer. Et notre devoir est de nous montrer solidaires. Pleinement solidaires. Notre participation à ce mouvement est donc exclusivement, j'insiste sur ce terme, exclusivement motivée par l'élan de solidarité. Rien d'autre. Croyez-le bien, nous sommes très gênés et nous souhaitons bénéficier de votre compréhension ainsi, bien sûr, que de votre discrétion. Monsieur le président, au nom de tous les collègues, j'insiste pour souligner que nous sommes bien traités, par vous-même, par monsieur Émile, par Albert le comptable, sans oublier votre si charmante épouse, madame Thillet-Bordes. Je vous remercie de m'avoir écouté et, à travers moi, d'avoir écouté tout votre personnel, unanime. Nous sommes conscients d'être mieux traités que beaucoup d'autres…

Auguste avala sa salive et réfléchit un court instant. Pour conclure qu'il n'avait aucune raison de ne pas croire Hector. Il finit par lui répondre :

— Vos propos sont sensés et, je l'avoue, agréables à entendre, d'un certain point de vue. Mais d'un autre, je reste mortifié par ce mouvement, inutile à mes yeux.

— Mais, je viens de vous expliq…

— Laissez-moi terminer, Hector ! Vous devez admettre que ce mouvement porte préjudice à mes sociétés et qu'en pure logique financière je dois tenir compte de l'impact négatif de ce mouvement… détestable, pour ne pas dire inacceptable.

— Euh… je comprends, monsieur Thillet-Bordes. Essayez malgré tout de vous montrer compréhensif et indulgent.

— Hector, je vous fais confiance et j'accepte donc vos propos comme tels. Aussi, puisque sur un mois de paye je devrais vous retirer cinq journées, je décide de n'en retenir que quatre, que je répartirai sur les quatre prochains mois.

— Merci monsieur le président. Je pense que tous mes collègues se montreront satisfaits.

— J'ai autre chose à ajouter, Hector. Vous m'avez demandé une discrétion absolue sur cette rencontre et sur vos propos. Je vous la garantis. Mais en contrepartie, vous les employés de la SPTB et de la CTB, je vous demande la même discrétion quant au traitement de faveur que je viens de vous accorder.

— Oh oui, monsieur Thillet-Bordes, cela me paraît évident.

— Attention Hector, ne soyez pas trop optimiste sur ce point. Et je vous charge, personnellement, de surveiller les bavards en les mettant en garde : cela leur coûterait cher de parler. Et je ne badinerai pas. À commencer par appliquer le retrait de cinq jours avec effet immédiat, et pour tous. Les bavards comme tous les autres. Suis-je assez clair ?

— Très clair, monsieur le président. Je veillerai à ce que chacun tienne sa langue. En priant pour qu'il en soit ainsi lorsque je serai en mer. Il y va de notre paye, tout de même !

— Pour la conserverie mon fils sera à l'écoute et me rapportera le moindre dérapage. Merci Hector, et faites reprendre le travail sans délai.

— Oui monsieur, le mouvement est terminé, de toute façon.

Lorsqu'Hector eut pris congé et franchi le portail de la maison du quai des Chartrons, Auguste sentit ses jambes flageoler. Pire, il se sentit vieillir d'un coup d'une décennie. Indispensable de se ressaisir. Il rejoignit le grand salon, appela Henriette et demanda à Raymonde de lui préparer un thé brûlant dans lequel il verserait une belle rasade de rhum. Et il songea combien l'arrivée d'Émile dans la société allait être une aubaine.

Au cours d'une nouvelle occasion pendant ces quinze mois d'attente, Colette, qui souhaitait découvrir la région, demanda à Émile de visiter un autre site que la seule Petite Mer. Un lieu dans les terres, pour une fois. Comme le temps s'avérait mitigé, Émile opta pour une escapade jusqu'à Bazas. Un haut-lieu historique de la Gironde. La bourgade avait même failli devenir préfecture. Elle n'en était pas moins évêché et dotée d'une cathédrale merveilleuse. Un bâtiment imposant dont la façade dominait une large place pentue, et dont le chevet surplombait une falaise au pied de laquelle coulait le Beuve. Colette admira d'abord la nef, longue[23] et majestueuse. Puis en sortant, les trois tympans du XIIIe siècle, d'origine et qui paraissaient quasiment préservés. Elle remarqua malgré tout quelques mutilations qu'elle déplora. Émile lui répondit :

— Peut-être, mon tendre amour, mais si vous réfléchissez, songez que tous ces démolisseurs, qu'ils fussent de la Révolution ou d'avant, ou d'après, sont morts et bien morts ! Tous.

23 – La nef dépasse quatre-vingt mètres de long.

Mais cette belle cathédrale, elle, est toujours là, bien vivante, depuis six cents ans.

Colette lui sourit et se serra contre lui. Elle buvait ses paroles, heureuse. Elle scruta ces trois fameux tympans. Celui du centre, naturellement réservé au Jugement Dernier ; le deuxième, dédié à la Vierge ; et le troisième, à Saint-Pierre. Cette façade exprimait de façon sublime « l'art français »[24] en Sud-Ouest. Émile adora l'intérieur et les grandes orgues, installées en 1876[25]. Mais surtout il voulait admirer le tableau représentant Saint-Michel et offert par Émile Pereire en personne lorsqu'il était député de Gironde[26]. Colette fut conquise par les vitraux et par la lumière irisée qu'ils laissaient passer pour éclairer cette nef impressionnante. Lorsqu'ils quittèrent la cathédrale Saint-Jean pour apprécier la grande place et tous les arceaux – comme on nommait là-bas les arcades – elle chuchota à l'oreille de son fiancé :

— Mon amour, si Dieu nous donne un enfant, nous le baptiserons ici.

— Quoi ?

Émile accusa le coup tout en retrouvant là le goût du présent si caractéristique de sa belle…

— Oui, je sais mon ami, la famille, les principes, Bordeaux et Saint-André… mais non ! Émile, sachons évoluer. Ici c'est magique, non ?

— Euh… oui, mais pourquoi pas Notre-Dame des Passes, alors ?

— Ouvrez les yeux, mon cher et tendre ! Arcachon, j'imagine que nous y résiderons bientôt plus de deux jours par semaine,

24 – Style appelé « gothique » à partir de la Renaissance.

25 – Restaurées en 1948 puis remplacées, plus tard.

26 – Tableau visible aujourd'hui au musée de Bazas.

sans parler des jours de congés. Et j'adore, vous le savez bien. Mais ici l'occasion est trop belle. Et nous pourrons faire découvrir ce lieu merveilleux à beaucoup de gens. N'est-ce pas là une riche idée ?

— Et Périgueux ?

— Ah non ! Désolé mon ami, mais j'assimile cette ville, si belle au demeurant, à un calvaire auprès de ma pauvre mère. Alors, oubliez Périgueux, je vous prie ! Les noces y suffiront !

Bras-dessus, bras-dessous, ils franchirent la poterne de la Brèche pour rejoindre les remparts extérieurs. Et à l'issue de cette promenade de deux amoureux bouillants, Émile s'avoua convaincu, lui aussi, par l'idée d'un baptême à Bazas, en la cathédrale Saint-Jean.

Malgré son assiduité à la conserverie le néo-directeur vivait des moments merveilleux à l'approche de la date fatidique. Acceptant tout de Colette lorsqu'ils se retrouvaient. Comme cette idée de baptême à Bazas ou cette autre d'un voyage de noces d'Annecy à Venise en passant par les lacs suisses et italiens.

— Surprenant, ma tendre chérie, lui répliqua-t-il à cette idée, vous adorez les grands espaces et vous me proposez de visiter des lacs et une lagune ?

— Mais oui, mon ami, nous aurons bientôt l'océan pour voisin. Et je rêve de connaître Venise qui fut le point de départ de tant d'aventures en Méditerranée.

— Alors, va pour les lacs et pour Venise. Pour moi, seul compte le bonheur d'être avec vous.

— Pour moi cela comptera également, et plus que le reste. Mais ensemble nous pourrons aussi apprécier le tout.

— Sans aucun doute, je l'admets volontiers.

Devant l'enthousiasme de sa fille, Yvonne de Prégent capitula. Ses descriptions de la Petite Mer et de Bazas achevèrent de lui faire accepter cette séparation, cette tragédie. Lorsqu'elle se retrouvait seule avec André elle ne lui cachait guère son désarroi, fondant régulièrement en larmes. En parallèle, sa santé se dégradait, tout comme son état psychique. Émile eut une fois l'occasion de la revoir pendant ces quinze mois et, devant le spectacle navrant de cette femme toute ratatinée, il alla même jusqu'à se demander si elle tiendrait jusqu'au jour du mariage :

— Oh Seigneur, conclut-il, en rentrant à Bordeaux, quel contraste avec notre chère Raymonde pourtant âgée de soixante-treize ans !

Et de fait l'employée de maison affichait une jovialité indubitablement liée au bonheur réciproque des deux tourtereaux et à l'idée de terminer sa vie de travail sur la petite montagne.

Pendant les journées les plus maussades la famille restait au quai des Chartrons, en particulier les dimanches. À chaque fois cela déclenchait des discussions interminables entre Auguste et Henriette à propos de l'ameublement et de la décoration de la villa : quel style choisir ? Quoi déménager de Bordeaux ? Parfois Émile s'en mêlait et parfois même Colette lorsqu'elle avait pu fuir Périgueux. Marie était trop jeune pour donner un avis de poids. Quant à Albert, peu intéressé, il ne prenait que rarement part à ces échanges parfois musclés. Pourtant, à quinze ans, il tenait de plus en plus du moulin à paroles. Intarissable et frivole, il s'intéressait déjà au vin et à ce qui tournait autour. Le métier de négociant, exercé par son grand cousin Martin, lui paraissait riche en rencontres. Aussi sa seule remarque se cantonna-t-elle à la création d'une excellente cave, tradition Thillet-Bordes oblige :

— On ne conserve pas un Rauzan-Ségla dans une pièce où les températures peuvent varier de plus de quatre à cinq degrés !

Auguste sourit de cette remarque pertinente et de la connaissance – précoce – des noms de quelques grands crus.

— Sur ce point nous sommes tous d'accord, mon fils.

Pour revenir à l'ameublement, Henriette et son fils Émile étaient attirés par le style britannique « Regency », déjà très en vogue à Bordeaux. Et pour cause, puisque la communauté britannique était très implantée en Gironde. Ils furent tous rapidement d'accord sur un autre point : on ne déplacerait aucun meuble volumineux du quai des Chartrons vers Arcachon :

— Ne serait-ce que pour préserver le décor autour du Vermeer, conclut Auguste en savourant sa remarque. Surtout ne pas perturber le Vermeer !

Henriette tenait à ce que la salle à manger – et pas la grande salle de réception du rez-de-chaussée – dispose d'un élégant vaisselier. Cela pour exposer la jolie vaisselle récupérée à Tourcoing : des assiettes d'Augarten et des verres en cristal de Baccarat. Émile, là encore, soutint sa mère et insista même pour la réalisation de cette idée. En réalité cette vaisselle lui rappelait cette grand-mère adorable qui parlait au grand-père décédé des semaines plus tôt… Cette grand-mère qu'il n'avait pas pu accompagner jusqu'à sa dernière demeure par la faute d'un père et de l'oncle Léon, intransigeants. Auguste perçut aussitôt toute la rancœur contenue dans les propos d'Émile. Il lui glissa :

— Votre oncle et moi tenions à ce que vous conserviez une image de vie et de bonheur de votre chère grand-mère. C'était pour votre bien, votre bien psychologique. Je déplore qu'aujourd'hui encore vous semblez nous en porter grief. Mais au moins, gardez-vous le souvenir d'elle, bien vivante.

Émile ne répondit rien, se contentant juste d'insister encore pour la mise place d'un vaisselier. Sans doute pour deviner, à travers la vaisselle exposée, l'image de sa chère grand-mère Éléonore.

*

Au cours d'un déplacement à Gujan-Mestras avec son père pour une discussion avec un marin pêcheur indépendant, fournisseur de la conserverie, ils tombèrent sur une cérémonie de mariage. Émile s'arrêta pour observer, voir comment la cérémonie se déroulait au sortir de l'église et, pourquoi pas, glaner des idées pour leur propre cérémonie à Colette et à lui, quelques mois plus tard. Lorsque les mariés apparurent sur le parvis, Auguste reconnut Raymond Lalande, ce jeune propriétaire d'une petite société de construction de navires. Sans s'épancher Auguste jalousait ce pionnier qu'il aurait voulu être, dans ce domaine également. Il prit le temps de féliciter un Raymond tout surpris de leur présence. Il leur présenta Monique, sa jeune épouse. Moins jolie que Colette, incontestablement, elle rayonnait malgré tout, derrière un sourire magnifique, de tout le bonheur du monde. Un bonheur simple et tellement sincère. Avant de les quitter, Raymond leur présenta son témoin de mariage, l'un des pêcheurs les plus réputés de toute la Petite Mer : Baptiste Decosse. Puis, en aparté, il glissa à l'oreille d'Auguste :

— Celui-là il ferait un sacré capitaine si vous aviez l'idée de lancer sur les eaux un nouveau vapeur.

Auguste ne répondit rien et fixa ce Baptiste qui lui adressa un sourire jusqu'aux oreilles et lança :

— Mes respects à vous, messieurs Thillet-Bordes.

Quelques temps avant la livraison officielle de leur villa en ville d'hiver, au début avril, Éloi de Marmont convia les Thillet-Bordes pour une visite d'inspection. Au cours d'un après-midi lumineux ils purent visiter toutes les pièces, hormis le grenier pour des raisons, provisoires, de sécurité. Ils les détaillèrent une par une, saisis par un énorme bonheur. Certes les pièces étaient vides mais ils apprécièrent déjà les coloris choisis et les colorations apportées par les reflets du soleil. Des colorations incroyablement variées d'une pièce à l'autre. Stupéfaite, Henriette lança aux deux hommes :

— Cette maison est vivante, déjà vivante !

De retour au rez-de-chaussée, dans la grande pièce de réception, ils eurent l'impression étrange que leurs ombres dansaient. Elles dansaient un ballet de remerciement et une supplique pour revenir au plus vite. Une valse à plein de temps ! Et déjà, Henriette et Auguste rêvaient d'un premier crépuscule ardent et magnifique depuis la véranda du petit salon.

En reprenant le phaéton jusqu'aux locaux de la SPTB, Henriette se sentait l'âme poète. Ces lieux agissaient sur elle comme par magie. Elle, qui avait écrit des pages et des pages sur la Petite Mer, se mit soudain à griffonner un poème. Une ode à la petite montagne et à la Petite Mer à la fois. Elle parvint à balbutier à Auguste :

— La villa M, oui enfin nous la découvrons,
M comme magique, M comme Marie.
Le vent secoue les pins, derrière le grand salon
Et crée une lumière qui varie.
Les reflets de la mer viennent animer nos murs
Soudain irisés, chatoyants.
Ouvrons la grande fenêtre et gorgeons-nous d'air pur,
La Petite Mer, c'est enivrant !

Auguste sourit et l'embrassa.

— Oui, enfin nous l'avons ! Cela fait combien de temps qu'on en rêve ?

— Depuis notre mariage, mon ami, ce qui signifie vingt-cinq ans. Dois-je vous le rappeler ?

Auguste encaissa le coup sans répondre. Henriette ne lui en voulait pas, il le savait. Comme ils étaient tous les deux très satisfaits du travail d'Albert le comptable, Henriette proposa, à partir de ce jour béni, de reprendre pour elle-même son journal de la Petite Mer. Et elle envoya deux articles par mois au lieu d'un au rédacteur en chef, à Lille. Toujours le même mais plus pour longtemps. Ravi, il écrivit à Henriette que c'était son plus beau cadeau de départ. Elle commença par consigner la création d'un sanatorium.

— Comme dans les Alpes, soulignerait Émile en haussant les épaules.

Et avant d'être accaparée par le mariage, par la villa et par l'anniversaire de Marie, elle s'appesantit sur quelques points importants comme par exemple les tous premiers essais d'éclairage électrique dans la ville, mais sans suite dans un premier temps. Elle évoqua également l'officialisation d'Arcachon comme port de mer, une décision ministérielle qui ravit Auguste, impatient de réceptionner un nouveau chalutier vapeur qu'il venait de commander en Écosse. Enfin, elle donna des détails sur ce désormais grand classique de la ville d'Arcachon : l'élection d'un nouveau maire. François Grenier, à peine élu, était démissionnaire et serait remplacé un peu plus tard, quelques semaines après le mariage de Colette et d'Émile, par Eugène Ormières.

Mais bien avant cela, à la fin du mois d'avril et avec un printemps qui refusait de s'installer, Henriette voulut tester la villa

M. Ce n'était pas la meilleure époque, mais les lits étant fournis, toute la famille s'y installa pour deux nuits. Auguste s'escrima à démarrer un grand feu dans la cheminée toute neuve. Un feu qui provoqua une sensation de bien-être et de chaleur ambiante après quelques frayeurs tout de même. Au final, ce qui marqua profondément Henriette à l'issue de la première nuit fut, au petit matin, le chant des oiseaux qui affrontaient un froid tout relatif. Un réveil délicieux, un instant au paradis… une atmosphère qu'elle n'avait encore goûtée, ni à Tourcoing, ni au quai des Chartrons, ni même au Bel-Air. Désormais le bonheur était à portée des oreilles et des yeux, il était chez elle !

14

Avant de partir pour Périgueux et célébrer le mariage de son fils, Auguste reçut à la SPTB ce Baptiste Decosse recommandé par l'armateur Raymond Lalande. Baptiste s'était rendu célèbre sur la Petite Mer moins de deux années plus tôt. Quelques chalutiers à voile subissaient une violente tempête au large des côtes espagnoles. Soudain, non loin du petit chalutier dans lequel se trouvait Baptiste, un autre navire commença à s'enfoncer. Plusieurs chaloupes apparurent un instant dans le champ de vision des marins de l'embarcation sur laquelle Baptiste tenait le poste de capitaine en second. Hélas son capitaine parut décontenancé et tétanisé par cette scène dramatique. Alors Baptiste prit le commandement et vogua au secours des sinistrés terrorisés dans leurs chaloupes qui ne supporteraient pas longtemps ces vagues énormes. Il parvint à sauver tous les marins du chalutier coulé. La nouvelle de l'exploit se répandit en ville et sur toute la Petite Mer. Le capitaine quitta la société de pêche, Baptiste fut nommé capitaine et décoré. De ce jour sa femme Denise ainsi que leurs deux fils, Aurélien et Julien, ce petit dernier atteint de poliomyélite, adulèrent leur mari et père. Presque Dieu. Un sacré champion… Auguste lui proposa un contrat : prendre la fonction de capitaine d'un nouveau chalutier vapeur qui devait être livré à la mi-91 ou même un peu avant. Baptiste parut gêné, aussi Auguste lui demanda d'être sincère. S'il avait des empêchements, il fallait en discuter. Un peu fébrile, Baptiste répondit :

— Monsieur Thillet-Bordes, je suis très flatté par votre proposition. Mais avec ma nomination comme capitaine en remplacement du capitaine démissionnaire, j'ai signé un contrat et je tiens à le respecter.

— Ce qui signifie ?

— Ce qui signifie que je suis tenu jusqu'au 31 décembre 1891. Et que je respecterai ma parole.

— Mais cela vous honore, cher Baptiste Decosse ! Mes félicitations, vous êtes un fameux marin et un homme foncièrement honnête. Alors voici ce que je vous propose. Vous prendrez une place de capitaine à la SPTB à compter du 1er janvier 1892. Si le navire est livré plus tôt je trouverai un capitaine provisoire à qui j'expliquerai clairement la situation. Il sera embauché en pleine connaissance de cause. Qu'en dites-vous ? Lisez ce document, il contient le montant de vos émoluments.

— Merci monsieur Thillet-Bordes, merci pour votre compréhension, merci pour votre proposition. Je rêve des plus gros vapeurs. La société à laquelle j'appartiens nous en promet un pour bientôt... Mais dans ces conditions je ne peux refuser votre offre.

— Parfait. Ensemble nous allons faire de l'excellent travail.

— Euh... monsieur Thillet-Bordes, puis-je vous demander une faveur ? Mais j'insiste pour vous dire que si vous ne me l'accordez pas je ne remettrai pas en question ma décision de devenir votre employé.

— Je vous écoute.

— Vous le savez, j'ai deux fils. Le plus jeune, hélas, est un enfant handicapé atteint de polio. Il va avoir six ans. C'est une très lourde charge pour ma femme Denise. Son aîné, lui, est un gamin de dix ans, grand, costaud et déjà beau gosse. Lorsque je prendrai mes fonctions à la SPTB il filera vers ses quatorze ans.

Vous serait-il possible, monsieur Thillet-Bordes, d'envisager de le prendre… comme moussaillon ? Il est comme son père, pris par la mer. À la grande détresse de Denise, je dois l'avouer.

— Baptiste, je pense être honnête comme vous l'êtes. Alors, aujourd'hui je vous garantis que votre aîné entrera lui aussi à la SPTB après un apprentissage que je prendrai totalement en charge. De plus, si un jour votre cadet, le pauvre enfant, devient apte à accomplir diverses tâches, je pourrai lui trouver un emploi modeste à la conserverie. Mais pas avant ses quatorze ans, naturellement.

— Oh, monsieur Thillet-Bordes, merci pour votre générosité ! Puis-je en parler discrètement à mon épouse, ce sera une telle joie et un tel réconfort pour elle ?

— Bien sûr, mais à la condition de bien garder cet accord strictement pour vous deux. Et ce au moins jusqu'à votre prise de fonction.

— Oh soyez sans crainte monsieur Thillet-Bordes, Denise est une personne muette comme une carpe. Et Aurélien ne sera informé que lorsque vous le prendrez en formation, pas avant. Quant à Julien nous attendrons au minimum quatre ans pour juger de son état de santé à cette date.

— À la bonne heure ! Serrons-nous la main, ce contrat vous est acquis. Lisez-le et si certains points ne vous conviennent pas, nous pourrons en discuter. Revenez dans trois mois pour la signature définitive.

— Comptez sur moi, monsieur Thillet Bordes. Encore merci et saluez pour moi cette chère madame Thillet-Bordes que nous aimons tant croiser à l'Aiguillon.

À Périgueux, pour le grand jour, le soleil ne parvenait pas à percer une fine couche de nuages et de brume. Malgré cela le bonheur des deux époux illuminait la journée et les alentours de la cathédrale Saint-Front. Seule Yvonne de Prégent restait grise comme le temps, n'acceptant toujours pas de se faire enlever sa fille. Elle la trouvait trop belle pour cet Émile qui la lui volait.

Devant l'autel Émile attendait Colette qui devait arriver au bras du lieutenant-colonel. Il en profitait pour admirer l'intérieur de Saint-Front. Un monument classé en 1840 mais qui subissait des travaux qui ne se termineraient qu'en 1889[27]. Tous les Thillet-Bordes, et lui le premier, étaient captivés par les grandes orgues, vraiment impressionnantes. Soudain le jeune fiancé reçut un coup dans l'estomac : en se retournant il vit Colette qui s'approchait, merveilleuse de beauté. Sa tenue de mariée, sa traîne mi-longue, quelle classe ! Et ces échancrures de la robe qui laissaient deviner sa sublime petite poitrine bien ferme… Il songea que quelques instants plus tard cette jeune personne d'une beauté infinie allait devenir sa femme, madame Émile Thillet-Bordes. La cathédrale, bondée, s'était tue, silencieuse et immense. Le choix de la cathédrale pour célébrer le mariage venait exclusivement d'André de Prégent. Ce n'était pas la paroisse de la famille mais le lieutenant-colonel n'imaginait pas d'autre lieu de culte pour cette cérémonie. D'abord parce qu'il pressentait une foule considérable : une bonne centaine de militaires ; la ribambelle des de Prégent et de leurs proches, ravis de les retrouver enfin à Périgueux ; une kyrielle de vignerons et de marchands de vin liés de près ou de loin aux Thillet-Bordes ; et, à parier, une belle délégation de marins-pêcheurs venus honorer les patrons des sociétés de pêche en la personne du jeune Émile. Mais plus encore, il tenait à impressionner « la famille d'en face », celle du marié. Une réussite incontestable ! La sortie sous la musique des grandes orgues n'impressionna pas seu-

27 – Saint-Front sera inscrite au patrimoine mondial de l'Humanité en 1998.

lement les Thillet-Bordes… Arrêté sur le parvis le jeune couple posa pour le baiser rituel. À ce moment précis Émile entendit clairement tous les marins-pêcheurs crier plus fort que tous les autres. Sans doute l'effet de l'habitude en mer, par gros temps. Colette avait beaucoup insisté pour que les parents de son chéri invitent des marins-pêcheurs. Au moins ceux qui travaillaient à la SPTB et quelques employés de la CTB. Car tout ce qui touchait à la mer la passionnait. Le monde de la pêche compris, mais pas véritablement avec la même approche qu'Auguste Thillet-Bordes. Les marins l'intéressaient pour leur vie fascinante sur l'océan mais aussi pour la vie de leurs familles, toujours dure et pas toujours respectée. Colette voulait défendre les intérêts des marins-pêcheurs tout en admettant que ces derniers paraissaient plutôt mieux traités chez son futur beau-père que chez certains autres. De loin, sa future belle-mère semblait son alliée. Et elle en découvrit une autre en la personne de sa jeune belle-sœur. Aussi Colette, après le rituel des embrassades familiales sur le parvis et après avoir étreint sa pauvre maman dans son fauteuil, fonça vers Hector et sa femme Marguerite. À côté d'eux elle croisa Baptiste Decosse et Denise, Raymond Lalande et son épouse Monique ainsi que quelques autres. Elle les embrassa tous, comme des frères et des sœurs. Et tous se sentirent honorés par son attitude très… fraternelle. Et grâce à elle certains d'entre eux comme Hector, Baptiste, Raymond et leurs épouses étaient même conviés au grand dîner dans un château à une vingtaine de kilomètres à l'ouest de Périgueux.

Pour le temps des cérémonies, les Thillet-Bordes et les Vercoutre présents avaient envisagé réserver dans un bel établissement du centre-ville. Mais André de Prégent les en dissuada au profit d'un hôtel de bon standing situé tout proche du château restaurant retenu pour les festivités. Cela se révéla beaucoup plus commode et ils ne regrettèrent pas ce conseil avisé. La soirée au château fut somptueuse. Le bâtiment, rénové depuis 1850, disposait d'une salle de réception aussi élégante qu'immense. Quoique lorsque les deux cent cinquante convives y eurent trouvé leurs places, l'impression changea du tout au tout. Le groupe des marins-pêcheurs gambergea un peu en découvrant le déploiement de luxe, depuis la salle elle-même jusqu'aux couverts en argent en passant par les nappes blanches et la vaisselle en porcelaine de Limoges. Sans oublier, peu après, le contenu des assiettes et celui des verres ! Cela les changeait, en dehors peut-être de Raymond Lalande, le néo-patron armateur, de l'étroitesse des cabanons avec, au sol, des carreaux ternis par le salpêtre. Mais lorsqu'ils fixèrent leurs regards sur la deuxième plus grande table, là où on installait madame de Prégent dans son fauteuil roulant, tous pensèrent qu'ils n'étaient pas les plus à plaindre. Les malheurs ne s'abattaient pas uniquement sur les plus pauvres.

Henriette, comme toute l'assemblée présente, admirait cette salle grandiose tout en songeant à l'inauguration de Sa villa qui se tiendrait quelques jours plus tard. Une villa plus intime qu'un magnifique château, mais truffée d'extravagances, bien dans la ligne des constructions de la ville d'hiver. Oui, une fofolle de plus ! Ici c'était la taille et la sagesse du décor, en intérieur comme en extérieur. Là-bas c'était la modestie, majoritaire pour la surface, et l'originalité au niveau des décors. Ici, en Périgord, Henriette était heureuse, heureuse pour son fils et pour Colette, mais elle piaffait d'impatience à l'idée de cette inauguration toute proche et couplée avec les dix ans de Marie. En fin de soirée les tourtereaux allaient s'esquiver et un peu plus tard ils partiraient en voyage de noces, d'Annecy à Venise en passant par les lacs.

— Histoire de savoir si certains de ces lacs peuvent rivaliser avec la Petite Mer, songea-t-elle. Mais moi je connais ma réponse. Et Émile partira avec dans sa mémoire les beautés de notre villa sur la petite montagne.

Elle sourit à nouveau en sachant qu'ici, dans ce château merveilleux, il manquait quelque chose. Ou plutôt quelqu'un. Avant de quitter Bordeaux elle avait secrètement fait la démarche de convaincre un photographe professionnel d'assister à la petite fête d'inauguration de la villa. Pour immortaliser ce rêve de toute une vie. Et ici, pour cet évènement rendu grandiose grâce à cette bâtisse d'exception, point de photographe. Elle redescendit sur terre pour contempler avec Auguste ce menu insensé qu'elle avait concocté avec André de Prégent et le très réputé chef cuisinier de l'établissement. Yvonne, elle, avait décrété au cours de la mise au point du menu qu'elle ne mangerait rien ou presque rien. Car la disparition de sa fille allait forcément lui couper l'appétit. Elle admit, sur l'insistance d'André, de goûter au consommé et, pour le principe, au gâteau des mariés.

— Que ne va-t-elle pas manquer, sourit Auguste en relisant ce menu grand siècle.

Périgueux, le 18 juillet 1888
Mariage de Colette et d'Émile

Menu
Consommé à la périgourdine aux truffes et aux bolets
Esturgeon sauce au crabe
Daim truffé au foie gras avec sa farandole de
Haricots et de pommes sautées.
Sorbet à l'Armagnac
Pintadeau aux asperges

L'assiette des fromages régionaux
La pièce montée des mariés et les timbales glacées

*

Bergerac blanc
Pauillac 1881, classé en 1855
Champagne brut

*

Auguste sourit à nouveau en imaginant tous ces plats pour presque deux cent cinquante convives. Il susurra à l'oreille d'Henriette :

— Avec tout ça, ma chère, vais-je encore pouvoir régler le solde du nouveau chalutier vapeur ? Et quand ? Les Écossais risquent bien de grogner !

*

En rentrant sur Bordeaux Auguste songeait intensément à l'inauguration de la villa, prévue pour le 15 août. Il hésitait encore à propos du nom à donner à sa nouvelle demeure de la ville d'hiver et il argumentait avec Henriette. Il repensait à Émile Pereire qui avait jadis donné à une construction le nom de sa fille Cécilia. Alors, pourquoi pas Marie, en définitive ? Henriette lui fit remarquer que quelques années plus tôt il avait lui-même mis en garde sa femme en soulignant qu'il ne fallait pas froisser les garçons. Henriette s'était même amusée à proposer le nom d'EMA comme Émile, Marie et Albert. En réalité, lorsqu'ils arrivèrent à Bordeaux la décision était prise. Ce serait, comme l'avait fait Éloi pour ses dossiers, la villa M. Un choix parfait : M comme Marie, M comme Marmont, M comme mauresque,

M comme magique et même, pourquoi pas, M comme mystère ! Mystère pour les tiers, ceux qui ne connaissaient pas la famille. Mystère, également, bien dans l'atmosphère de cette ville d'hiver. Ce dernier point emporta l'adhésion pleine et entière d'Auguste.

La villa fut livrée à ses propriétaires le 31 juillet. Avec quelques mois de retard, mais peu leur importait puisque l'inauguration pouvait se dérouler comme prévu, le jour du 15 août. Henriette tint absolument à s'imprégner de l'atmosphère des lieux et, malgré un confort encore tout relatif, ils y passèrent tous les deux huit nuits. Des nuits pas si évidentes à vivre en dépit de ces réveils merveilleux avec les chants délicieux des oiseaux. Car Henriette – comme Auguste – avait vécu toute sa jeunesse et une partie de sa vie d'adulte dans des grandes villes : Lille, Tourcoing puis Bordeaux. Et d'un coup elle se retrouvait sur la petite montagne d'Arcachon, dans une atmosphère nouvelle et étrange pour cette citadine de toujours. Cette ambiance de hameau paisible, surtout une fois la nuit tombée, ce silence de la nuit, en dépit de la proximité du casino de la forêt, la déboussolèrent un peu et l'empêchèrent même de s'endormir rapidement les trois premières nuits. Un silence presque angoissant pour cette habituée des bruits de la ville. Un comble ! Puis elle commença à s'habituer, et Auguste avec elle, grâce à ce réveil promis avec le chant des oiseaux. Un autre monde, qui progressivement lui fit goûter aux délices de cette vie calme et paisible.

Auguste avait pris quelques jours de congés pour vivre ces premiers moments avec son épouse, laissant l'entière responsabilité des deux sociétés à son fils Émile. Un excellent exercice pour la montée en puissance du futur patron. Car dans sa tête Auguste avait déjà programmé d'arrêter pile en l'an 1900. Cela laissait encore douze ans à son fils pour se préparer à prendre la succession. Douze années, cela passait si vite.

Pendant les quelques jours avant ce fameux 15 août ils s'attachèrent à meubler la villa avec ce qui était disponible au quai des Chartrons d'une part et ce qui venait d'être livré d'autre part. Comme le vaisselier, une écritoire, une table et des chaises en style Regency, pour faire plaisir à madame. Auguste avait fait transporter quelques meubles – un ensemble un tant soit peu disparate – qui patientaient docilement dans un grenier du quai des Chartrons. Dépoussiérés, certains d'entre eux affichaient de l'allure et même du charme. Émile retrouvait des meubles de son enfance, ceux de la demeure de ses grands-parents de Tourcoing. Des meubles qui réveillaient chez lui quelques beaux souvenirs de petit garçon. Cette réaction amusa beaucoup Colette qui parvenait avec difficulté à se remémorer le décor de sa vie de petite fille.

— Sans intérêt, conclut-elle pour elle-même.

Émile aima retrouver ce vieux vaisselier venu du Nord, une pièce des grands-parents Vercoutre, placé désormais dans la grande salle du rez-de-chaussée car incompatible avec le Regency de l'étage. Il se rappela la frayeur de sa grand-mère Éléonore qui avait failli renverser ce grand meuble en tentant de récupérer quelques assiettes placées beaucoup trop haut pour elle. Il revit le fou rire de sa chère grand-mère une fois passée sa peur bleue… et légitime. Un rire qui avait déclenché les pleurs interminables d'Albert encore tout bébé. Et il fut tout autant surpris de retrouver dans la petite salle de bains du sous-sol une grande bassinoire en cuivre, cet objet monstrueux qui l'effrayait tant lorsqu'il était rempli de braises. Et aujourd'hui cette pièce bien astiquée faisait un joli décor dans ce sous-sol très sobre et réservé au personnel.

Au 13 août l'aménagement prenait corps. Pour le principe, en attendant la livraison des sofas prévus dans les salons, Henriette avait fait installer des vieux fauteuils pour admirer, à travers la véranda nord, le soleil miroiter sur le Bassin. Indispensable ! La fête pouvait commencer. Et elle commença par l'anniversaire – retardé – de Marie, la chérie de son papa... au point de faire de l'ombre à Albert et même à Émile. Mais ce dernier s'en moquait, alors qu'Albert ne se cachait guère de s'en agacer et même de s'en plaindre. En était-il capable en ce jour de liesse pour tous ? Assurément car il incarnait ce genre d'adolescent qui ne réfléchissait pas avant de parler. Marie reçut quelques cadeaux et fut applaudie comme une vedette. Cette Marie adulée par tous, une jolie fillette, mutine, espiègle, souriante, intelligente et toujours enthousiaste. Dotée d'un tel tempérament, on l'imaginait déjà au bras d'un comte, d'un baron ou d'un jeune rentier issu d'une des familles les plus riches de Bordeaux.

Henriette ouvrit une fenêtre et appela, au niveau de la rue :

— Monsieur Destival, monsieur Destival, c'est le moment ! Venez, montez, nous vous attendons.

Émile et Auguste regardèrent Henriette, stupéfaits. Qu'avait-elle manigancé ? Apparut alors ce monsieur Destival, chargé comme un mulet. Éloi de Marmont fut le premier à comprendre. Il s'agissait d'un photographe muni d'un gros trépied et de deux appareils photographiques volumineux. Il s'installa et déploya son matériel. Puis il recommanda :

— Mademoiselle, seule, oui, là. Je vais me placer de dos à la véranda pour éviter d'avoir le jour en face. Bien. On ne bouge plus. Souriez !

— Émile et Albert, lança Auguste à son tour, rejoignez votre sœur.

Nouvelle photo, avec un sourire grimaçant d'Albert.

— Restez en place tous les trois. Avec les parents, maintenant !

Monsieur Destival multiplia les prises, puis Auguste demanda :

— Prenez des photographies de l'intérieur, s'il vous plaît, sans nous. Avez-vous fait des clichés de l'extérieur ?

— Oui monsieur Thillet-Bordes, ce matin pour toute la partie orientée à l'est. Et je reviendrai dans l'après-midi pour les façades sud et ouest.

L'inauguration proprement dite débuta par une visite circonstanciée et guidée par Éloi de Marmont, très concerné par son rôle :

— Pas question de procéder à l'inauguration et à la remise définitive des clés si des failles subsistent sur l'ouvrage. J'y tiens, par rapport à mon cahier des charges et, tout autant, par rapport à vos souhaits exprimés.

Toute la famille le suivit jusqu'au sous-sol avec, derrière Henriette et Auguste, une Raymonde très attentive. Et très satisfaite. Devant la cave Éloi insista sur la qualité des parois sélectionnées qui garantissaient une bonne constance de température, aussi bien par gel que par canicule.

— Encore heureux grogna Albert !

Personne ne fit mine de relever. Au rez-de-chaussée, dans la grande salle, Éloi manipula la porte fenêtre et les volets. Il s'aperçut que l'un des volets penchait un peu trop. Sans rectification, il sortirait rapidement de ses gonds. Il prit note et promit une mise en conformité dans les cinq jours. Auguste apprécia. Au premier étage tout se déroula merveilleusement bien pendant que Raymonde s'activait pour préparer une jolie table bien garnie, pour les agapes. Toute la famille s'attarda dans la véranda sud, côté forêt, et plus encore dans celle exposée au nord, côté Petite Mer. Une nouvelle fois Éloi félicita Henriette pour cette idée judicieuse et originale qui permettait de profiter par tous les temps de la lumière du Bassin d'un côté et de l'ombre bienfaisante des pins, de l'autre.

— D'ailleurs je vous avoue que je risque de reprendre cette idée pour de prochaines constructions, car vous n'avez pas déposé de droits d'auteur, si j'ai bien compris ?

— C'est exact, mon cher Éloi, répondit Henriette, et je le regrette déjà !

Ils rirent de bon cœur. Puis ils terminèrent la visite par le deuxième étage, ses cinq chambres et sa grande salle de bains, toutes partiellement aménagées. Ensuite Éloi et Auguste firent une brève incursion au grenier. Un espace vide qui contrastait avec les greniers du quai des Chartrons pourtant déjà partiellement délestés au profit de la villa M.

Le repas fut très joyeux. Raymonde y prit part, pour le dessert, à la demande de Marie. Le centre de table, garni de fleurs, donnait un aspect vif et coloré, bien dans l'esprit de la Petite Mer. Trois paires de candélabres dorés et patinés apportaient une touche solennelle à cette petite cérémonie. En bout de table, Marie semblait présider le repas. Raymonde vint se placer à côté d'elle pour déguster une énorme croustade gasconne avec dix bougies placées en couronne autour du gâteau afin de ne pas le détruire. Si bon mais si fragile… Le photographe réapparut pour immortaliser Marie qui soufflait ses bougies. Ce jour-là, même Albert parut heureux et insouciant. Et Henriette, une fois la table débarrassée, avoua à son époux que cet évènement avait été pour elle bien plus important que la venue de Sarah Bernhardt au casino de la forêt une semaine plus tôt et qui avait fait les unes de tous les journaux de Gironde.

15

Pourtant débordée – plusieurs allers-retours à Périgueux avant la cérémonie du mariage de son fils ainsi que la préparation de l'inauguration de la villa et de l'anniversaire de sa fille – Henriette n'en continuait pas moins la rédaction de son journal de la Petite Mer. Elle n'avait pas manqué d'écrire un long paragraphe enthousiaste sur la fête à la villa M. La toute première. Aussitôt après, elle avait consigné le lancement d'une enquête officielle ayant pour but la construction d'une ligne de tramway entre La Teste et Arcachon. Auguste lui apportait régulièrement les informations les plus notoires à propos de ses activités. Comme par exemple la création d'une criée « au poisson frais de mer » au marché Saint-Ferdinand et, à peine plus tard, la constitution de la Société des Marins d'Arcachon. Henriette aimait alterner ces séquences avec celles plus personnelles. Ainsi décrivit-t-elle une petite fête à la pêcherie au cours de laquelle, pour ses dix ans, le petit Aurélien Decosse reçut un cadeau des mains d'Auguste : une maquette de pinassotte à voile. Et le patron de lui préciser :

— Mon petit, si tu travailles bien à l'école, dans quatre ans tu navigueras à bord d'une véritable pinasse. Et deux années plus tard sur un chalutier à vapeur.

Il vit aussitôt les yeux du beau gamin briller de mille feux. Henriette adorait ces moments de partage entre ses proches et les familles de marins-pêcheurs. Elle souhaitait même que ces rencontres se multiplient. Ensuite elle évoqua la nouvelle responsabilité d'Émile : témoin de mariage de son ami d'études à l'université de Bordeaux, le notaire de Castang, qui épousait Florence à Saint-André. Ce brillant jeune homme allait rapidement devenir le notaire et le juriste attitré des deux sociétés Thillet-Bordes. Puis elle oublia son journal pendant un bon mois afin de suivre chaque jour, cartes à l'appui, l'itinéraire des tourtereaux en voyage de noces.

La première étape du voyage, d'Arcachon à Bordeaux, débuta d'une façon mirifique. En montant dans le train – les places avaient été réservées par le père d'Émile – ils s'installèrent dans une voiture très différente des autres. Un wagon ancien, presque vieillot, mais de très grande classe. Lorsqu'ils découvrirent leurs sièges tout en cuir et les boiseries marquetées, ils en restèrent cois. À l'arrivée du contrôleur Émile demanda pourquoi ce superbe wagon ancien était ressorti.

— Oh, monsieur vous ne savez pas ce que représente ce wagon ? Ne le devinez-vous pas ? Cette voiture de première classe a transporté des célébrités bordelaises et même nationales. Je peux citer Émile Pereire, qui l'emprunta plus d'une fois, mais également des ministres de l'empereur puis de la République jusqu'en toute fin des années soixante-dix. Et elle a été remise en circulation pour vous deux, madame et monsieur.

— Pour nous ?

— Oui monsieur, je vous l'assure.

— Mais qui a pu prendre cette décision ?

— Oh je n'ai pas retenu le nom exact, mais cette demande provient d'un des architectes en chef de la société des messieurs Pereire.

— Éloi de Marmont ?

— Euh… oui… c'est ce nom là en effet, je m'en souviens, maintenant.

Émile regarda Colette, il n'en revenait pas.

— Voilà un cadeau original pour bien débuter notre voyage de noces.

— Sachez, madame et monsieur, que cette voiture dispose également de toilettes. Des commodités situées au bout de la voiture. Émile s'en fut voir les lieux en appréciant de fouler une moquette épaisse jusqu'à la porte du petit local, exigu mais pratique et plutôt confortable. Revenu à sa place il visualisa les wagons ordinaires avec des banquettes terribles pour les fessiers. Il se remémorait un wagon vide permettant de bien voir les côtés complétement ternis et les ronds brillants et luisants où les passagers s'étaient assis et tortillés pendant tout un voyage. Des contrastes étonnants. Émile glissa à Colette qu'il espérait que de Bordeaux à Marseille, pour un trajet interminable, ils ne retrouveraient pas une de ces banquettes en bois, usante pour l'arrière-train. Elle rit de bon cœur en espérant une voiture sûrement moins luxueuse que celle d'Arcachon à Bordeaux, mais confortable malgré tout. Elle fut exaucée tout en regrettant tout de même le luxe du petit trajet précédent. Ensuite il leur fallait remonter jusqu'à Annecy. Colette tenait à découvrir Marseille et son port. Émile pas franchement, qui s'impatientait de retrouver Annecy, le lieu féérique de sa rencontre avec sa bien-aimée. Au cours du troisième trajet Colette ne parlait plus que des lacs italiens et de Venise, qu'elle rêvait de découvrir. Elle allait expédier Annecy et Émile mettrait cette réaction sur le compte de souvenirs pénibles liés à la santé de sa pauvre maman. Ce qui ne les empêcha pas de repasser sur le pont Perrière, de revoir le château et admirer une nouvelle fois le palais de l'Isle. Émile insista pour retourner déjeuner au petit restaurant où il lui avait offert sa bague. Ils s'installèrent à la même place… après négociation… car la table à l'étage et devant la fenêtre était réservée. Et enfin Émile désira repasser devant le petit hôtel de leurs premiers ébats amoureux. Autant Colette apprécia le petit restaurant, autant feignit-elle d'ignorer l'établissement hors-la-ville. Une sorte de pudeur? Un lieu qui lui rappelait une faute? C'était un peu confus dans la tête d'Émile.

Ensuite l'un comme l'autre apprécièrent leur fantastique escapade: le charme de Lugano, la beauté de Stresa et des îles Borromées, les crêtes escarpées autour du lac de Côme et Bellagio la magnifique. Sans oublier Sirmione, ce petit fort charmant en bordure du lac de Garde. Une véritable accumulation de bijoux. Pour Émile cela représentait une addition de souvenirs merveilleux et romantiques à souhait, car partagés. Avec en final tous les canaux et toutes les ruelles tortueuses de Venise. Colette, pour sa part, apprécia plus le port et le Lido que les canaux et les ponts:

— Bof, c'est Annecy en grand ce quartier!

Toujours chez elle cette préférence pour les grands espaces. Elle passait des heures à regarder au loin, au-delà de la lagune. Elle devinait l'Adriatique exactement comme au Cap Ferret elle devinait l'océan. Il la voyait alors, transportée et heureuse. Toutes leurs nuits furent aussi fusionnelles que romantiques. Du bonheur le jour, du bonheur la nuit…

Même si le retour s'avéra un peu plus embarrassant. Colette avait avoué à son tout jeune mari, en quittant Venise, qu'elle devait être enceinte de près de deux mois. L'idée de rentrer au bercail avec sa jeune épouse déjà grosse commençait à hanter Émile. Fallait-il annoncer ce forfait d'avant mariage aux parents? Et de quelle manière? Et soudain, la veille de l'arrêt à Périgueux, Colette se retrouva réglée. Soulagement et détresse mêlés. Émile avait craint la honte, celle de devoir annoncer leur faute. Mais désormais il redoutait l'impensable, la stérilité de sa femme. Il ne s'en confia point, préférant se remémorer tous les moments si riches en découvertes.

Ce fut ensuite l'installation au quai des Chartrons. Un logement séparé, à côté de celui des parents d'Émile qui avaient accepté de réduire leur surface. Une solution d'autant plus arrangeante qu'Auguste et Henriette avaient l'intention de passer quasiment la moitié de leurs jours à Arcachon. Colette appréciait ce logement même si elle eut préféré être plus éloignée des parents de son mari et de ce drôle d'animal d'Albert. Émile pensa en souriant qu'elle prétextait regretter cette proximité pour l'inciter à s'installer au port de la Lune ou au sommet de la dune ! Passés les trente premiers jours Colette commença – discrètement – à reprocher à Émile son implication trop systématique dans l'affaire du beau-père. Travailler d'arrache-pied dans la journée c'était compréhensible et même louable. Plonger corps et âme dans l'entreprise au point de négliger son épouse le samedi et même certains dimanches, cela la perturbait. Elle se sentait isolée, craignant l'habitude de la séparation et, pire, qu'Émile se satisfasse de cette séparation. Colette devenait jalouse de cette CTB qui l'accaparait trop à son goût. Il s'en rendait compte, embarrassé, lui qui ne rêvait que de la rendre heureuse. Elle en voulait à son beau-père qui lui volait son mari et lui rendait parfois en mauvais état. Mauvais état moral autant que mauvais état physique. Elle rêvait d'évasion, elle rêvait de parcourir les océans sur un vapeur aux ordres d'Émile. Un vapeur qui en oublierait la pêche pour voguer vers l'Amérique. Émile, lui, ne rêvait plus. Colette, imperturbablement réglée, le préoccupait. Ses parents également qui, à mots couverts, lui demandèrent si le couple désirait ou pas avoir des enfants. Le jeune marié ne s'offusqua pas de la question. Mais il en arrivait à croire qu'ils étaient punis, Colette et lui, pour leur forfait d'avant mariage. Une punition divine, avec des conséquences intolérables pour les Thillet-Bordes. Sans doute beaucoup moins chez les de Prégent. D'ailleurs Colette elle-même ne paraissait nullement affectée par cette situation… ou cette absence de situation !

Colette apparut, radieuse, pour la fête de Noël, en famille, en ville d'hiver. Le premier Noël d'une longue série à la villa M. Une fête double, cette fois, en raison du prochain départ à la retraite de Raymonde. Beaucoup de moments joyeux, pour Marie en particulier. Mais avec cette pointe de nostalgie chez Henriette, Auguste, Émile et Marie de voir Raymonde les quitter. Une Raymonde qui, à sa façon, rustre, directe et foncièrement honnête, s'était incrustée dans la famille. Après le mariage elle avait annoncé rendre son tablier le dernier jour de 1888 afin de servir environ six mois à la villa M. Pragmatique en diable, elle leur présenta, quelques jours avant les fêtes, Éliane, l'épouse de Maurice, l'un des marins-pêcheurs de la SPTB. Éliane plût aussitôt à Henriette qui de toutes les façons faisait confiance à Raymonde. Râblée, Éliane laissait deviner une énergie hors du commun, ce qu'elle démontrerait plus tard. Elle prenait ses fonctions à la villa dès le 3 janvier 1889.

Ce Noël fut aussi marqué par la présence – avec trois mois de retard – des deux canapés prévus pour les deux salons. Un retard imputable, selon le livreur, à l'exigence du « sur mesure » imposé par Henriette. Elle les avait commandés hauts, avec un grand dossier presque droit pour bien apercevoir l'horizon côté nord, même en étant assis. Elle essaya celui du petit salon. Ses pieds touchaient à peine le sol. Elle convia Raymonde à s'asseoir à côté d'elle. Quel spectacle ! Certes le soleil ne brillait pas mais le temps plutôt clair et quelques nuages créaient des reflets argentés et magiques sur toute la surface visible du plan d'eau. Henriette, radieuse, disposait de sa cerise sur le gâteau. Du grand spectacle, assise confortablement chez elle. Du grand spectacle au quotidien.

Émile et Colette reçurent un petit « bonus d'émolument » pour leur permettre une nouvelle évasion. Le père suggéra l'Espagne ou la Bretagne. Cette suggestion de Bretagne plut bien à Colette qui se mit à rêver de Brest et de la pointe du Raz. Albert reçut sa première caisse de grands crus médocains et l'octroi d'un stage – rémunéré – chez le cousin Martin pour mieux appréhender le métier de négociant. Quant à Marie, en dehors d'une jolie robe et d'un petit chapeau original, elle eut droit à une inscription à un cours de couture à Bordeaux. Son père semblait beaucoup y tenir :

— Essentiel pour une jeune fille de bonne famille, conclut Auguste.

Marie, ce jour-là, ne retint que la robe et le chapeau. Elle disparut pour aller se changer et revint très vite, revêtue de cette robe pervenche qui lui seyait à ravir. Une vraie petite femme, avec ses bottines montantes. Auguste lui fit un grand sourire et à cet instant précis on devinait son faible pour sa fille.

— Père, vous m'avez dit la couleur. Perv… je ne sais plus.

— Pervenche, une couleur qui vous va si bien au teint, mon enfant.

— Pervenche ? Moi je croyais mauve.

— Mais oui, ma chérie, intervint Henriette. M comme Marie et M comme mauve, ici dans la villa M.

Et toute l'assemblée rit de bon cœur.

*

Quelques temps plus tard Auguste et Émile durent faire face à de nouvelles menaces de grève. Hector n'était plus le porte-parole des employés des sociétés Thillet-Bordes. Ses collègues, surtout ceux de la CTB, l'avaient jugé « trop coulant avec le patron » lors du mouvement précédent. Cette fois ils envoyèrent à Auguste, à Bordeaux, un certain René, un jeune employé de la conserverie, passablement écervelé – selon Émile – mais très actif au niveau syndical. Inquiet, Auguste préféra laisser la responsabilité de la rencontre à son fils. Cela permettrait à ce dernier de s'aguerrir à ce genre d'entrevue et de confrontation qui allaient se multiplier au fil des années, il en était persuadé. Mais il confia cette mission à un fils déjà à cran et un peu déboussolé. Car sans l'admettre devant les autres, le simple constat de ne pas encore être père le traumatisait. Et il s'en vit pour négocier un compromis face à ce René intransigeant. Il y tenait pour éviter un mouvement durable qui risquait de se généraliser. Il lâcha donc du lest, tant au niveau des conditions de travail qu'au niveau financier. À l'issue de cette discussion il imaginait déjà le jeune René arriver triomphalement à la CTB le lundi suivant. Mais lui, Émile, s'en voulut. Il s'en voulut de cette terrible marque de faiblesse que ses employés n'oublieraient pas de sitôt. Et il tremblait en imaginant la réaction de son père, furieux contre lui. En réalité Auguste trouva les concessions un peu lourdes pour l'entreprise. Néanmoins il remercia son fils d'avoir éteint le feu et évité un affrontement grave et d'autant plus préjudiciable que la SPTB attendait un nouveau vapeur dans les prochains mois. Le prix à payer pour classer le conflit derrière eux… mais pour combien de temps ?

Tandis qu'Émile trimait dur à La Teste, Colette s'évadait sur le phaéton, au Moulleau le plus souvent, pour apercevoir la pointe du cap Ferret et cet horizon qui symbolisait l'infini, l'inatteignable. Il lui arrivait, de temps en temps, de grimper sur la dune par le côté maritime. Jamais jusqu'au sommet mais toujours suffisamment haut pour apercevoir cet horizon sans limite. Elle rêvait, assise sur le sable pendant des heures, au point d'oublier de retourner à temps pour retrouver Émile à la CTB avant le soir. Plusieurs fois ils durent improviser une installation chez les parents, en leur présence ou pas. Échaudé, Émile obtint de son père de disposer d'un double des clés de la villa M. Auguste lui avait alors glissé :

— Vivement qu'elle devienne maman, cela l'occupera et la stabilisera. Ce sera bien pour elle et bien pour nous !

Chaque samedi ensoleillé Colette insistait pour parcourir le Bassin et coucher à la villa pour recommencer le dimanche et pousser jusqu'à la côte landaise. Au cours de ces longues journées à deux, Émile, follement amoureux, tentait bien d'aborder cette question de future progéniture qui l'empoisonnait jusqu'à devenir obsessionnelle. Au point d'en agacer Colette. Il évoqua même qu'il pouvait s'agir d'une punition divine, conséquence de leur forfait d'Annecy. Elle lui rit au nez et répondit qu'elle n'en croyait rien. Au contraire même, cet épisode de leurs premiers rapports avait démontré qu'elle pouvait être grosse. En conséquence de quoi elle pouvait l'être à nouveau. Mais face à cette réponse Émile ressassait l'échec. L'échec d'un Thillet-Bordes. Il allait jusqu'à imaginer Albert marié et qui alignait les petits. Ce serait la honte…

À Bordeaux, Colette s'ennuyait. Elle aimait Bordeaux, mais cette grande cité ne lui apportait pas les évasions escomptées. Hormis le port de la Lune, pour ses rêves. Alors elle prit l'habitude de marcher jusqu'au port, le plus souvent seule, sauf lorsque Marie, la chère petite, pouvait l'accompagner, les jeudis après-midi. Elle aimait la compagnie de Marie, elle se retrouvait un peu en elle. Ce goût des horizons lointains, la témérité, et ce souci de comprendre la vie des familles des marins pour leur venir en aide, à l'occasion. Il leur arrivait de se rendre à deux jusqu'au quartier Saint-Ferdinand, certains samedis. Ce quartier les attirait, les fascinait, tout en leur faisant un peu peur.

Colette retrouvait une forme de joie de vivre au cours des soirées arcachonnaises lorsqu'elle parvenait à entraîner Émile au spectacle au casino mauresque. Musique ou théâtre ? Le piment de ce petit bonheur tenait dans la surprise et la découverte du spectacle au dernier moment. Sa préférence allait résolument vers le théâtre. Émile la suivait parce qu'il l'aimait, parce qu'il la voulait heureuse, et parce qu'il acceptait tout d'elle. Et puis cela le distrayait, indéniablement. Mais le plus souvent il rentrait épuisé de ses journées de travail et ne rêvait que de repos, au quai des Chartrons ou dans cette villa paisible dotée de si belles fenêtres avec vues sur le théâtre de la nature. Mais Colette prétextait déjà connaître ces décors par cœur. En fin de compte il se rechaussait pour ressortir avec pour seul but d'être en sa compagnie et de lui plaire.

Tandis que Colette et Émile écoutaient du Bach ou du Chopin, ou assistaient à une pièce de théâtre au casino de la forêt, Henriette s'attachait à remplir son journal de la Petite Mer. Dans la rubrique désormais célèbre et bien fournie des élus municipaux, elle venait de noter la démission – toute provisoire – du maire Eugène Ormières. Par ailleurs, informée par Auguste, elle relatait que la criée au poisson de la halle Saint-Ferdinand était enfin ouverte pour de bon. Toujours la même année, elle consigna un évènement qui l'amusa énormément et qu'elle rêvait de continuer de relater à d'autres occasions. Dans le parc du casino mauresque elle avait assisté à une course aux échasses, aux tchanques. Les échassiers allaient devenir célèbres dans tout le pays et même au-delà : en grimpant les étages de la tour Eiffel et en parcourant l'Europe en échasses jusqu'à Moscou !

Au début de 1890, après un deuxième Noël merveilleux à la villa M., qui avait rassemblé toute la famille, Henriette se rendit compte que le jeune couple trouvait de moins en moins de sujets à évoquer ensemble. En tout cas, devant les autres. Ne subsistait clairement – encore heureux – que leur amour commun pour le Cap Ferret avec ses balades dans la solitude avec l'océan tout autour d'eux. Mais les mois passaient et Colette paraissait plus distante, presque indifférente. L'esprit de Colette devenait impénétrable. Heureusement, certaines nuits restaient bouillantes, au grand soulagement d'Émile. Chaque matin qui suivait ces moments fusionnels, Colette lui demandait :

— Quand m'emmenez-vous ?

— Vous emmener où, ma chérie ?

— Mais je ne sais pas. Enfin, si : loin, très loin, en Amérique, en Afrique, aux Indes ou chez les Russes.

À chaque fois Émile haussait les épaules et lui rappelait sa tâche de responsable de la CTB. Mais un jour, c'était certain, ils feraient un grand voyage. Entretemps elle disposait du phaéton familial pour faire le tour de la Petite Mer qu'elle aimait tant.

— Oui je l'aime, mon ami. Mais nous en avons déjà fait le tour dix fois. Un tour qui peut se boucler en une journée ou presque.

— Mais enfin, ma tendre amie, n'avez-vous encore point observé combien la Petite Mer changeait d'aspect, et ses berges avec elle, entre le matin et le soir, à marée basse ou à marée haute, par grand soleil ou sous les nuages, ou au gré des saisons ? Sincèrement, au bout de dix tours on ne la connaît pas !

Elle haussait les épaules et repartait dans ses rêves d'horizons de plus en plus lointains. Petit à petit cette attitude épuisait Émile et le minait. Le doute s'infiltrait dans son esprit. Et malgré ces quelques nuits de bonheur qui subsistaient, il se demandait si elle parviendrait à lui donner un petit Thillet-Bordes. Assidue, elle l'était encore, mais de plus en plus mécanique au fil des mois. Qu'y faire ? Émile commençait à négliger un tant soit peu sa tâche à la CTB. Ce que son père ne manqua pas de lui faire remarquer.

16

Henriette, qui adorait fouiner dans Arcachon à la manière d'une journaliste aguerrie, était sidérée par le nombre de « fofolles » en construction. Le début d'une nouvelle vague. Elle n'en ressentait plus aucune jalousie. Au contraire, cela l'amusait. Elle disposait de sa propre villa, située à l'endroit de ses rêves ou à peu près. Et ces nouvelles constructions pouvaient être plus belles, plus grandioses et plus confortables, très peu d'entre-elles jouiraient, comme la villa M., de cette double vue sur la forêt et sur le Bassin. Très fière, elle avait envoyé à son frère Léon une dizaine de photographies : deux avec Marie devant son gâteau décoré de dix bougies, et huit de la villa M. Avec les deux plus belles, selon elle, l'une qui détaillait la façade mauresque et l'autre qui montrait le Bassin au coucher du soleil avec des lumières incroyables à défaut de présenter des couleurs… inimitables ! Elle aimait également assister à certaines soirées de théâtre ou de musique proposées par le casino de la forêt, dès les beaux jours revenus. Un succès grandissant, qui drainait des estrangeys qui venaient de plus en plus loin.

Dans ses présentations elle apportait toujours des impressions personnelles en alternance avec des faits précis. Ainsi soulignait-elle avec une pointe d'humour la nouvelle démission du maire Eugène Ormières en février 1890, puis l'élection du commandant Eugène Ravaux, un mois plus tard. « Oui, ça continue de valser » concluait-elle sur ce sujet. Plus tard, en juillet, elle consigna la création de la Société Protectrice des

Intérêts des Parqueurs-Ostréiculteurs du Bassin d'Arcachon. Une nouvelle qui laissa son époux de glace.

Cette occupation permettait de la distraire un tant soit peu de la situation préoccupante de son fils Émile. Enfin, une situation qu'elle jugeait, elle, préoccupante. Même si son fils préférait jouer les taiseux. À l'évidence Henriette mettait ce début de crise dans le couple sur le compte de l'absence de grossesse. Navrée, elle craignait des conséquences préjudiciables et un enchaînement incontrôlable. Et si Émile défaillait dans sa tâche ? Si le jeune directeur de la CTB, appelé à d'autres responsabilités dans les entreprises Thillet-Bordes, devait flancher, incapable de tenir son poste ? Auguste s'en confiait de plus en plus régulièrement à sa femme, essayant même de la faire intervenir auprès de Colette. Mais pour lui dire quoi ? Ou lui demander quoi ? Car officiellement tout se déroulait pour le mieux. Colette se montrait toujours aimable avec ses beaux-parents, adorable avec Marie et fort réactive avec un Albert de plus en plus caustique et même méprisant. Mais la jeune épouse restait distante, et discrète quant à l'absence de grossesse. Henriette tentait de calmer Auguste en lui soulignant que les nuits des deux tourtereaux restaient encore et toujours des nuits de bonheur. Malgré tout, pour Auguste, le ver était dans le fruit. Le regard voilé de son fils en disait long. Il se souvenait de toute la lumière qui étincelait dans ses yeux après le mariage et au retour du voyage de noces. Une transformation radicale, en deux années à peine. Deux ans qui auraient dû leur apporter au moins un petit Thillet-Bordes.

Émile cachait à tout prix ses sentiments, mais son regard le trahissait et son visage et son manque d'enthousiasme ne dupaient personne. Même si, encore une fois, certains matins il semblait retrouver un semblant d'énergie et sa fougue amoureuse de 1888. En secret, pour lui-même, l'indifférence grandissante de Colette le jour le minait et le tuait à petit feu. Le pire, c'était qu'il ne comprenait pas vraiment pourquoi. Était-elle marquée, sans l'avouer, par son absence de grossesse ? Son attitude, la nuit, pouvait le laisser croire. Mais Émile, en fait, n'en croyait rien.

Lorsque le couple séjournait au quai des Chartrons, il évitait Albert, ce qui n'était pas nouveau, mais également Marie, désormais. Cela pour éviter les regards et les questions de la jeune fille qui s'était sentie, dès avant le mariage, si proche de sa future belle-sœur. La désolation régnait dans cette demeure coupée en deux. Doublement coupée en deux depuis quelques mois. Même Albert le désinvolte en parut altéré, cherchant à se rapprocher de son frère et fulminant contre cette fille ingrate et stérile.

— Stérile, quel camouflet pour un Thillet-Bordes, songeait Albert, agacé ! Mon frère s'en remettra-t-il un jour ?

Plus les mois passaient, plus les fissures apparaissaient au grand jour. Colette s'évadait des journées entières. Il lui arrivait de rentrer fort tard au bercail. Et pire, ce qui exaspérait Émile, parfois elle rentrait à Arcachon, alors même qu'il lui avait précisé le matin :

— Au quai des Chartrons.

Auguste était affligé de voir son fils tourner en rond à attendre sa femme qui n'arrivait pas. Et qui, une fois la porte franchie, ne s'excusait pas et ne prêtait aucune attention aux autres, pas même à son époux.

— Quelle offense faite aux Thillet-Bordes, songeait Auguste qui bouillait de ne pas intervenir.

Le soir Henriette tentait de calmer son mari en lui soulignant :

— C'est une mauvaise passe, mon ami. Bientôt, vous verrez, Colette nous annoncera qu'elle attend un petit et tout rentrera dans l'ordre.

— En êtes-vous vraiment convaincue, ma chère ?

— Totalement, certes pas. Mais qui pourrait l'être ? Je m'accroche à cet espoir d'autant plus que parfois je les trouve encore tellement amoureux.

— Émile amoureux, je n'en doute pas un seul instant. De sa part à elle, permettez-moi d'en douter. Et notre fils en souffre, terriblement.

— Je sais cela Auguste, je le sais. Il nous faut prier pour qu'elle attende un bébé au plus vite.

Cet échange d'impressions se déroulait juste avant Noël. Henriette craignait une atmosphère ambiguë et peut-être même détestable pour fêter la nouvelle année à la villa M. Colette avait décidé que pour Noël elle serait auprès de sa maman, gravement malade.

— Au moins cela l'honore, souligna Henriette.

À leur retour de Périgueux, pour fêter la nouvelle année sur la petite montagne, rien ne transpira, hormis qu'Yvonne de Prégent n'en avait plus que pour quelques mois, selon son médecin. Mais Henriette la première trouva son fils de fort méchante humeur. D'une façon surprenante le couple afficha sourires et impressions de bonheur pendant toute la durée des festivités du Nouvel An, au point qu'Auguste glissa à sa femme :

— À la fin du réveillon ils vont nous annoncer qu'ils attendent un heureux évènement.

— Plaise au ciel que vous disiez vrai, mon ami, répondit-elle en tremblant.

Mais rien ne vint. Au contraire, l'humeur de dogue d'Émile reprit dès le début du mois. Passablement énervé, son père vint s'enfermer dans le bureau de son fils au siège de la CTB, à l'Aiguillon :

— Me direz-vous enfin ce qui vous préoccupe à ce point ? Vous êtes libre, mon fils, libre de ne pas me répondre. Mais à ce jour je suis encore le patron des sociétés Thillet-Bordes. Et je tiens à leurs bonnes performances. Or je crains que dans votre état vous ne puissiez maintenir le cap des bons résultats de la CTB.

Émile regarda son père. Avec des larmes dans les yeux et une voix à peine audible, il lui avoua :

— Nous nous sommes disputés à Périgueux. Pendant toute une journée, après Noël, elle est sortie sans rien dire et nous ne l'avons revue que le soir, sa mère et moi. Je suis sorti entretemps pour tenter de la trouver. J'ai cherché partout, ou presque. Lorsqu'elle est rentrée elle n'a rien voulu dire, arguant simplement qu'elle voulait prendre l'air. Je lui précisai que c'eut été encore mieux à deux. Lorsque son père, le lieutenant-colonel, rentra à son tour, je ne pouvais pas savoir à quel point j'allais être atteint. Je vous rapporte ses propos :

« Émile, mon gendre, je ne peux et ne veux vous cacher que j'ai croisé votre épouse devant le porche de la caserne. En grande discussion avec un capitaine qui, je dois vous l'avouer, ne semblait avoir d'yeux que pour elle. »

Colette voulut intervenir mais André de Prégent l'en empêcha et poursuivit :

« Je vous précise, et c'est peut-être rassurant, que ce capitaine est en partance pour les colonies. Sachez, en fin de compte, que je déplore le comportement de ma fille. »

Colette entra en furie comme jamais je ne l'aurais soupçonné. Selon elle son père affabulait. Elle avait déjà croisé ce militaire lorsque la famille était revenue s'installer à Périgueux et, au cours de sa promenade, elle l'avait croisé. Et c'était tout. Mais qui croire, mon cher père ? La colère rentrée de mon beau-père me fait peur. M'a-t-il vraiment tout dit ? A-t-il convoqué son capitaine, depuis ce jour funeste ? Je n'en sais rien.

Émile se tut, tel un pantin épuisé, ravagé et anéanti. Son père attendit un long moment, puis il dit, à voix très basse :

— En avez-vous parlé, tous les deux, depuis ce jour ? Dans le train pour Bordeaux ?

— Moi oui, j'ai essayé, mais en vain. À chaque fois j'obtenais la même réponse que je vous livre :

« Au cours de ma promenade j'ai croisé cette personne que j'avais rencontrée par deux fois depuis notre retour d'Annecy. C'est tout. Me croirez-vous, à la fin ? »

En prononçant le nom d'Annecy, Émile ne put s'empêcher de laisser couler quelques larmes.

— Voulez-vous prendre un peu de repos, Émile ? Je vous accorde une semaine.

— Merci père, mais à quoi bon ?

— Partez ! Partez tous les deux, profitez d'un voyage pour faire le point. Elle aime l'évasion, vous me l'avez souvent dit.

— Je vais essayer, vous avez raison. Mais je ne suis sûr de rien. Merci père.

Après que son père eut quitté le bureau, Émile bascula la tête en arrière sur son dossier, se retenant de pleurer. Lorsqu'il quitta la pièce à son tour il était bien décidé à proposer à Colette une escapade à Brest en passant par La Rochelle.

Colette accepta, sourit, embrassa Émile et lui dit :

— Ce n'est pas la meilleure époque, mais peut-être que le vent de la pointe du Raz nous emmènera au bout du monde.

Elle trouva La Rochelle attrayante mais trop civilisée. Elle commença à retrouver son enthousiasme et son tempérament « d'Annecy » en marchant à la pointe de Quiberon et en flânant à Saint-Pierre malgré un froid de gueux. Etonnamment, elle redevenait chaude comme… sur le pont Perrière. Mais les moments les plus extraordinaires survinrent dans un endroit imprévu : Le Conquet. Un très joli coin dont Émile ignorait l'existence. Pour lui l'ouest de Brest c'était le Canada. Eh bien non, à l'ouest de Brest ils découvrirent Le Conquet. Un joli petit port avec, au sud, la pointe Saint-Matthieu, qui fit rêver Colette. Elle obtint même une balade mouvementée jusqu'à l'île Molène. En rentrant ils firent un arrêt sur une plage de sable et, entre deux rochers, Colette se fit entreprenante. Elle se déshabilla, elle le déshabilla et leurs corps ne tremblèrent pas de froid bien longtemps. Elle lui offrit une séance amoureuse aussi bouillante que celle du petit hôtel des faubourgs d'Annecy, trois ans plus tôt. Enjouée, cette Colette retrouvée lui glissa :

— Vous verrez, mon amour, ces instants magiques vont vous apporter le fils que vous attendez tant !

Émile en pleura de bonheur. Toutes ses angoisses avaient disparu comme par magie.

— Oh merci mon cher père, merci Le Conquet ! Je retrouve l'amour de ma vie grâce à vous.

Mais il leur fallait rentrer, et elle appréhendait ce retour autant que lui. Émile allait retrouver un travail de fou après une longue semaine d'absence. Ils parvinrent à rentrer dans une ambiance câline. Émile en avait oublié ce capitaine de malheur. Moins de huit jours plus tard la morosité reprenait le dessus. Fallait-il vivre au Conquet ? Impossible, à moins d'y créer une succursale de la SPTB. Ce n'était pas envisageable en 1891 et sans doute pas pendant des années…

Les fissures devenaient des failles, et l'intermède merveilleux du Conquet semblait englouti sous une tempête océanique. Colette ne vivait plus avec Émile, elle vivait à côté de l'homme qui était son mari. Parfois même loin de lui, couchant volontiers au quai des Chartrons alors que lui l'attendait à la villa M. Et un vilain jour de juin 1891 la faille devint fracture : Colette avait disparu ! Sans laisser aucune nouvelle. Émile, affolé, fila à Périgueux. Ni le lieutenant-colonel, en caserne, si cette pauvre Yvonne de Prégent, en toute fin de vie dans une clinique pour grands malades, n'avaient vu leur fille. Devait-il alors monter jusqu'à Paris et rencontrer le demi-frère ? Ou retourner à Annecy ? Déboussolé, Émile retourna voir son beau-père pour lui demander si Colette pouvait être au bras de ce capitaine croisé devant la caserne le lendemain de Noël.

— Cela est impossible, mon cher gendre. Le capitaine Dubellay a été muté en terre algérienne au début du mois de mars.

— Que dois-je faire ? Que dois-je penser de cette fugue ? Cela fait maintenant dix jours qu'elle a… déserté le domicile conjugal.

— Les bras m'en tombent mon cher Émile. Il faut procéder à des recherches. Mais où ? On ne peut balayer tout le territoire de la République, et encore moins la planète !

Émile prit la décision de pousser jusqu'à Annecy. Il obtint un entretien avec son ancien commandant. En une journée ce dernier monta une brigade qui s'en fut interroger en ville et à Talloires. Pour rien. Pas le moindre indice. En rentrant à Bordeaux, l'estomac noué, il se jura de parcourir le port de la Lune jusque dans ses moindres recoins. Là encore, pour un échec total. Il avait envie de creuser la dune pour y retrouver son corps… Il frisait la folie. Personne n'avait aperçu sa tendre et douce au Moulleau, personne à l'Aiguillon, personne au Cap Ferret.

Enfermé dans sa chambre à la villa M., il réalisait que sa vie basculait pour la deuxième fois. Pour la deuxième fois par la grâce de la même personne. La première fois, sur le pont Perrière d'Annecy, il avait basculé dans le bonheur ; et la deuxième fois, depuis son retour d'Annecy, il basculait dans le malheur.

— Colette, Colette, où êtes-vous ? Que faites-vous ? Revenez, je vous en conjure ! Je vous pardonne tout, je vous aime ! Et mon cœur me dit que vous m'aimez encore. Qu'ai-je donc fait pour que vous m'abandonniez de la sorte ? Que n'ai-je point fait ? Vous le savez, je ne peux passer ma vie à voyager avec vous et pour vous. Personne ne vous offrira un voyage permanent, pour la durée d'une vie. Etes-vous partie parce que vous avez honte de ne point me donner d'enfant ? Bien sûr que je le regrette, mais comment vous en vouloir ? Alors revenez-moi, revenez vite. Même sans enfants nous vivrons heureux, comme nous avons su le faire pendant plus de deux ans.

Émile se tut, pleura à nouveau, et se remit à monologuer :

— Mon cœur s'affole et me monte à la gorge. Comme si j'allais le vomir. Beaucoup de proches me croient déboussolé. Comme ils ont raison ! Certains font preuve de compassion. Merci à eux, mais c'est tellement vain ! Cessez tous de chouiner sur mon triste sort et retrouvez-moi Colette ! Ah si elle m'avait donné un petit, juste un, nous n'en serions pas là. Elle n'aurait pas abandonné son enfant. Inimaginable de la part d'une mère. De la mère digne qu'elle serait, forcément.

Marie compatissait mais comprenait mal. Elle aimait Colette, elle croyait en elle. Et elle observait un frère dans un état lamentable. Spontanée, elle ne pouvait s'empêcher de l'interroger. Et lui, en pleine détresse, lui répondait invariablement le même refrain :

— J'ai besoin d'elle, je l'aime. Tu comprendras ça bientôt, ma chère petite Marie.

Cette disparition ne pouvait pas être définitive. Prononcer ce mot le faisait atrocement souffrir… Henriette tenta de jouer son rôle de mère pour le consoler, parfois même pour le raisonner, mais sans résultat tangible. Auguste restait muet et distant, tout en n'appréciant guère cette « tache » déposée sur la famille Thillet-Bordes. Une sortie de route, la route de la bonne société bourgeoise. Très gênant, préjudiciable même, pour la bonne réputation.

— S'il croise Colette il la gifle !

Henriette en était persuadée. Auguste ne supportait pas la moindre humiliation susceptible d'égratigner les Thillet-Bordes. Et celle-ci risquait de tenir de la grosse entaille…

Depuis cette disparition Émile couchait là où couchaient ses parents. Auguste avait insisté pour qu'il ne reste jamais seul : isolé dans une pièce, d'accord ; seul dans une maison, surtout pas. Et chaque soir, dans sa chambre, Émile ruminait. Il ruminait contre sa bien-aimée et plus encore contre lui :

— Qu'ai-je fait de si répréhensible pour mériter ces tourments ? Quels reproches peut-elle m'adresser, à moi qui l'aime de tout mon cœur comme au premier jour ?

Il lui arrivait de penser qu'elle le rendait, lui, coupable de ne pas avoir d'enfant. Impossible. Ou l'aurait-elle quitté pour lui permettre un remariage synonyme d'enfants, rapidement ? Difficile à admettre, jamais elle ne lui avait suggéré de la quitter pour cette raison.

Le temps s'écoulait, trop vite pour certains, et d'une façon incohérente pour Émile qui comptait les jours, déprimé. Et soudain il réalisa, effondré, que cela faisait plus d'un mois qu'elle avait disparu.

— Un mois, Seigneur ! Cela signifie-t-il que c'en est terminé entre elle et moi ? Oh Seigneur, dites-moi que non, je vous en prie !

Pour la fête du 15 août, pour les trois ans de la villa M., pour les treize ans de Marie, Émile n'éprouvait que tristesse et désolation. Aussi refusa-t-il de se présenter à la villa. Le souvenir de Colette, heureuse, absorbée par la vue depuis la véranda nord, l'obsédait encore. C'en était trop, il aurait gâché la fête. La beauté et la noblesse de la villa Thillet-Bordes méritaient mieux que de recevoir un rabat-joie, ce cadavre ambulant qu'il se croyait devenu.

— Je n'ai pas le droit d'afficher ma misère pendant cette journée de liesse. Je refuse.

Marie en personne tenta de le convaincre, mais rien n'y fit. Ce jour-là Émile choisit de s'isoler du matin jusqu'à la nuit tombante au port de la Lune. Avec le secret espoir de la voir apparaître ? Par prudence et par respect il en avait informé son père. La journée fut triste pour tous. Marie songeait à son frère ; Albert essayait de se distraire dans sa chambre ; Henriette rêvait sans passion de recevoir des amis pour s'évader jusqu'aux terrasses du casino de la forêt ; et Auguste s'inquiétait pour la gestion de la CTB. Il hésitait même à demander à son épouse d'assurer l'intérim, le temps qu'Émile recouvre ses esprits. Martin, le cousin négociant invité par la famille, s'attristait de cette évasion manquée : le phylloxéra le hantait plus que jamais et, en buvant son grand Margaux en tremblant, il lança :

— Pourra-t-on encore déguster longtemps un tel nectar ? Je finis par en douter.

Émile ne remettait plus les pieds à la villa M. :

— Je retournerai à la villa, dans cette véranda merveilleuse du petit salon, le jour où je pourrai être seul. Seul, sans même Éliane. Seul pour être avec Colette qui adorait rester plantée là, devant un coucher de soleil flamboyant et changeant. Elle attendait toujours jusqu'au moment où on ne distinguait plus la mer. Elle adorait en voir de toutes les couleurs. Et c'est bien ce qu'elle me fait subir aujourd'hui. J'en vois de toutes les couleurs, mais ces couleurs sont vilaines, sales et tristes. Je repense à ces instants… elle n'aimait vivre qu'au présent. Un présent toujours nouveau, ce qui caractérise parfaitement la Petite Mer. Quel est son présent, aujourd'hui ? Une autre vie ? Un autre homme ? Un autre horizon ? Un nouvel horizon pour chaque jour que Dieu fait ? Mais qui pourra aimer Colette comme je l'aime ? Personne, non, personne ! Et que devient sa passion pour la vie et la défense des marins-pêcheurs ? Sans doute oubliée, engloutie, puisque c'est du passé… Colette, nous étions heureux, nous vivions bien, dans des logements confortables, et je vous couvrais d'amour et de cadeaux. Fallait-il que notre amour soit rempli de malheurs pour qu'il se montre fort et durable ? Je ne sais pas, je ne sais plus, je suis perdu. Ces analyses incessantes me perturbent et me rendent fou. Ai-je mérité ce malheur ? Suis-je en fin de compte puni pour avoir fauté avant le mariage ? Peut-être, oui. Mais est-elle punie, elle qui a fauté comme moi ? L'ai-je brutalisée parce qu'elle ne me donnait pas d'enfant ? Non point. Lui ai-je fait croire que je l'abandonnerai pour cette raison ? Absolument pas ! Seigneur, vous pouvez en témoigner. Me voilà hanté par le fantôme de Colette comme ma chère grand-mère Éléonore l'était par le fantôme de Charles. Une disparition c'est comme une mort : je commence à cauchemarder la nuit et à trembler et à souffrir physiquement le jour. J'ai raté ma vie. Que puis-je faire ? Colette, revenez, je vous aime !

*

La SPTB réceptionna enfin son nouveau chalutier-vapeur. C'était le jour de l'automne et le colis était livré par les Écossais avec plus de trois mois de retard. En parallèle à cette bonne nouvelle, l'annonce de la mise en place d'une future liaison téléphonique entre Bordeaux et Arcachon en était une autre. Cela mettait un peu de baume dans les cœurs d'Henriette et d'Auguste qui espéraient pouvoir communiquer régulièrement avec Émile, qui boudait la villa M.

Les Thillet-Bordes allaient hélas subir une grave déconvenue et un nouveau malheur avant la fin de l'année. Le 28 décembre, tout juste quatre jours avant son embauche officielle à la SPTB, Baptiste Decosse disparaissait en mer au cours du naufrage d'un grand vapeur[28] suite à une terrible tempête. Les navires de la SPTB étaient restés à quai, à l'abri, mais l'Arkasson III, à peine livré, était déjà orphelin de son capitaine… à quatre jours près. Mais le pire était pour Denise, pour Aurélien et pour Julien : une veuve et deux orphelins de père. L'océan ne faisait pas de quartier, quel que fut le navire et sa taille…

---

28 – Le chalutier l'Albatros disparut en mer le 28 décembre 1891.

Lorsqu'il apprit la terrible nouvelle Émile fonça chez son père, au siège de la SPTB, distant seulement de quelques encablures de celui de la CTB. Tous deux se mirent immédiatement d'accord :

— Nous devons tenir nos promesses auprès des Decosse, et même leur proposer plus, pour les aider. Cette pauvre femme, avec son gamin handicapé, pourrait bien se jeter à l'eau pour rejoindre Baptiste.

17

Dans son lit depuis trois bonnes heures, Émile ne trouvait pas le sommeil. Alors qu'il commençait enfin à tomber dans les bras de Morphée, il eut soudain l'impression de sentir une odeur. Une odeur familière et reconnaissable par sa fraîcheur. Fébrile, il bégaya :

— Co… Colette ? Par quel sortilège vous voilà revenue ?

Dans les ténèbres de sa chambre il n'osait pas bouger d'un cil, de peur de la faire fuir. Très doucement, centimètre par centimètre sa main s'approchait de la poire de l'unique lumière de la chambre. Il appuya. La lampe l'éblouit une seconde. Mais dans la pièce, personne. Cruelle déception, suivie aussitôt d'un double filet de larmes. D'un coup d'un seul toute odeur avait disparu. Seule subsistait cette terrifiante solitude. Aurait-il dû lui parler comme sa grand-mère Éléonore parlait à feu son grand-père ? Il ne savait pas, il dégoulinait de chagrin. Il éteignit mais ne trouva toujours pas le sommeil. Une heure plus tard cette odeur envoûtante réapparut, pressante et oppressante au point qu'il se sentit paralysé, incapable de bouger, ne serait-ce que sa main. Colette, revenait-elle, prise de remords, pour le délivrer ? Mais rien. Une éternité de silence. Épuisé nerveusement, il finit par s'endormir. Il était presque cinq heures du matin. Au réveil, deux heures plus tard, Émile se leva, hirsute et obsédé par un point :

— Où chercher autour de la Petite Mer ? Colette devait y rôder, forcément, puisqu'elle était passée me voir, la nuit, à la villa M. Mais pour me laisser quel message ? Me dire que sa punition était de ne pas pouvoir me donner d'enfant? Avez-vous pensé à ma punition : vous perdre aussi brutalement, c'est un aller simple en enfer. Vous ne reviendrez pas, n'est-ce pas ? Vous ne revenez jamais sur le passé. Et moi je représente déjà le passé, c'est ça? Vous ne vivez que d'attentes et d'espoirs. Vous ne vivez que pour votre prochaine évasion. Colette, j'imagine qu'aujourd'hui vous ne pensez plus à moi, vous ne parlez plus de moi. Je fais partie du monde des oubliés. Me reconnaîtriez-vous si nos chemins se croisaient. J'en frémis… et je ne sais plus ce que je dis.

Trois mois s'étaient écoulés depuis la disparition de Colette lorsqu'Auguste Thillet-Bordes reçut une longue lettre d'André de Prégent. Le lieutenant-colonel commençait par regretter le comportement inqualifiable de sa fille et compatissait pour son gendre qu'il aimait beaucoup. Ensuite il annonçait le décès d'Yvonne de Prégent, un décès attendu, certes, mais terrible tout de même. D'autant plus qu'il se trouvait dans l'incapacité d'avertir sa fille qui, en conséquence, n'assista point aux obsèques de sa pauvre mère. Cette dernière situation semblait miner le vieil homme plus que le décès lui-même. Cette absence traumatisa André de Prégent au point qu'il décida d'effectuer en personne des recherches pour localiser sa fille, tenter de la raisonner et lui faire part de toute sa déception.

Aux dernières nouvelles – hypothèse à confirmer – elle pouvait se trouver dans les colonies. Peut-être même en Algérie, avec le capitaine Dubellay. André de Prégent terminait sa longue lettre en recommandant à Auguste de ne rien révéler à son fils. Trop d'incertitudes subsistaient et l'enquête se poursuivait.

Auguste se garda bien d'évoquer cette lettre, hormis devant son épouse. Cela d'autant plus que le jeune homme si dynamique d'ordinaire, était complétement effondré. Inutile d'en rajouter avec cette suspicion d'évasion au bras du néo-commandant Dubellay. Auguste se rendait compte que son fils se fermait comme une huître pour se protéger d'une vie trop cruelle. Le jeune homme vivait sa vie comme un non-sens. Démoli de l'intérieur, Émile ne communiquait plus, abandonnant même tout contact avec le personnel de la conserverie. Une calamité pour l'entreprise. Les nerfs à fleur de peau, il constatait que de moins en moins de gens osaient l'aborder. Il en arrivait même à détester sa chère petite Marie qui, insouciante, continuait à lui parler et même à le questionner, tout en cherchant à le dérider. Mais avec un résultat inverse ! Quant à Albert, qui feignait l'indifférence, Émile le jugeait plus mièvre que jamais. Ne plus voir Albert, ne plus voir Marie : devait-il quitter définitivement le quai des Chartrons ? Mais pour aller où ? À la villa M. ? Impossible, il y rôdait encore l'ombre blanche de Colette. Il tenta de se ressaisir :

— Je suis directeur de la CTB et futur président du groupe SPTB. Aussi dois-je m'atteler à cette tâche avec ou sans Colette. Cette tâche sera ma vie, toute ma vie désormais.

Le jeune homme jadis avenant et bavard était devenu taiseux d'un seul coup. Il comprit qu'il devait s'efforcer d'être aimable avec ses employés, avec ses fournisseurs et au moins autant avec ses clients. Qu'est-ce qui pouvait le faire redevenir cet homme élégant, serein et tant apprécié par son entourage ? Il ne le savait pas. Sa mère, elle, avait une petite idée et un gros espoir : qu'il devienne papa. Et si possible d'un garçon pour commencer. Lorsqu'elle lui en parla, à mots couverts, il grogna qu'un enfant, un vrai petit Thillet-Bordes, ne pouvait venir que de Colette. Et aussitôt il repartait dans ses songes obsessionnels :

— Colette, je vous parle, quand allez-vous revenir ? M'avez-vous réellement oublié ? On n'oublie pas celui qu'on aime… Votre rire me manque. En fait tout me manque chez vous. Regardez-moi, je me recroqueville exactement comme ma grand-mère se recroquevillait après le décès de mon grand-père Charles. Pourtant, elle savait son départ définitif. Ce n'est pas votre cas, votre fugue est temporaire, n'est-ce pas ? J'observe la mer comme si vous alliez apparaître à la proue d'une pinasse qui vous ramènerait jusqu'à moi. Pas aujourd'hui ? Demain, alors. Mais ne tardez pas, je vous en supplie, je souffre trop.

À chaque fois quelques larmes perlaient sur ses joues. Henriette avait quitté le petit salon, préférant le laisser seul avec ses songes et ses souffrances. Mais c'était dur pour elle également.

Au début de cette année 1892 qui s'annonçait misérable après la disparition de Colette d'une part et celle de Baptiste Decosse d'autre part, Maurice, le mari d'Éliane, rejoignit cette dernière comme employé à la villa M. Il avait travaillé avec vaillance dans une pêcherie jusqu'à l'âge de trente-cinq ans, mais la disparition de l'Albatros avec son frère Joseph et son ami Baptiste à bord, l'avait traumatisé au point d'en perdre les cordes vocales. Effrayant. Maurice savait bricoler et jardiner et le savoir auprès d'elle désormais, rassurait Éliane. Qu'aurait-il pu faire, lui, désormais muet, dans une pêcherie ou même une conserverie ? D'emblée Henriette apprécia cet homme, discret par la force des choses, mais surtout actif, travailleur et courageux. Au début, avec le froid d'un hiver rigoureux, il ne put jardiner comme il l'aurait souhaité. Mais il allait se rattraper et réaliser des petits miracles après chaque tempête en bord de mer.

Henriette consigna l'arrivée de Maurice à la villa M. dans son journal, avec quelques nouvelles du « pays »: la création de la place des palmiers, dans la ville d'hiver à deux cents ou trois cents mètres à vol d'oiseau de la villa M. Elle nota également – c'était devenu une habitude – la nouvelle péripétie municipale, l'élection d'un nouveau maire. Le comte Charles Denys de Damrémont était élu… « … mais jusqu'à quand ? » ajouta-t-elle, avec sa pointe d'humour rituelle sur le sujet.

L'information parvint enfin au lieutenant-colonel : sa fille vivait en Algérie, concubine du néo-commandant Dubellay. Son bataillon sévissait la plupart du temps dans les monts du Hoggar. Une zone dangereuse, difficile à contrôler, mais sublime. Composé de pitons et de falaises de basalte, le Hoggar, en fin de compte, était moins inhospitalier que le désert. Quelques officiers bien décidés à s'installer en Algérie profonde, étaient venus avec leurs familles. À Oran, puis dans certaines bases du sud. Le commandant Dubellay s'affichait avec une très jolie femme, dénommée Colette, et fille d'un officier supérieur. Une vie très aventureuse pour une jeune femme qui devait être capable de vivre dans des conditions précaires, mais pour jouir de sites exceptionnels. Bien dans l'esprit de Colette de Prégent.

Lorsqu'Auguste apprit à son fils que Colette vivait en Algérie, Émile devint fou à lier, partagé entre espoir et désespoir. Espoir de parvenir à la revoir, désespoir de la savoir au bras d'un autre que lui… et sans que cela ne la gêne le moins du monde. Il passa au-dessus des recommandations de son père et de son beau-père et tenta de la retrouver. Il monta trois jours à Paris pour convaincre la direction de l'Armée de terre de la faire rentrer en France, au domicile conjugal. Il s'apprêtait même à partir pour Alger lorsqu'il reçut une notification comminatoire et brutale du haut-commandement :

« Madame de Prégent, épouse Thillet-Bordes, accompagne le commandant Dubellay en terre algérienne. C*'est son propre choix. Elle précise qu'elle refuse tout contact. Dans ces conditions l'accès aux territoires militaires du Hoggar vous est refusé. »*

Émile hurla que c'était ce Dubellay qui avait imposé ce refus et pas elle, pas sa femme. Mais le haut-commandement ne revint pas en arrière. Émile en voulut à la Terre entière et devint franchement acariâtre. De ce jour son père s'employa à lui trouver une autre femme pour un deuxième mariage à acter sans traîner, sous peine de voir son fils plonger dans la démence. Mais ce dernier n'acceptait pas l'intervention de son père et il lui clamait haut et fort :

— À quoi bon ? Présentez-moi la plus belle fille de Gironde, de France ou même de la planète et le meilleur parti pour un Thillet-Bordes, je ne la verrai point. Impossible pour moi d'en aimer une autre que Colette. Elle va revenir, père, je le sais.

— Mais enfin, mon fils, faites preuve d'un minimum de réalisme. Elle-même ne tient plus à vous revoir !

— C'est faux ! C'est ce Dubellay qui lui a imposé de répondre dans ce sens. Un jour où l'autre elle va s'enfuir et rentrer à Bordeaux pour me retrouver et m'aimer à nouveau.

Yvonne de Prégent avait laissé une lettre pour son gendre. Une lettre dont André ne connaissait pas le contenu, mais qu'il devinait aisément. Aussi préféra-t-il ne pas donner cette lettre à Émile avant de connaître avec précision le lieu de vie de sa fugitive de fille et d'en savoir un peu plus sur les raisons d'une telle fuite. À l'annonce de la présence de Colette dans le Hoggar il envoya la lettre à Auguste Thillet-Bordes. Ce dernier hésita plusieurs jours puis finit par la transmettre à son fils avec le maigre espoir que cela puisse le calmer.

Fébrile, Émile décacheta :

« Mon gendre,

« C'est de mon lit de mort que je vous écris ces quelques lignes. Il ne me reste que quelques jours à vivre, je le sais. Comme votre beau-père, je déplore la fugue de ma fille. Elle vous a abandonné comme, trois ans plus tôt, elle m'avait abandonnée. Mais je m'en doutais. Elle n'était point pour vous. Colette n'est pour personne. Sa vie était dédiée à sa pauvre mère, à elle seule, voilà la vérité. Aujourd'hui nous sommes tous punis. Et je l'ai été la première. Vous savez, mon gendre, pendant des années, pendant plus d'une décennie de sa jeunesse, ma fille a été clouée à la maison, aux petits soins pour sa mère. Aussi, lorsqu'elle vous a rencontré elle a voulu changer de vie. Elle rêvait, inéluctablement, d'un quotidien changeant et excitant pour chaque jour que Dieu fait. Et dans son esprit, s'accoquiner avec un beau militaire devait lui prodiguer cette nouvelle vie, lui offrir des voyages permanents et des évasions systématiques. Mais vous ne fûtes point militaire longtemps et ce fut-là sa première déception. Votre vie dans l'entreprise familiale vous impose une vie identique d'un jour sur l'autre, d'une semaine sur l'autre et d'un mois sur l'autre. C'en était trop, cela l'aura rebutée.

Sachez, mon gendre, qu'aujourd'hui je vous plains. Colette avait trouvé un bon garçon, peut-être trop bon. Et avec un autre que vous, je le prédis, cela durera trois soirs et un matin ! Une éternelle inassouvie, voilà ce qu'est devenue ma fille… par ma faute. De là où je serai bientôt je prierai pour elle et je prierai pour vous. Reprenez le dessus mon gendre. Trouvez une femme aimante, certes, mais sage. C'est tout le mal que je vous souhaite. »

« Yvonne de Prégent »

Émile fut troublé par cette lettre. Yvonne de Prégent lui paraissait soudain plus sympathique et ses analyses assez pertinentes. Au point de se demander si ce texte avait été dicté par son propre père ! Surtout à la lecture du dernier paragraphe.

Quelques semaines plus tard Auguste Thillet-Bordes reçut un troisième courrier d'André de Prégent. Un courrier terrible qui annonçait le décès de Colette. Effondré, le lieutenant-colonel avisait qu'il quittait immédiatement ses fonctions. La mort de sa fille après celle de sa femme le tuait, carrément. D'autant plus que la cause du décès fut d'abord mise sur le compte d'un suicide. Puis une nouvelle lettre de l'Armée de terre en Algérie lui précisa les circonstances de la mort tragique de sa fille. Colette avait abandonné le commandant depuis quelques jours ; elle semblait ne plus s'entendre avec lui. Passé le troisième jour de la disparition, Dubellay avait monté une brigade pour partir à sa recherche dans les terres escarpées et dangereuses du Hoggar. Et quelques jours plus tard la brigade retrouva son corps au pied d'un piton rocheux de grande hauteur. S'était-elle jetée du haut de ce rocher ? On pouvait accorder crédit à cette hypothèse jusqu'au moment où le médecin des armées, qui examina le corps, découvrit des traces sur une main et surtout l'absence d'un doigt. Il renvoya la brigade du commandant pour inspecter, avec lui, le lieu du sinistre. Il découvrit lui-même le doigt manquant, accroché entre deux pierres d'un gros rocher sur lequel était taillé un minuscule passage. Visiblement la victime avait glissé et son doigt, accroché dans une anfractuosité, avait cédé, entraînant la chute mortelle.

André de Prégent avait hésité à en informer Auguste Thillet-Bordes :

— À quoi bon ? La simple disparition de ma fille était déjà une petite mort.

Finalement il transmit le courrier et Auguste le remercia par retour en lui présentant des condoléances et celles de tous les Thillet-Bordes. Pour Auguste cette lettre contenait du positif : passé le temps de l'horreur, passé celui pour admettre la cruelle réalité, il pourrait convaincre son fils que désormais plus rien ne l'empêchait de se remarier. C'était la meilleure solution et la meilleure thérapie. Avec l'espoir, enfin, d'avoir des enfants. Des petits Thillet-Bordes.

*

Le corps de la défunte fut rapatrié à Périgueux. Très entouré par les siens, Émile assista aux obsèques, dans la cathédrale Saint-Front, là même où il avait convolé en justes noces avec Colette. Au premier rang, dans la nef, deux hommes paraissaient complétement effondrés : André de Prégent, le père, ratatiné, vieilli et méconnaissable ; et Émile Thillet-Bordes, le mari, l'amoureux fou, qui tenait à peine sur ses jambes. Pour une fois Albert lui fut d'un grand soutien. Il ne le quitta pas d'une semelle de tout le court séjour à Périgueux. En naîtrait une réconciliation tacite entre deux frères qui ne s'étaient jamais appréciés jusqu'à ce triste jour.

Émile s'attendait à croiser ce commandant Dubellay, celui qui avait osé lui voler sa femme. L'occasion de lui dire ses quatre vérités. Mais point de commandant ce jour-là. Deux militaires assistaient aux obsèques pour le compte de l'absent : un représentant de l'armée de terre, envoyé de Paris et un autre, un sergent, qui représentait l'unité de Dubellay dans le Hoggar. Très énervé, Émile s'adressa au sergent en ces termes :

— Votre commandant n'a pas daigné être présent ? Quelle lâcheté, quelle honte !

— Le commandant Dubellay est retenu dans le Hoggar par une mission d'urgence. J'ajoute qu'il est très contrarié de n'avoir pu se rendre aux obsèques de madame. Non, monsieur, il n'y a aucune lâcheté de sa part, je peux le certifier. Mon commandant est un homme courageux et rigoureux. Ce n'est pas lui qui a décidé de cette mission d'urgence.

— Sachez, jeune sergent, que l'on peut être courageux dans son travail et lâche avec certaines personnes.

— Monsieur, cessons-là ! Je vous ai dit tout ce que j'ai à vous dire. Mieux vaut, maintenant, nous recueillir en pensant au sort malheureux de cette jeune femme.

À peine rentrés en Gironde, Auguste et son fils s'enfermèrent dans le bureau du père à la SPTB. Pour causer de remariage.

— Père, comprenez que je ne veuille plus aimer. Aimer conduira à me faire souffrir, atrocement souffrir, c'est inéluctable. Je n'aimerai plus personne comme j'ai aimé Colette, c'est impossible. Alors si cela vous sied, essayez toujours de trouver une jeune fille de bonne famille. Je la supporterai peut-être, je ne l'aimerai sûrement pas.

— Votre dépendance à Colette était-elle à ce point ? tout l'inverse de ses sentiments à votre égard, apparemment ?

— Je pense que c'est faux. Certes, Colette a donné un énorme coup de ciseaux à nos pages en commun, celles existantes comme celles à venir. Elle a détruit ma foi en l'amour, pour toujours. Mais quelque part je m'accroche au fait qu'elle avait fui Dubellay et en croyant que peut être elle revenait se jeter dans mes bras.

— Relisez la lettre de votre belle-mère, s'il vous plaît !

— Oui je sais, elle a déserté, et elle déserterait encore si elle était toujours vivante. Peut-être souffrait-elle terriblement de ses dix ans de réclusion ?

— …

— Père, essayez de trouver une jeune femme, si vous y tenez, au nom de la famille. Mais sachez, pour vous et pour elle, que mes sentiments amoureux sont éteints, à jamais.

— Comment pouvez-vous affirmer une chose pareille ?

— Si une personne parvenait à réveiller ces sentiments, je m'en méfierais, au point de fuir à mon tour. Pour ne plus revivre autant de souffrances.

Auguste comprit que sa tâche allait ressembler à celles, combinées, d'un équilibriste et d'un magicien.

*

Bon gré, mal gré, et en dépit d'une atmosphère délétère au quai des Chartrons comme à la villa M., Henriette n'en continuait pas moins son journal. Avec, pour 1893, un mélange de nouvelles et de projets. Beaucoup de projets. Au début de l'été les religieuses dominicaines s'installaient au château Deganne. Le même mois était inauguré le premier vélodrome d'Arcachon. Un peu plus tard elle annonçait le transfert du joli kiosque du Grand-Hôtel sur la place des palmiers[29]. Ensuite elle répertoriait pêle-mêle quelques projets : un ascenseur près du casino ;

29 – Inauguration effective le 23/12/1893.

un tramway de l'Aiguillon au Moulleau. Des idées fort intéressantes, mais pour quand ? Elle terminait sa page avec une vilaine rumeur : le casino de la forêt devait faire face à des difficultés financières graves. Si tel était le cas, ce serait un choc, un tremblement de terre sur la Petite Mer. Elle s'était jurée d'investiguer pour trouver de plus amples informations.

18

Après deux échecs mineurs, Auguste Thillet-Bordes, satisfait, considéra qu'il avait trouvé le bon parti pour son fils. Une jeune femme de trois ans la cadette d'Émile, issue d'une très bonne famille bordelaise et, aspect intéressant pour Auguste, avec un tempérament radicalement différent de celui de Colette. Enfin, pour ce qu'il avait pu en discerner. Il la trouva timide mais élégante et avec un visage mi-souriant, mi-austère.

Augustine avait été élevée strictement par des parents royalistes très durs, « à la Charles X ». Dans cette famille les enfants n'avaient pas plus de droits qu'un animal… les filles surtout. Le frère aîné, Louis, « l'héritier », bénéficiait d'une meilleure considération. Perpétuellement rabaissée par son père, Augustine s'était renfermée sur elle-même, triste et négative vis-à-vis de la société… des hommes. Même sa mère la traitait parfois de « moins que rien ». Dans ce contexte elle se forgea un caractère critique voire vindicatif, ce qu'Auguste Thillet-Bordes ne put déceler lors des premières rencontres. Vers ses seize ans un garçon s'intéressa à elle. Craintive, elle hésitait entre intérêt et peur de nouvelles souffrances. Car dans son esprit les hommes n'étaient bons qu'à faire souffrir les femmes. Sa mère finit par s'apercevoir d'un début de manège entre les deux jeunes gens et elle en informa son père. Ce dernier gronda sévèrement le jeune homme et s'en fut voir ses parents pour que cesse aussitôt son insistance auprès de sa fille. Puis il remit cette dernière à sa place, avec des mots terribles :

— Ce jeu est inacceptable pour toute jeune fille de bonne famille. C'est votre mère et moi qui déciderons de vous marier. Vous n'êtes pas capable de déceler qui pourrait être un bon parti ou pas pour la famille. Vous n'êtes pas assez attirante pour vous faire remarquer par dix ou vingt jeunes gens, ce qui nous aurait permis de faire une très bonne sélection.

Humiliée et effondrée, Augustine pleura toute une journée dans sa chambre, se refermant sur elle-même et se sentant plus que jamais moulée pour une vie de solitude. Elle fut très déçue par son frère Louis, qui à aucun moment ne lui apporta le moindre réconfort. Il avait toute liberté pour courir et il ne s'en privait pas. Même si son père l'avait sévèrement tancé :

— Vous engrossez une bonniche et nous vous bannissons. Vous engrossez une fille de bonne famille et nous organisons un mariage intime, loin de Bordeaux. Vous fréquentez, comme il sied à un jeune homme de votre âge, une jeune femme bien éduquée, vous vous appréciez, alors comptez sur nous pour mettre sur pied une cérémonie à Saint-André suivie d'une fête grandiose, dignes des Bériand de Courcourt.

Mais Louis Bériand tardait à trouver chaussure à son pied, fort satisfait de sa vie volage, très volage.

Lorsqu'Augustine Bériand de Courcourt atteignit sa majorité ses parents se mirent en quête d'un bon parti. Le hasard leur fit croiser Auguste Thillet-Bordes, un homme de classe, qui ne put leur cacher longtemps une grosse déception. Es-qualité de banquier, Edmond Bériand de Courcourt crut qu'Auguste Thillet-Borde cachait des soucis financiers liés à sa société de pêche. Aussi se rapprocha-t-il un peu plus de lui. Et lorsque les deux hommes en arrivèrent à s'entretenir de sujets plus personnels et plus familiaux, Edmond Bériand comprit et cela alluma chez lui la flamme de l'espoir. Cet Émile, effondré par la disparition de sa femme, serait un excellent parti pour Augustine. Un peu plus tard, à l'issue d'une conversation déjà plus précise, Auguste sourit en pensant qu'une bru au doux prénom d'Augustine ne pouvait être qu'un signe du destin, et un excellent signe !

Auguste s'acharna alors à convaincre son fils de faire au moins l'effort de rencontrer cette jeune femme. Après bien des hésitations, Émile accepta, essentiellement pour ne pas décevoir son père. La première rencontre, très formelle, se tint chez les Bériand de Courcourt, entre Bordeaux et Margaux, dans la chartreuse familiale. Une chartreuse discrète mais attirante grâce aux soins visibles apportés aux murs et aux jardins. Émile fit face à une demoiselle réservée, élégante, mais à parier, dure et austère. Il songea que peut-être, ce côté timoré était dû à la présence des parents. De ce jour les quatre parents s'entendirent à merveille, et c'est ce qui comptait pour les Bériand de Courcourt. Dans l'esprit du père d'Augustine la question était donc réglée : sa fille épouserait Émile Thillet-Bordes. Et le plus vite serait le mieux. De son côté le jeune veuf regretta deux choses : de n'avoir pu rencontrer le frère, Louis, pour observer sa réaction face à un possible beau-frère ; et surtout de n'avoir pu discuter seul à seul avec la jeune femme. Ce dernier point allait rapidement être réglé. Les deux pères s'accordèrent pour une réception à la villa M. au cours de laquelle les deux « prétendants » pourraient profiter d'une promenade autour du casino de la forêt. Sans les parents, ni les frères, ni la sœur. Avant cette deuxième rencontre Auguste ne put s'empêcher d'insister auprès de son fils :

— Faites-moi plaisir, Émile, épousez-la. Psychologiquement vous avez besoin d'une femme qui vous donnera des enfants.

— Qui Vous donnera des petits-enfants, répliqua Émile, des petits Thillet-Bordes !

— Laissez-moi terminer. Vous l'avez remarqué, je me doute, que sans être d'une rare beauté, Augustine est fort élégante. Et de plus, elle appartient à une grande famille. Et enfin, ce qui ne gâche rien, elle porte un prénom que je trouve très joli !

Émile n'apprécia qu'à moitié l'humour de son père. Il se contenta de lui répondre qu'il attendait une ou plusieurs rencontres seul à seul pour prendre une décision. Et il ajouta :

— Elle a vingt-cinq ans si j'ai bien compris. Elle peut, elle aussi, décider de son propre sort. Imaginez que je ne lui convienne pas…

— Si j'ai bien compris les Bériand, c'est le père qui décide. Pour ça comme pour le reste.

— Raison de plus pour nous rencontrer seuls.

La promenade dans les jardins du casino mauresque, après un excellent déjeuner à la villa M., servi avec zèle par Éliane, ne commença pas sous les meilleurs auspices. Il ne pleuvait pas mais il bruinait, ajoutant de l'humidité au froid ambiant de janvier. Émile songea qu'avec Colette ils se seraient serrés l'un contre l'autre pour se réchauffer. Fut-ce à cause du temps ? Il trouva Augustine très froide durant les premiers instants de leur balade à deux. Froide, timide et limite revêche. Augustine, elle, trouva cet homme triste et dénué de jeunesse. Elle songea que peut-être cette jeunesse s'en était allée avec le corps de sa défunte épouse. De temps en temps, Émile lui faisait deviner sous la grisaille les beautés d'une Petite Mer qu'elle connaissait mal. Au bout d'une demi-heure il finit par apprécier son éducation et l'élégance de son langage. Celui d'une personne instruite qui avait dû lire tous les classiques et même des textes en latin. Un peu comme sa propre mère Henriette. Il remarqua également qu'Augustine parlait sans fioriture et répondait franchement à toutes ses questions. Ainsi, lorsqu'il lui demanda sans ambages :

— Mademoiselle Augustine, vous n'êtes pas obligée de me répondre, mais avez-vous déjà connu l'amour ? Le sentiment amoureux, veux-je dire ?

— Je vais vous répondre. Absolument pas. Pour cela il m'eut fallu rencontrer un beau jeune homme et entamer une fréquentation. La surveillance de mes parents, voire celle exercée gratuitement par mon frère étaient telles que cela ne fut jamais possible.

— Le regrettez-vous ?

— Oui. Enfin… peut-être, monsieur Émile. Je ne sais pas. C'est difficile de répondre.

Au bout d'une heure ils commençaient à tourner en rond, mais Augustine décelait chez Émile son sens de l'organisation et son souci de l'efficacité. Aucun des deux, au cours de ce premier contact, ne sembla chercher l'amour et encore moins le romantisme. Augustine, par ignorance et sans doute par caractère, et Émile, du fait de sa triste expérience. Son romantisme restait réservé à Colette, à sa vision idyllique de Colette.

Dès le départ des Bériand de Courcourt de la villa M., Auguste et Henriette assaillirent leur fils pour lui demander ses premières impressions. Passablement exaspéré par l'insistance de son père, il leur répondit :

— Aucun commentaire à faire, il est trop tôt. Nous sommes d'accord sur au moins un point, mademoiselle Augustine et moi, celui de nous revoir une deuxième fois seuls.

Une nouvelle rencontre fut aussitôt mise sur pied, avec à la clé une visite des sociétés Thillet-Bordes et des quartiers de l'Aiguillon et de La Teste où celles-ci étaient localisées. En ce début février le climat de la Petite Mer leur offrit une journée clémente et c'est en phaéton qu'ils quittèrent, à deux, la villa pour rejoindre le siège de la SPTB. Auguste Thillet-Bordes les accueillit avec une coupe de Champagne. Plus tard, dans la conserverie, Augustine parut s'ennuyer. Et lorsqu'Émile pénétra avec elle dans le quartier des pêcheurs en empruntant une ruelle légèrement en pente où un filet d'eau sale suivait une saillie centrale pour rejoindre la Petite Mer, mademoiselle Bériand de Courcourt fit une première grimace. Les odeurs d'iode et de poisson qui y régnaient ne lui plurent visiblement pas. En approchant de l'estran ils aperçurent des filets qui séchaient. Une armée de mouettes tournait autour, en quête d'une maigre pitance abandonnée, et… odorante. Intérieurement, Émile sourit de l'attitude d'Augustine, peu à son aise dans ce quartier. Elle ne le lui cacha point :

— Monsieur Émile, sincèrement je préfère le quartier de votre jolie villa, celui de ce casino intriguant dans sa construction, mais d'où l'on peut fort bien apercevoir la Petite Mer sans bénéficier de certaines de ses odeurs.

— Je l'admets volontiers, mais vous devez connaître, malgré tout, cet environnement qui est celui de mon lieu de travail.

— Mais… vous n'avez pas l'intention de m'employer à votre… CTB ?

— Certes non. Sachez tout de même que ma chère mère a assuré la comptabilité de la SPTB, sur place, pendant plusieurs années. Et voyez comme elle se porte !

Augustine sourit. Enfin. Un sourire qui ne déplut pas à Émile.

— Cette villa M., demanda-t-elle, m'expliquerez-vous pourquoi ce nom ? Elle me plaît énormément.

— Merci et tant mieux. Mais je dois vous avouer que si elle m'avait appartenu, je l'aurais vendue.

— Comment cela, vous plaisantez mon ami ?

— Non Augustine, appelons-nous par nos prénoms, voulez-vous, cette belle demeure me rappelle trop de souvenirs blessants…

— Émile, vous souffrez encore énormément, n'est-ce pas ?

— Oui, je ne peux vous le cacher.

— L'amour est-il donc puissant à ce point ?

— Oui, à ce point.

— Je voudrais vous comprendre, excusez-moi.

— Vous êtes toute excusée, Augustine.

Cette fois Auguste ne sauta point sur son fils après le départ des Bériand avec leur fille. Ce fut Émile en personne qui, le lendemain, un dimanche, pria ses parents de s'installer dans le petit salon, face à la véranda, pour leur parler précisément.

— Chers parents, omettons de parler d'amour, s'il vous plaît. Je vous annonce ma décision. J'accepte ce mariage avec Augustine et je pense qu'elle en est elle-même d'accord. Néanmoins nous ne nous sommes absolument rien confirmé, hormis de nous revoir une nouvelle fois. De mon côté je pose une condition à ces épousailles. Une condition préalable et impérative.

Auguste écarquilla les yeux et fixa Henriette, interloqué :

— Nous vous écoutons, parvint-il à dire en ravalant sa salive.

— Vous allez comprendre. Avant une hypothétique cérémonie de fiançailles je tiens absolument à ce que vous organisiez une réunion de famille au grand complet, cousins compris, et avec certains amis proches. Je pense par exemple à Raymond

Lalande. Pendant cette réunion vous m'aiderez, mon cher père, à imposer, j'insiste sur ce terme, que désormais Colette n'a pas existé. Personne ne devra plus faire la moindre allusion à elle et à cette période de ma vie. Un sujet tabou.

Auguste souffla, partiellement soulagé. Henriette répondit à sa place :

— Émile, je vous comprends. Vous pouvez compter sur moi, vous pouvez compter sur votre cher père. Mais vous imaginez aisément que le respect de votre décision ne sera jamais garanti.

— Je le sais. Mais je veux que mon entourage m'aide à oublier.

— Votre mère a raison, mon fils. Mais comptez sur nous en effet et sur notre intransigeance. Pour votre bien, pour votre paix intérieure et pour le nouveau couple que vous allez former avec Augustine.

— Merci, chers parents.

Cette réunion en forme de convocation à la villa M. surprit plus d'un cousin et plus d'un ami. Heureusement, les Thillet-Bordes savaient recevoir. Et l'attrait de la villa fit le reste : personne ne manqua à l'appel. Bien aidé et bien soutenu par son père, Émile confirma ses fiançailles pour avril et un mariage programmé pour les premiers jours de juin. En la cathédrale Saint-André de Bordeaux, choix du futur beau-père, et agréé par ses parents.

— Augustine Bériand de Courcourt comme moi, nous constatons que nos parents sont pressés. Et moi je voulais vous parler à vous tous, ici présents, avant même le jour de nos fiançailles. Je vais tenir des propos très fermes, mais vous me comprendrez, j'en suis persuadé. Écoutez-moi attentivement s'il vous plaît, sans m'interrompre. Je serai ensuite à votre disposition pour répondre, ou au moins tenter de répondre à vos questions. Voilà mon message : je vous demande instamment d'oublier Colette, d'oublier jusqu'au nom de Colette. À compter de ce jour Colette n'existe plus, Colette n'a jamais existé. Pour quiconque. Toute évocation, même à demi-mot, est désormais tabou. Ceux qui oseraient en parler, qui oseraient prononcer son nom, n'appartiendraient plus à ma famille ou à mon cercle d'amis.

— À notre famille toute entière et à tous nos amis, martela Auguste. Nous comptons sur l'esprit Thillet-Bordes, sur l'unité de la famille et sur l'assistance de nos amis, les vrais. Que cette décision soit respectée. Le sujet est donc tabou, comme le précisait mon fils. Personnellement j'ajoute que le sujet est interdit. Vous devez l'admettre, vous devez l'accepter pour faire revivre notre fils et pour aider le futur couple qu'il va former avec Augustine. Une page est tournée, définitivement. Les trois, quatre années précédentes de la vie de notre fils sont brûlées. Comprenez-le. Aidez-le et aidez-nous. Je vous invite donc à venir me voir, un par un, pour me confirmer que vous acceptez cette décision, que vous l'appliquerez et que vous la ferez respecter, si besoin était, tout autour de vous. Laissons maintenant Émile en paix. Ceux d'entre vous qui auraient des questions, me les poseront en venant me voir. Quelqu'un refuse-t-il a priori de venir me donner son avis, à défaut de son assentiment ?

Silence vertigineux dans le grand salon. Henriette aperçut au loin une bécasse au pied d'un grand pin. Une jolie diversion pour un moment tendu dans la villa du bonheur. Personne ne prit la parole et Auguste précisa qu'il s'installait dans le petit salon, attendant d'abord les amis, puis Éliane avec Maurice, et enfin, la famille. Dans une atmosphère d'enterrement tous les présents défilèrent, un par un ou par couple. Marie s'avéra la plus récalcitrante, tant elle aimait Colette, mais elle finit par accepter, par respect du souhait de son frère. Auguste n'en dirait jamais rien à Émile. Lorsque tous les convives eurent pris congé, Auguste confirma l'accord de tous à son fils. L'accord unanime qu'il désirait. Il ajouta :

— Vous vous doutez bien, mon fils, qu'il pourrait y avoir malgré tout quelques... évocations. Sincèrement, je pense plus par maladresse que par malveillance. Toutes les personnes qui étaient présentes aujourd'hui vous aiment et vous soutiennent. Sachez que votre mère, comme moi, nous resterons vigilants. Et ce jusqu'à notre dernier jour sur Terre car il s'agit de votre bien et de celui du couple que vous allez bientôt former.

Un mois plus tard le déjeuner de fiançailles fit renaître l'ambiance festive que la villa avait momentanément perdue. À la grande satisfaction d'Henriette. Sa maison était la maison du bonheur et elle devait le rester. Enthousiaste, elle apprécia la bonne entente entre Louis et Albert ; les sourires discrets mais réels de sa future bru ; et la joie profonde des parents Bériand de Courcourt. Sans oublier le clin d'œil du soleil sur la Petite Mer, visible depuis le petit salon pendant l'apéritif. Un grand moment de séduction !

Le soir même elle reprit, ravie, la rédaction de son journal. Pour conter la journée et consigner des nouvelles du pays. Elle commença par celle-ci, traitée objectivement par l'épouse du patron de la SPTB : l'une des pêcheries de la Petite Mer venait d'acquérir son cinquième chalutier à vapeur. « Quel signe de progrès » concluait-elle. Puis elle évoqua l'huître « portugaise », creuse, qui lentement mais sûrement supplantait « la gravette locale », l'huître plate. Le monde de l'ostréiculture grandissait et le travail ne manquait pas : le chaulage, le détroquage, le transport des ambulances[30], sans oublier les négociations de ventes. Henriette aimait souligner dans ses textes combien la Petite Mer devenait une grande zone d'activité procurant du travail à toute la population des environs. Et pour terminer son résumé du mois elle signalait avoir remarqué que la course à la construction venait de reprendre de plus belle dans la ville d'hiver. De nouvelles « fofolles » sortaient de terre, ce qui la réjouissait, même si elle considérait qu'il faudrait que cela cesse un jour, sous peine de perdre la forêt, « ce qui serait dommage et dommageable », concluait-elle.

Émile se remariait pour tenter d'oublier ce qu'il lui était impossible d'oublier : son grand amour. Dans cette société bourgeoise traditionnelle du XIXe siècle il était seyant, à vingt-cinq ans ou plus – il approchait de vingt-huit ans – d'être marié et d'avoir des enfants. Des enfants… ce serait peut-être Sa consolation, Son recours. Si au moins Augustine pouvait lui donner des enfants, il l'accepterait mieux, beaucoup mieux. Car dès avant le mariage il avait cerné son côté revêche, renfermé, et à coup sûr autoritaire. De toutes les façons sa nouvelle vie était tracée, quel que pouvait être le caractère de sa deuxième épouse : obtenir, d'une part, une descendance le plus rapidement possible, avec au moins un garçon ; et se consacrer, d'autre part, corps et âme, à la conserverie et à la pêcherie créées par son père, pour les agrandir et adjoindre d'autres succursales au groupe. Pour que ce dernier devienne le plus puissant de toute la côte de l'Atlantique sud français.

Lorsqu'arriva le jour qui précédait le mariage officiel, Émile, curieusement, ne ressentit aucune fébrilité. Il en riait presque en repensant à son état tremblant d'émotion juste avant

30 – Caisses rassemblant les huîtres en mer, pour les protéger.

le mariage avec Colette. Il conserva strictement pour lui ce sentiment d'indifférence. Il se mariait, c'était un jour de liesse qui s'annonçait, mais en l'absence d'amour c'était presque un jour comme un autre.

La cérémonie en la cathédrale Saint-André se déroula comme à l'habitude : les orgues donnèrent à plein ; la nef se retrouva bondée ; et les participants des premiers rangs ne pouvaient cacher leur satisfaction. Le clan Bériand de Courcourt, du fait du parti trouvé pour leur fille, et le clan Thillet-Bordes pour ce remariage inespéré et synonyme d'apaisement pour leur fils qui avait cruellement souffert de la séparation. Le gros lot dans les deux cas !

Émile vit arriver Augustine au bras de son père. Il trouva la silhouette fort jolie sous le voile. Son esprit, impossible à canaliser, imaginait voir apparaître le beau visage de Colette. Au moins sourit-il franchement à sa promise... Dès le début de la cérémonie du mariage, Émile ne cessa de se retourner pour scruter l'assemblée. Au point d'en agacer son père. Juste derrière sa mère il remarqua un jeune homme distingué qu'il devina être son cousin Désiré. Désiré Vercoutre, de trois ans son cadet. Effectivement, dès la cérémonie achevée, et le couple à peine arrivé sur le parvis, Désiré vint les saluer et se présenter à Augustine en les félicitant tous les deux au nom des Vercoutre. De tous les Vercoutre, de Tourcoing, de Lille et de Lambersart. Il leur expliqua que son père Léon, contrarié et la mort dans l'âme, n'avait pu se libérer, retenu par des affaires urgentes. Et que Louise, sa mère, restait naturellement auprès de son époux. Quant à son jeune frère Édouard, cet artisan, ce compagnon charpentier à peine revenu de son tour de France, il avait reçu l'interdiction d'accompagner son frère aîné. Cet homme qui faisait corps avec le bois aurait carrément dénoté et fait tache à côté des grandes familles bordelaises.

— C’est ce que ma chère mère a précisé pour exprimer son refus catégorique. Elle a d’ailleurs ajouté : « il est hors de question que mon gros moustachu poussiéreux, aux extravagances et aux remarques horripilantes, se rende à Bordeaux pour gâcher la fête. »

Bien plus tard, Émile eut le sentiment que la soirée n’en finissait pas, même s’il appréciait l’atmosphère de la chartreuse familiale, transformée en cette occasion pour accueillir deux cents personnes. Une chambre y était réservée pour le jeune couple. Un couple qui se retira discrètement quelques minutes seulement après avoir entamé le grand gâteau des mariés. Aussitôt quelques invités, déjà éméchés, osèrent agrémenter les conversations de commentaires à la limite de la convenance… ou de la jalousie.

19

Dans cette chambre confortable de la chartreuse familiale, celle d'Augustine depuis son adolescence, Émile constata illico que sa femme, pour une première fois, était plus réticente et bien moins délurée que Colette. Moins amoureuse aussi, sans doute ; et moins aventurière, à l'évidence ! Mais le mariage fut consommé malgré tout, en cette nuit du 4 juin 1894. Le lendemain de cette nuit de noces somme toute « classique », les jeunes époux s'accordèrent immédiatement sur deux points. Un bon signe ? En guise de voyage de noces ils décidèrent de se contenter de parcourir et de découvrir toute la côte de la Petite Mer. Une découverte pour elle et un plaisir renouvelé pour lui, malgré l'hypothèse de faire resurgir des souvenirs aussi touchants que pénibles. Augustine lui avoua à cette occasion qu'elle n'aimait pas voyager, pas se retrouver loin de chez elle et de ses habitudes. Aucun pays ne l'attirait, en dehors, peut-être, de l'Angleterre. Mais pas question pour autant d'y mettre les pieds, la barrière de la langue lui paraissait insurmontable a priori.

— Quel contraste, songea Émile. Je rentre dans une vie radicalement nouvelle, quasiment à l'inverse de la précédente !

Deuxième résolution et deuxième accord dès le premier matin : les prénoms des enfants, qui pourraient arriver vite… puisque tout semblait s'inverser. Le sujet souciait profondément Augustine qui se montra ferme et insistante. Elle expliqua à Émile que si leur premier enfant devait être un garçon, elle tenait au prénom d'André :

— Oui, j'y tiens énormément parce que mes parents, après Louis, espéraient un deuxième garçon avant d'avoir une fille comme troisième enfant. Comme chez vous. Et ce garçon devait s'appeler André. Mais ce fut moi qui « prit la place ». Quelle déception ! Ce fut ainsi que ma mère m'appela Augustine, premier prénom qui lui vint à l'esprit et qui commençait par un A comme André.

— Et si c'est une fille, justement, demanda Émile en souriant ?

— Je vous en laisse le choix mon ami, surtout si vous acceptez celui d'André pour un garçon.

— Oui, je l'accepte bien volontiers.

— Moi je sais qu'il est un prénom féminin que vous refuserez. Et sachez que je le réfute tout autant, vous comprenez. Mais sinon je respecterai votre choix.

— Sincèrement, Augustine, je n'ai pas encore réfléchi à cette question. Mais pourquoi pas Marie ou, proche de Marie, Myriam.

— Oh non, je vous en prie, pas Myriam. C'est Juif, non ?

Émile haussa les épaules avant de répondre :

— Marie, ce sera très bien, alors. Mais nous ne sommes pas obligés de décider aujourd'hui, n'est-ce pas ?

— Absolument, d'autant que vous m'avez donné votre accord sur celui d'André auquel je tiens plus que tout.

Émile regardait Augustine mais il était soudain si loin d'elle. Le joli visage de Colette continuait à l'obséder et à le rendre triste. Hanté par le visage d'une femme, la sienne. Comment camoufler sa détresse ? Comment oublier l'inoubliable ?

— Émile, Émile où êtes-vous ? vous rêvez ? Vous rêvez d'André, de Marie ou… de quelqu'un d'autre ?

— N… non. Non, je pense à mon frère.

— À votre frère ?

— Oui. N'avez-vous rien remarqué ? Albert a passé toute la journée et la soirée de nos noces aux basques d'une jolie jeune fille au visage très doux.

— Vous avez raison, en effet. Je crois même que cette jeune bordelaise se prénomme Constance.

— Vous la connaissez ?

— Pas vraiment. Je crois qu'il existe un lointain cousinage du côté de ma chère mère, ce qui expliquerait sa présence. Mais c'est à confirmer. Vous pensez que votre frère a le béguin ?

— Je ne saurais dire, il est tellement volage. Et puis nous les avons quittés fort tôt.

Albert ressentait quelque chose de nouveau. Pas franchement définissable. Constance lui paraissait douce comme son prénom. Lui qui avait côtoyé des coquines à la faculté de Bordeaux et connu quelques amourettes, il trouvait Constance différente. Un mélange de douceur et de caractère, de force et de tolérance, de beauté et de discrétion. Une jeune femme pas comme les autres. Alors il s'y attacha. D'abord par simple curiosité de coureur de jupons, mais très vite par la raison du cœur. Une nouveauté pour ce séducteur né, pour ce joli cœur invétéré. Il fixait cette chevelure entre châtain-foncé et brun moiré, et ce fut lui qui fut séduit. Séduit par ce rire naturel, direct mais discret. Discret comme tout, chez elle. La soirée s'avançait et il se sentait de plus en plus prisonnier. Prisonnier de ce charme indicible. Mais un charme dont elle était consciente, il s'en persuada sur le champ. Lorsque les mariés disparurent, puis les parents à leur tour, Albert s'enhardit. Mais la jeune femme ne tomba pas dans ses bras et il commençait à douter. Mais au moins obtint-il un rendez-vous pour le samedi suivant. Il se trouva alors face à un étrange dilemme: devait-il considérer cette possible liaison comme sérieuse ou comme une nouvelle passade? Pour la première fois il penchait pour une histoire durable. Mais alors devait-il, oui ou non, aviser les parents? Si oui son père allait immanquablement contacter la famille de Constance alors même qu'il ne savait pas si elle s'intéressait à lui.

— Tout de même, elle m'a accordé une deuxième rencontre à Bordeaux pour samedi.

Il décida de laisser passer ce samedi et il aviserait à l'issue de leur rencontre.

Les retrouvailles tinrent toutes les promesses dont Albert rêvait. En promenade entre le quai des Chartrons et le pont de pierre qu'ils empruntèrent deux fois pour fuir le centre et gagner en tranquillité, ils commencèrent à s'apprécier. Ils s'enlacèrent plusieurs fois pour s'embrasser tendrement. Amoureusement mais sans effusion. Discrétion oblige. Pour faire surgir néanmoins des sentiments et des sensations encore inconnus de la part de ce séducteur réputé. Une étape était franchie. Au retour, tout en marchant bras dessus, bras dessous, ils discutèrent... de la marche à suivre. Constance lui demanda une troisième rencontre avant d'en parler aux parents. Elle lui proposa de se retrouver dans un parc au nord-ouest de la ville, à proximité de la maison familiale. Accordé, naturellement. Il savait désormais que Constance avait arrêté ses études après le baccalauréat, qu'elle avait à peine plus de vingt ans et que son père dirigeait une société consacrée aux achats et aux ventes de biens immobiliers en Gironde. Déjà il rêvait de ce troisième rendez-vous.

Dans ce joli parc sans décorum, Constance lui ouvrit son cœur, tout en douceur. Elle avait connu une déception, une année plus tôt, avec un homme d'une belle prestance, recommandé par son père. Bel homme, à coup sûr épris, mais exagérément autoritaire et brutal. Par deux fois Constance fut battue et son père dut admettre la triste réalité. Rupture immédiate. Suite à cet épisode malheureux elle avait obtenu qu'elle seule puisse trouver son futur mari tout en veillant à ce qu'il appartienne à une famille digne. Même impécunieuse, mais digne. Albert n'avait rien de brutal. Il aimait discuter et il acceptait l'avis d'une femme. Sa famille était digne et loin d'être impécunieuse. Constance aima cet Albert, presque dès le premier jour. Alors l'un et l'autre purent annoncer leur liaison aux familles.

Mais dans la famille Thillet-Bordes il y avait également Marie. Et cette fin d'année 1894 vit poindre les premiers affrontements entre la jeune fille et son père qui pourtant ne jurait que par elle. Marie entamait sa dix-septième année. L'âge propice aux contestations. Depuis les sept ans de sa fille Auguste faisait tout pour que celle-ci devienne bonne couturière. Un atout de taille chez une jeune fille bien éduquée et dès lors capable de tenir un ménage et entretenir une maison. Et pourquoi pas, après avoir donné des enfants à la famille, diriger une fabrique de filets de pêche. Malgré des cours particuliers interminables et des périodes de mise en pratique chez des couturières réputées, rien n'y fit. Au point que, désespéré pour sa fille chérie, Auguste se demandait bien ce qu'on pourrait faire d'elle. Et pire, à qui la marier ? Henriette tentait bien de pondérer l'intransigeance de son mari, mais sans effet apparent. L'affrontement devenait inévitable, cela d'autant plus que Marie s'était forgé un sacré caractère, beaucoup plus mâle que celui de beaucoup d'hommes. Favorisé également par l'installation définitive des parents à la villa M. avec donc un père sur le dos tous les soirs… pour elle seule ! Car Albert s'était vu confirmer son entrée dans la société de négoce de vin des Thillet-Bordes, dirigée par le cousin Martin. Ce dernier accepta avec joie de parachever la formation d'Albert pour qu'il puisse se positionner rapidement comme premier-adjoint candidat à la succession. Et donc la grande demeure du quai des Chartrons restait séparée en deux : une partie dévolue à Émile et à Augustine, et l'ancienne moitié occupée par les parents, laissée à la disposition d'Albert. Un Albert ravi puisqu'il lorgnait sur cette partie, la plus ancienne et qui incluait de beaux panneaux sculptés. Ainsi la porte qui fermait la bibliothèque, mais surtout ces volets intérieurs dans chacune des chambres, décorés de magnifiques grappes de raisin en acajou sur fond de merisier très clair. Un beau symbole et une invite à l'excellence en matière vinicole.

Auguste tolérait de moins en moins de voir sa fille n'en faire qu'à sa guise. En particulier de s'évader régulièrement dans le quartier de l'Aiguillon et plus précisément vers les lotissements des marins-pêcheurs. Exaspérée par les récriminations paternelles, elle lui avouera, avec son regard effronté :

— Je me sens mieux à l'Aiguillon que sur la petite montagne. Je me sens mieux avec un marin ou un employé des conserveries qu'avec ces bourgeois symbolisés par les Bériand de Courcourt. La villa M. est superbe, j'en conviens, mais le quartier n'est pas fait pour moi. Pas plus que le quai des Chartrons. J'aime l'Aiguillon qui me permet de fuir ce carcan des convenances, quitte à en perdre les avantages ! Père, et vous aussi, mère, vous êtes respectueux envers Éliane et Maurice. Mais en dehors de vous et de moi, qui l'est ? Émile, admettons, mais de moins en moins, par la faute d'Augustine. Certainement pas Albert, même s'il sait plaisanter avec Éliane. Quant à la majorité de vos invités ils me font honte. Leur ton vis-à-vis de ces « petites gens » comme ils disent, me dégoûte vraiment.

Quant à celui de vos fournisseurs, avec le personnel, mieux vaut ne pas en parler. S'il y a des « petites gens », alors ce serait nous les « grandes gens » ? C'est odieux, limite grotesque. Moi je ne supporte plus cette attitude, je ne l'accepte plus. Sincèrement, père, et pardon pour cet exemple trivial : lorsque vous êtes sur le trône avec les culottes sur les chaussures, êtes-vous réellement plus grand que Jérômc, l'apprenti marin de la SPTB lorsqu'il s'y pose à son tour ? Et si mes avis vous choquent, chassez-moi, je ne vous en voudrai même pas !

Ce fut Henriette qui lui répondit, Auguste était au bord de l'apoplexie.

— Réfléchissez, Marie, avant de monter sur vos grands chevaux. Dans un sens je vous comprends, ma fille, sans vous approuver sur tout. Sauf que notre responsabilité, à votre père et à moi, reste pleine et entière jusqu'à votre majorité ou jusqu'à un mariage éventuel. Méfiez-vous de votre propre caractère mon enfant. Vous êtes capable du meilleur comme du pire, n'allez pas gâcher vos chances.

— Quelles chances, mère ? De me marier avec un de La tour du Château de Machin ? Soyez assurée que ce n'est pas ce que je rechercherai, le temps venu. Ne vous en déplaise. Mais je ne vous demanderai rien, cela je peux déjà vous le certifier.

Auguste titubait et préféra quitter la pièce. Henriette profita de ce tête-à-tête pour lui glisser à quel point elle contrariait et décevait son cher père. Marie répondit :

— Si un jour je suis heureuse avec un résinier ou un contrôleur des chemins de fer, pourquoi ne le seriez-vous pas également, si vous m'aimez ?

— Calmez-vous Marie, je vous prie. Redevenez la jeune fille charmante que tout le monde aime sur la Petite Mer. Gardez pour vous ces pulsions, au moins jusqu'à votre majorité.

— Je vous le dis clairement, ma chère mère. Je n'en peux plus de ces protocoles, de ces maintiens de tradition, de cette éducation bourgeoise et de ce carcan de convenances. Alors je ne tarderai pas à vous quitter, même si je vous aime et continuerai à vous aimer.

Marie fila à l'Aiguillon, à pied, tandis qu'Henriette retrouvait Auguste, prostré dans un fauteuil du grand salon. Elle était soulagée que son mari n'ait point entendu les derniers mots de leur fille.

— Je suis effaré, lui dit-il à voix basse, par les réactions intempestives de cette graine de révolutionnaire. Effaré et choqué. Dix-sept années d'éducation pour rien. Que nous faudra-t-il endurer d'autre, bientôt ?

— Sincèrement mon ami, je la juge plus fantasque que révolutionnaire. C'est de son âge, cela passera avec ses premières responsabilités. Ou pour le moins s'atténuera.

— Dieu vous entende, ma mie.

Pour Noël la villa M. accueillit la grande famille Thillet-Bordes pour une journée festive et heureuse. En premier lieu grâce à l'état d'Augustine. La jeune mariée se présenta bien arrondie. Visiblement elle attendait un heureux évènement. Quel soulagement… pour Auguste.

— Enfin, songea-t-il, la vie des Thillet-Bordes va retrouver un cours normal. Sauf dérapage de Marie…

Et de son côté, Albert annonça que le cousin Martin venait de l'adouber, deux jours plus tôt et devant tout le personnel, directeur-adjoint à compter du 1er janvier 1895. Il venait de passer une journée entière dans le Médoc, une journée extraordinaire avec le cousin Martin. À chaque visite, dans chaque chai, ils avaient été reçus comme des princes. Dès le premier château visité, Albert s'était senti dans son élément, appréciant les odeurs qui s'échappaient des caves. Des odeurs qui lui captaient les narines et lui envahissaient le cerveau. Et il s'était comporté plus qu'honorablement aux tests aveugles, réussissant même un sans-faute sur une verticale[31]. Sa véritable vie pouvait commencer. Auguste demanda à son fils d'aller dans la cave et choisir un grand cru de son choix pour fêter l'évènement. Albert ne se fit point prier et remonta avec deux bouteilles de Léoville-Las-Cases. Révélant, en la circonstance, son penchant pour les grands Saint-Julien.

— Excellent choix, mon fils. En reste-t-il quelques bouteilles en cave ?

— Oui père, encore deux autres bouteilles. Et sachez qu'il y a largement de quoi vous fournir dans les réserves de la société. Enfin, si vous le souhaitez.

Ils trinquèrent aux succès d'Albert et à la naissance prochaine, chez Émile. Auguste, dans sa tête, trinqua pour un futur petit-fils.

Pour la première fois Constance faisait partie des convives. Albert se souviendrait de cette merveilleuse fin d'année. Marie, elle, en avait profité pour se rapprocher de la « petite nouvelle », très satisfaite de ne plus avoir à dialoguer avec Augustine.

— Cette peste appartient à un autre monde. Un autre monde que le mien pour le moins, songea-t-elle. Même si je serai la première ravie d'accueillir un petit neveu ou une petite nièce. En fait non, je ne serai pas la première ravie. Ce sera mon père le premier ravi, surtout si c'est un garçon. Il en rêve depuis… depuis plus de quatre ans. Pauvre Colette.

Constance fit l'unanimité, avec son charme naturel qui complétait parfaitement une beauté toute en discrétion. Ce qu'on

---

31 – Test vertical : deviner les millésimes différents d'un même vin.

remarquait au premier abord, c'était sa chevelure, châtain très foncé, légèrement moirée. Ensuite son rire, clair et discret, lui aussi. Discret, comme tout chez elle. Ce mot revenait en permanence à l'esprit pour la qualifier, avec celui de douceur.

Cette belle journée s'acheva sous la neige. De gros flocons ouateux habillèrent en deux temps trois mouvements le décor autour de la villa, rendirent la ville d'hiver complétement muette, et le casino et ses jardins, irréels. Apercevoir la grande bâtisse mauresque et toutes les fofolles sous une neige épaisse, sous un grand manteau blanc, cela tenait tellement de l'improbable ! Ce joli manteau absorbait tous les bruits. Henriette songea soudain à la dune et à un coucher de soleil dont la Petite Mer avait le secret. Lorsqu'il fallut raccompagner Constance à la gare, en début de soirée, Albert trouva les deux chevaux du phaéton… vraiment hagards ! La route glissante sur le terrain pentu de la ville d'hiver fit trembler Constance, réfugiée dans les bras d'Albert. Le trajet s'effectua très lentement mais sans anicroche et avec tout le respect dû à ce silence… blanc. Les deux amoureux se parlaient du regard. Constance se sentit malgré tout soulagée d'être installée dans son wagon. Regrettant seulement qu'Albert, lui, reste à Arcachon. Et le dernier train pour Bordeaux se mit lentement en route.

Constance retrouverait la famille Thillet-Bordes moins de deux mois plus tard, au quai des Chartrons cette fois, pour célébrer la naissance d'André. André, un garçon, un beau bébé qui naquit sans aucune difficulté pour sa mère, le 15 février 1895. Alors Auguste s'attacha encore plus à sa belle-fille. Oncle Albert, lui, commença à faire le clown pour glaner les premiers sourires du neveu. Et cela fonctionna pendant des années.

Toutes ces bonnes nouvelles encouragèrent Henriette à écrire quelques nouvelles pages de son journal. Sur ce Noël si réussi à la villa M., sur l'annonce du prochain mariage de son deuxième fils. Également sur celui de son neveu Désiré Vercoutre avec une certaine Mathilde, très appréciée par Louise et par Léon. Et bien sûr à propos de son nouveau rôle de grand-mère, qu'elle endossait avec beaucoup d'émotion. Oui, 1895 se présentait sous les meilleurs auspices. Ensuite elle s'attarda sur quelques paragraphes concernant la Petite Mer, avant de donner ses premières impressions sur deux évènements qui allaient tenir en haleine la France toute entière. Elle nota donc d'abord la construction du sémaphore du Cap-Ferret. Un peu plus tard elle s'amusa à relater avec malice quelques séquences de la première course de vitesse automobile, Paris-Bordeaux-Paris. Mille deux cents kilomètres, tout de même, avec une moyenne de vingt-quatre kilomètres par heure. Quel exploit ! Nettement plus, selon elle, pour la distance que pour la vitesse :

— Dans n'importe quel hippodrome les chevaux dépassent cette moyenne, mais pour parcourir quatre kilomètres tout au plus.

Telle était sa conclusion sur cet évènement. Depuis 1889 elle s'intéressait au développement du sport à l'école. Et elle n'avait pas manqué l'appel au retour de l'olympisme, du 25 novembre 1892, lancé par le baron Pierre de Coubertin depuis la Sorbonne. Et le 23 juin 1894, le baron, toujours depuis la Sorbonne, proclamait le rétablissement des jeux olympiques. Avec, symboliquement, des premiers jeux programmés à Athènes en 1896 puis les deuxièmes, quatre ans plus tard, à Paris.

Mais qu'écrire sur un autre évènement plus sombre et qui allait couper la France en deux ? L'affaire Dreyfus. Sur cette affaire, en réalité, elle n'irait pas par quatre chemins, même si les premières années son impact serait mineur. Accusé d'avoir livré des secrets militaires à l'Empire allemand, le capitaine Dreyfus fut rapidement jugé, condamné et envoyé au bagne sur l'île du Diable[32]. Lui, le Juif alsacien, avait livré des secrets à ceux-là mêmes qui avaient « volé » l'Alsace et la Lorraine ! Cette affaire prendrait une toute autre envergure avec l'acquittement du véritable coupable, suivi du fameux « J'accuse » d'Émile Zola[33]. Les Thillet-Bordes se montreraient plutôt antidreyfusards, sauf elle, Henriette. Une attitude qui choquerait Augustine, issue des Bériand de Courcourt, unanimement antidreyfusards. Mais Henriette, imperturbable dans ses articles – qui ne paraissaient plus régulièrement – déciderait de s'en prendre à un journaliste de Gironde devenu célèbre uniquement grâce à ses pages virulentes à l'encontre de Dreyfus et des Juifs. Elle le traiterait de « triste sire et de diviseur » et l'opposerait à un autre journaliste, Gustave Ducassou qui, avec humour, dénigrerait presque autant les pro-Dreyfus que les antidreyfusards. Auguste, lui, n'apprécierait pas que sa femme jette ainsi un froid entre les Bériand de Courcourt et les Thillet-Bordes.

En 1895, au début de l'été, nous étions encore loin du paroxysme de cette sale affaire. Après la liesse familiale du début de l'année, une bien triste nouvelle plomba l'euphorie, en particulier à la SPTB. Denise Decosse, l'épouse du célèbre Baptiste, disparu en mer quatre ans plus tôt, décédait à son tour. Elle laissait deux orphelins, dont l'un, handicapé à vie avec sa polio. Denise, minée par la mort de son cher Baptiste, ne résista donc que quatre années, à coup sûr pour accompagner ses deux fils le plus longtemps possible. Car sans eux elle serait partie beaucoup plus tôt :

32 – Île face à la Guyane.

33 – Journal l'Aurore du 13 janvier 1898.

« Avant février 1892 », c'est ce qu'elle avouait aux épouses des marins qui avaient navigué par le passé avec Baptiste.

Auguste avait fait des promesses et il n'était pas question de ne pas les tenir. Aurélien, le fils aîné, travaillait déjà comme jeune marin à la SPTB. Un marin très prometteur, de la veine de son père. Auguste pria l'un de ses adjoints, un fervent chasseur, d'initier Aurélien à la chasse, lui qui allait sur ses dix-huit ans. Une activité saine et prenante qui lui permettrait d'oublier, un peu, son grand malheur. Et en attendant, avant qu'il n'atteigne ses quatorze ans et puisse travailler à plein temps, Julien se vit offrir un petit emploi à la CTB. Si son état lui permettait un jour, il serait embauché pour de bon lui aussi. Sans aucune certitude. Ces deux décisions se répandirent comme une traînée de poudre, élargissant encore l'auréole de la SPTB dans le milieu des marins-pêcheurs. Mais Auguste avait agi ainsi avec pour seul objectif de respecter ses promesses et aider deux orphelins. Subsistait après ce décès un seul bien propre à la famille : la pinasse du père Baptiste que Denise avait confié à un ami résinier pour l'abriter dans un hangar gratuit. Et éviter une dépense qu'elle ne pouvait pas se permettre en louant un emplacement, près du port, par exemple. Émile s'en fut inspecter le bateau et trouva une pinasse magnifique et en bon état, même si le bois commençait à sécher un peu trop. Il jugea indispensable de la remettre à l'eau au plus vite. Aussi demanda-t-il au capitaine du vapeur sur lequel naviguait le jeune Aurélien de s'en charger. Et d'en profiter pour emmener avec lui le jeune orphelin et son petit frère, chaque fois que ce serait possible.

20

Le ciel lumineux qui régnait sur Bordeaux en cette fin d'été 1895 incita Augustine à rappeler à Émile leur décision de parcourir la Petite Mer en guise de voyage de noces. Émile acquiesça et décida de commencer par le Cap Ferret. En chemin vers le Cap, de bon matin, les deux chevaux du phaéton fanfaronnaient, nasaux au vent. Émile songeait à ce rappel soudain de sa femme à propos de leur promesse d'escapade. Était-elle, en définitive, un peu moins casanière qu'elle ne le prétendait elle-même ? Il jugea préférable d'attendre au moins la fin de cette première balade avant de tirer la moindre conclusion.

Sur la pointe du Ferret les oyats se répandaient comme des crocus au printemps. Émile entraîna Augustine côté océan et comprit rapidement qu'elle n'appréciait pas du tout les aspects sauvages de ce versant du cap. Le vent, les vagues et l'horizon à l'infini l'impressionnèrent. Elle demanda de quitter ces parages et de passer sur l'autre versant, celui de la Petite Mer. Soulagée, elle n'en resta pas moins critique. Elle trouva les rares villas à proximité de la pointe, tristes, grises et carrément ordinaires. Et surtout très mal entretenues. Elle ne se rendait pas compte de ce que la mer, le vent et le sable faisaient endurer aux murs. À la pointe, en particulier. Rien à voir avec la ville d'hiver, beaucoup plus protégée. Mais Augustine semblait ne pas vouloir l'admettre. Émile haussa les épaules et l'entraîna jusqu'au Mimbeau. À marée basse la petite anse, pourtant si attirante, ne lui plut guère et Émile comprit qu'ils devraient revenir une autre fois, à marée haute. Elle fit aussi la grimace devant les filets qui séchaient, parfois agressés par les mouettes. Plus au nord elle apprécia enfin une grande bâtisse, la villa algérienne de Léon Lesca. Émile sourit une fois encore en songeant :

— C'eut été un comble qu'elle n'aime pas au moins celle-là !

Elle tendit le doigt vers la grande propriété et dit :

— Ici aussi le vent et le sable attaquent les façades. Pourtant, regardez mon ami, cette demeure est entretenue, elle.

— Je vous l'accorde, Augustine. Mais considérez sa situation : elle est orientée plein est, au plus loin de l'océan et des vents d'ouest. Donc elle est peu exposée par rapport à celles du bout de la pointe, convenez-en.

— J'en conviens. Mais convenez également qu'ici on devine l'entretien et la rigueur. Regardez les décorations, les mosaïques et les vitres colorées. C'est astiqué régulièrement et ça se remarque au premier coup d'œil. La façade parait neuve. Je suis certaine que les murs sont poncés une fois l'an.

— Si vous le dites, ma chère.

— Mais oui, Émile, là comme ailleurs le sable s'infiltre. Il s'infiltre partout. Certes, plus vite côté océan, mais il s'infiltre partout.

— Si vous le dites, ma mie.

— Arrêtez avec ce ton ! J'ai la sensation pénible que vous vous moquez de moi et de mes propos. C'est agaçant. Et c'est mal venu au cours d'une promenade qui, je vous le rappelle, fait office d'étape de notre voyage de noces.

Augustine appréhendait l'arrivée de la nuit. Rentrer du cap, tard le soir, l'angoissait. Comme si un fantôme débarqué de l'océan allait se jeter sur elle. Émile en aurait bien ri s'il n'avait eu envie, justement, qu'un fantôme se jette sur lui : le fantôme de Colette. Car il était persuadé qu'il pouvait rôder par ici, surtout côté océan. Un côté qu'Augustine voulut oublier au plus vite. Imaginer cette façade ouest de nuit suffisait à la rendre livide. Elle ne recouvra ses esprits qu'une fois sur la route entre Arès et Bordeaux. Émile conclut :

— La prochaine fois nous visiterons la côte intérieure, versant est, entre Arès et Audenge en passant par Andernos.

— Ce sera plus civilisé, j'espère.

Il se contenta de hausser les épaules, une fois encore.

L'aîné des Thillet-Bordes réalisait qu'il avait épousé une femme obsédée par les convenances et les bonnes manières. Ce qu'elle appelait « les bonnes manières ». Elle qui se faisait si critique envers ses parents avant de se fiancer – il se souvenait des promenades dans les jardins du casino – devenait pire qu'eux. Un tyran en devenir qui pourrait bien s'avérer terrible pour les enfants. Les siens comme ceux des autres. Émile frémit pour le petit André. Les mois passaient et Augustine se renfermait sur elle-même, revêche. Et pire, elle tentait de renfermer Émile avec elle. Il lui arrivait même d'empêcher son mari de sortir avec des amis. Ou pour le moins de lui faire renoncer. Le seul fait de le voir rire avec son frère, avec Martin ou avec un capitaine de vapeur la rendait follement jalouse. Qu'il se sente à l'aise avec d'autres qu'elle, provoquait chaque fois chez elle la frayeur de le perdre. Toujours tigresse, jamais tendresse. Le ménage en devint quelque peu chaotique, mais ménage tout de même, éducation de grandes familles oblige ! Toute intrusion dans le ménage fut rapidement intolérable à Augustine. Même Albert, le voisin, toujours prêt à sortir un bon mot pour dérider son frère, n'était pas le bienvenu. Seule Marie, une enfant aux yeux d'Augustine, avait droit d'entrée presque libre. Mais cela ne dura guère. La demoiselle devint rapidement libertine et même délurée aux yeux impitoyables de la belle-sœur rigide.

Émile tenta bien de laisser la porte ouverte à sa petite sœur, mais devant le courroux ostensible de sa femme, il renonça. Trouvant Marie effectivement graine de révolutionnaire.

Augustine endossait sans sourciller le rôle d'adjudant-chef, un rôle qui allait s'exacerber au fur et à mesure de l'arrivée d'enfants au quai des Chartrons. Jamais de futilité, jamais de frivolité chez cette femme résolument austère.

— L'exact opposé de Colette, pensait souvent le mari.

Un mari qui, mois après mois, se durcissait lui aussi. Par mimétisme avec Augustine ou à cause d'une forme de renoncement ? Difficile à discerner. Même avec son fils il adopta le « mode Augustine ». Elle lui reprochait ses attendrissements stupides qui influeraient inévitablement sur le caractère de l'enfant qui à coup sûr deviendrait capricieux. Mais ce durcissement personnel rejaillit petit à petit sur son comportement dans l'entreprise. Le fils du patron, appelé à devenir patron lui-même dans les prochaines années, était en train de bâtir une réputation d'homme de fer, redoutable et redouté. Ses derniers moments de douceur il les réservait à André… lorsqu'Augustine vaquait à d'autres occupations. Par exemple dès qu'un samedi le temps s'annonçait gris ou pluvieux, elle filait au salon de coiffure, obsédée par sa chevelure depuis l'arrivée de Constance dans le giron Thillet-Bordes. Très vite elle demanda, et obtint, l'assistance d'une bonne à partager avec Albert et bientôt avec Albert et Constance. En très peu de temps Augustine parvint à régner sur la maison, l'intégralité de la maison du quai des Chartrons. Albert, en quelques mois, avait transformé la partie qui lui revenait en véritable capharnaüm. Indignée, sa belle-sœur prit les choses en main en imposant à la bonne d'y mettre de l'ordre. Dès avant l'arrivée de Constance. Augustine espérait, sans trop y croire, que sa future belle-sœur serait la femme à poigne dont

Albert avait tant besoin. À l'instar de sa sœur Marie, Albert n'appréciait guère la rigidité et encore moins la manie de l'intervention d'Augustine. Henriette tentait bien de calmer les uns et les autres, mais avec un succès des plus mitigés. Auguste ne s'en mêlait pas, il appréciait la mère d'André, celle qui lui avait donné un petit-fils, un petit Thillet-Bordes. Et pourquoi pas, un deuxième. S'il arrivait à Constance de lui en donner également, alors il adorerait ses deux belles-filles.

*

La fin du mois de septembre sonna l'heure de tenir certaines promesses. Henri Turpin, le capitaine de l'Arkasson III, sur lequel naviguait Aurélien Decosse, accepta d'emmener son marin avec son petit frère Julien, sur « la pinasse à Baptiste ». Aurélien montra de l'intérêt mais ce fut le petit Julien le plus fasciné des deux par l'embarcation familiale. Henri Turpin, compte tenu de l'état du gamin de treize ans, refusa d'accéder à sa demande : prendre la barre. Aurélien fut, lui, autorisé, mais par temps clair, à marée presque haute et au niveau du chenal de Mapouchet, à savoir loin de la dune et des passes. Julien grommelait, frustré. Il n'en voulut point à son frère, son aîné de plus de quatre ans, mais terriblement à ce satané capitaine Turpin.

Très vite Léon Courbin prit le relais et s'occupa à son tour d'Aurélien. À la demande expresse de monsieur Auguste, Léon, premier adjoint à la SPTB et chasseur invétéré, commença à initier le jeune homme, dès l'ouverture de la chasse. D'emblée il l'entraîna à la chasse à la palombe, l'oiseau le plus couru des chasseurs tout autour de la Petite Mer. Pour ce faire, Léon emprunta la pinasse à Baptiste – au grand dam de Julien, pas convié – pour aller s'amarrer au Mimbeau. Aurélien réalisa alors ce qu'était une palombière et surtout qu'il y en avait pléthore au Cap-Ferret : à la pointe, à Bélisaire, tout près de la villa algérienne et quelques autres plus au nord. Léon lui fit comprendre les raisons de cette installation complexe, avec les appeaux, les fils pour activer les leurres, et les filets. La première nuit fut la bonne – une sacrée chance – et le groupe de six chasseurs ne revint pas bredouille. Aurélien, bouche-bée, finit par demander de revenir au plus vite. Auparavant Léon l'initia à la chasse à la bécasse. Une autre sorte de chasse, plus difficile et surtout plus frustrante pour qui ne savait pas apprécier les flâneries dans de superbes zones forestières encore très abondantes tout autour du Bassin en cette fin de XIXe siècle. Aurélien fut ébahi par le rôle du chien dans cette chasse originale et presque solitaire. Mais il ne disposait pas d'un chien et n'imaginait pas en avoir un de sitôt. Ils pratiquèrent par deux fois la chasse au canard, cachés dans une tonne juste à côté de l'île aux Oiseaux. Aurélien apprécia toutes ces formes de chasse mais incontestablement ce fut la chasse à la palombe qui le séduisit. Il allait devenir un inconditionnel, au point de construire et de partager une palombière avec plusieurs collègues marins. Une palombière magnifiquement située, au lieu-dit de « la pointe aux chevaux ». Pourtant il ne dédaignerait jamais une chasse au canard, profitant de la tonne de la famille d'un autre marin, localisée stratégiquement devant le delta de la Leyre.

*

Augustine déléguait facilement son rôle de mère à la bonne du quai des Chartrons, occasionnellement à sa propre mère, mais le plus souvent à sa belle-mère à Arcachon. Elle avait adopté Henriette Thillet-Bordes, d'une part pour des raisons pratiques de gardes de fin de semaine, d'autre part parce que sa belle-mère écrivait des pages intéressantes sur la région et enfin parce qu'elle, Augustine, adorait la petite montagne. Après trois ou quatre escapades autour de la Petite Mer avec Émile, elle considéra que le seul endroit « civilisé et de bon standing » était la ville d'hiver.

Par un beau samedi d'automne, Henriette emmena sa bru et son petit-fils, frimousse coquine au vent, assis dans son landau, pour une promenade dans la ville d'hiver. Sans l'avoir mentionné, elle tenait à aller observer des travaux. Ceux d'une villa en construction non loin de la villa M. Une villa merveilleusement bien située, sur un promontoire de la petite montagne, là même où elle avait espéré faire construire sa villa. Elle ne fut jalouse qu'une toute petite minute ; elle se savait chanceuse malgré tout, là où elle habitait. Les deux femmes restèrent circonspectes quant au style de cette future fofolle. Mais lorsqu'elles y retourneraient, quelques mois plus tard, elles comprendraient vite que ce chef-d'œuvre deviendrait l'un des fleurons et l'un des symboles de toutes les folles constructions de la ville d'hiver. Beaucoup plus tard, cette villa d'exception prendrait le nom d' « *Alexandre Dumas* ».

Noël 1895 se déroula à la villa M. sous les meilleurs auspices. On fêta André qui babillait sans interruption, à la grande joie de ses grands-parents paternels. Émile appréhendait déjà le nouvel an à Bordeaux, chez les grands-parents maternels. Vingt-quatre heures d'ennui profond, assurément… À Arcachon on se réjouit à l'avance de deux excellentes nouvelles : le mariage de Désiré avec Mathilde, annoncé pour avril, puis celui d'Albert avec Constance, programmé pour le début octobre. Concernant la cérémonie dans le Nord il fut décidé qu'Henriette serait accompagnée par Émile pour représenter les Thillet-Bordes. Auguste tiendrait seul « la boutique ». Quant à Augustine elle n'imaginait pas se rendre dans cette région glaciale, selon elle, avec son petit garçon. Une très grosse déception pour la grand-mère qui souhaitait tant présenter son petit-fils à son frère Léon et à tous les siens. Quant au mariage de Constance et d'Albert il se déroulerait à Saint-André. Auguste et le père de la future mariée avaient découvert une magnifique chartreuse, à faire pâlir les Bériand de Courcourt, dans l'Entre-deux-Mers, avec tout le nécessaire pour loger les deux familles avant et après les agapes. Tout était donc déjà réglé, à la grande satisfaction d'Auguste.

Très vite Henriette et Émile se retrouvèrent à Lille pour le mariage et à Tourcoing pour les trois nuits prévues. Henriette trouva Léon fier comme un paon à l'occasion du mariage de son fils aîné, le futur patron des Teintureries Vercoutre, cela allait sans le dire. Hélas elle ne revit ni Victor ni Alphonse. Pourtant elle l'espérait, mais selon Léon ce n'était ni possible ni raisonnable. Décidément ces deux-là vivaient coupés de leur famille et de leur pays. Par contre elle ressentit un grand bonheur en voyant son neveu radieux et cette Mathilde Devisse douce comme Constance mais indubitablement avec un œil plus vif. Par contre elle fut sidérée par la dégaine – il n'y avait pas d'autre mot dans son esprit – de son deuxième neveu Édouard. Il avait tout du compagnon en voyage, du charpentier caché derrière ses copeaux et de l'adolescent attardé capable des pires blagues au pire moment. Mais au moins était-il d'humeur joviale et visiblement heureux pour Désiré. Il n'arrêtait pas de titiller Mathilde, aussi bien sur sa tenue de mariée que sur ses formes, qu'un tailleur de pierre aurait aimé palper avant de la sculpter, nue, bien sûr !

Le mariage en l'église Saint-Maurice se déroula devant une foule considérable. Car les Teintureries Vercoutre représentaient l'un des fleurons des industries du Nord. Les presque vingt-quatre heures de célébrations bénéficièrent d'un temps clément pour un mois d'avril : du soleil, certes un peu voilé, et une température de quinze degrés dans la journée. Quelle ne fut pas la surprise d'Henriette après la cérémonie religieuse et en suivant tous ceux conviés aux agapes, de se retrouver à La Madeleine, là-même où Auguste et elle avaient fêté leur propre mariage ! Visiblement l'établissement savait maintenir sa réputation. Léon confirma qu'il y perpétuait les habitudes Vercoutre. Il expliqua à sa sœur qu'il avait hésité avec un autre établissement dans le tout nouveau parc Barbieux, à Roubaix, un cadre somptueux, mais les travaux n'étaient pas encore achevés. Émile suivait sa mère sans piper mot. Même s'il appréciait son cousin Désiré, il se sentait étranger. Lorsque sa mère lui demanda le pourquoi de son mutisme, il lui répondit :

— Mère, j'ai un peu peur.

— Peur de quoi, par le diable ?

— Peur qu'un proche ne me parle de qui vous savez.

— N'ayez crainte Émile. J'avais écrit à votre oncle Léon de faire le nécessaire pour ne pas vous importuner pendant ces moments festifs.

— Oh ! Et pourquoi ne pas me l'avoir dit ?

— Parce que mon enfant, vous ne tolérez point qu'on en parle.

Émile souffla, quelque peu requinqué. Il passa une excellente soirée, d'abord avec Désiré et Mathilde qu'il apprécia d'emblée. Et ensuite, afin de laisser les tourtereaux avec d'autres invités, avec ce clown d'Édouard. Un clown qui, à l'évidence avait oublié d'être abruti. Il savait défendre ses idées – un peu celles de Marie – en homme déjà expérimenté. Émile ne regretta pas sa soirée et oublia Augustine. Et Colette également, jusqu'à se retrouver seul dans son lit.

En quittant Tourcoing le surlendemain, Émile et sa mère croisèrent Mathilde et Désiré pour leur dire à bientôt puisqu'ils représenteraient les Vercoutre en octobre au mariage d'Albert et de Constance.

À peine rentrés à Bordeaux, et avant même qu'Henriette ne poursuive jusqu'à Arcachon, Augustine, de très bonne humeur et pour une fois avec André dans ses bras, leur annonça qu'elle attendait un deuxième petit. Une petite Marie? Elle titilla son mari pour obtenir un prénom masculin. Henriette les abandonna à leur réflexion, non sans avoir précisé :

— Choisissez un prénom simple. Thillet-Bordes est un patronyme plutôt long. Évitez les prénoms à trois syllabes ou plus, comme les prénoms composés. Enfin, cela ne regarde que vous. Moi, de toutes les façons je serai heureuse. Et je vais prier pour que l'accouchement se déroule aussi bien que celui pour André.

Émile proposa à sa femme une nouvelle balade autour du Bassin. Les beaux jours s'enchaînaient, l'occasion était trop belle. Mais Augustine déclina, au prétexte qu'elle attendait un enfant. Son mari comprit que rien n'y ferait : seule la ville d'hiver avait un intérêt pour elle. Un choix définitif qui l'attrista. Le soir même ils s'accordèrent sur un prénom masculin. Ce serait Jean, suivant en cela le conseil de la belle-mère et mère.

À peine rentrée à Arcachon Henriette s'attela à remplir quelques pages de son journal. En dehors des évènements familiaux elle trouva bien du grain à moudre pour la période mi-95, mi-96. Bien sûr elle commença par les fofolles et plus précisément par cette villa en construction qui s'annonçait grandiose, en haut de la petite montagne. Elle revoyait, quelques années plus tôt, la construction de Giroflé. Dans un style certainement différent, cette nouvelle villa aurait, à l'évidence, autant de classe. Puis elle répertoria quelques évènements. Ainsi l'administration de la Marine s'installait à Arcachon, à la grande satisfaction d'Auguste. Certains élus de La Teste, par contre, digéraient mal ce changement d'adresse. Et puis, alors qu'en compagnie de son fils elle passait du bon temps à Lille et à Tourcoing, un vilain sinistre en mer avait fait deux victimes, deux marins-pêcheurs. Sans aucun lien avec la SPTB, mais dans un cas aussi grave la solidarité jouait toujours. Un peu plus tard elle griffonna sur son cahier, avec un large sourire, l'élection d'un nouveau maire à Arcachon : Charles Denys de Damrémont. À cette occasion elle se promit de compter le nombre de maires et de mandats depuis 1857. Elle rit franchement en pensant qu'une page ne suffirait pas ! Enfin, dans un chapitre spécial consacré aux événements sportifs, elle nota avec satisfaction la création de l'Aviron Arcachonnais. Elle se mit à rêver tout haut :

— Cette discipline attirera-t-elle le baron de Coubertin ? Si elle pouvait faire partie de celles retenues pour les jeux olympiques, ce serait merveilleux pour ce nouveau club et pour la région. Pour Athènes cela me paraît trop tard, mais pour Paris, pourquoi pas ?

Elle referma son cahier et soudain elle se mit à trembler. Elle venait d'inscrire la date au bas de sa dernière page. Elle retrouva Auguste dans le petit salon, qui se faisait servir par Éliane un verre de Sauternes. Elle leur conta, tendue, qu'il lui semblait être tout juste rentrée du mariage de son neveu et voilà qu'elle se retrouvait à moins de trois semaines de celui de son fils cadet ! Auguste et Éliane lui confirmèrent qu'assurément les mois et les années passaient vite, bien trop vite. Mais son mari la rassura, tout était fin prêt pour le mariage, il ne leur restait qu'à visiter la chartreuse une semaine plus tard pour constater que tout était en ordre. Il leva son verre :

— À la santé de Constance et d'Albert, et à la naissance de Jean !

— Comme vous y allez, mon ami. Comment pouvez-vous être certain qu'Émile aura un dcuxièmc fils ?

— Parce que je le sens, parce que je le veux et parce qu'Augustine ne me décevra pas !

21

Le mariage ne déçut personne. Surtout pas Henriette, absolument ravie de voir son Albert, un drôle de bonhomme tout de même, accroché au bras de Constance, à la personnalité aussi affermie que douce. Son neveu Désiré se présenta seul car Mathilde venait d'accoucher d'un petit Jules, quelques semaines plus tôt. La cérémonie en la cathédrale Saint-André se déroula comme toujours, belle, puis majestueuse lorsque les grandes orgues donnèrent à plein pour la sortie des mariés. Aucune calèche ne se perdit jusqu'à la chartreuse. Une fois sur place, Albert décréta qu'il aurait dû se marier une année ou deux plus tard pour bénéficier d'un véhicule automobile afin de semer toutes les calèches traditionnelles et fort lentes ! La fête commençait à battre son plein lorsqu'Augustine et Marie s'insultèrent haut et fort devant la bonne centaine de convives. Encore une stupide histoire de préséance et de convenances. Marie n'y alla pas par quatre chemins :

— Vous vomissez le personnel. Eh bien, sachez-le, le personnel vous vomit, et moi avec ! Aujourd'hui c'est la fête, et pour qu'elle soit réussie, dix personnes au moins, sans compter celles en cuisine, sont prêtes à vous servir. Ces gens sont tous aussi respectables que nous. Et même plus que vous ne l'êtes, vous et vos airs hautains et insupportables. Votre comportement est odieux et indigne vis-à-vis de gens qui donnent le meilleur d'eux-mêmes pour que la soirée soit réussie.

Augustine serrait les dents et son visage passait du gris au rouge et du rouge au gris. Elle finit par baragouiner :

— … vulgaire et rebelle… petit esprit indécrottable…

Auguste et Émile les séparèrent et installèrent Marie à une autre table. Henriette fixait Constance depuis le début de l'altercation et la voyait blêmir. Sans doute se demandait-elle dans quelle famille elle était tombée? Voir ses deux belles-sœurs se crêper le chignon à ce point c'était navrant et grave, assurément. Henriette s'approcha de Constance et fit signe à Albert. Il fallait la rassurer au plus vite. Ensemble ils lui glissèrent qu'Augustine et Marie étaient vraiment les deux opposées, toutes les deux avec leurs qualités et leurs défauts. Et qu'elle, Constance, avait le profil idéal de la personne pondérée, nécessaire entre les deux belles-sœurs. Albert conclut qu'à leur façon elles étaient deux pestes, mais que l'une sans l'autre elles pouvaient se montrer les plus agréables des femmes.

— Enfin presque, ajouta-t-il, car moins que vous, Constance, c'est évident. Au moins pour moi.

Le fil de la soirée reprit son cours normal. Même si ni Augustine ni Marie n'avaient digéré cette dispute au grand jour. Marie passerait une bonne partie de sa soirée à décrire, citations à l'appui, le comportement odieux, autoritaire et hautain d'Augustine envers le personnel de service :

— Elle ne traiterait pas un animal de la sorte !

Remise de ses émotions, Augustine ruminait malgré tout, mais en enfouissant sa rancune au fond de son sac à main. Une fois de retour à Bordeaux elle avait simplement dit à Émile :

— C'est encore une enfant, alors je l'excuse. Mais elle devrait venir s'excuser. Je me doute bien qu'elle n'en fera rien. C'est une rebelle et une subversive qui déteste notre société. Je plains déjà son futur mari… à la condition que quelqu'un veuille bien d'elle.

Quelques semaines plus tard, le 6 décembre, Augustine donnait naissance en toute quiétude à un deuxième garçon, Jean, à l'hôpital de Bordeaux car Émile craignait le pire – comme souvent – pour cet accouchement après tant de contrariété. En réalité le pire sévissait à proximité. Alors qu'Augustine accouchait dans le calme et presque sans douleur, une tempête épouvantable s'abattait sur la Petite Mer. Henriette en tremblait avec les murs de la villa M. Auguste, lui, se ruait jusqu'au port. Un vapeur était de sortie. Le cauchemar en perspective. Poussant courageusement jusqu'aux locaux de la SPTB il y trouva Léon Courbin qui le rassura :

— Aux dernières nouvelles il semble que l'Arkasson II se situe bien au-delà du secteur sur lequel sévit cette tempête. Dans ce cas il suffit au capitaine de patienter avant de rentrer sans se précipiter.

Il s'avéra que Léon avait vu juste, mais Auguste avait frôlé la crise cardiaque. Il eut alors une pensée pour ces femmes de marins-pêcheurs. Une vie parfois à la limite de l'intolérable, même si le vapeur constituait un progrès évident. Il s'arrêta à la CTB pour rassurer son fils à son tour. Ce dernier le remercia mais lui apprit que le sémaphore de la pointe sud avait été balayé par la tempête, ce qui donnait une idée de l'intensité des bourrasques. Et Émile ajouta que les ostréiculteurs commençaient à hurler au désastre.

Comme quoi la Petite Mer, très occasionnellement, oubliait d'être ce petit paradis sur Terre, comme Henriette aimait tant la décrire.

Justement, Henriette reprenait son journal pour noter quelques évènements qu'elle avait passés sous silence. Ainsi la première voiture automobile était apparue sur le territoire arcachonnais le 13 avril 1897. Il s'agissait d'une Panhard-Levassor qui avait mis une heure et quarante-six minutes pour relier Bordeaux à Arcachon. Il se trouva qu'Henriette et Augustine étaient présentes ce jour-là. Comme beaucoup d'Arcachonnais et d'Arcachonnaises, Henriette applaudit au passage de ce petit monstre pétaradant. Elle commençait même à regretter de ne pas disposer d'une machine pour photographier, lorsqu'elle vit Augustine qui ne tenait plus sur ses jambes, victime de la frayeur de sa vie : un de ces sales engins venait polluer sa chère petite montagne. Tout en la soutenant, Henriette songea :

— Merci mon Dieu, Jean est né à temps. Aujourd'hui Augustine aurait fait une fausse couche !

Ensuite Henriette se lança dans un long paragraphe à propos de l'accumulation inquiétante des tempêtes entre fin 1896 et mars 1897. Trois évènements presque successifs. Les ostréiculteurs, qui avaient crié à la tragédie quelques mois plus tôt, avaient peut-être raison en fin de compte. Le métier entrait dans une période difficile et pénible pour l'écoulement des produits. Dans le même temps la ville se félicitait du lancement d'une nouvelle ligne de tramways, tirés par des chevaux.

Le 26 juin de la même année, James Veyrier-Montagnères était élu maire de la ville. On imaginait facilement le sourire malicieux d'Henriette lorsqu'elle coucha cette information sur son journal… avec, en codicille : « pour combien de temps ? »

En plein été, le jour même de la fête nationale, un terrible cyclone s'abattait sur la ville, détruisant la flèche de Saint-Ferdinand. Comme si trois tempêtes en trois mois n'avaient pas suffi. Certains professionnels commençaient à croire que le coin était maudit.

Henriette ne voulait pas rester sur des nouvelles aussi alarmantes. Alors elle ajouta une séquence plus frivole en contant qu'un groupe de chansonniers, venu de Paris, s'était produit au casino de la forêt, un mois tout juste après cet épouvantable cyclone. Elle précisa que son fils Émile avait souhaité assister à l'une des séances. Devant le refus de sa femme il allait renoncer lorsque sa sœur Marie l'y emmena presque de force. Et ni l'un ni l'autre ne le regrettèrent, hilares au retour à la villa. Augustine n'apprécia guère cette escapade ridicule et futile qui correspondait bien à Marie, mais pas à son époux. Elle ne décoléra point contre sa belle-sœur pendant plus d'un mois. Ce qui ne gêna Marie en rien.

André, sans doute déçu par la rudesse permanente d'une mère incapable de lui prodiguer le moindre câlin, adorait se faire dorloter chez sa grand-mère « Yette ». Et Jean, un adorable bambin, semblait prendre le pli et babillait à plaisir dans le cou de sa grand-mère. Émile adorait ces moments-là. Des moments secrets, des moments volés en l'absence d'Augustine. Hélas, des moments si rares. Il aurait bien volontiers envoyé sa femme au salon de coiffure au moins une fois par semaine, les samedis, d'autant plus que c'était également l'occasion de lui adoucir le visage en faisant momentanément disparaître un chignon trop austère. Car Augustine venait d'adopter une silhouette plus revêche que jamais : elle s'affublait désormais de lorgnons, comme beaucoup d'hommes mûrs. Ces hommes mûrs qui faisaient autorité, à l'instar de son beau-père. Était-ce pour elle le moyen d'afficher son autoritarisme à défaut de son autorité ? Fort probable parce qu'Émile doutait d'une vue défectueuse chez sa femme. Et même s'il n'était plus surpris de rien de la part d'Augustine. À sa manière elle était aussi décalée que Marie.

Avec l'arrivée de Constance au quai des Chartrons comme voisine d'Augustine et d'Émile, il se produisit un phénomène nouveau. Autant dans la partie de la maison occupée par Émile et sa femme les odeurs de nourriture étaient rares – les bonnes, surtout – autant chez Constance elles devenaient fréquentes. En effet Albert souhaitait de bons petits plats pour agrémenter ses dégustations de grands crus. Cela faisait partie de son travail… Aussi bien avec des invités qu'en tête-à-tête. Cela finit par titiller tellement les narines de son frère que ce dernier demanda à la bonne, Thérèse, et en accord avec Albert, de se consacrer essentiellement à la cuisine, chez lui, et au ménage, chez le cadet.

— Et je vous garantis, Thérèse, que dans un cas comme dans l'autre, vous aurez largement de quoi faire !

Augustine ne protesta même pas, fort satisfaite de déléguer les courses, toutes les courses. Aussi bien celles dans les petites épiceries et autres échoppes malodorantes que celles dans ce satané marché qu'elle supportait de moins en moins :

— Comment s'adresser à ces « gens-là », disait-elle à Émile, d'autant que trop de clients adoptent le même parler qu'eux ? Un océan de vulgarité, ce marché.

Émile souriait sans jamais répondre. À la différence de Marie qui, lorsqu'elle entendait les propos de sa belle-sœur, se disait complétement choquée. Chaque fois qu'Augustine évoquait « la vulgarité de ces gens-là » lors d'un déjeuner du dimanche à la villa M., par exemple, Marie montait aussitôt sur ses grands chevaux et il fallait toute la force et la conviction de sa mère et de son frère pour l'empêcher de quitter la table. Albert, lui, ronchonnait juste un peu sans prendre parti pour sa sœur alors que cette dernière savait pertinemment qu'il partageait ses convictions.

Ô surprise, Augustine montra une forme d'enthousiasme en apprenant que Constance et Albert partaient en voyage de noces pendant près de quinze jours. Un voyage plusieurs fois reporté. Mais avec les beaux jours qui semblaient s'annoncer à la fin du printemps 1898, leur décision ne tarda point. Ils choisirent Bruxelles et Amsterdam sur les conseils de Mathilde et Désiré qui y avaient effectué leur propre voyage de noces dès la fin de l'été 1896. Les descriptions apportées par Mathilde les alléchèrent, Constance la première, et ils ne le regrettèrent pas. Constance n'oublierait jamais Bruxelles. Ainsi il lui parut insurmontable, une fois sur place, de quitter cette merveilleuse Grand-Place. Elle y serait restée des journées entières à admirer chacune des façades. Chaque jour elle y passait, et chaque fois elle finissait par quitter la place parce qu'Albert avait faim ! Albert, de son côté, adora les canaux et les vieux ponts d'Amsterdam qui évoquèrent chez lui les descriptions enthousiastes d'Émile lorsqu'il parlait d'Annecy ou de Venise. Malgré tout il considéra qu'à Amsterdam, et à Bruxelles à un moindre degré, les grands vins émargeaient aux abonnés absents.

— Je pense bien sûr aux grands Bordeaux dignes d'un Thillet-Bordes, précisa-t-il à sa femme.

Il se jura d'évoquer cette question dès son retour avec le cousin Martin pour lui signifier qu'il se sentait prêt à attaquer ces deux marchés. Enfin, sans doute le marché belge dans un premier temps. Il lui semblait impensable que les riches drapiers de cette élégante place de Brouckère ou que ces grands bourgeois qui remplissaient les théâtres de la même place et de ses alentours immédiats, n'apprécient pas les grands crus venus de Bordeaux.

Tandis que le frère et la belle-sœur se régalaient d'un magnifique périple en Belgique et en Hollande, gratifiés d'un beau soleil de juin, Émile devenait de plus en plus sombre et même cafardeux. Le temps s'écoulait et ses rêves de Colette devenaient plus diffus, moins précis ; moins idylliques et même moins fréquents.

— À quoi me raccrocher, implorait-il ?

Car son quotidien ne favorisait pas franchement les réactions positives. La SPTB et surtout la CTB marquaient le pas ; et sa relation avec Augustine se transformait, malgré les enfants, en une vie côte-à-côte qui permettait juste de sauvegarder les convenances vis-à-vis des tiers. Mais rien d'autre, plus rien d'autre… Un soir, en sortant de la CTB après une journée de déprime au cours de laquelle force fut de constater la médiocrité des ventes de la conserverie, il hésita sérieusement à rentrer chez lui.

— Colette s'est bien évadée, elle. Pourquoi pas moi, à mon tour ?

En rentrant sur Bordeaux il ne cessa de grommeler, mais finalement il franchit la porte de son logement du quai des Chartrons. Pour ses fils, pour ses parents et pour la SPTB.

Henriette poursuivait avec entrain la constitution de son journal, devenu une sorte de répertoire quasi historique de la région. Elle était loin de penser qu'un évènement majeur allait bientôt la perturber et l'obliger à arrêter l'exercice. Provisoirement, espérait-elle.

Mais avant cela, en ce milieu d'année 1898 elle s'appliqua à remplir quelques pages. Mentionnant par exemple la construction de la jetée Legallais ainsi que celle du Grand Hôtel du Moulleau. Ensuite elle consigna l'information à propos du grand théâtre, qui était acquis par la municipalité pour devenir le théâtre municipal[34].

Autre genre et autre évènement essentiel, un peu confidentiel à l'époque, elle révéla, sur une page qu'elle envoya à Lille,

---

34 – Prédécesseur de l'Olympia d'aujourd'hui.

qu'un certain Albert Couach venait de mettre au point un premier moteur marin[35]. Un moteur qui servirait plus tard aux pinasses à voiles qui deviendraient des pinasses à moteur. Émile avait beaucoup insisté pour que sa mère évoque cette nouveauté dans son journal et envoie cet article au journal de Lille.

Férue d'évènements sportifs, elle ne manqua pas de coucher sur ses dernières pages la fondation de la Société Athlétique Villa Primrose à Bordeaux. Une création réalisée sous une très forte influence britannique. D'où l'importance immédiate du jeu de tennis pour ce nouveau club. Une adresse dorénavant courue pour les rencontres entre négociants. Les professeurs de tennis, des anciens spécialistes du jeu de paume, allaient rendre ce club célèbre et incontournable. Pour Albert, à la succession de Martin, cette Villa Primrose deviendrait son deuxième « quartier général », selon sa propre expression. Et il rêvait d'y emmener ses futurs fils pour apprendre ce jeu dès leur plus jeune âge.

James Veyrier-Montagnères allait surprendre et faire mentir Henriette. Élu maire après le décès du comte de Damrémont, il le resterait jusqu'en 1922 ! Au cours de ses mandats il se ferait remarquer par ses oppositions avec la ville de La Teste, alors même qu'il devenait rapidement conseiller général du canton… de La Teste ! Plus encore, il resterait une personnalité incontestable de l'histoire d'Arcachon pour avoir développé tant les festivités que les infrastructures propres à favoriser les côtés festifs de la ville. Ainsi multiplierait-il les régates et ferait-il reconstruire les bords de mer. Il se ferait également remarquer et critiquer en organisant d'énormes réceptions dans sa villa « Risque-Tout », située au Moulleau[36]. Mais tous ces évène-

35 – Moteur à pétrole. Une pinasse à moteur se fera appeler « une pétroleuse ».

36 – Aujourd'hui disparue.

ments, comme d'autres faits divers, ne figureraient jamais dans le journal de la Petite Mer d'Henriette Thillet-Bordes.

*

Arriva alors le jour de la grande fête populaire promise par Auguste Thillet-Bordes à Baptiste Decosse pour célébrer les vingt ans de son fils Aurélien. Un évènement qui coïncidait avec les vingt ans de Marie, la fille d'Auguste. Aurélien, un marin-pêcheur valeureux, employé à la SPTB depuis plusieurs années, méritait cette fête, en digne fils de son père. Chez monsieur Auguste, comme l'appelaient beaucoup de ses employés, une promesse était une promesse. Pas question de ne pas la tenir, quand bien même Baptiste et Denise avaient disparu tous les deux. Émile jugeait que le président de la SPTB en faisait un peu trop car il risquait de susciter une forme de jalousie chez certaines familles de marins-pêcheurs, voire même une critique ouverte de la part des sociétés concurrentes. Mais ni Auguste ni Henriette ne croyaient à l'émergence de la moindre jalousie dans un milieu aussi solidaire que celui des marins-pêcheurs. Malgré tout ce fut sans doute une des raisons qui incita Auguste à inviter l'intégralité du personnel avec leurs familles, employés de la CTB inclus.

En ce beau mois d'août 1898 le terrain d'accueil fut un coin d'estran à l'Aiguillon. Une dizaine de tables étaient installées avec des bancs, quelques belles chaises pour les anciens et même un élégant fauteuil pour madame Henriette, que cette dernière refuserait, à la grande satisfaction de sa fille Marie. Éliane, Thérèse et Maurice étaient également présents, et en guise de remerciements les deux dames avaient confectionné, avec de vieux draps collectés par Augustine, des nappes sobres, simples mais délicatement décorées de vingt étoiles chacune. Ainsi les dix tables sur leurs tréteaux étaient joliment recouvertes. Un travail formidable qui avait été applaudi par toutes les épouses Thillet-Bordes, Augustine comprise. La marée au plus bas, les deux lignes de cinq tables avaient de quoi impressionner.

Marie ressentait une double joie : celle de fêter ses vingt ans, bien sûr ; mais plus encore, de les célébrer en compagnie de tous les marins-pêcheurs et tous les employés du groupe SPTB. Sans parler de sa joie intérieure en imaginant la tête de sa belle-sœur Augustine, une fois plongée dans ce monde qu'elle repoussait systématiquement. Tout naturellement les deux jeunes de tout juste vingt ans devaient se retrouver à la table d'honneur, l'un en face de l'autre. Marie connaissait ce nom, Decosse, depuis la tragédie de Baptiste et celle, quatre années plus tard, de Denise qui laissait deux orphelins pris en charge par la SPTB. Elle n'avait encore jamais croisé cet Aurélien, pas plus que son frère Julien. Aurélien était déjà installé au centre de la table, avec son jeune frère à trois places sur le côté. Ce Julien qui, malgré son handicap dû à sa polio infantile, semblait radieux lui aussi en ce début de soirée en l'honneur de son frère. Avant d'être embauché à la CTB comme manutentionnaire, Julien avait rendu de menus services chez des viticulteurs de Gujan-Mestras. Mais cela ne pouvait durer. Julien, comme son père et comme son frère, avait le Bassin dans le sang. L'eau et la mer symbolisaient ce Bassin, beaucoup plus que la terre et les sarments de vigne. Aurélien, lui, travaillait donc comme marin-pêcheur à la SPTB et donnait entière satisfaction à son capitaine Henri Turpin comme à son patron, monsieur Auguste. Il se présentait comme un beau jeune homme aux yeux clairs, à la tignasse noire et rebelle et à la peau déjà marquée par le soleil, le vent, le sel et les efforts. Sa stature impressionnante ne passait pas inaperçue, mais au-delà de cet aspect physique il était vraiment très apprécié dans tout le milieu des marins pêcheurs, y compris chez la concurrence. Car malgré les deux malheurs qu'il avait subis, à un âge où il était conscient des drames, il ne se plaignait jamais. Vraiment jamais. Ce soir-là presque toutes les femmes vinrent l'embrasser spontanément et dire quelques mots gentils à la « vedette » de la soirée. Lorsque la famille Thillet-Bordes, au grand complet, arriva sur place, toute l'assemblée déjà présente se leva comme un seul homme. Aussitôt monsieur Auguste leur fit signe de s'asseoir. Il arborait un sourire énorme, ravi de voir tous ces gens rassemblés, toutes ces familles présentes pour célébrer l'un des leurs et accessoirement sa propre fille. Émile aussi paraissait joyeux, tout comme Albert et Marie, bien sûr. Constance souriait, un peu intimidée malgré tout. Quant à Augustine, elle faisait carrément la tête, pourtant secouée par sa belle-mère qui lui demandait de faire un effort. Chacun prit sa place. Henriette et Auguste à la table la plus proche de la table d'honneur en compagnie de Léon Courbin, l'adjoint fidèle, et de son épouse. Henriette changea le fauteuil pour une chaise. Augustine et Émile s'assirent à une table occupée par des employés de la CTB, et Constance et Albert à la deuxième table CTB. Marie s'installa à la table d'honneur en face du marin célébré. Tous les visages étaient tournés vers monsieur Auguste qui entamait un petit discours, simple et élogieux. Après une première salve d'applaudissements, il ajouta :

— Faites-moi plaisir, faites-vous plaisir. Je vous demande de vous amuser en toute simplicité. Soyez à votre aise, ce soir il n'y a ni patron, ni directeur, seulement des gens heureux de faire la fête. Alors, profitez-en bien, vous le méritez tous !

Nouveaux applaudissements nourris. Et chacun s'assit à sa place. Ce fut à cet instant précis que le regard de Marie croisa celui du jeune homme en face d'elle, cet Aurélien qu'on fêtait ce soir-là. Elle chavira, à la limite de l'évanouissement. Elle se ressaisit rapidement et comprit : c'était lui, ce serait lui. Elle sentit une bouffée de chaleur l'envahir jusqu'au front. Elle comprit aussitôt qu'elle était prisonnière en découvrant l'amour. Tout basculait, d'un coup d'un seul. D'autant plus qu'elle remarqua qu'elle produisait chez lui à peu près le même effet. Indubitable. Sa bouche entrouverte, son regard perdu et son air interloqué ne pouvaient pas la tromper. Une attirance. Une attirance magnétique, colossale et réciproque. De ce moment, pour elle, plus personne n'existait en dehors d'Aurélien. Au milieu du repas, alors que leurs regards ne se quittaient plus et qu'ils étaient incapables de dire ce qu'ils mangeaient, Marie songea :

— Mon père et mon frère vont regretter d'avoir tenu leur promesse.

22

À l'issue de cette fête magnifique et réussie, Marie et Aurélien parvinrent in extremis à se procurer une petite minute en tête-à-tête. Une minute intense, une minute de grand bonheur. À l'abri des regards ils purent se déclarer cette flamme insensée et s'embrasser comme des amoureux fous. Ils ne voulaient plus se séparer. Malgré tout Marie l'implora de trouver, entre deux navigations, un moment pour eux deux, sans pression, sans le risque de découvrir une Augustine ou un Albert en train de les épier. Ils s'accordèrent en toute hâte sur une rencontre le vendredi suivant, en fin d'après-midi, derrière le chevet de Notre-Dame des Passes, au Moulleau. Ils ne purent s'étreindre une deuxième fois, Léon Courbin arrivait vers eux. Ils rejoignirent l'assemblée qui commençait à se disperser. Marie retrouva les Thillet-Bordes et remarqua le regard circonspect d'Augustine. Comme si elle avait flairé que quelque chose se tramait. Thérèse, spontanée, glissa à Marie :

— Dites donc, mademoiselle Marie, vous étiez gâtée avec un beau jeune homme comme cet Aurélien en face de vous.

— Beau jeune homme je le confirme, répondit Augustine à la place de Marie. Mais un simple marin-pêcheur, fils de marin-pêcheur. Il n'y a pas que la beauté qui compte dans la vie, et vous pouvez me croire !

Marie ne sut si elle devait en rire ou en pleurer. Cette remarque caractérisait tellement Augustine. Et question beauté, soit elle faisait preuve d'une grande lucidité la concernant, soit elle dénigrait Émile. Marie chercha à lancer un autre sujet mais l'image d'Aurélien lui collait tant à l'esprit qu'elle en fut incapable. Sa mère vint à son secours, involontairement, sans doute :

— Quelle soirée réussie, votre père est radieux. La joie de tout le petit monde de la SPTB fait plaisir à voir. Et j'apprécie vraiment tous ces gens dévoués mais que le malheur guette pourtant à chaque instant. Oui, j'admire ces femmes et ces hommes. Sincèrement, je ne m'imagine pas dans la peau de la femme d'un marin-pêcheur.

— Mère, intervint Émile, n'oubliez pas le rôle des vapeurs. Ces navires puissants réduisent considérablement les risques. Sans les éliminer, j'en conviens. D'autres progrès à venir les réduiront encore, je l'affirme.

— Que Dieu vous entende, mon cher fils !

— Que Dieu vous entende, mon cher frère…

Aurélien ne tenait plus en place. Julien venait de le quitter pour rejoindre la CTB et effectuer son travail quotidien d'assistant manutentionnaire. Que pouvait donc faire l'aîné en attendant de retrouver Marie derrière Notre-Dame des Passes, au Moulleau, dix heures plus tard ? Une éternité. Il aurait volontiers fait un tour avec la pinassotte de son père. D'autant plus que le ciel s'était purifié d'un coup de toutes ces vagues de brume qui assombrissaient le décor quelques instants plus tôt. La journée s'annonçait merveilleuse, la nature allait en profiter, autant que les hommes. Mais la marée, au plus bas, l'obligea à renoncer. Alors il se prépara un encas pour déjeuner au hasard de sa promenade. Il décida de traverser tout Arcachon, de passer par la petite montagne pour tenter d'apercevoir cette villa M., la propriété des Thillet-Bordes, puis de longer la côte jusqu'au Moulleau. Voire même au-delà. Mais pour ce faire il se changea et enfila ses plus beaux vêtements. D'une part pour honorer Marie, et d'autre part pour ne pas choquer ou même faire l'objet de quolibets en traversant le centre d'Arcachon et le quartier des villas des gens riches. Inutile de se faire remarquer. Il quitta sa cabane vers dix heures, incapable d'attendre plus longtemps. Deux vieux, assis sur un banc, l'apostrophèrent en lorgnant sur ses beaux habits du dimanche :

— Eh, mazette, Aurélien, où vas-tu donc, pomponné de la sorte ? Tu as rendez-vous avec la reine d'Espagne ?

Aurélien sourit, leur fit un petit signe amical mais ne répondit rien. En sortant de son quartier il croisa une poissonnière, une marchande ambulante de « royans frais » qui revenait d'Eyrac avec un panier garni de sardines. Elle aussi l'interpela :

— Eh bé, Aurélien, t'as trouvé une belle, dis-moi ?

Cette fois encore il sourit, haussa les épaules et continua son chemin sans répondre.

— Oh ben dis-donc, te v'là ben préoccupé ! Bon, j'te laisse courir, l'amour ça n'attend pas !

— Pour une sortie discrète, c'est réussi, songea-t-il.

Il arriva devant la jetée d'Eyrac alors qu'onze heures n'avaient pas encore sonné. Il décida de s'attarder. Vêtu comme il l'était, il n'allait pas choquer les belles estrangeyres qui se pavanaient à l'ouest d'Eyrac, ravies de cette journée délicieuse. Il arriva à se demander si grâce à Marie il pénétrerait dans cet univers qui n'était pas le sien et qu'en réalité il redoutait. Sans doute pas. Marie connaissait pertinemment sa condition. Et d'emblée, elle semblait l'accepter. Il s'assit à la terrasse d'un hôtel du front de mer et demanda un café. Il resta une heure à observer ce monde si différent du sien. Voulait-il s'en imprégner avant de parler avec Marie ? Inconsciemment, peut-être. Il régla une note salée pour lui et poursuivit son chemin en direction de la petite montagne. Il fut impressionné par ce quartier parsemé de villas toutes plus extravagantes les unes que les autres. En homme concret et pragmatique il apprécia, en songeant :

— Au moins grâce à toutes ces villas, les propriétaires s'offrent des domestiques. Et cela fournit du travail à beaucoup de femmes et à quelques hommes des quartiers des marins.

Il prit le temps de s'installer dans un coin isolé des jardins du casino de la forêt et ouvrit son petit baluchon pour avaler son pâté et quelques morceaux de pommes. Un vent léger, discrètement chargé de quelques odeurs venues du Cap Ferret, lui titilla les nasaux. En homme averti de l'environnement de la Petite Mer il devina même des senteurs de mimosa entre deux effluves marins. Il sourit : avec ce soleil éclatant et ce ciel d'un bleu lumineux, l'instant était béni. Ceux qui avaient choisi de développer les villas sur la petite montagne ne s'étaient pas fourvoyés. Vraiment pas. Ensuite il chercha la villa M., ce qui lui prit pas mal de temps. Il finit par la repérer mais il n'osa pas trop s'en rapprocher. Monsieur Auguste, s'il l'apercevait, se demanderait bien pourquoi il flânait dans ce quartier, ainsi endimanché. Il apprécia la villa, bien située et originale, tant par sa façade mauresque que par les deux vérandas de l'étage. De quoi profiter de la Petite Mer, hiver comme été. Il redescendit jusqu'au front de mer, longeant la côte à sa droite et le quartier des Abatilles à sa gauche. Un quartier qui lui plut également. Puis il poussa plein sud jusqu'au Moulleau. Il arriva à destination alors que la cloche sonnait les trois heures de l'après-midi. Il admira Notre-Dame des Passes et s'encouragea à marcher encore une heure en direction de la grande dune. Il entra dans une zone sauvage et belle. Par endroits la forêt touchait la ligne de côte. Quelques villas bien cachées devaient jouir d'un spectacle unique : la pointe du Ferret comme décor quotidien avec, à n'en pas douter, des couchers de soleil en guise de petits miracles permanents. Mais Aurélien ne reniait pas l'Aiguillon pour autant, loin de là. Ce quartier était le sien et il dégageait un charme que lui, pour le moins, savait apprécier. Comme beaucoup de ses voisins, en réalité. Il rebroussa chemin et s'en fut se poster derrière le chevet de l'église du Moulleau. En passant devant, sur le promontoire, il aperçut la forêt d'un côté et surtout cette vision idyllique du Bassin, de l'autre. La forêt était belle et dense sous le soleil de l'après-midi. Et déjà il rêvait de profiter de l'autre côté du bâtiment et déguster un merveilleux coucher de soleil avec Marie dans ses bras… ce serait un signe divin. Il était plongé dans son rêve lorsqu'il la vit déboucher. Elle observa à droite, puis à gauche, et se jeta dans les bras de Son homme. Quelle fougue chez l'un comme chez l'autre. Quel besoin incontrôlable de l'autre. À l'évidence leurs destins étaient liés, désormais. Un amour foudroyant. Après un long quart d'heure d'étreintes et de câlins, Aurélien lui avoua sa gêne extrême par rapport à la famille Thillet-Bordes et à son emploi :

— Il me faut démissionner de la SPTB, Marie. Je le regretterai, mais comment faire autrement ? Votre père, je le devine, jugera cette union indigne et inacceptable. Et je l'admets. Donc je n'attendrai pas qu'il me chasse. Je tiens surtout à éviter que l'on raconte que je suis privilégié parce que j'ai épousé la fille du patron. De plus, Marie, j'imagine que de ce fait toute promotion me sera impossible. Ma carrière sera bloquée, j'y ai beaucoup réfléchi. Le meilleur pour vous, pour lui et pour moi, c'est donc de quitter la SPTB au plus vite.

Marie fondit en larmes et s'effondra contre l'épaule d'Aurélien. Elle finit par lui répondre :

— Oui, vous avez sans doute raison. J'imagine que je serai moi aussi chassée de la famille. Et personne ne me soutiendra, hormis ma chère mère. Mais son avis ne pèsera pas lourd face à mon père, face à mes frères et face à ce chameau d'Augustine. Mais ça m'est égal. C'est avec vous que j'ai décidé de vivre. Et donc de m'installer à l'Aiguillon, si vous m'acceptez. Aurélien, il est temps de nous tutoyer, n'est-ce pas ?

— Je n'osais vous, euh... te le proposer, vu les traditions de ta famille. Mais oui, bien sûr. Si nous décidons de vivre ensemble à l'Aiguillon je ne puis imaginer des dialogues avec des « vous » par-ci et des « très chère amie » par-là !

Marie sourit et l'embrassa, avant de conclure :

— Ma vie est pour toi et avec toi. Je suis Marie et au plus vite je serai Marie Decosse. Même s'il faut nous marier en Bretagne ou en Espagne.

— Tu vas devoir affronter ton père.

— Bien sûr, mais cela ne me fait pas peur. Je ne redoute pas sa colère, inévitable. Seulement une séparation qui serait définitive car j'aime ma mère, j'aime mon père et j'aime mes frères. Mais si la coupure est radicale je me consolerai en pensant que je n'aurai plus à côtoyer cette peste d'Augustine. Émile, compte tenu de sa propre histoire, devrait me comprendre. À moins que cela ne réveille chez lui des souvenirs trop cruels... Maintenant je dois te quitter, déjà. Quand pourras-tu revenir ici ?

— Disons un vendredi, comme aujourd'hui. Dans cinq semaines exactement. Sauf fortune de mer...

— Arrête ! Ne commence pas avec ça, s'il te plaît ! Mais cinq semaines, c'est une éternité mon amour.

— Je navigue, entretemps, et me dois de prendre un peu de marge par rapport au jour prévu pour le retour.

— Bien. Je me déciderai à parler à mon père trois ou quatre jours seulement avant notre prochaine rencontre. Je n'ai pas du tout envie de cinq semaines de cauchemar.

Aurélien frissonna et conclut :

— Courage mon amour. Et si ton père te convainc de renoncer à ton marin-pêcheur je le comprendrai et je l'accepterai. Tout en devenant le plus malheureux des hommes pour le restant de mes jours.

— Pas question ! Je crois avoir suffisamment de caractère pour rester inébranlable. Compte sur moi.

La séparation fut pénible et interminable. À distance respectable l'un de l'autre ils retrouvèrent le front de mer pour apercevoir le soleil qui rasait le Cap Ferret. Les tons orangés prenaient le dessus sur le bleu limpide qui avait régné dans la journée. Aurélien, tout heureux et confiant, parvint à se dire :

— Pour nous deux la magie peut commencer.

*

Fidèle à sa première idée, Marie n'envisageait pas évoquer rapidement son choix de futur mari avec son père. L'idéal eut été de lui en parler la veille ou l'avant-veille de ses retrouvailles avec son chéri, cinq semaines plus tard. Malheureusement pour elle cette satanée Augustine allait bouleverser son plan. En véritable teigne, cette dernière titillait sa belle-sœur sans arrêt dès qu'elles se croisaient à la villa M., le samedi ou le dimanche. Ainsi lui apprit-elle l'avoir surprise en discussion avec Aurélien, dans un coin sombre juste à la fin de leur fête d'anniversaire. Elle ajouta :

— Avec votre esprit pervers et rebelle contre notre société je vous imagine aisément vous enticher d'un simple marin-pêcheur sans éducation. Et en plus, d'en être fière ! Une honte. Une honte vous concernant, mais qui hélas rejaillira sur toute la famille Thillet-Bordes et, indirectement, sur les Vercoutre et les Bériand de Courcourt.

— Qu'en savez-vous, d'abord ? Et ensuite, mêlez-vous de vos affaires, répondit sèchement Marie, en commençant par essayer de rendre mon frère Émile plus heureux et plus serein qu'il ne parait aujourd'hui.

Augustine, verte de rage, claqua la porte et s'en fut dans sa chambre à l'étage.

— Que se passe-t-il encore entre vous deux, s'agaça Auguste ?

— Rien de grave, père, même si nos désaccords sont profonds, vous le savez bien.

— Que trop ma fille, que trop !

— Je saisis l'occasion pour vous demander de vous parler seul à seul ou en présence de ma chère mère.

— Votre mère nous rejoindra dès son retour de la ville. Venez dans la bibliothèque.

Ils se déplacèrent tous les deux, puis Auguste demanda :

— Que se passe-t-il ma fille ?

— C'est très simple, mon père. Mais je me doute que ce que je vais vous apprendre va vous déplaire. Mais je ne supporterai pas vous cacher quoi que ce soit, vous me connaissez.

— Alors, au fait !

— J'y viens. Et, sans chercher à vous provoquer, vous êtes partiellement le responsable de ce qui m'arrive.

— Au fait, je vous en prie !

— Je suis amoureuse, amoureuse d'Aurélien Decosse.

— Quoi ? C'est une plaisanterie !

— Non, père, c'est sérieux, très sérieux. Et cela d'autant plus qu'Aurélien est également fou amoureux de moi.

— Pour une question d'intérêt, à l'évidence !

— Vous vous trompez, père, je vous l'assure. D'ailleurs pour éviter toute équivoque et tout cancan, il va vous présenter sa démission très prochainement.

— Quoi ? Mais vous êtes devenus fous, tous les deux ! Je ne supporte pas ces agissements. Et je vais vous interdire de vous revoir. Ce n'est pas un homme pour vous, même si je l'apprécie comme un excellent marin et un brave garçon… enfin, jusqu'à aujourd'hui.

Pendant près d'un quart d'heure Auguste ne décoléra pas, furibard. Il en arrivait aux menaces, tant vis-à-vis de sa fille qu'à l'encontre de son employé, lorsque Marie entendit le portail grincer. Sa mère rentrait.

— Père, attendons ma chère mère.

Auguste appela son épouse tellement sèchement qu'elle se précipita dans la bibliothèque. Alors, sans se démonter, Marie répéta mot pour mot ce qu'elle venait d'avouer à son père. Henriette fit sa mine des mauvais jours, visiblement attristée. Elle finit par s'exprimer :

— Marie, je ne vous approuve pas, vous pouvez bien l'imaginer ; mais je peux vous comprendre. Auguste, mon ami, vous connaissez notre fille. Elle ne changera pas d'avis. Et dans quelques mois, vous le savez bien, nous ne pourrons plus rien y changer puisqu'elle atteindra sa majorité. Alors, autant faire les choses au mieux et avec toute la discrétion que vous souhaitez, j'imagine, vis-à-vis du clan Thillet-Bordes.

Auguste, exaspéré, reprit ses menaces :

— Vous ne serez plus une Thillet-Bordes, justement. Vous ne serez plus ma fille et vous ne serez plus notre héritière.

— Mon père, peu m'importe votre troisième point. Et je suis déjà, au plus profond de mon cœur, Marie Decosse. Je déplorerai profondément que vous ne me considérerez plus comme votre fille. Car moi je vous aime et vous aimerai toujours, quoi que vous puissiez faire.

Auguste rumina une longue minute, dans un silence pesant et glacial. Il se rendait compte qu'il n'avait aucune prise sur sa fille et qu'Henriette ne l'aidait pas franchement. Il se sentait placé devant le fait accompli, une situation qu'il admettait très mal depuis la création de la SPTB. Il tenta de reprendre les choses en main et précisa :

— Alors voilà mes conditions. Je veux un mariage rapide, avant la mi-1899 ; je veux un mariage discret qui ne se déroulera pas à Arcachon ; mais plutôt à La Teste ou même plus loin encore ; et je vous signifie que désormais il y a une coupure grave entre nous ; et vous devez oublier, sauf occasion exceptionnelle, votre nom de jeune fille.

— Père qu'entendez-vous par occasion exceptionnelle ?

— Par exemple, le décès d'un membre de la famille que vous avez bien connu. Dans un cas comme celui-là vous serez la bienvenue, à condition de ne pas vous faire remarquer.

— Et si mes neveux veulent me voir ?

— Ce sera la décision de leur père. Mais je doute que son jugement diffère du mien quant à votre mise à l'écart. Et vous serez tenue d'accepter et de respecter mes conditions. Sachez que je peux non seulement licencier Aurélien Decosse, mais également son frère.

— Ah non, Auguste, s'écria Henriette ! Ce serait trop injuste pour ce jeune garçon qui n'est pour rien dans cette histoire et qui doit conserver son travail, vu son handicap. Ne faites pas ça mon ami. Ne transformez pas un drame en tragédie, je vous en prie.

Henriette dut s'asseoir, soudain oppressée. Elle semblait suffoquer. Auguste mit ce malaise sur le compte du choc de cette terrible nouvelle.

Marie attendit une semaine avant de discuter avec son frère Émile. D'une part pour assimiler la réaction et les exigences du père, et d'autre part pour discuter seule avec son frère. Augustine, en effet, avait pris rendez-vous au salon de coiffure pour le samedi suivant.

Après la colère effroyable du père, Marie allait subir la colère froide d'Émile et, dans la foulée, la réaction quasi-hystérique d'Albert. Émile parut catastrophé par la décision de sa sœur. Certes Aurélien était un joli garçon, certainement honnête, travailleur et brave.

— Mais enfin, vous êtes une Thillet-Bordes, ma sœur. Et cela vous impose quelques contraintes. Pour le respect de ce nom, pour le respect de vous-même et pour le respect de vos parents et de vos frères.

— Je n'accepte pas ces propos, Émile. En épousant Aurélien je n'entacherai en rien le nom Thillet-Bordes et ne manquerai pas de respect envers vous. Et si tel vous semble le cas, considérez-moi, du jour de mon mariage, comme une Decosse. Seulement une petite Decosse mais fière de l'être. Et cela suffira à mon bonheur.

Émile parvint à tenir ses nerfs et à rester froid. À quoi bon s'énerver, il connaissait bien Marie et il comprenait qu'elle les quittait. Une conclusion accablante et désolante.

— Émile, poursuivit Marie, je m'étonne de votre réaction et d'une telle réprobation. Ma raison est la raison du cœur, vous le savez bien. Et s'il existe une personne qui devrait bien me comprendre, et mieux que toute autre, c'est vous, après votre rencontre avec Colette.

Émile s'agaça, piqué au vif:

— Taisez-vous, malheureuse ! Le sujet est interdit, vous le savez bien. Mais puisque vous osez parler, sachez que Colette avait une autre classe que votre marin-pêcheur.

— Ah oui, une telle classe qu'elle vous a quitté sans même vous laisser une adresse et surtout sans la moindre explication ! Vous vous moquez de moi, mon frère. Je suis amoureuse folle d'Aurélien comme vous l'avez été de Colette, je le sais ! Alors je vous en prie, respectez mon choix, même s'il ne vous sied guère.

— Non, parce que c'est un choix indigne qui ne respecte pas les Thillet-Bordes.

— C'est vous qui devriez avoir honte de m'envoyer de tels propos au visage. Un marin-pêcheur est un professionnel respectable et un être humain aussi respectable que n'importe quel autre. Aurélien est un garçon bien, à défaut de faire partie de la « haute société » comme il vous plait de le claironner. Moi je me fiche du rang. Je me fiche qu'il ne s'appelle pas Bériand de Courcourt ou je ne sais quel patronyme à rallonge !

— Arrêtez ! Vos propos sont indécents. Mon père a raison, vous ne méritez plus de porter le nom de Thillet-Bordes.

— Cela m'est égal, je le répète. Dans ma tête je suis déjà une Decosse, et chaque jour un peu plus ravie de l'être !

— Pour une fois que je suis d'accord avec mon frère, j'aurais dû me douter que cela ne pouvait nous mener qu'au pire…

Albert choisit ce moment-là pour entrer dans la pièce. Il s'énerva contre sa sœur, faisant même quelques gestes menaçants. Il parla d'un tremblement de terre familial et, à la limite de l'hystérie, il décréta :

— Aucun de nous quatre ne souhaite plus vous recevoir au quai des Chartrons, que cela soit clair !

Et il claqua la porte.

Devant l'état de son mari pour une affaire de famille, comme devant ceux de son beau-père, d'Émile et d'Augustine, Constance se persuada un peu plus qu'elle était la cinquième roue du carrosse Thillet-Bordes. Aucun d'eux ne lui demanda son avis. Seule sa belle-mère, une Vercoutre dans l'âme selon elle, lui avoua sa tristesse. Une tristesse double : Marie faisait un mauvais choix, à n'en pas douter, mais elle s'excluait de tout un clan. Un clan aux réactions abusives. Constance trouva sa belle-mère très marquée par cette affaire. Elle semblait chercher de l'air et se tenait moins droite qu'à l'ordinaire.

Marie s'apprêtait à sortir, le cœur lourd après avoir encaissé quelques gros coups de la part de ses frères, lorsqu'Augustine, de retour du salon de coiffure, l'intercepta :

— Ma chère enfant, il est encore temps de réfléchir, savez-vous. Vous êtes si jeune. Venez, parlons un peu, toutes les deux.

Marie fut sidérée par le ton mielleux d'Augustine. Que cela pouvait-il cacher ? Un rôle de composition à la demande d'Émile ? Sur ses gardes, elle s'assit dans le canapé du petit salon, celui avec vue sur la Petite Mer.

— Ne gâchez point votre vie sur un coup de tête, je vous en prie.

— Un sacré coup de cœur, en vérité.

— Une amourette, admettons. Vous rendez-vous compte de ce que vous risquez de perdre ? Et je ne me place pas du point de vue financier, croyez-le bien. Seulement par rapport à la famille. Un exemple tout simple : nous savons tous que votre cher père faisait de vous, depuis votre naissance, sa petite chérie. Et pour un simple caprice passager vous allez perdre ce merveilleux privilège.

— C'est peut-être triste, en effet, mais cela ne changera en aucun cas ma décision, qui n'a absolument rien d'un caprice.

— Faites un effort, Marie. Cessez d'être bornée comme une gamine !

— Et vous, ferez-vous une seule fois un effort pour comprendre ? Comprendre qu'un Decosse peut valoir largement un Bériand de Courcourt.

— Ah ça suffit, sale petite garce incorrigible !

Le ton mielleux disparut d'un coup, vite remplacé par la morgue et la colère. Cela fit sourire Marie qui retrouvait une Augustine authentique. Sans même écouter la litanie des récriminations elle quitta la pièce. Sa nouvelle situation lui offrait au moins un petit avantage, celui de ne plus avoir à subir cette peste arrogante et hautaine, qui ne comprenait rien au monde des gens modestes. Et qui refusait de le comprendre.

Albert rejoignit son frère après la sortie de Marie.

— Émile, derrière ce drame insensé, causé par le caractère rebelle et têtu de notre sœur, je retiens néanmoins un tout petit point positif.

— Est-ce possible, Albert ? Dites-moi vite car je suis effondré.

— Oh c'est tout simple. Nous tous, ici présents, pouvons nous féliciter que notre chère villa de famille ne s'appelle point Marie. Ce qui aurait très bien pu être le cas, vous le savez comme moi. C'est seulement M., finalement. Et il ne nous faudra retenir que M comme mauresque et M comme de Marmont.

— Admettons…

23

Henriette sortait pour rencontrer une amie au Cap Ferret. Une cousine du côté Martin Thillet-Bordes, qui venait de s'y installer, son mari ayant cessé ses activités dans le Médoc trois mois plus tôt. Elle voulait également en profiter pour tester cette navette mise en place sur la Petite Mer depuis peu. Cette journée d'hiver s'annonçait mitigée, avec un fort vent d'ouest.

— Le bateau n'étant pas à voile, je ne risque que les secousses des vagues, songea-t-elle.

Elle partit donc de bon matin pour passer la journée avec son amie. Elle fut surprise par la violence du vent qui s'engouffrait dans la cabine des passagers, plus que par l'effet de la houle. L'arrivée sur le Cap lui plut, comme toujours, même si elle eut préféré un grand soleil et une mer plus calme. Elle marcha jusqu'au Mimbeau tout en regrettant de ne s'être point vêtue plus chaudement. Elle arriva chez son amie Blanche, frigorifiée. Cette dernière lui prépara un thé brûlant. Malgré un vent de plus en plus soutenu, elles passèrent un bon moment ensemble. Henriette la conseilla sur le choix des papiers peints, sur le style des meubles appropriés et sur tous ces petits détails qui façonnent une demeure accueillante. Pendant ce temps le vent s'était renforcé au point qu'Henriette se demanda si la navette fonctionnerait pour le retour à Arcachon. Blanche, qui rentrait le soir même sur Bordeaux, lui proposa de l'héberger chez elle près de Mérignac. Mais Henriette déclina, se sachant attendue à la villa M., et surtout parce qu'elle tenait à retrouver un mari déboussolé depuis la coupure avec sa fille.

Au niveau du ponton, sous un ciel carrément noir, elle crut observer comme un répit de la part de cette tempête qui régnait depuis le milieu de la matinée. Mais une fois à bord et le bateau assez éloigné du débarcadère, le vent se mit à mugir à nouveau. À l'évidence la tempête redoublait. Henriette dut s'accrocher à son siège et à l'une des colonnettes qui portaient la toiture de la cabine des passagers. Elle songea alors à cette petite phrase qu'elle répétait régulièrement dans son journal : « … apaisant comme la Petite Mer ». Ce n'était vraiment pas le jour !

— Mais allez, conclut-elle, sans doute est-ce là l'exception qui confirme la règle.

Puis elle pensa à sa fille, embarquée – c'était le cas de le dire – avec un marin-pêcheur qui devait braver en permanence ces conditions défavorables. Avec un gros vapeur, certes, mais avec parfois des tempêtes plus intenses que celle-ci. Elle tremblait. Elle tremblait pour sa fille et elle tremblait de froid.

La navette atteignit la jetée d'Eyrac non sans peine et après une traversée qui parut interminable à la poignée de passagers. Ces derniers, frigorifiés et mortifiés, eurent malgré tout le courage d'applaudir le capitaine qui sourit et qui fit bonne figure. Mais qui soufflait intérieurement, ravi de cette fin réussie mais tellement hasardeuse. La tempête avait largement dépassé les prévisions. Au point que si c'était à refaire il refuserait d'effectuer la traversée. Complétement transie et sous un vent qui la bousculait et la brusquait tout au long du chemin, Henriette rejoignit la villa M. à l'état de glaçon. Sa gorge lui piquait déjà. Une toux caverneuse venait de se déclencher. Éliane lui ouvrit et Auguste jaillit sur elle. En guise d'accueil il l'admonesta sévèrement :

— C'était pure folie, Henriette, jamais vous n'auriez dû prendre un tel risque. Nos vapeurs à quai ne quittent jamais le port par de tels vents.

— Mon ami, c'est sagesse, j'en conviens. Mais que puis-je vous répondre me concernant ? Si le capitaine de la navette a en fin de compte décidé d'effectuer la traversée, c'est qu'il savait que c'était possible. Moi je ne pouvais que faire confiance au professionnel. Et les faits m'ont donné raison. Mais je vous avoue avoir eu très peur.

— Il n'empêche, ma mie, que cette petite traversée aurait pu vous être fatale.

— Pas de grands mots, Auguste, je vous en prie. Je suis là, ce soir, à vos côtés !

— Oui mais je vous trouve extrêmement fatiguée. Vous respirez bruyamment.

— J'admets que cette traversée, je parle du retour, fut terriblement éprouvante. Je n'avais pas de foulard et je l'ai regretté. Jamais je n'aurais imaginé que le vent puisse ainsi s'engouffrer dans la cabine des passagers. Je suis frigorifiée, complétement gelée, et cela pour la deuxième fois de la journée.

Henriette se mit à tousser.

— Éliane, hurla Auguste, Éliane, s'il vous plaît, apportez une décoction brûlante à madame !

Henriette toussait sans arrêt. Une toux qui déplut à Auguste, une toux qui venait du plus profond de la poitrine. Délicatement, le mari posa la main sur le front de sa femme et la trouva fiévreuse. Éliane, tout en servant la boisson presque bouillante, regarda madame et cacha aussitôt une grimace derrière sa main libre. Elle eut l'intuition que cela pouvait être grave…

— Demain, ma chère, reprit Auguste, j'irai quérir le médecin.

— Non Auguste, vous plaisantez ? Demain il n'y paraîtra plus rien. Une bonne nuit va me requinquer. Déjà la tisane d'Éliane a fait cesser ma toux.

Certes Henriette retrouva un soupçon d'énergie dès le lendemain matin. Mais son corps était bouillant et sa toux épouvantable et inquiétante. Elle sifflait en respirant. Augustine se présenta à la villa comme presque tous les samedis et Auguste la mit aussitôt en garde :

— Votre belle-mère est très fatiguée, elle est malade. Je pense qu'il serait mieux, pour vous comme pour elle, de remettre votre visite d'une semaine.

Augustine ne l'entendit pas du tout de la sorte. En voyant sa belle-mère effectivement très atteinte, elle décida au contraire de rester pour la soutenir. Et comme Henriette souhaitait reprendre son journal, Augustine lui proposa de l'aider. Tout en glissant à son beau-père qu'il serait sage de convier le médecin au plus vite. Que la malade le veuille ou pas ! Augustine tremblait chaque fois qu'Henriette partait dans une quinte de toux interminable. Elle suffoquait, épuisée, comme si le cœur se mêlait à l'affaire.

Henriette voulait écrire quelques lignes supplémentaires sur la vie de la Petite Mer. Elle ne pouvait pas savoir que cette tempête de début d'année, « sa tempête », avait mis à jour un canon sur la côte, au Moulleau ! Alors elle se mit à rêver des Jeux Olympiques, annoncés à Paris pour l'année suivante. Puis elle revint sur l'affaire Dreyfus, incontournable à travers tout le pays depuis le fameux « *J'accuse* » d'Émile Zola l'année précédente. Mais écrire ces lignes en présence d'Augustine tenait de la gageure. Sa belle-fille affichait clairement appartenir au clan des antidreyfusards. Tout comme Albert et, à moindre degré, Auguste lui-même. Émile était partagé. Henriette, sans le claironner, s'estimait plutôt pro-Dreyfus, une position que Marie, elle, assumait avec fierté. Quant à Constance, il était impossible de déterminer sa tendance, même si Éliane la cataloguait malgré tout parmi les antidreyfusardes… modérées. Henriette commença à écrire sans se préoccuper des possibles réactions de sa belle-fille : « *Pourquoi de tels déchirements ? Pourquoi cet aveuglement, pourquoi cette haine concentrée sur une race ? La jalousie de petits Français qui se sentiraient inférieurs ? Comme c'est ridicule ! Pourrait-on imaginer qu'un officier Turc mahométan, mais de nationalité allemande, puisse livrer à l'armée française des secrets militaires ? Et qu'au final ce Turc s'avère innocent ? En réalité ce scénario me fait encore plus peur que celui qui se joue chez nous. Les Allemands sont beaucoup plus radicaux que nous, c'est une évidence.* »

Henriette s'arrêta net d'écrire, aux prises avec une nouvelle quinte de toux effrayante. Augustine courut trouver son beau-père. Ce dernier, n'y tenant plus, s'en fut chercher le médecin de famille. Devant la double préoccupation des Thillet-Bordes, celle qui concernait Marie et celle, désormais, centrée sur la santé d'Henriette, l'affaire Dreyfus fut mise naturellement au rang des faits secondaires à oublier… provisoirement. Henriette savait en outre que cette affaire ne recevait qu'un écho limité chez les Vercoutre, totalement investis dans la bonne marche des Teintureries au cours d'une période d'essor très médiocre. Merci aux frères d'Argentine et d'Australie qui permettaient de proposer de la qualité à des coûts… acceptables. En réalité, seuls les Bériand de Courcourt, dans l'entourage Thillet-Bordes, continuaient de conspuer de façon virulente le capitaine déchu et ses partisans.

Le médecin ne traîna pas. Ni pour son déplacement qu'il effectua dès le lendemain dimanche, ni pour sa décision claire et nette : une hospitalisation immédiate à Bordeaux. Cet ordre accabla Henriette qui réclama ses petits-fils :

— Je voudrais tant dorloter une dernière fois petit Jean, et André également. Je n'ai pas eu assez de temps avec eux que j'aime plus que tout au monde.

— Vous aurez bien le temps dès votre retour de l'hôpital, ma mie.

— Si retour il y a.

— Arrêtez, Henriette ! Hier encore vous m'accusiez d'un « pessimisme incohérent », je vous cite. Vous parliez d'un simple gros rhume. Et aujourd'hui c'est vous qui envisagez le pire. Franchement, ce n'est pas sérieux. À l'hôpital de Bordeaux vous serez bien prise en main et dans quelques jours il n'y paraîtra plus.

Henriette leva les yeux au ciel, essaya de lui répondre mais dut renoncer, en proie à une nouvelle quinte douloureuse. Avant le départ, Auguste parvint à s'entretenir seul avec le docteur, pendant un court instant :

— Dites-moi, docteur, est-ce grave ? Et sans rien me cacher, je vous prie.

— Grave oui, je le pense. À Bordeaux ils y verront plus clair. Je pense à une pneumonie qui pourrait même cacher une forme d'angine de poitrine extrêmement… comment dire… avancée. Votre épouse me paraît fortement atteinte, cette tempête a réveillé, je le crains, un mal profond au niveau des bronches et du cœur. Oui, le cœur aussi…

Auguste peina à se tenir droit et, à peine le docteur parti, il se sentit défaillir. Il s'assit dans le vestibule de la villa, laissant les brancardiers emmener sa femme. Il rejoindrait l'hôpital plus tard. Émile y serait, pour accueillir et soutenir sa mère. Il venait d'envoyer un coursier au siège de la CTB. C'en était trop, Auguste devenait fébrile à son tour. Lorsqu'il retrouva ses fils à l'hôpital le lendemain en fin de matinée, il n'était plus qu'un vieillard ratatiné. Pour la première fois Émile vit son père comme un enfant, dépouillé de sa carapace d'homme que rien n'atteignait jamais. Il avait face à lui un vieux monsieur accablé et désemparé. Et les diagnostics des spécialistes de Bordeaux n'arrangèrent rien à son état :

— Messieurs, nous sommes dans l'obligation de vous avouer qu'il est sans doute trop tard pour garder un soupçon d'espoir. Nous craignons un décès, fort prévisible pour ne pas dire inéluctable. Cette combinaison de pneumonie sur une angine de poitrine – notre diagnostic – est bien souvent sans rémission. Nous pouvons lui administrer un traitement qui l'empêchera de trop souffrir, mais cela s'arrêtera là. Mon conseil est de la ramener chez elle, chez vous. De veiller à lui faire prendre ces médicaments pour la soulager et pour lui offrir une mort digne, conclut le médecin-chef.

Auguste hocha la tête, machinalement, en guise d'assentiment et pleura en silence, soutenu par ses deux fils. Quasiment inaudible, il leur glissa :

— ...pourquoi si soudain ? ...prévenir Marie... malgré tout... revoir sa mère avant... avant la fin.

Du fond de son lit à la villa M., une Henriette apaisée tenait ferme la main de son époux. Auguste paraissait plus marqué qu'elle.

— Merci mon tendre amour. Grâce à vous j'ai quand même profité de notre chère fofolle pendant dix ans. Dix années merveilleuses.

— Mais que dites-vous Henriette, ma tendre et douce, vous allez encore en profiter ! Il est bien trop tôt pour m'abandonner.

— Auguste, ne vous cachez pas la face, mon ami. Je ne suis pas fofolle, justement. Et je connais le verdict. La pneumonie fut soudaine, je l'admets, mais l'angine de poitrine, elle, ne me surprend pas vraiment. Courage, je vous en prie. Et puis-je vous demander une faveur ?

— Tout ce que vous voudrez ma chère épouse.

— Une seule me suffira. Je vous demande, même sans le montrer devant des tiers, de continuer d'aimer Marie. Elle a le droit de faire sa vie comme elle l'entend, même si ce n'est pas celle que ses parents auraient souhaitée. Elle a un bon fond, et tant qu'elle garde toute sa probité, aimez-là, je vous en supplie.

Auguste ravala sa salive, déglutit avec difficulté mais répondit par l'affirmative, sans aucun commentaire.

— Je n'assisterai pas à son mariage et je le regrette, croyez-moi. Faites l'effort, non seulement d'accompagner votre fille, mais également de rassembler toute la famille pour qu'elle assiste aux cérémonies. Aurélien est un brave garçon exempt de tout reproche. Je sais que quelque part vous vous sentez trahi, mais sincèrement, s'ils sont heureux c'est le principal. Mon ami, nous fûmes heureux ensemble et ce fut là l'essentiel. Même si en outre nous avons bénéficié d'une éducation optimale et de conditions matérielles fort satisfaisantes. Pour moi cela passe après notre bonheur simple de nous être aimés et de nous aimer toujours.

Auguste baissa la tête pour cacher ses larmes. Lorsqu'il la releva il lui glissa :

— Reposez-vous. Je reviendrai à vos côtés en fin de soirée. Détendez-vous !

Il l'embrassa tendrement sur le front. Un front qu'il trouva un peu moins brûlant qu'avant son retour de Bordeaux.

Augustine s'était incrustée en ville d'hiver pour être au chevet de sa belle-mère. Le beau-père appréciait. L'inévitable survint quelques jours plus tard. Augustine fut la première et la seule à voir Henriette trépasser. En toute discrétion. Alors sa première pensée fut pour Marie :

— Ma chère belle-mère a préféré mourir plutôt qu'assister au mariage de sa fille avec cet Aurélien, ce misérable petit marin-pêcheur, un moins que rien ! Henriette Vercoutre, il me semble, ne supportait pas le clan des « besogneux ». Un clan symbolisé par ce maudit garçon.

Augustine clamerait cette réflexion à qui voudrait l'entendre, dès le jour du mariage entre Marie et Aurélien. Pouvait-on envisager pire démon ?

Marie se présenta à la cérémonie des obsèques de sa chère mère en l'église du Moulleau. Une église remplie, pour la circonstance. Aurélien aurait aimé être à ses côtés mais en ce jour pénible il naviguait loin de la Petite Mer. Son amoureuse considéra qu'en définitive c'était sans doute préférable de ne pas les voir ensemble. Et Augustine s'acharnait déjà à faire croire que le décès était dû à la faute grave d'une gamine têtue et inconsciente. Marie participa également, mais à l'écart de la cellule familiale, à la cérémonie officielle en la cathédrale Saint-André, à Bordeaux, trois jours plus tard. Par contre son père la décréta indésirable pour la cérémonie d'inhumation dans le caveau Vercoutre au cimetière de Lambersart. Et comme elle ne disposait déjà plus des moyens de se payer le voyage jusqu'à Lille, elle y renonça. Pourtant Aurélien, tout juste rentré de son long périple océanique, lui avait proposé de lui offrir le déplacement.

*

Complétement abattu et désarçonné, Auguste laissa à ses fils le soin de prévoir l'organisation de ce mariage qu'il réprouvait. Mais qu'il tolérait, en définitive, parce que les mariés devenaient majeurs l'un et l'autre, et surtout pour ne pas déplaire à sa pauvre Henriette. En fait de fils ce fut Augustine qui prit les choses en main, et de façon expéditive, sans même en rendre compte à son beau-père. Juste à son mari, a minima, et plus régulièrement à Constance. Indubitablement parce que cette dernière n'exercerait jamais la moindre forme d'opposition à son projet. Un mariage fixé en avril, moins de trois mois seulement après le décès d'Henriette. Cela correspondait à un souhait clairement exprimé par le beau-père : ne pas traîner. Un mariage programmé en semaine, à la mairie de La Teste, immédiatement suivi par une cérémonie religieuse toute simple, également à La Teste. Pourtant Augustine avait envisagé Lugos, un village isolé, à l'ouest de Belin-Béliet, pour une question de discrétion. Mais Émile refusa cette proposition car il souhaitait malgré tout que les marins-pêcheurs puissent, pour le moins, venir honorer le marié. Enfin, une soirée serait organisée dans une auberge toute simple à côté du port de La Teste. Avec un minimum d'invités côté Thillet-Bordes, Vercoutre et autres Bériand de Courcourt. Par ailleurs Augustine se doutait qu'avec les moyens dont disposait cet Aurélien, il n'y aurait pas la grande foule côté Decosse. Elle se trompait complétement. Trois jours avant la cérémonie et les festivités il lui fallut compléter la réservation au restaurant de La Teste et faire passer le nombre des convives de cinquante à quatre-vingt-dix. Car en plus des douze participants Thillet-Bordes et belles-familles, de vingt-quatre chez les professionnels comme par exemple le couple Lalande, armateur à Gujan, ou les représentants de la SPTB, elle dut en enregistrer plus de cinquante du côté Decosse, amis et collègues compris ! Parmi eux trente-cinq marins de la SPTB ou d'autres sociétés, tous amis d'Aurélien et de feu Baptiste. Car chacun d'eux avait réglé les deux-tiers du coût d'une invitation à Aurélien. Qui fit aussitôt transmettre par Marie à qui de droit. La solidarité entre marins époustoufla la future mariée. Elle s'en doutait, mais à ce point ! Marie apporta le pécule à Augustine sans lui donner le moindre détail. Augustine ne broncha pas mais elle conclut pour elle-même que ces marins-pêcheurs étaient beaucoup trop bien payés.

Lorsque Marie, en robe de mariée blanche mais sobre, pénétra dans l'église au bras d'un père penaud et ratatiné, elle fut d'abord attirée par le crâne de son frère Émile. Un crâne qui se dégarnissait incroyablement vite. Sans doute à cause de l'accumulation des soucis causés par Colette, puis par elle-même et enfin par le décès imprévisible et soudain de leur chère mère. Mais elle ajouta Augustine à cette liste. Pour Marie cette belle-sœur représentait un souci majeur de plus pour son frère. Un souci qui hélas, meublait son quotidien. Avant de s'installer à la droite d'Aurélien elle se retourna, curieuse, et se rendit compte de la foule qui remplissait la nef. Admirable, d'autant plus que tous ces gens venaient de braver une sacrée ondée typique du mois d'avril. Un peu plus tard le sermon du prêtre qui officiait lui plut bien. Un sermon plein d'humour, très orienté « monde des pêcheurs » avec de brèves allusions au monde Thillet-Bordes :

— *Désormais les mariés, unis par le Seigneur Dieu, sont dans le même bateau... enfin, presque ! Désormais la jeune épouse se nourrira plus souvent de poisson que de foie gras, de sorte qu'elle pensera plus souvent à la pêche miraculeuse.*

Et désormais la vie festive du jeune couple se déroulera sans grands crus... pour les cuites !

Et tout à l'avenant, sans jamais oublier de remercier le Seigneur, bien entendu. Albert n'apprécia que très moyennement mais remplit malgré tout son rôle de témoin de la mariée, tout comme Julien, témoin du marié par dérogation, vu son jeune âge.

À la sortie de l'église deux grosses surprises attendaient les jeunes mariés : une nouvelle douche trempait les beaux costumes, et tous les marins-pêcheurs, endimanchés, formaient une haie d'honneur pour le nouveau couple sous un tonnerre d'applaudissements. Avant qu'il ait aidé sa dulcinée à grimper dans la calèche couverte qui les attendait, Aurélien entendit un collègue qui lui glissait :

— Ah mes pauvres, c'est vraiment une année arrosée !

Sans doute inspiré par le sermon du prêtre, Aurélien lui répondit, avec un grand sourire :

— Oh oui, mais ça tombe bien, j'aime bien le rosé !

Une fois dans la calèche, Marie se colla contre lui et lui dit :

— Merci mon amour. Cette haie d'honneur formée par tous tes collègues et tous ces hourrahs, quels encouragements ! Cela nous réchauffe le cœur, à défaut de nous réchauffer le corps.

D'humeur toujours aussi polissonne, il lui répondit du tac au tac :

— Tu ne perds rien pour attendre, ma belle. Ce soir je te le réchaufferai ton joli corps, et plutôt trois fois qu'une !

— Et moi je verrai disparaître ce beau costume gris-perle que tu ne porteras sans doute plus jamais.

— Sauf si je me remarie !

— Idiot !

La soirée au port de La Teste plut à Marie parce qu'elle représentait pour elle le mélange de deux mondes. Oh, pas un mélange total, les Thillet-Bordes et autres Bériand de Courcourt n'étaient pas répartis aux tables des marins-pêcheurs, mais au moins ils étaient présents parmi leurs employés ou ceux d'autres pêcheries ou conserveries. Elle eut alors une pensée pour sa mère qui, elle aussi, aurait apprécié cette atmosphère. Quelques larmes coulèrent. Elle remarqua ensuite quelques résiniers et elle put apprécier la joie simple du couple Lalande, très à l'aise avec les uns comme les autres. Aurélien, tout heureux, retrouva l'ambiance de la fête pour leurs vingt ans. Quant à Émile, il se demandait s'il ne rêvait pas :

— Avec ce mariage je me demande bien si nous ne sommes pas réellement et doublement au temps des fofolles. Ma sœur, qui nous trahit, fait sans doute partie de cette catégorie…

Albert, près de lui, haussa les épaules et répondit :

— Avez-vous remarqué, mon frère, ce qu'on nous propose comme vin ? C'est dégradant pour le représentant d'un célèbre négociant de grands Bordeaux.

Émile rit franchement en répondant :

— Alors abstenez-vous mon cher frère. Et j'imagine que cela ne vous fera aucun tort !

De leur côté Augustine et Constance tentaient, chacune à sa façon, de dérider leur beau-père. De sa table Marie les observait :

— Pas le meilleur choix, ces deux-là, pour le requinquer. Je suis certaine qu'il est ailleurs, avec ma pauvre mère.

*

Marie s'installa dans « la cabane d'Aurélien », à l'Aiguillon, dès le lendemain de leur mariage. En entrant on apercevait d'abord une cuisine avec quelques placards mais surtout un grand poêle et une cuisinière en fonte. Tout près, une grande table en bois massif pouvait accueillir huit convives. Le lieu de vie, le lieu de rassemblement familial. Devant la cuisine Marie sourit en distinguant une petite véranda comme il en existait deux à la villa M. Mais celle-ci semblait empiéter sur l'estran de l'Aiguillon. En été, aux beaux jours, cette véranda tenait lieu de salon. Sauf pendant les grandes marées ou en pleine tempête. Dans ce cas Aurélien calfeutrait toutes les issues et d'autres interstices pour éviter les infiltrations d'eau. Quelques marques aux murs démontraient que le calfeutrage n'avait pas toujours résisté et que l'eau était bien salée. Contre le mur du fond de la cuisine, entre deux portes, se dressait un vaisselier. Encore un clin d'œil à la villa M. Ce vaisselier symbolisait l'histoire de la famille Decosse. Des assiettes décorées correspondaient à chacune des générations. Sur celles du père d'Aurélien figuraient des pinassottes et sur celles du grand-père des sardines en bancs. Et sur les siennes, en usage, le dessin d'un vapeur qui ressemblait à s'y méprendre à l'Arkasson II. La porte à droite du vaisselier cachait une pièce pour la toilette et les commodités. Marie sourit lorsqu'elle l'occupa : la fermeture consistait en un cadenas ouvert qui bloquait deux petits anneaux, l'un vissé sur la porte et l'autre sur la paroi. L'autre porte, celle du milieu, donnait sur un minuscule couloir qui séparait deux chambres. Marie fut surprise que ce qu'Aurélien appelait « sa cabane » puisse ainsi abriter trois pièces. La visite se termina avec le mur de la cuisine, à gauche de la porte qui donnait accès aux chambres. Cette partie symbolisait, elle aussi, le « clan Decosse ». En effet, Aurélien avait hérité de la collection d'armes de chasse de son père Baptiste. C'était l'un des deux trésors de la famille avec la pinassotte du père. Une collection d'une bonne douzaine d'armes anciennes dont un tromblon, un fusil court au fût évasé. La fierté du père Baptiste. Une arme qui frôlait le siècle et demi. Ils retournèrent dans sa chambre qui, de fait, devenait leur chambre. Aurélien venait d'y installer un lit double qui rendait la pièce terriblement exigüe mais chaleureuse. Marie comptait bien accrocher au mur quelques bibelots personnels, dont une photographie de sa mère, prise derrière le casino de la forêt. Avec la Petite Mer en arrière-plan et même, se souvenait-elle, une pinassotte qui pointait son nez tout au fond. Julien occupait la chambre d'en face mais son frère informa Marie qu'à la majorité « du petit » ce dernier se débrouillerait pour louer une autre cabane et laisser sa chambre à la disposition des enfants espérés par le jeune couple. Le lit double fut aussitôt inauguré… Après ces moments de bonheur intense ils abordèrent deux sujets qui leur tenaient à cœur : faire un court voyage de noces et décider d'avoir des enfants, rapidement ou pas, compte tenu du métier exigeant et risqué d'Aurélien. Pour l'éventuel voyage, Marie lui précisa qu'elle essaierait de convaincre son père de lui accorder une petite participation financière dans la mesure où il en avait offert deux à Émile et une à Albert. Aurélien fit une moue dubitative. Et alors qu'ils allaient aborder la question des enfants, Julien se pointa de l'autre côté de la véranda.

La discussion de Marie avec son père tourna court.

— Je ne vous demande presque rien, père, nous n'irons que quelques jours en Bretagne.

— Et pourquoi pas à New-York ou à Venise, lança Auguste, très agacé ? Pas question ! Vous étiez prévenue, vous avez fait votre choix, alors assumez-le. Ne comptez pas sur moi pour cautionner votre mariage plus que de raison. Et sachez que votre époux repart en mer dans quatre jours. Ce sera d'ailleurs son dernier voyage avec la SPTB puisqu'il m'a présenté sa démission et que je l'ai acceptée. Avec quelques regrets, je l'avoue.

Marie le quitta, contrariée. Elle ne pouvait pas deviner à quel point lui-même était contrarié. Sa fille partie il attendit le samedi pour voir ses fils. Indubitablement, Albert devenait son chouchou car il perpétuait la tradition Thillet-Bordes des négociants en vin. Émile en prendrait ombrage sans jamais s'en ouvrir. Et parviendrait à se consoler en songeant qu'il était, lui, l'héritier des sociétés SPTB. Arrivé le premier, Émile s'enferma avec son père dans le grand salon.

— Émile, mon fils, commença Auguste, un drame et une tragédie en quelques mois c'en est trop pour votre vieux père. Trop de chambardements et trop d'amertume pour poursuivre mon quotidien de président. Mon esprit n'y est plus et n'y tient plus. Alors acceptez, vous, de prendre la présidence de la SPTB. Vous avez trente-trois ans, c'est un peu jeune, je l'admets. Mais vous connaissez comme moi tous les rouages de nos sociétés. Et aujourd'hui je suis encore vivant pour vous prodiguer quelques conseils, si vous le souhaitez. J'imaginais vous en confier les rênes dans six ou sept ans. Mais sincèrement, Émile, je suis meurtri, doublement meurtri. Comprenez-moi.

— Père, je vous comprends, soyez-en assuré. Laissez-moi une semaine de réflexion. En ai-je, tout simplement, la capacité ?

— Mon fils, réfléchissez un mois si vous le souhaitez, mais au final répondez-moi oui, je vous en supplie. Franchement, ne m'infligez pas un troisième malheur en m'obligeant à vendre mon affaire, pardon, notre affaire.

De nouveau seul, Auguste se cacha le visage dans ses mains. Pour lui comme pour quelques autres Thillet-Bordes la vie s'annonçait différente, radicalement différente. Il osait espérer que pour ses proches elle apporterait de nouveaux moments de bonheur et d'espoir. Mais pour son compte il avait tout perdu en quelques mois : sa fille, sa femme et son envie de vivre.

Troisième partie

Dure, la Belle Époque

24

Une nouvelle ère commençait, symbolisée par l'installation à demeure des premières voitures automobiles dans Arcachon. Une situation rebutante pour Augustine. Déjà qu'elle vitupérait contre la profusion de ces engins qui pétaradaient tout le long du quai des Chartrons, alors en ville d'hiver, ce havre de paix, ces monstres bruyants auraient tout bonnement dû être interdits ! À l'aube du nouveau siècle survenait également la première grande grève du monde ouvrier du Bassin. Auguste s'estima alors très chanceux d'avoir laissé sa place à son fils. Un fils qui parviendrait malgré tout à obtenir de certains de ses marins qu'un des vapeurs de la SPTB puisse naviguer. Ce deuxième évènement horrifia Augustine, incapable de comprendre ce monde du travail. Et elle comprendrait encore moins le maire d'Arcachon, James Veyrier-Montagnères, qui allait arbitrer ce mouvement en offrant l'apéritif aux grévistes et en proposant de la nourriture aux familles des chômeurs ! Déboussolée, Augustine n'en continuait pas moins à consigner tous ces faits pour perpétuer le Journal de la Petite Mer, entamé en 1857 par sa belle-mère. Mais comme cela lui paraissait déprimant de rapporter ces faits si graves et inquiétants pour la société ! Enfin, pour une société comme elle la concevait. Alors, pour se donner du baume au cœur, et toujours en mémoire de sa belle-mère, elle consigna également une multitude d'informations au sujet des Jeux Olympiques de Paris. Ainsi, elle écrivit :

— Henriette Vercoutre, cette adepte du sport, aurait tant aimé suivre ces évènements qui se déroulent sur plusieurs mois,

de juin à octobre ! En réalité je pense sincèrement qu'elle aurait été déçue de constater que sur mille athlètes participants on ne compte que vingt-deux femmes. Mon sentiment personnel est que cela représente vingt-deux femmes de trop ! Chacun à sa place.

En parallèle aux débuts des Jeux elle relata la réélection du maire, James Veyrier-Montagnères, en mai de la même année. Une nouvelle qui aurait sidéré celle qui s'amusait à conter la valse des maires depuis 1857. Elle évoqua également la consécration de l'église Saint-Ferdinand, cela d'autant plus qu'Émile lui avait imposé de l'accompagner en ce jour béni pour le quartier. Elle dut prendre place non loin de tout le personnel de la SPTB. Toutes les familles de l'Aiguillon étaient bien sûr présentes pour cette occasion. Et Augustine y avait même aperçu, dans la travée de l'autre côté, le couple Marie-Aurélien. Mais elle ne coucha pas ce détail sur sa page…

Émile considérait que la volonté de sa femme de perpétuer le journal de feu Henriette Vercoutre tenait inconsciemment du plus futile des commérages. Un manque flagrant de discrétion qui contrastait avec ce qu'elle semblait être lorsqu'ils s'étaient rencontrés. Albert, lui, s'en amusait, comme de tout, même s'il appréciait sa plume antidreyfusarde et bientôt ses pamphlets anti-père Combes. Pour la forme plus que pour le fond car Augustine écrivait des pages entières qui traduisaient ses tendances de vieille fille choquée. Quant à Constance, elle s'opposait discrètement à Augustine en évitant toute forme d'affrontement. Elle soignait sa tenue et soignait son corps en marchant et en faisant de l'exercice. Face à Augustine, à Émile et à son mari, elle s'acharnait à penser « *mens sana in corpore sano* ». Et comme l'aurait certainement exprimé sa belle-mère elle déplorait qu'aux Jeux Olympiques il n'y avait que vingt-deux athlètes féminines. Albert se moquait d'elle lorsqu'elle évoquait ces chiffres. Son époux restait un personnage insondable, une personnalité très difficile à cerner. En de rares occasions elle le trouvait discret, comme absent. Mais il savait aussi bien s'afficher exubérant voire même outrancier, en particulier dans ses appréciations des autres. Il adorait égratigner... et même plus. Comme son frère, qu'il jugeait chaque jour un peu plus aigri.

Augustine, pour revenir à elle, ne dérogeait pas à la règle de sa belle-mère de rassembler les informations sur la famille, sur les familles. Ainsi consigna-t-elle la naissance de Jules, le fils de Désiré et de Mathilde. Un évènement complétement passé sous silence à cause du double malheur Thillet-Bordes. Dans sa page elle avait même souligné « double malheur ».

*

Marie s'efforçait de s'adapter à sa nouvelle vie. Par amour pour Aurélien en premier lieu, mais également pour éviter les énormes coups de cafard qui guettaient en permanence chaque femme de marin-pêcheur. Telle l'angoisse des passes à chaque sortie du vapeur de son mari. Ou celle de l'absence prévue pour vingt jours et qui, du fait des intempéries, se transformait en vingt-cinq, trente ou même quarante jours... Dur à supporter, surtout en se retrouvant toute seule. Alors elle se rapprocha de Julien et se lia d'amitié avec toutes les épouses, comme elle, sujettes aux mêmes angoisses. Et également avec quelques voisins comme ces deux vieux, anciens pêcheurs eux-mêmes, et qu'elle appelait avec tendresse les frères Lagrinche. Deux râleurs invétérés mais au cœur d'artichaut... Dans sa cabane de l'Aiguillon elle en arrivait parfois à se sentir jalouse des femmes d'ostréiculteurs. Certes elles travaillaient dur en assistant leurs maris dans beaucoup de tâches tout au long d'une année, mais elles ne connaissaient pas les affres de la tragédie suprême, le naufrage. Le naufrage très lointain, le naufrage sans aucun corps retrouvé. Mais lorsqu'Aurélien rentrait au bercail, inversement elle ressentait un bonheur sublime et inégalable. Un bonheur exceptionnel que les femmes d'ostréiculteurs ne devaient pas connaître. Ce bonheur des retrouvailles, ce bonheur d'étreintes à s'en briser les os ! Et toujours ressenti par les deux, ensemble. Des instants magiques de bonheur absolu. Mais combien de temps d'attente, combien de douleurs dans les entrailles pour jouir, ensuite, de ces moments indescriptibles ? Rapidement Marie comprit qu'il lui était indispensable de s'occuper, de travailler et de se rendre utile. D'autant qu'un pécule complémentaire serait toujours le bienvenu. Elle se lança donc dans la réparation de filets de pêche et, en saison, avant le début de l'été, dans le chaulage des tuiles. Des hommes préparaient le mortier à chauler dans des bailles – des tonneaux – pour y tremper les tuiles. Marie procédait à cette dernière opération puis elle répartissait les tuiles enduites sur l'estran pour le séchage, avant de les installer dans des collecteurs, ces cages noircies au coaltar[37]. Un travail astreignant mais indispensable à une époque où déjà près de cinq mille hectares sur la Petite Mer étaient consacrés aux parcs à huîtres. Vers 1900 en effet, et grâce à la gravette, son huître plate, Arcachon était consacré premier centre ostréicole de France.

Les circonstances ne tardèrent pas à accabler Marie. Juste avant Noël un chalutier vapeur fit naufrage. Encore des moments terribles avant d'apprendre qu'Aurélien n'était pas concerné. Encore d'autres angoisses pour tenter de consoler quelques femmes décontenancées et effondrées. Des collègues.

---

37 – Coaltar : appellation du goudron de houille.

Un jour peut-être, elle serait à leur place… Émile, lui, percevait ce désastre fort différemment : en tant que patron de pêcherie il se demandait comment démontrer qu'un vapeur correspondait au navire le plus fiable pour pratiquer la pêche océanique ? Car chaque naufrage d'un chalutier vapeur jetait une sorte de malédiction sur le métier. Le temps d'oublier… mais les familles des victimes, elles, n'oubliaient pas. Et de plus en plus de familles de marins-pêcheurs étaient directement liées à ces tragédies.

Lorsqu'Aurélien rentra, les étreintes et les larmes atteignirent des extrêmes que Marie n'imaginait guère. À peine ce terrible drame digéré par les deux amoureux, l'hiver 1901 décida de se faire remarquer. Un froid exceptionnel entraîna une vague de chômage technique qui affecta toutes les pêcheries et les conserveries sises sur le Bassin d'Arcachon. Pas de sorties en mer, pas de poisson… et donc, pas de salaire ou presque rien. Pas de poisson, et donc chômage technique pour les employés des conserveries… Émile crut devenir fou. Il était parvenu à juguler partiellement la grande grève pour son compte, mais dans cette circonstance, comment agir ? Des moments frustrants pour un homme d'action qui n'avait plus prise sur rien. Même si en discutant avec son père il admettait que ce n'était pas la première fois ni la dernière fois que cette situation se produisait. Et au final l'hiver laissait toujours sa place à un printemps plus doux mais souvent plus agité, niveau océanique. Ainsi était-il rasséréné par son propre père qu'il voyait pourtant vieillir jour après jour, plongé dans la nostalgie du « temps béni partagé avec sa femme et ses enfants… dont la SPTB ».

Quelques semaines plus tard Auguste contemplait à nouveau la villa M. sous le beau ciel bleu du printemps arcachonnais. Et quelques larmes coulaient sur ses joues toutes fripées. Comme elle était belle sa villa, sa fofolle ; et comme Henriette avait raison de tant l'aimer. Soudain il se mit à frissonner : Henriette n'était plus là, Marie n'était plus là et la SPTB était entre les mains de son fils. Ses deux fils ne venaient que rarement à la villa, pris par leurs charges professionnelles. Logique, mais déprimant. Albert voyageait de plus en plus, et souvent à l'étranger. En Belgique et chez les Allemands. Émile était régulièrement débordé, d'autant plus qu'il s'était mis dans la tête l'idée de fonder une société de construction de navires de taille moyenne. Il anticipait – avec raison – le développement des bateaux à moteur[38]. Créer des automobiles sur mer, tel était son objectif et quelque part sa nouvelle passion. Seule Augustine fréquentait régulièrement la villa, avec Jean le plus souvent et parfois avec André lorsque celui-ci n'était pas à l'école. Leur présence redonnait un semblant de vie à cette belle maison qui n'avait plus rien de fofolle à l'intérieur. Car le reste du temps Auguste se sentait cantonné « dans un splendide isolement ». Splendide, certes, mais vraiment mortifiant. L'ombre d'Henriette rôdait dans les moindres recoins… Maurice venait pourtant de repeindre la façade, redonnant un ait pimpant, un souffle de jeunesse à la villa. Un air qu'Henriette n'aurait évidemment pas boudé. Mais le vieil homme ne voyait plus que du gris…

*

Prise d'une frénésie d'écriture, Augustine mentionna dans le Journal de la Petite Mer que les projets de jetées-promenades, l'une au niveau de la place Thiers, et la seconde devant la chapelle des marins, étaient bien confirmés. Puis elle s'épancha, à sa façon, fouineuse et un tantinet polémiste, sur la probabilité de création d'un deuxième casino, cette fois en bord de plage,

38 – Le premier était mis au point par Couach en 1898.

dans le château Deganne. Loin du quartier de l'Aiguillon, Augustine aimait se promener avec André et Jean autour du casino de la forêt. Et, curieuse comme un pou, ses oreilles tentaient de capter les moindres conversations pour glaner telle ou telle rumeur. Cela d'autant plus que dans ce quartier de nombreuses personnalités du Bassin aimaient traîner, se pavaner et prendre une boisson dans le parc du casino. Elle finit par intercepter une conversation passionnante. Deux responsables du casino de la forêt – à n'en pas douter, selon elle – évoquaient à demi-mot que le fameux projet allait devenir réalité. En effet le casino existant venait de donner son accord, et un investisseur lillois, le directeur du Grand-Théâtre de Lille, était sur le point de parapher un contrat de participation à son tour !

— Oh, songea Augustine, cela est-il possible ? Que de regrets pour ma belle-mère. Ce projet devrait sacrément l'émoustiller, de là où elle se trouve…

Augustine envoya aussitôt un courrier à Désiré qui lui répondit par retour quelques lignes qui confirmaient l'intérêt marqué par le directeur des théâtres de Lille et de Roubaix. Désiré ajoutait même que le responsable en question avait toujours été un lecteur assidu des articles de sa tante Henriette lorsqu'ils paraissaient dans le grand journal lillois ! Et tous les proches du personnage n'ignoraient pas qu'il rêvait de se faire construire « une fofolle » dans le quartier chic d'Arcachon. Désiré concluait sa lettre en soulignant combien les habitants de la désormais célèbre station balnéaire et ville de soins, tout comme ceux de Deauville, de Cabourg et même de Paris, étaient chanceux : ils pouvaient profiter intensément de cette merveilleuse Belle Époque qui régnait sur les villes les plus chics du pays.

— Augustine, je vous imagine au bras du cousin Émile. Celui-ci porte le canotier et vous vous protégez avec une ombrelle

richement brodée. Vous flânez autour du casino de la forêt qui restera gravé dans ma mémoire. Un décor magique avec toutes ces fofolles incroyables ! Alors bientôt, devant le casino de la plage, vous pourrez sourire en écoutant les marchandes de sardines s'égosiller en criant « royans frais, royans frais ». Oui ma chère, Mathilde et moi nous vous envions, mais profitez-en au maximum !

Augustine leva les yeux au ciel. Sa vie lui paraissait bien différente, au chevet d'un beau-père vieillissant ; à partager quelques rares moments avec un mari noyé dans les responsabilités quotidiennes de la SPTB ; et à s'occuper d'enfants très accaparants. Sans oublier une belle sœur fade, à côtoyer, et une autre, révolutionnaire, à éviter le plus possible… Alors, non, Augustine ne rêvait pas de porter une crinoline sous ses jupes. Il y avait plus nanti que les Bériand de Courcourt ou que les Thillet-Bordes. Dommage, mais c'était ainsi.

Elle dut affronter l'agacement et même la colère de son mari Émile lorsque Jacques Thibaud, célèbre et précoce violoniste de Bordeaux, vint se produire en concert en l'église Saint-Ferdinand au mois d'août. Un évènement que son beau-père n'aurait manqué pour rien au monde. Comme lui, sa femme Henriette adorait le violon et ce tout jeune talent. Initialement Augustine refusa d'assister à cette prestation déjà imaginée magistrale par beaucoup, au prétexte qu'elle se déroulait dans un quartier indigne d'un grand musicien. Auguste se montra déçu mais Émile n'accepta pas le comportement de sa femme. Il lui imposa d'être présente, après une explication orageuse. Et ce jour-là les murs de la maison du quai des Chartrons tremblèrent si fort que Thérèse songea qu'à la villa M. les murs se seraient effondrés !

— Êtes-vous à ce point indécrottable, lui lança Émile, exaspéré ? Votre répugnance envers le peuple modeste et travailleur est indécente. Ces braves gens triment dur pour leurs revenus et, je vous le rappelle, pour les nôtres également.

— Je maintiens que ce quartier est indigne d'un artiste de cette réputation, rétorqua-t-elle. Partout on est asphyxié par les remugles propagés par ces vieux filets abandonnés. Et cette odeur est bien plus écœurante que celle du poisson, pourtant déjà fort désagréable.

— Je vous précise à nouveau que le concert se tiendra en l'église Saint-Ferdinand et que vous ne serez incommodée par aucune de ces odeurs que vous jugez pestilentielles !

— Soit, je m'y rendrai, finit par admettre Augustine, mais uniquement pour vous être agréable. Trouvez-nous de bonnes places, loin des pêcheurs car je ne souhaite pas me retrouver à proximité de cet Aurélien de malheur !

— Soyez sans crainte. D'une part il n'y aura que très peu de familles de pêcheurs, ces concerts ne sont pas gratuits. Et d'autre part je crois savoir que votre cher Aurélien est en mer à l'heure où je vous parle. Terminons-en. Imaginez Augustine la déception de ma chère mère en observant Saint-Ferdinand de là où elle est et qu'elle ne vous y voit point ?

— D'accord, d'accord, je viendrai. Mais nous repartirons à la villa M. à peine le concert terminé.

— Pas sûr. Albert nous propose une balade nocturne dans le quartier, après le concert, pour bénéficier des embruns et surtout des ondes de lumières nocturnes sur la surface de la Petite Mer.

— Quoi, vous plaisantez j'espère ?

— Mais oui ma chère, lui répondit Émile tout sourire ! Vos emportements finissent par m'amuser. Nous rentrerons à la villa sans nous attarder auprès des rares pêcheurs ou employés présents. Ce que je regrette, croyez-le. Mon rôle de président est à facettes multiples et je tiens à entretenir des relations aussi chaleureuses que respectueuses avec tous nos employés et leurs familles.

Augustine leva les yeux au ciel.

Avant la fin de l'année la célébration de Noël se déroula comme de coutume à la villa M. dans une ambiance maintenue gaie grâce aux présences d'André et de Jean. Sans oublier pour autant l'implication d'Éliane et de Maurice, avec la bénédiction d'Auguste. Les deux petits parvinrent à faire oublier – ou presque – l'absence d'Henriette et de Marie. Malgré tout chacun put remarquer combien Émile, la mine revêche, paraissait préoccupé. Interrogé par son frère il rapporta la création d'une nouvelle pêcherie qui devait absorber toute la flotte de la Société Normande, une des plus importantes de la région.

— Une situation qui ne nous met pas en danger pour l'instant, s'empressa-t-il de préciser pour rassurer les convives en ce jour de liesse. Mais cela me préoccupe tout de même. Que ferait la SPTB si elle devait se retrouver seule en face de géants venus d'Angleterre ou d'ailleurs, et qui auraient racheté toutes les pêcheries de l'Atlantique sud, sauf la nôtre ? Comment lutter contre des géants ? Ou pour le moins, résister et soutenir la comparaison ? Je pense qu'il existe une solution, mais qui est difficile à mettre en œuvre.

— Quelle est-elle donc, demanda Auguste ?

— Elle tient en un mot, mon cher père : diversification. Diversification grâce à une conserverie, ce que nous avons déjà réalisé, grâce à vous ; et diversification en envisageant créer une société de construction de navires de moyen tonnage. J'y pense depuis deux ans déjà. Mais les matériaux et les machines nécessaires imposent des fonds dont nous ne disposons pas au jour d'aujourd'hui. Et je vous avoue que dans mes rêves les plus fréquents j'imagine aussi la création d'une société de négoce immobilier. À l'évidence le développement de stations balnéaires sur notre littoral atlantique va entrainer la construction de milliers de maisons et de centaines d'hôtels.

— Vous vous appelez Émile, mon fils, mais pas Émile Pereire ! Être entrepreneur, j'apprécie, mais restez réaliste, je vous en conjure !

— Père, je vous reconnais bien là, mais une société de transactions immobilières nécessiterait moins de fonds que la création d'une société de construction de petits navires à moteur.

— Peut-être mon fils, mais je vous en prie cantonnez-vous à agir dans des professions que vous maîtrisez.

L'année 1902 débuta par une nouvelle tragédie. Le 25 janvier, au large des côtes espagnoles, le chalutier *Le Héron* coulait à son tour, faisant onze victimes et un seul survivant. Cette catastrophe toucha les Thillet-Bordes : Auguste et Émile d'un côté, et Marie de l'autre. De nouvelles anxiétés chez le patron d'une pêcherie locale et de nouvelles angoisses pour la femme d'un marin-pêcheur. Cette dernière apprit rapidement qu'Aurélien naviguait loin des côtes espagnoles. Par contre, une fois ce dernier rentré, le couple fut informé que deux cousins Decosse avaient péri en mer au cours de ce naufrage. Une malchance noire car si l'un des deux naviguait régulièrement sur *Le Héron*, le deuxième cousin y effectuait un remplacement pour la première fois. Et ce deuxième cousin, marié, laissait une petite fille de dix-huit mois à sa pauvre femme, une résinière exilée des Landes. Alors Marie se partagea entre l'Aiguillon et le port de La Teste où vivait chichement le jeune couple avec leur petite.

En comparaison, la cabane d'Aurélien avait presque des allures de villa M. Marie eut la satisfaction de constater que la société du défunt n'abandonnait pas les familles des disparus. Cette pauvre Louise recevrait un bon pécule jusqu'à la fin de l'année et, comme Marie, elle réparerait des filets et elle chaulerait des tuiles. Marie craqua pour la petite Claire au point d'envisager donner ce prénom à une future petite Decosse. Mais le plus dur était peut-être à venir, par la faute de ce naufrage puis d'autres encore par la suite: participer à des enterrements de collègues d'Aurélien sans voir le moindre cercueil. Rien, le vide. Un chagrin immense, celui des pauvres veuves, et des pauvres mères le plus souvent, totalement inconsolables et sans aucun lieu repère pour pleurer les maris disparus. Des douleurs insurmontables. Marie peina à soutenir Louise, désemparée. Et déjà Aurélien repartait. En Écosse ou près des côtes de Mauritanie. Mais ce qu'elle redoutait le plus c'était le prochain départ, celui de fin mars, en plein équinoxe. Une période de mers souvent déchainées un peu partout sur l'océan immense. Moins de deux petites années après son mariage, force était de constater que son visage s'était marqué et durci. Était-ce là la loi de la mer pour celles qui restaient à terre?

25

Augustine, en mère dénuée de toute tendresse, semblait se complaire à remplir des pages et des pages du Journal de la Petite Mer. « Une diarrhée épistolaire » lancerait même Albert, jamais à court de mots pour fustiger l'ouvrage d'un autre. À la décharge de la journaliste en herbe, le Bassin lui offrait généreusement de quoi écrire et de quoi s'épancher. Comme par exemple à propos de la rivalité Arcachon-La Teste. Une rivalité qui atteignit son paroxysme avec un duel au pistolet qui opposa les deux maires, James Veyrier-Montagnères d'un côté et Pierre Dignac de l'autre. Au final ce dernier serait légèrement blessé à la cuisse. Augustine soulignait à plaisir la bêtise des hommes, leurs rivalités stupides et leurs égos indécents. Cette mise en scène ridicule déboucherait, quatre ans plus tard, sur la création du canton d'Arcachon, distinct de celui de La Teste. Augustine n'y allait pas de main morte en détaillant le côté théâtral de cette bataille choquante. Un point sur lequel elle rejoignait presque les idées de Marie. Malgré l'ampleur prise par cet évènement elle s'attachait à en répertorier d'autres, plus positifs pour le Bassin, comme le lancement du premier Courrier du Cap de Léon Lesca de La Vigne. Cette navette pouvait embarquer jusqu'à cent cinquante personnes. À travers la plume d'Augustine ressortait même une émotion certaine : « Si ma pauvre belle-mère avait pu en bénéficier, elle serait certainement encore parmi nous. Même si elle n'aurait pas apprécié, un mois avant le lancement, ce petit tremblement de terre ressenti jusqu'à l'intérieur de la villa M. »

Cet évènement surprenant engendra une simple frayeur chez Auguste, mais une double ou triple chez Éliane qui savait qu'au moment précis du tremblement son homme se trouvait sur le toit pour effectuer des réparations mineures. Heureusement, Maurice avait réussi à se caler contre la cheminée et priait pour que celle-ci ne cède point. Au final, plus de peur que de mal. L'information à propos de ce tremblement de terre à peine arrivée à Bordeaux, Augustine se rua à Arcachon avec ses deux fils pour secourir son beau-père et les deux employés de maison. Et presqu'autant pour vérifier que son cher casino mauresque n'avait pas subi de gros dégâts. Elle fut vite rassurée. Seule Éliane conservait une pâleur qui en disait long sur la peur qui l'avait envahie en sachant Maurice debout sur le toit. Émile rejoignit la villa à son tour. Lui aussi remarqua le teint blafard d'Éliane, visiblement plus marquée que Maurice lui-même. Il trouva son père plus fermé qu'une huître… Auguste ne répondait pas aux questions de son fils, hochant juste de la tête. De quoi faire croître rapidement les inquiétudes d'Émile.

— Père, dites-moi, que vous arrive-t-il ? Ce tremblement de terre vous a-t-il marqué au point de vous faire perdre la parole ? Pourtant la villa n'a subi aucun dégât notable et vous-même, Éliane et Maurice êtes sains et saufs. Alors tout va bien !

— Non mon fils, tout ne va pas bien, finit-il par répondre d'une voix à peine audible.

— Qu'est-ce à dire ?

— Puisque votre femme et vos fils sont en promenade à cette heure, je profite de nous retrouver en tête-à-tête pour vous entretenir d'un sujet qui me turlupine depuis quelques mois déjà.

— Je vous écoute.

— Émile, mon fils, je puis admettre que votre caractère se soit durci au fil des années. Vous avez supporté des épreuves terribles que je ne vous citerai pas, inutile de vous faire mal. Malgré tout il me paraît urgent que vous fassiez un effort. Un très gros effort. Car vous risquez, insidieusement, de rassembler contre vous la totalité de votre personnel. Cela serait dramatique, convenez-en. Avec peut-être à la clé, la fin de la SPTB. J'insiste, mon fils, un patron enjoué et porteur d'optimisme sera toujours mieux apprécié qu'un patron grognon en permanence, critique à propos de tout et rabat-joie sur l'essentiel.

— Mais père, sachez que je ne ménage pas mes efforts dans ce sens lorsque je me trouve dans les locaux de notre société. C'est une certitude.

— C'est possible, mon fils, mais sachez qu'aujourd'hui cela ne se remarque pas.

— Quoi ? Que sous-entendez-vous ?

— Certaines personnes avec lesquelles j'ai conservé un minimum de contacts sont venues me voir pour se plaindre de vous. À mots couverts, je l'admets, mais leur message était clair. C'est une réalité, Émile, un fait que je n'ai pas inventé au prétexte de vous secouer. Évitez, je vous en supplie, de vous mettre le personnel à dos ! Donnez-leur envie de venir travailler. Travailler à la SPTB, j'entends. Or la crainte de vous affronter n'est pas de nature à les encourager. Et moi, de mon côté, je ne veux pas que la SPTB meure avant moi ! Alors, je compte sur vous.

— Naturellement, père. La SPTB se porte bien et continuera à bien se porter en dépit des épreuves déjà traversées et de celles à venir. Mais cette conversation me conforte dans l'idée de diversifier.

— Faites attention, mon garçon. Si votre esprit s'éloigne radicalement de la SPTB, même provisoirement, vos employés vont le remarquer et seront très vite démotivés.

— Pas si je leur explique que c'est pour le bien de tous.

— Peut-être, peut-être pas. Attention, terrain dangereux, vous marchez sur des œufs. Soyez prudent, l'esprit humain est fragile. Ne déstabilisez pas votre équipe au prétexte d'en créer une nouvelle ! Démontrez-leur, par votre présence, par votre enthousiasme et par votre bonne humeur que vous croyez à l'avenir de la SPTB et de la CTB. Si vous parvenez à leur démontrer que toute nouvelle création sera une dépendance des sociétés existantes, cela passera pour une nouvelle positive. Enfin, je l'imagine ainsi.

— Merci père, je tiendrai compte de vos remarques. Mais à quoi m'accrocher pour être positif aujourd'hui ? Des géants de l'industrie risquent de débarquer à tout moment, les intempéries et des naufrages se sont accumulés en peu de temps et, du côté personnel, vous vous doutez bien que le caractère d'Augustine me rend chaque jour un peu plus acariâtre, je le sais. Par-dessus le marché je ne dispose que de très peu de temps à consacrer à André et à Jean. Père, lorsque je viens vers vous, je l'avoue, je trouve un homme peu enjoué et que presque plus rien n'intéresse. Vous comptabilisez tous vos petits bobos alors qu'en réalité vous êtes toujours en bonne santé.

— Là je vous arrête ! Ne vous fiez pas aux apparences. Vous ne pouvez pas tout savoir et tant mieux pour vous. Mais moi je m'aperçois que vieillir peut vous tomber dessus d'un seul coup. Alors c'est dur, très dur. Implacable, même. Je sais que c'est le lot de tout être humain et je me dois de l'accepter sans barguigner. Je m'efforce, quoi que vous puissiez en penser, de ne pas l'étaler au grand jour pour ne pas gâcher votre vie, celle d'Albert et celle des vôtres. Mais soixante-cinq ans c'est un seuil ; un seuil pénible pour un veuf. Cela devient vite épuisant, au point que je ne regretterai pas – justement par respect pour vous tous – de vous abandonner. Cela serait mieux pour vous comme pour moi.

— Père, vos propos sont révoltants ! Citez-moi une seule personne de votre entourage qui ne vous aime pas ? Même Marie, je sais qu'elle continue de vous aimer, et d'un amour sincère. Alors non, nous tenons vraiment tous à vous et encore pour longtemps !

— Merci. Mais cela suffit et oublions ! Quant à vous, n'oubliez surtout pas de faire bonne figure auprès de tous vos collaborateurs, sans exception.

— J'y veillerai, père, j'y veillerai.

Albert passa la tête à la porte du petit salon juste à ce moment, affichant un sourire jusqu'aux oreilles :

— Père je vous annonce que vous serez bientôt grand-père pour la troisième fois, et vous Émile, bientôt oncle pour la première fois. Euh… vous m'avez compris, je ne parle pas de Marie – il pouffa – mais de Constance qui attend un petit Thillet-Bordes pour décembre.

— Bienvenue au club, futur père, lança Émile enfin souriant. Êtes-vous sûr que Marie ne va pas prendre Constance de vitesse ?

— Idiot ! Et comment pourrais-je le savoir ? En attendant je descends à la cave pour nous trouver une bonne bouteille et fêter l'évènement.

— Bof… six mois c'est long… peut-être trop long, maugréa Auguste.

— Arrêtez, père, vous serez un triple grand-père très fringant à Noël, j'en suis persuadé. Sauf si vous en décidez autrement…

— Alors espérons, conclut Auguste en haussant des épaules. Comme résigné.

Alors qu'Albert débouchait une bouteille de Léoville-Barton 1895, grand cru classé en 1855, Émile Combes, à Paris, devenait le nouveau président du Conseil. À peine plus tard Augustine s'emparait du « sujet », violente dans ses diatribes à l'encontre de ce personnage controversé essentiellement à cause de son anticléricalisme. Le nouvel homme fort de la Nation menaça illico de fermer les lieux de cultes, comme par exemple ceux des congrégations religieuses qui ouvraient leurs portes aux fidèles de l'extérieur. Augustine enrageait de voir l'intransigeance de cet homme contre l'Église alors même qu'il avait été élevé dans un milieu catholique pratiquant. Déjà, en tant que ministre, il s'était attaqué violemment à l'Église au nom des principes de la République. Et Augustine craignait donc un déchaînement depuis qu'il venait d'être nommé président du Conseil. Ces longues séquences sur « cet odieux personnage », mentionnait-elle, lui faisaient hésiter à revenir sur l'affaire Dreyfus. En pleine tempête anticléricale, inutile de revenir sur l'attitude à adopter face aux Juifs. La tempête secoua ces familles très croyantes comme les Bériand de Courcourt et les Vercoutre et, à un moindre degré, les Thillet-Bordes. Alors Augustine alterna les chapitres sur la politique du pays avec les séquences consacrées aux familles. Ainsi annonça-t-elle la naissance prévue d'un petit Thillet-Bordes chez Albert juste avant Noël. Quelques paragraphes plus bas elle rapporta la naissance effective d'un petit Vercoutre, le deuxième de Désiré et de Mathilde, après Jules. Un petit qui répondait au doux prénom d'Honorin. Et sur la page suivante elle invectivait carrément sa belle-sœur Marie qui elle aussi souhaitait avoir un enfant : « est-ce sensé, je le demande, d'envisager une descendance issue de ces Decosse ? Fondamentalement ce serait renier ses origines Thillet-Bordes. »

Émile mit sa femme en garde : ce dernier point ne la regardait pas et il lui enjoignit de se limiter à rapporter des faits avec un minimum de commentaires surtout pas engagés. Exactement comme sa mère le faisait si bien.

*

L'année 1902 s'avérait décidément difficile. Après le petit tremblement de terre à Arcachon, après cet autre tremblement de terre, national cette fois, de l'arrivée au pouvoir du père Combes, un cyclone s'abattait sur la Petite Mer. Pas énorme mais avec, malgré tout, des effets considérables pour certains. À l'aube de ses vingt ans, Julien Decosse participait régulièrement aux pêches de proximité. Compte tenu des séquelles de sa polio il n'était pas question pour lui de suivre la voie empruntée par son frère qui pêchait sur un chalutier vapeur jusqu'au large de l'Écosse ou de la Mauritanie, et sans doute prochainement jusqu'à Terre-Neuve. Alors, avec une vingtaine de pêcheurs, le cadet Decosse s'adonnait aux plaisirs de la pêche à la senne dès les beaux jours revenus. Ce type de pêche consistait à encercler dans un filet un banc de poissons et le traîner ensuite jusqu'à terre. Et donc quelques hommes restaient à terre tandis que les autres portaient le filet dans une pinassotte. Tel était le cas pour Julien grâce à l'embarcation héritée de son père. Hélas ce méchant cyclone fracassa la pinasse de Julien qui était, ce jour-là, amarrée au Cap-Ferret, pour la réduire à un amas de planches broyées au large du Mimbeau. Le désarroi du jeune Decosse fut incommensurable. Au point qu'Émile, son patron à la CTB, dans un élan de générosité dont il n'était plus coutumier, décida de lui faire construire une nouvelle pinasse. Sans doute que le fils Thillet-Bordes se rappelait en la circonstance les admonestations du père à propos de son attitude face au personnel… Il commanda une pinasse plus grande que la pinassotte de Baptiste, tenant compte de l'âge de Julien d'une part, et de sa capacité à bien barrer d'autre part. Avec également le secret espoir que le gamin réserve désormais le produit de ses pêches à la CTB. Systématiquement. Émile contacta les chantiers Lalande et précisa vouloir une pinasse de onze mètres. Subjugué, Julien demanda timidement s'il pouvait choisir le nom de la pinasse, car il rêvait de l'appeler Marie en l'honneur de sa belle-sœur qu'il adorait. Mais Émile lui refusa ce petit privilège. Et lorsqu'aux chantiers Lalande on lui demanda la couleur qu'il souhaitait pour l'embarcation commandée, il répondit tout à trac :

— N'importe ! Pardon, si, trouvez-moi une couleur qui commence par un M car la pinasse à Julien sera la propriété de la villa M. Mais surtout, oubliez le marron, c'est une couleur triste qui ne me plaît guère.

Ainsi naquit, quelques mois plus tard, la Pinasse Mauve ! Et au retour des beaux jours de 1903 Julien l'adopterait immédiatement et avec grande fierté. Il la trouva grande, belle, originale et, forcément, repérable ! De fait, très vite sur la Petite Mer les ostréiculteurs, les pêcheurs et même les commerçants du bord de mer, diraient en la voyant glisser sur l'eau :

— Tiens, voilà la pinasse à Julien.

Et du jour au lendemain toute la communauté de la Petite Mer allait adopter cette jolie pinasse mauve.

*

Arcachon, sa promenade en bord de mer et son quartier chic de la ville d'hiver plongeaient avec délectation dans la Belle Époque. Et contrairement à Paris où les belles en crinoline paradaient essentiellement le dimanche voire le samedi en fin de journée, l'élégance ne réservait pas ses jours à Arcachon. Sur le territoire des fofolles et entre les jetées Thiers et d'Eyrac, c'était Belle Époque la semaine comme le dimanche. Les élégantes, tout de même endimanchées, du point de vue des gens modestes de l'autre côté d'Eyrac et jusqu'à l'est de l'Aiguillon, aimaient assister aux couchers du soleil depuis cette terrasse du café du casino de la plage. Car le château Deganne devenait théâtre et allait se transformer en casino. Toutes ces belles dames, qui se sentaient imprégnées d'une dose de noblesse, pestaient contre les pêcheurs et surtout contre les marchandes de poissons – « royans frais, royans frais » – qui rompaient la sérénité des lieux. Heureusement ces séances de répartition et de vente de la pêche ne survenaient qu'assez rarement au coucher du soleil. Et les filets ne séchaient plus sur l'estran, à l'ouest de la jetée d'Eyrac.

« Merci monsieur le maire » pouvait-on entendre à l'occasion. Mais ces oisives n'avaient pas la moindre idée du nom du maire qui avait interdit le séchage à l'ouest… et elles s'en fichaient comme de leurs premiers dessous… Occasionnellement, ces belles dames et les beaux messieurs qui les accompagnaient délaissaient la plage pour filer en calèche à l'ouest de la petite montagne et s'agglutiner sur une colline des Abatilles en bordure du Bassin. De là, plein ouest, on apercevait le soleil qui se couchait derrière le Cap et, à travers un joli bois de pins, on distinguait nettement la pointe. Quel décor ! Surtout lorsqu'une fine barrière de nuages jouait avec le soleil pour faire varier les tons à plaisir. Le soleil semblait se faufiler entre les barrières successives pour enchanter des spectateurs à chaque fois ébahis. Féerique ! Opiniâtre jusqu'à sa disparition derrière le Cap-Ferret, le gros astre illuminait toutes ces formes ouatées tour à tour roses, orangées, rouge profond, pour terminer dans le bleuté et l'argenté. Un festival de couleurs que tous les présents rêvaient de revoir le lendemain, en priant Dieu pour qu'il leur replante le même décor que la veille. Au retour, au plus fort de l'embouteillage des calèches, on pouvait entendre la litanie des dithyrambes à propos de ce petit paradis. Ainsi se forgeait, chaque jour un peu plus, la réputation de la Petite Mer chez les estrangeys…

Augustine aimait la Petite Mer mais n'appréciait pas du tout qu'Arcachon puisse afficher de la sorte ce côté Belle Époque. Car pour elle – et pour son beau-père qu'elle influençait, à n'en pas douter – l'époque n'était pas belle. Pour preuve cette triste affaire Dreyfus qui alimentait les chroniques et les polémiques et qui déchirait le pays en deux. Pour preuve ce président du Conseil qui s'acharnait contre la religion au point de décréter la dissolution d'une majorité de congrégations. « Des lois indignes », écrivait-elle avec conviction. Pour preuve, enfin, la naissance en fin d'année d'un syndicat régional des marins pêcheurs. Avec – ô trahison suprême – l'appui clair et net du maire James Veyrier-Montagnères ! Et par-dessus le marché Augustine apprenait, choquée, qu'Aurélien Decosse faisait partie des personnes fondatrices du syndicat… poussé dans ce rôle par son épouse en personne !

« Notre monde et la communauté de la Petite Mer sont tombés sur la tête » concluait-elle ainsi sa page du Journal. Sans oublier de préciser : « au moment même où mon époux s'efforce d'acheter un nouveau chalutier vapeur capable de naviguer jusqu'à Terre-Neuve, ces gens-là ne veulent-ils plus travailler ? »

Albert avait souligné à la plume la dernière phrase de sa

belle-sœur et lorsqu'il la rencontra pour célébrer la naissance de sa petite Suzanne quelques jours avant Noël, il lui lança, toujours aussi caustique :

— Il est vrai que vous, ma chère belle-sœur, vous travaillez énormément et sans relâche !

Augustine quitta la pièce en claquant la porte sans même consacrer une minute à Constance et sans daigner admirer le beau bébé d'à peine dix jours, Suzanne Thillet-Bordes.

Cette naissance de la petite Suzanne troubla Marie. Certes son frère avait daigné lui annoncer la naissance de sa fille, mais malgré tout elle ressentait comme jamais la douleur de cette coupure familiale. Outre qu'elle regrettait l'absence de contact avec son père, elle n'appréciait vraiment pas de ne jamais voir ses neveux. Avec cette teigne d'Augustine elle savait qu'elle était persona non grata au quai des Chartrons et dans l'impossibilité de rencontrer André et Jean. Qu'allait-il advenir maintenant qu'Albert devenait père à son tour ? Serait-elle autorisée à voir Suzanne et du coup André et Jean en même temps ? Elle avait foi en Constance mais elle imaginait déjà cette dernière venir à l'Aiguillon avec sa fille, en catimini. Et soudain elle songea que si elle, Marie, devenait maman à son tour, l'attitude de la famille à son égard changerait peut-être. Hormis de la part d'Augustine, bien évidemment. Elle décida d'en parler à Aurélien sans tarder. Pour que son père puisse profiter lui aussi de l'enfant de sa fille avant… qu'il ne les quitte tous.

26

Marie n'avait plus franchi le seuil de la villa M. depuis son mariage. Elle tentait de fouiller dans sa mémoire pour capter quelques scènes de l'inauguration qui correspondait aussi à la célébration de ses dix ans. D'ailleurs, derrière ce nom de M. se cachait un peu celui de Marie, elle le savait. Quelle frustration, plus de quinze années plus tard… même si elle ne regrettait pas ses choix. Car en réalité elle se sentait chez elle à l'Aiguillon, entourée des autres femmes de marins-pêcheurs, et voisine des frères Lagrinche. Elle imaginait parfois, avec un sourire grinçant, que son père devenait un troisième frère Lagrinche. Elle rêvait même que son frère Émile, sous la coupe d'Augustine, devenait, lui, un fils Lagrinche ! Grâce à quelques épouses de pêcheurs employés à la SPTB, elle glanait des nouvelles des siens. Mais ces femmes se voulaient fort discrètes, quand bien même faisaient-elles confiance à Marie. Car quelque part cette dernière restait une Thillet-Bordes. Assez souvent elle parvenait à les mettre en confiance, alors elles parlaient. Peu, mais suffisamment. Monsieur Émile devenait de plus en plus grognon et ombrageux. Pire, il semblait se désintéresser de la SPTB. Même son de cloche de la part de ceux qui travaillaient à la CTB. L'effet du surprenant cadeau offert à Julien paraissait déjà bien loin… Et, selon quelques maris, monsieur Auguste en personne s'inquiétait de l'attitude négative de son fils et successeur. Aurélien, pour sa part, expliqua à Marie que les soucis du métier devaient engloutir le cerveau de son frère. Car bon nombre de pêcheries, de la Normandie jusqu'aux Charentes et même en

Gironde, n'étaient pas flambardes. Une rumeur couvait, selon laquelle Émile Thillet-Bordes guettait les pêcheries en difficulté pour leur racheter des chalutiers, surtout un vapeur morutier capable de naviguer aisément jusqu'à Terre-Neuve.

La rumeur se transformerait en réalité une année plus tard. En octobre 1905 Émile parviendrait en effet à racheter un chalutier morutier à une pêcherie bretonne au bord du dépôt de bilan. Un gros chalutier en bon état et apte aux grandes navigations transatlantiques. Ce qui se traduisait en premier lieu par l'existence en cale d'un énorme réservoir de glace, indispensable pour conserver le poisson un mois ou plus. Émile s'accrocherait à ce morutier pour deux raisons. D'abord parce qu'il portait la signature d'un célèbre chantier de Glasgow et, ensuite, parce qu'il savait qu'il le décrocherait à un prix très attractif. Ou son offre convenait à cette société, ou cette dernière faisait rapidement faillite. Et de fait la négociation, symbolique, tournerait court. Émile toucherait le gros lot avec bonne conscience puisqu'une faillite de plus serait évitée grâce à lui. Mais la tâche serait loin d'être terminée car il lui faudrait ensuite trouver d'excellents marins. Et pas seulement six comme sur les *Arkasson*. Plutôt une quinzaine de marins avec un capitaine et un capitaine en second, voire deux. Heureusement, sept marins et un capitaine en second suivraient le chalutier jusqu'à Arcachon, rendant la tâche du président de la SPTB un peu moins ardue.

Pendant cet épisode, l'adaptation de Marie à l'Aiguillon se poursuivait. Elle s'accommodait de ses deux petits métiers, réparatrice de filets d'une part, et spécialiste en chaulage de tuiles d'autre part. Et ravie, grâce à cette double activité, d'ajouter sa modeste contribution au salaire d'Aurélien. Un salaire qui lui paraissait bien mince en rapport aux risques encourus et aux efforts fournis. Mince mais plutôt juste, en réalité, en comparaison avec ceux de certains marins qui ne bénéficiaient pas du grade – ni des responsabilités – d'Aurélien. Ce dernier ne pouvait donc pas se plaindre, et il ne se plaignait pas. Mais, sourire aux lèvres, Marie savait qu'elle attendrait des lustres avant de se pavaner en crinoline dans les quartiers Belle Époque d'Arcachon, truffés d'oisives fortunées… Ses soucis étaient ailleurs. À son goût Aurélien passait trop peu de temps à terre. Autre souci, sa volonté de devenir maman la taraudait chaque jour un peu plus. Elle avait tant d'amour à donner qu'un petit Decosse lui permettrait d'oublier – provisoirement – les dangers que rencontrait Aurélien ; d'oublier un peu son père, ses neveux et sa nièce ; d'oublier la villa M. et son luxe. Oui, s'occuper d'un petit devenait indispensable. Même si, du fait du métier exercé par le futur père, la vie ne serait pas rose tous les jours. Ni pour elle, ni pour le petit, loin de là ! Mais après tout la majorité de ses collègues femmes de marins-pêcheurs étaient mamans. Et combien de fils de marins briguaient-ils la succession du père ? Une majorité, incontestablement. Ainsi en allait-il de la vie quotidienne à l'Aiguillon. Alors pourquoi hésiter ?

Une autre préoccupation surgit alors face au couple Marie-Aurélien. Le jeune homme s'investissait de plus en plus dans la création d'un syndicat de marins-pêcheurs. Il y tenait, pas spécialement pour lui-même, mais pour rassembler une communauté jusqu'alors plutôt dispersée, très dépendante de chacune des sociétés de pêche et du bon vouloir des patrons. Avec quelques autres capitaines en second il jugeait qu'il était temps d'harmoniser et de coordonner leurs fonctions, leurs devoirs, leurs droits et leurs actions. Car certaines sociétés réagissaient trop sévèrement à la moindre défection. Même en cas de maladie grave ou non feinte. Elles réduisaient au maximum les jours à terre, même si l'épouse devait accoucher quelques jours plus tard. Elles ne leur accordaient que rarement un repos suffisant après un retour éprouvant, comme suite à une tempête essuyée en chemin. Et enfin, elles retardaient la modernisation d'un chalutier alors que l'effort financier ne représentait que des broutilles pour leurs budgets. Marie soutenait Aurélien et l'incitait à persévérer. Des syndicats existaient déjà dans tant de professions à travers tout le pays. Et le droit de grève était légal depuis 1884. Vingt ans, déjà ! Alors l'ouvrage s'avérait indispensable. Entre deux sorties en mer les marins les plus concernés se réunissaient au café du port et mettaient sur pied un projet qui paraîtrait acceptable avant tout aux autorités municipales. Aurélien et ses collègues se souvenaient que le maire, tout juste réélu, leur avait démontré sa volonté de soutien dans un passé récent. Et James Veyrier-Montagnères ne serait certainement pas surpris par leur démarche, dans la mesure où des grèves se multipliaient à travers toute la France et pas seulement dans les ports…

Dans le même temps Marie prenait une initiative qui lui tenait à cœur depuis le naufrage du Héron, presque deux années plus tôt. En parallèle à la mise en place d'un syndicat, elle tenta de créer une association de femmes de marins-pêcheurs. Avec pour premier objectif d'aider les femmes et leurs familles lorsqu'elles venaient de perdre un marin en mer. Non point financièrement, ce rôle restait traditionnellement dévolu aux sociétés de pêche concernées, mais matériellement et moralement. Cette tâche de mise en place, qu'elle trouvait exaltante, s'avéra beaucoup plus pénible qu'elle ne l'imaginait au début. Elle rencontra le monde de la peur. Une majorité parmi les épouses des marins redoutait que la création d'un syndicat et presqu'autant celle d'une association de femmes, ne suscitent les foudres des patrons. Comme jadis, lorsque le droit de grève n'était pas légal. Elle dut s'acharner à expliquer que le monde du travail changeait et qu'il allait encore évoluer… vers une vie meilleure pour tous les travailleurs. Elle prit pour exemple la construction de la passerelle de l'Aiguillon qui facilitait considérablement l'approvisionnement en charbon pour les chalutiers, et pour ne citer que ce bénéfice-là :

— Croyez-vous que cette passerelle serait en place aujourd'hui sans le souvenir des grèves de 1900 ? J'en doute. Ces grèves restent gravées dans les esprits.

Convaincante, Marie parvint à constituer son association à la mi-1904. Aussitôt Augustine se déchaîna contre sa belle-sœur « plus révolutionnaire que jamais », jugeant son action indécente alors même qu'une nouvelle pêcherie faisait faillite. Selon elle toujours, Émile devenait chaque jour un peu plus irascible, pris en étau entre la situation économique pourrie et les difficultés croissantes dues aux conflits avec les employés. « Une femme inconsciente, concluait-elle à propos de Marie, qui semble jouir de mettre de l'huile sur le feu. »

Quant à Auguste, le beau-père, il lui donnait l'impression d'être devenu intégralement aphone. Il ne réagissait plus à rien. Dans ce contexte tendu chez les Thillet-Bordes, la nouvelle réélection de James Veyrier-Montagnères passa au second plan dans le Journal de la Petite-Mer, cela d'autant plus qu'une canicule épouvantable vint assommer le beau-père et tous les ostréiculteurs. Augustine faisait de son mieux pour convaincre le grand-père qu'il bénéficiait, dans ces circonstances pénibles pour tous, d'une chance indéniable en résidant en bord de mer, avec nettement plus d'air qu'au milieu des terres. Elle lui assénait que résider au quai des Chartrons devenait infernal et intenable. D'ailleurs Albert et les siens s'étaient exilés à la pointe de Graves pour quelques jours grâce à un ami viticulteur. Au moins sur la petite montagne un souffle d'air, matin et soir, apportait son lot – même restreint – de réconfort. Elle lui imposait une promenade au coucher du soleil et, depuis la terrasse du casino de la forêt, elle lui occupait l'esprit en évoquant cette fameuse mais lamentable cabane tchanquée qui venait tout juste de changer de propriétaire. Avec l'espoir de la voir retapée et pimpante prochainement[39]. En réalité Auguste, en observant cette zone si propice aux huîtres, songeait aux pauvres ostréiculteurs en pleine crise. Cette canicule en était-elle une cause ? Peut-être, mais partiellement. L'effondrement de cette chère gravette du Bassin était effectif bien avant cette grosse chaleur. Le règne de la portugaise devenait inéluctable. Et de fait cette huître « estrangeyre » permettrait une amélioration rapide de la production. Rapide certes, mais douloureuse pour les esprits et pour les traditions… Pour créer diversion, allez savoir, le casino de la plage fut inauguré au mois d'août, la canicule à peine disparue. Une cérémonie sans représentants des marins-pêcheurs ni des ostréiculteurs. À l'évidence leurs préoccupations étaient ailleurs. Marie, un moment tentée d'y assister, y renonça pour partager son temps avec ses amies les épouses des marins-pêcheurs. Après tout, son rôle désormais, de par sa position dans l'association, était d'être présente auprès de ces femmes en toutes circonstances ou presque. Pas de parader au casino… Et même si en ce jour un peu particulier l'accablement des ostréiculteurs était plus patent que celui du monde de la pêche.

*

39 – Terriblement détériorée par l'action des mollusques, des vers et des tempêtes successives, elle fut effectivement reprise par un nouveau propriétaire en janvier 1904.

En dépit de la charge de ses deux garçons, confiés la plupart du temps à Thérèse, et lorsqu'elle n'écrivait pas son Journal de la Petite Mer, Augustine commençait à s'ennuyer. Son mari jouait de plus en plus aux abonnés absents : voyages de prospection à la recherche d'un chalutier et de quelques marins ; ou des journées entières enfermé dans les locaux de la SPTB, incluant de plus en plus des samedis et parfois même quelques matinées les dimanches. À croire qu'il cherchait à l'éviter… Et par ailleurs le beau-père l'ennuyait à cause de son mutisme : une autre façon de l'éviter ? L'affaire Dreyfus l'ennuyait, elle aussi, et l'attitude du père Combes l'exaspérait chaque jour un peu plus. À croire qu'elle attendait une nouvelle tempête à Arcachon pour se déchaîner et écrire des pages et des pages à propos du malheur des autres. En attendant, elle se cantonnait à critiquer vertement sa belle-sœur Marie qui, selon son autre belle-sœur Constance, rêvait tous les jours de devenir mère. Indécent… Entre deux pages remplies de fiel, Augustine consacrait malgré tout un peu de temps à son fils Jean, et à lui seul. Au point qu'André en ressentirait amertume et jalousie. L'automne apparut plus propice à l'écriture pour la chroniqueuse. Ainsi ne manqua-t-elle pas de mentionner en quelques lignes la première course de vaches landaises aux arènes des Abatilles. Un évènement à succès qu'elle jugea absurde et tout juste bon pour ces oisifs du Bassin que les agissements de Combes laissaient indifférents ! Elle répertoria également qu'Arcachon venait d'être érigé en canton. Cela sonnait-il la fin des querelles entre La Teste et Arcachon, entre Pierre Dignac et James Veyrier-Montagnères ? La suite démontrerait que non. Respectant ses principes d'informations alternées, elle rapporta, en décembre de la même année, la naissance de la petite Léonie Vercoutre, fille de Désiré et de Mathilde et sœur de Jules et d'Honorin. Elle concluait son paragraphe en soulignant qu'enfin les Vercoutre pouvaient célébrer la naissance d'une fille, eux qui n'engendraient que des garçons ! La dernière Vercoutre avant Léonie était tout simplement Henriette, sa regrettée belle-mère. Elle s'épancha un peu plus longuement sur une autre naissance, fin février 1905, celle de Francine Thillet-Bordes, sœur cadette de la petite Suzannc. Ellc célébra l'arrivée d'une deuxième nièce mais n'y alla pas de main morte dans ses commentaires, au point de devoir subir une séance orageuse de la part d'Émile. Car la peste avait consigné la frustration évidente de son beau-frère Albert qui « devait se douter qu'on se moquait de lui à Bordeaux, son couple étant dans l'incapacité d'avoir un petit mâle, un petit héritier Thillet-Bordes ». En dépit de cette page truffée de sarcasmes, qu'elle lut comme tout un chacun, Constance était heureuse. Elle se fichait bien d'avoir des filles plutôt que des garçons, pourvu qu'elles fussent de beaux enfants en bonne santé. Elle consola Albert en lui annonçant :

— Mon tendre et doux mari, la troisième naissance sera la bonne, enfin pour vous, j'entends.

Constance bénéficia du soutien inattendu de Marie. Une excellente surprise surtout après l'impression d'indifférence donnée par son beau-père. Aucun mot de la part de ce dernier pour manifester sa satisfaction. Ni aucun mot de réconfort au cas où, elle aussi, aurait préféré un garçon comme deuxième petit. Dommage que Marie ne fût point la bienvenue au quai des Chartrons. Mais quelques mois plus tard, Constance saurait s'en accommoder.

*

La petite Léonie ne profita guère de son grand père Léon. Ce dernier s'éteignit le 20 mars. Un homme usé. Usé par son travail, par ses responsabilités et par son investissement quotidien à la tête des Teintureries Vercoutre. Usé également, selon son médecin de famille, par les séquelles, directes et indirectes de la guerre de 1870 dans le Nord. Ce pauvre Léon fut en permanence confronté à une vie dure, comme par exemple de subir « les boches » ce qui était loin d'être une sinécure... Avec, malgré tout, une vie semée de bons moments comme le succès indéniable des Teintureries sous sa gouverne. Ou comme l'idée surprenante, avec succès à la clé, d'envoyer ses frères aux antipodes. Et sans oublier la réussite familiale, en particulier avec Désiré : un beau mariage, trois enfants et peut-être d'autres, et le succès de la passation des pouvoirs. Certes, Édouard tenait, lui, du phénomène paléontologique en tant que compagnon à l'ancienne. Mais au moins ne se présenta-t-il jamais en obstacle, ni face au défunt, ni face à son frère, en ce qui concernait la succession. En fin de compte, à l'unanimité des familles et des proches, Léon partait trop tôt, beaucoup trop tôt. Ce qui fit dire à Auguste, devant sa bru Augustine :

— Franchement, moi qui suis l'aîné de Léon de quatre bonnes années, je me demande ce que je fiche encore dans ce bas monde. Et vous savez, Augustine, cela me donne cette sale impression que moi, en comparaison avec Léon, je n'ai pas été usé par mon travail et par mes responsabilités !

— Oh mais non, père ! Vous savez bien que non. En réalité c'est parce que vous êtes une personne très résistante et, au risque de vous agacer, qui se porte vraiment bien aujourd'hui.

— Vous êtes bien aimable ma chère enfant, mais je n'en crois rien. Il ne reste, en réalité, qu'une seule explication à ma présence prolongée : je pense que le bon Dieu m'a oublié.

Auguste ne monta pas jusqu'à Lille pour assister aux obsèques de Léon en l'église Saint-Maurice. Émile lui recommanda de ne pas se déranger, surtout pas.

— De toutes les façons, lui répondit-il, vu mon état et une fois sur place, je suis certain que j'accompagnerai Léon dans sa tombe le jour même de l'inhumation.

— Père, je vous en prie, cessez de nous seriner avec cette tendance morbide ! Essayez plutôt d'apprécier la vie. Combien de gens rêveraient d'être physiquement dans votre état à votre âge ? Moi-même je prie le Seigneur pour me retrouver comme vous pour mes soixante ans.

Émile s'en fut avec son frère représenter le clan Thillet-Bordes auprès des Vercoutre. Il tenta de consoler Désiré tandis, qu'à peine la cérémonie funéraire terminée, Édouard et Albert jouaient déjà les facétieux et se lançaient dans une partie de jeux de mots mal à propos. Augustine présente les aurait fusillés et peut-être pas seulement du regard ! Victor l'Argentin avait réussi à faire le déplacement depuis Bahia-Blanca, alors qu'Alphonse, très souffrant, n'aurait pas supporté le long voyage. D'après Désiré le cœur était touché, tout effort lui était interdit et une observation médicale permanente lui était imposée.

*

Pendant ce temps un nouveau petit bonheur venait envahir la « cabane » d'Aurélien. Constance profita en effet de l'absence d'Albert et d'Émile, ainsi que de celle d'Augustine, à nouveau installée à la villa M. au prétexte de soutenir le beau-père, pour rendre visite à Marie avec ses deux fillettes. Elle prit un peu sur elle car s'inviter dans ce quartier de l'Aiguillon ne l'enchantait guère, même si elle n'affichait pas le même dégoût qu'Augustine. Cette première rencontre décida les deux femmes, visiblement enchantées, à renouveler les visites une fois par mois. Albert ne s'y opposerait pas. Augustine si, violemment, au point qu'Émile dut lui imposer sa propre décision après une vive altercation. Marie, de son côté, se souviendrait longtemps de cette première visite. D'abord parce qu'elle put admirer ses adorables petites nièces et les serrer dans ses bras. Suzanne faisait déjà preuve d'un caractère affirmé et la bouille de Francine aurait fait craquer le cœur de plus d'une mère… et à l'évidence celui d'une aspirante maman comme l'était Marie. Et ensuite, justement, parce que Constance incita avec force conviction sa belle-sœur à avoir des enfants au plus vite. Un meilleur choix pour elle, et plus encore pour les petits.

— Je vous avoue, lâcha Constance, que le neveu André est froid et distant. Quant à Jean, il ne quitte pas les jupes de sa mère sauf pour celles de Thérèse. Alors, entre vous et moi, je serais heureuse pour Suzanne et Francine qu'elles trouvent des petits cousins avec qui s'entendre.

Marie, subjuguée par l'émotion, embrassa Constance avec tout l'amour qu'elle réservait à sa propre mère. Et dire que c'était elle, la pièce rapportée, qui se comportait de la sorte et oubliait l'intransigeance Thillet-Bordes à l'égard… d'une Thillet-Bordes.

Un peu plus tard Marie retrouva Constance et ses filles en catimini pour assister à une compétition symbolique sur la Petite Mer. Une compétition internationale réservée aux bateaux à moteur : la célébrissime coupe *Hamsworth* qui se déroula – une grande première – à Arcachon. Et malgré le petit nombre de participants, le spectacle et le succès furent au rendez-vous. Avec, c'était prévisible, la victoire d'un concurrent anglais. À cette occasion Constance confia à Marie qu'elle préférait assister à ces courses depuis la terre ferme plutôt que dans une embarcation. Naviguer lui faisait peur et les pinasses, bien trop frêles pour elle, l'effrayaient, au point d'ajouter:

— J'ai aperçu la pinasse mauve de votre beau-frère. J'en frémis et je vous garantis que je ne suis pas prête à y embarquer.

En novembre une nouvelle tempête ravagea la Petite Mer. Dès le surlendemain, comme un signe symbolique, Marie assista en l'église Notre-Dame des Passes du Moulleau, à une messe en souvenir des marins-pêcheurs disparus en mer et dont les corps n'avaient jamais été retrouvés. Solidaire, sa présence était indispensable es-qualité de présidente de sa toute jeune association de femmes de marins-pêcheurs. Une présence fort appréciée au soutien de toutes ces veuves qui tentaient de survivre le plus dignement possible. En sortant, après la cérémonie, elle prit le temps de longer une mer calmée et de constater les dégâts flagrants et leur ampleur sur les jetées et sur les façades des maisons du bord de mer. Le vent, saturé de sel, avait frappé avec violence beaucoup de villas élégantes qui en avaient perdu ces belles couleurs qui accusaient leur charme. En ajoutant les effets dévastateurs du sable, ces maisons du front de mer payaient régulièrement un lourd tribut aux intempéries. Impressionnée et même inquiète, elle décida de passer devant la villa M. Éloignée du bord de mer, elle ne semblait pas atteinte. Pour cette fois. Seul un pin s'était cassé à mi-hauteur mais sans conséquence pour la façade. Un soulagement pour Marie, prise aussitôt par une pointe de nostalgie. Elle versa une petite larme et s'empressa de regagner l'Aiguillon.

Émile, de son côté, s'était lancé depuis plusieurs mois à la recherche d'un capitaine et d'au moins six matelots. Un impératif pour compléter l'équipage du morutier acheté par la SPTB.

Grâce à cette équipe, partielle mais préservée, Émile espérait que la formation des recrues en serait facilitée et accélérée. Afin de dénicher des marins aguerris d'une part, et pour ne pas gêner ses confrères et concurrents du Bassin d'autre part, il s'absenta par deux fois pour parcourir les côtes bretonnes et normandes. Il glana également des informations sur l'expérience des autres pêcheries sur Terre-Neuve et finit par embaucher quelques marins-pêcheurs expérimentés. Chanceux, il revint même de son deuxième voyage en compagnie d'un capitaine en second à coup sûr destiné à devenir capitaine. L'homme souhaitait changer d'air pour oublier un drame familial. Discret, il n'en dirait pas plus à son nouveau patron. Mais ce dernier parviendrait à apprendre que le pauvre homme venait de perdre son épouse alors qu'elle mettait au monde leur premier enfant. Un enfant mort-né, en guise de double peine. Un très grand malheureux, ce pauvre Robert, pour un petit chanceux, Émile. Ce dernier sut rapidement faire la part des choses, reconnaissant les bons côtés de sa propre vie.

Pendant ce temps, à Paris, Émile Combes scellait la séparation effective entre l'Église et l'État Français. Ce qui entraîna, ipso facto, la rupture des relations avec le Vatican. Et provoqua en conséquence la colère de tous les catholiques convaincus du pays, comme par exemple les Bériand de Courcourt et les Vercoutre. Après l'incroyable affaire Dreyfus, une deuxième fracture voyait le jour, coupant la France en deux. « Une nouvelle fois par la faute de nos dirigeants. Pauvre France, jusqu'où irez-vous avec ces gouvernants misérables ? » concluait Augustine dans son journal de la Petite Mer.

27

À petits maux, lourdes conséquences. Lorsque le rachat d'un deuxième morutier capota, Émile en voulut à la Terre entière. Son caractère, déjà rendu fort éprouvant pour les autres par la grâce d'Augustine, devint proprement infernal.

— Pire que celui de sa femme, gloussa Albert, toujours prêt à une bourde supplémentaire.

La litanie des récriminations du président de la SPTB effraya tout le personnel de cette dernière et peut-être Auguste plus encore. Alors le fondateur quitta sa torpeur pour tancer son fils :

— Votre attitude devient inqualifiable, mon fils. Et pire, insupportable pour tout le personnel de la SPTB. Manquer l'occasion du rachat d'un morutier n'est qu'une péripétie. Par contre, vos réactions peuvent tuer la société. Et je vous le dis tout net : sans la SPTB peut-être parviendrai-je à survivre, mais certainement plus à vivre ; vivre une vie acceptable, j'entends. La SPTB c'est ma petite chérie. Or vous, qui êtes père de deux enfants, vous devriez me comprendre. La logique de la vie est que le père décède avant ses enfants. Alors Émile, sachez une fois pour toutes que la mort de la SPTB me serait intolérable.

— Mais justement, père, c'est mon ambition en faveur de la SPTB qui me pousse à acheter un deuxième morutier d'occasion. Sans cet objectif de croissance la société, votre société, ne soutiendra pas longtemps la comparaison avec les grands groupes de l'étranger. Je vous l'ai déjà précisé, je cherche le moyen de créer un chantier naval de moyenne importance. Mais l'investissement en machines est terriblement élevé. Même en limitant les constructions à des pinasses de onze mètres environ. Sauf endettement de vingt à trente ans, soit bien plus que pour une conserverie. Je le regrette d'autant plus que l'époque est vraiment propice au développement d'embarcations que nous équiperons d'un moteur. Ce sera un succès sans précédent, j'en suis convaincu. En effet, grâce à tous ces gens fortunés qui viennent de très loin, désormais, pour goûter aux plaisirs de la Petite Mer, la pinasse à moteur deviendra rapidement le véhicule idéal pour parcourir et apprécier ce lieu béni.

— Alors, mon fils, si vous êtes convaincu à ce point et si la réalisation de cette idée peut améliorer votre caractère et vos relations avec tout le personnel, lancez-vous, lancez ces chantiers ! Mais en prenant grand soin de démontrer aux employés, à tous les employés, de la SPTB comme de la CTB, qu'ils en tireront, eux aussi, beaucoup de bénéfices.

— Merci père, merci pour vos encouragements. Mais il reste malgré tout cette épineuse question du financement.

— Jouez donc de la fibre familiale ! Quitte à partager la société avec des proches pendant un certain temps.

— Vous pensez à qui ?

— Très simple : demandez aux Bériand de Courcourt, demandez aux Vercoutre et demandez également à votre frère. Et en admettant que vous parveniez à les convaincre tous, le solde du financement, contracté auprès d'une banque qui nous connait suffisamment, ne vous entraînera pas trop loin. Un emprunt sur dix ans c'est jouable. Vous n'avez pas encore quarante ans.

— Euh, je crois que vous avez raison, même si je doute sérieusement que mon frère puisse sortir une grosse somme.

— Si vous le souhaitez je puis me charger d'Albert. À la condition expresse que vous n'alliez pas me reprocher un échec !

— Merci une nouvelle fois, père. Je suis d'accord, et de mon côté je vais commencer par mes beaux-parents.

— Un conseil, commencez d'abord par sonder Augustine et surtout par l'impliquer. Ce sera la meilleure façon de la convaincre du bien-fondé de votre projet.

Une semaine plus tard Émile n'en crut pas ses oreilles. Non seulement Augustine afficha une forme d'enthousiasme, mais en quelques jours elle parvint à convaincre sa famille. La seule condition assortie à l'apport financier Bériand de Courcourt fut d'obtenir une part du capital de la nouvelle société. Une part à peu près proportionnelle à l'apport. À savoir, selon les calculs d'Émile, entre vingt et vingt-cinq pour cent. Dans le principe il savait qu'il ne pouvait pas refuser. Fort de ce premier succès, en grande partie imputable à sa femme, Émile s'en fut à Tourcoing pour tenter de convaincre le cousin Désiré. La négociation fut difficile, d'autant plus que la patience n'était pas l'apanage du patron de la SPTB. Au bout du compte, ce qui signifia trois jours de tractations, Désiré donna son accord sans jamais avoir évoqué le moindre montant ni le moindre pourcentage de participation. Lorsqu'Émile, prêt à rentrer à Bordeaux, insista, fébrile, pour connaître la somme accordée, Désiré lui mentionna un montant qui représentait un tout petit peu plus de cinquante pour cent de l'investissement total ! Gêné, Émile ne sut quoi répondre. Il n'était pas question pour lui de perdre le contrôle d'une société qu'il fondait et qu'il intégrait au groupe SPTB. Désiré s'était montré redoutable de discernement en ciblant avec précision cinquante et un ou cinquante-deux pour cent du besoin en capital. Alors Émile s'imposa de rester deux jours de plus, deux jours de calculs et de transactions parfois à la limite du pénible. Car Désiré, toujours charmant, se montra ferme, exigeant et même intraitable. Car pour lui, participer signifiait d'obtenir cinquante pour cent du capital ou au minimum un bon tiers. Au final Émile parvint à arracher un accord pour une participation de trente-quatre pour cent en se réservant l'exclusivité de toute augmentation de capital à l'avenir. Ainsi, avec les vingt pour cent de la famille de sa femme il ne disposerait plus que de quarante-six pour cent les premières années, avec malgré tout la part principale des actionnaires. Et en espérant un échec entre son père et Albert !

— Mais bon, concluait-il pour lui-même, cette situation de riche vaut toujours mieux qu'une situation de pauvre, avec l'obligation de demander la quasi-totalité du financement à la banque. Grâce à ces deux participations, plus la mienne propre, l'emprunt ne représente plus que vingt-six pour cent du capital total nécessaire.

Dans le train pour Bordeaux la sueur continuait de perler au niveau de son cou. Désiré lui avait imposé une négociation radicalement à l'opposé de celle qu'il avait imaginée. Mais au final il pouvait s'estimer satisfait. Et lorsqu'il revit son père, ce dernier lui annonça qu'Albert, après avoir tergiversé, avait refusé toute participation. Émile poussa un « ouf » de soulagement ! Et il rit franchement lorsque son père lui expliqua le motif du refus de son frère : les Bériand de Courcourt avaient dit oui et pris une part !

Augustine n'allait pas laisser bien longtemps une impression positive. C'était prévisible, et son côté « critique acerbe » reprit le dessus rapidement. Dès le retour de son mari de Tourcoing elle l'assaillit pour se plaindre d'Albert et de son épouse :

— Avec votre frère qui ne pense qu'à plaisanter et une Constance beaucoup trop faible, je crains malheureusement que Suzanne et Francine ne soient mal éduquées. Sous le prétexte de vouloir le bonheur de deux petites gamines, Albert réfute mes remarques sur son absence d'autorité. Ainsi a-t-il aboli beaucoup de punitions pourtant méritées. Il cède sur tout au nom du bonheur de ses deux fillettes qui ne matérialisent même pas encore ce que peut signifier le bonheur ni où il peut se loger. Avez-vous été malheureux, Émile, ou votre frère, face à l'autorité naturelle et de bon escient de votre père ou de votre mère ? Non. Alors pourquoi ces faiblesses coupables de mon beau-frère et de son épouse ? Je n'accepterai jamais de réactions aussi floues et de telles capitulations devant André et Jean. Que ce soit bien clair ! Voulez-vous que je vous dise, mon mari, Constance est d'une sensibilité absurde que j'assimile à de la sensiblerie enfantine.

— Augustine, je vous trouve très sévère, cette fois encore. Et cette question d'éducation les regarde, pas nous.

— Non Émile, vous vous trompez ! Car même si nos fils sont les aînés de leurs deux cousines, ils ne pourront pas ne pas remarquer que nos deux nièces mènent une vie facile. Remarquer et comparer, bien sûr ! Alors que moi je m'astreins chaque jour à combattre les moindres manifestations de caprice et d'oisiveté chez nos garçons.

— Admettons. Je veux bien en toucher deux mots à Albert même si je devine déjà qu'il ne tiendra pas compte de vos remarques. Vos récriminations incessantes l'exaspèrent. Quant à vos préjugés et à vos méthodes d'éducation, vous savez comme moi qu'il les qualifie de surannées…

— Et vous, qu'insinuez-vous ? Que je ne sais pas élever nos fils ?

— Je n'insinue rien. Je vous demande simplement de cesser d'accabler cette chère Constance, notre belle-sœur. Pour une fois, faites preuve d'un minimum de mansuétude.

— Sachez que j'apprécie beaucoup Constance en tant que belle-sœur. Mais beaucoup moins Constance, la mère de nos deux nièces.

Émile haussa les épaules et repartit dans son dossier de mise en place des « CNTB », les Chantiers Navals Thillet-Bordes.

*

Malgré ce gouvernement profondément radical et anticlérical, les Thillet-Bordes approuvèrent quelques mesures d'importance. Deux d'entre elles venaient directement de Paris. La première notifiait la fin de l'affaire Dreyfus. Augustine n'apprécia guère la conclusion trop favorable au capitaine. Non pas vis-à-vis de l'homme lui-même mais plutôt parce qu'il représentait la communauté juive. Et surtout, vexée, elle imaginait le triomphe de Marie Decosse la révoltée. Un arrêt de la Cour de cassation innocentait définitivement le capitaine Dreyfus et le réhabilitait dans ses fonctions. Dans la foulée il était même promu commandant. Et, contrairement à ce qu'imaginait Augustine, Marie aurait le triomphe modeste.

La deuxième bonne nouvelle fut plus locale. Et celle-là frustra quelque peu Marie : la généralisation de l'électricité dans la ville d'Arcachon. Cette mesure concernait vraiment tout Arcachon et pas seulement quelques installations privées et privilégiées. Marie, un peu à l'écart à l'Aiguillon, devrait patienter encore plusieurs trimestres.

Et enfin, la troisième mesure jugée positive, d'ordre national, n'affectait que les jeunes hommes et leurs familles, puisqu'elle concernait le service militaire. Une loi de 1905 remplaçait l'ancienne de 1889 en ramenant la durée du temps passé sous les drapeaux de trois à deux ans. Elle supprimait en outre le système du tirage au sort au profit de l'introduction de celui du sursis. Cette nouvelle loi convint à Émile qui songeait déjà à ses fils et à la prolongation possible de leurs études supérieures. Par contre elle n'enchanta guère Augustine la rabat-joie qui considérait que trois années correspondaient au minimum indispensable pour aguerrir les jeunes avant leur entrée dans la vie active. Et c'était valable pour scs fils. Même si cette loi ne déclencha pas sa colère comme celle, peu après, concernant la séparation de l'Église et de l'État. Son indignation atteignit en effet son paroxysme lorsque des fonctionnaires procédèrent à l'inventaire des biens religieux, assistés par des cohortes de gendarmes. Ces derniers étaient présents pour disperser les croyants qui se massaient dans les monastères et dans les églises avec pour objectif d'empêcher cette procédure « odieuse pour tous les catholiques et pour moi la première. » Et de plus Augustine admettait mal que son époux, lui, ne réagisse pas contre ce comportement infâmant. De la part de son beau-père ou d'Albert, elle n'attendait rien, mais que son mari, lui, joue les indifférents la choquait. En réalité les préoccupations d'Émile étaient à des années-lumière de cette querelle entre athées et croyants. Un tant soit peu requinqué par le lancement effectif de ses chantiers navals, il veillait avec soin que la SPTB soit en phase d'expansion. Et – on n'était jamais à l'abri d'un coup de chance – cela s'avéra être le cas au moment précis de l'enregistrement de la société comme « Chantiers Navals Thillet-Bordes ». Ainsi les personnels de la pêcherie et de la conserverie ne prirent pas ombrage de la création des CNTB qui entraient dans le giron du groupe. Une simultanéité totalement fortuite mais ô combien rassurante et précieuse.

En plein cycle de sérénité, Émile décida symboliquement que le premier ouvrage des CNTB serait d'équiper la pinasse mauve d'un moteur. La « pinasse à Julien » figurerait donc parmi les premières « pétroleuses » du Bassin. Cette embarcation particulièrement repérable permit presque du jour au lendemain de gonfler le carnet de commandes des tous jeunes CNTB et cela au-delà des espérances du patron ! Augustine en maugréa contre Émile car même si elle appréciait ce bon départ d'une société à la création de laquelle elle avait contribué, elle tenait à remettre les événements à leur juste place. Comment se réjouir ainsi du succès d'une petite entreprise alors que pour elle la situation politique du pays tout entier était catastrophique ?

*

À l'Aiguillon, dans « la cabane à Aurélien », l'atmosphère paraissait d'un coup plus tendue. Car la société de pêche à laquelle appartenait le marin-pêcheur de Marie se lançait dans la pêche à la morue à son tour. Une pêche lointaine qui imposait aux équipages de longs mois d'absence avant de retrouver leurs familles. Des absences interminables et angoissantes pour toutes les épouses restées à quai. Marie, chagrinée et dépitée, se rendit compte d'un seul coup qu'elle acceptait très mal cette nouvelle donne. Le tout premier départ d'Aurélien pour Terre-Neuve lui fut quasiment insupportable. Des mois d'absence, des mois sans nouvelles… Elle n'oublierait jamais ce premier départ, serrée contre deux femmes en larmes, comme elle. Pourtant son statut de présidente d'association de femmes de marins-pêcheurs lui imposait de montrer l'exemple et de faire preuve de caractère. Mais toutes ces bonnes intentions disparaissaient d'un coup et, exactement comme toutes les femmes présentes sur le quai, Marie pleurait à chaudes larmes. Les deux épouses qu'elle serrait contre elle deviendraient rapidement des amies. Inséparables, au moins le temps des sorties en mer de leurs maris. Avec, pour nourrir leur quotidien, l'angoisse des tempêtes, l'angoisse des mers lointaines remplies d'obstacles imprévus, tels des rochers, des épaves ou des courants d'une rare violence. À compter de ce jour les trois femmes s'arrangèrent pour s'entraider et pour travailler de concert. Car en effet ses deux collègues et amies réparaient des filets elles aussi. Elles décidèrent donc de rassembler les filets chez l'une d'entre elles. Travailler ensemble accélèrerait la tâche et surtout leur permettrait de s'encourager mutuellement. De faire que le temps puisse passer plus vite. Des moments pendant lesquels leurs angoisses étaient remisées tout au fond de leurs cervelles… avant de resurgir comme des diablesses dès les premiers moments de solitude. Une épouvantable solitude, plus fréquente chez Marie que chez les deux autres femmes. Car l'une et l'autre étaient mères de deux enfants.

— Quelle chance pour elles, songea Marie. Aurélien doit m'aider à forcer le destin. Oui, je veux un enfant, et le plus vite sera le mieux. Seigneur, aidez-nous ! Jusqu'à aujourd'hui nous sommes restés seuls, époux et femme. Aidez-nous maintenant, Seigneur, je vous en supplie ! Le moment est venu de nous apporter ce cadeau qui rendra ma vie, et certainement celle d'Aurélien, plus riche et bien moins solitaire.

Le premier retour fut pathétique. Pendant toute sa période à terre Aurélien resta collé à sa femme. De jour comme de nuit. Lorsque Marie parvenait à bien l'observer elle remarquait un visage buriné par l'effort, par le vent et par les pluies violentes. À l'évidence il avait perdu du poids. Et à peine commençait-il à retrouver le cours d'une vie normale, sa société l'enjoignait de se préparer pour une deuxième navigation lointaine : au-delà de l'île de Gorée, en face de Dakar au Sénégal. Marie retrouva aussitôt ses angoisses, ses larmes et… ses deux collègues. Ce nouveau départ leur fit mal, vraiment très mal. L'une des deux femmes, un ruisseau de larmes sur le visage, osa lui asséner :

— Leur première navigation lointaine s'est déroulée pour le mieux, aux dires de Marcel, mon mari. Alors, forcément, je sais que la deuxième ne pourra que se passer moins bien.

— Arrête Geneviève, hurla Marie ! Ne va pas nous porter la poisse ! Aurélien m'a juré que les conditions de navigation y seront, justement, beaucoup meilleures que celles pour rejoindre Terre-Neuve.

— C'est bien ce qui m'inquiète, ajouta Geneviève entre deux hoquets.

— Et toi Jeanne, tu en penses quoi ?

— Georges m'a parlé comme Aurélien t'a parlé à toi. Il m'a dit de ne pas m'inquiéter. Mais vous savez bien toutes les deux que c'est impossible.

En réalité cette deuxième longue sortie sur l'océan Atlantique s'écoula sans autre pépin qu'une petite tempête au niveau des Açores. Une tempête qu'ils parvinrent à éviter presque totalement en s'abritant deux jours dans l'un des ports de l'île de Florès. Et la fin du voyage fut ensuite particulièrement paisible. Les retrouvailles s'avérèrent encore plus pathétiques que les premières au retour de Terre-Neuve. Et pour cause, lorsqu'Aurélien apparut, tout sourire, au seuil de la cabane de l'Aiguillon, Marie, en larmes, lui annonça d'emblée :

— Bientôt mon amour, tu seras papa !

Ils décidèrent aussitôt, et ce malgré l'extrême fatigue du capitaine en second, de profiter du ciel lumineux qui dominait la Petite Mer. Ils partirent pour une longue promenade en amoureux jusqu'à la petite montagne et ses fofolles. Histoire de rêver un peu, de rêver à deux.

28

Au printemps 1907 l'incendie des Pêcheries du Golfe de Gascogne suscita une nouvelle frayeur chez Émile : et si cela se produisait chez lui, à la SPTB ? En y songeant un peu plus, il trembla. Un tel sinistre serait terrible à la CTB et pire encore aux CNTB, vu les machines et les investissements réalisés récemment. Que fallait-il faire pour prévenir ce genre de catastrophe ? Cet évènement désastreux ne quitta plus son cerveau pendant des mois. Ainsi assistait-il, le 14 juillet, à l'inauguration du kiosque à musique de la place Thiers. Un évènement festif, une occasion de voir le mélange des crinolines et des robes sobres de quelques femmes de marins-pêcheurs. Mais son esprit était ailleurs, concentré sur ses travaux en cours. Au point qu'il ne remarqua même pas la présence de sa sœur. Noyée dans cette foule bigarrée, elle non plus ne vit pas son frère. Ce fut Albert, présent lui aussi, qui devina aussitôt que sa sœur attendait un bébé. Il songea qu'il était préférable que cette peste d'Augustine soit absente ce jour-là. Grâce à Dieu elle avait choisi de rester auprès de son beau-père à la villa M. Un beau-père qu'il fallait surveiller de plus en plus et soutenir tout autant. Car le vieil homme, malgré la présence à demeure d'Éliane et de Maurice, avait tendance à se laisser aller. Alors que devant Augustine il s'obligeait un tant soit peu à redresser la barre et à s'afficher en grand-père digne. Émile ne traîna pas longtemps place Thiers. Il fila pour contrôler et vérifier l'avancement et l'état des travaux engagés aux CNTB. Des travaux coûteux mais qui devaient, une fois terminés, réduire considérablement le risque d'incendie : un ajout de ferraille pour une diminution des poutres en bois ; plus d'espace ; des murs « pare-feu » dotés de portes qui systématiquement se refermaient grâce à des gonds spéciaux conçus avec des axes en biais. Un système qui faisait fureur outre-Manche. Sans oublier la mise en place d'arrivées d'eau en divers points stratégiques. Émile ne tenait pas à ce que ses investissements fussent réduits en cendres. Les siens, ceux des Bériand de Courcourt et ceux des Vercoutre. Sa responsabilité était engagée, alors pourquoi mégoter ? Essentiel de mettre toutes les chances de son côté. La même opération était programmée pour la CTB puis pour la SPTB un peu plus tard. À la grande satisfaction de tout le personnel : enfin monsieur Émile se préoccupait d'eux, enfin il songeait à leurs santés et même à leurs vies.

De son côté Marie n'avait pas traîné non plus devant le kiosque à musique, en ce 14 juillet radieux. Elle avait écouté James Veyrier-Montagnères, l'inébranlable maire d'Arcachon, puis elle s'en était retournée à l'Aiguillon. Aurélien était supposé rentrer quinze jours plus tard. Encore quinze jours terribles pour elle, quand bien même un temps exceptionnel régnait sur la Petite Mer. De quoi apprécier des promenades inoubliables, jusqu'au Mimbeau par exemple, avec la participation de Julien. Car le beau-frère s'était transformé, redevenu enthousiaste, pour ne pas dire conquérant, depuis que sa chère pinasse mauve était dotée d'un moteur de plus de vingt chevaux. Quelle bénédiction ! Le cadet Decosse paraissait totalement envoûté par sa pétroleuse.

Dès la Toussaint passée, Julien s'adonnait à la pêche au « *tatch* », une pêche très particulière que d'aucuns qualifiaient de chasse. Car il s'agissait de capturer dans des filets de pêche… des canards sauvages ! Alors, à peine son travail à la CTB terminé, Julien rejoignait des amis pour tendre un filet au-dessus du niveau de la mer la plus haute. Une tâche ardue que de fixer ces filets sur des pignots de plus de six mètres de haut. Julien participait à ces opérations en utilisant sa pétroleuse. Avec ses amis il disposait ce fameux tatch toujours face au vent. Une orientation assez facile à déterminer puisqu'en cette période hivernale, en bord de mer, le vent soufflait la plupart du temps d'ouest en est. Une orientation nécessaire dans la mesure où les canards filaient face au vent. De ce fait certains venaient de nuit percuter le filet en rasant la Petite Mer. Une fois accrochés dans le filet ils se débattaient mais n'aboutissaient qu'à s'emmêler un peu plus. Julien aimait passer la nuit avec ses amis et ne rentrait que rarement chez son frère ces nuits-là. Ces filets étaient le plus souvent installées non loin de la tonne, devant la Leyre, là même où Aurélien venait régulièrement chasser. Trop loin pour faire l'aller-retour jusqu'à l'Aiguillon, même avec une pétroleuse ! Cela d'autant plus qu'il fallait impérativement saisir le produit de la « pêche » au petit matin et ôter le filet pour ne gêner aucune circulation maritime pendant la journée. Julien adorait ces nuits-là car il rentrait tout fier à l'Aiguillon, ses prises à la main. Oui, très fier parce qu'il ne revenait pratiquement jamais bredouille alors que c'était fréquent pour Aurélien après ses chasses à la tonne.

Une fois la saison de la pêche au tatch terminée, Marie demanda à Julien qu'il la balade sur le Bassin certains samedis, en compagnie des deux femmes de marins-pêcheurs devenues ses amies depuis la mise en place de ces pêches lointaines. Julien accepta avec joie mais il suggéra d'attendre le début des beaux jours. Entretemps, Marie tomba amoureuse du petit bout de chou d'à peine trois ans de l'une de ses deux comparses. Dès qu'elles le pouvaient elles se retrouvaient pour une longue promenade avec les landaus. Elles devaient profiter de l'absence de leurs maris, d'une part, et d'un après-midi ou d'une journée sans filet à réparer ni tuiles à chauler, d'autre part. Grâce à Marie, les deux amies adoraient la petite montagne, un coin qu'elles n'auraient jamais osé visiter seules. Mais avec leur présidente, et une Thillet-Bordes par-dessus le marché, tout devenait possible. Cette dernière s'impatientait de l'arrivée des beaux jours pour louer les services de Julien et de sa pinasse mauve. Difficile de tout coordonner : beau temps ; absence des maris ; pas de filet à réparer ; et disponibilité de Julien en personne… Le jeune beau-frère vénérait Marie et il n'était pas question de lui refuser une balade en pétroleuse. Un matin, au début du mois d'août, il se présenta avec Régis, un collègue, au domicile de Geneviève, où ces dames fignolaient la réparation d'un filet. Tout le monde embarqua, à La Teste, direction le Cap-Ferret. Merci à cette brave pinasse mauve qui sut accueillir trois dames, quatre petits et deux landaus en plus des deux marins. Julien compta attentivement neuf personnes, mais Marie lui précisa :

— Nous sommes dix, Julien, oui dix, en montrant son gros ventre.

Une fois à bord de la pinasse, Marie revêtit le costume de chef de famille, ce que tout le monde accepta sans barguigner. À peine la pinasse parvenue au Mimbeau, les deux amies furent sidérées par les lieux et surtout par les odeurs des mimosas d'été. Une surprise et un délice à la fois. Julien et Régis, dans l'eau jusqu'au nombril, se chargèrent des landaus et des petits.

— Décidément, Marie, lança Geneviève une fois sur la terre ferme, tu nous fais toujours découvrir des coins magiques ! Te souviens-tu de notre première promenade dans la petite montagne ? De notre ébahissement, à Jeanne et à moi, devant le casino et devant ces merveilleuses villas que tu appelles « fofolles » ?

Nous n'avions encore jamais franchi cette frontière qu'est la jetée d'Eyrac. Je revois ces terrasses, ces dames élégantes avec de beaux messieurs et surtout les façades incroyables de toutes ces villas. Le casino mauresque reste à jamais gravé dans ma mémoire.

— Oh oui, poursuivit Jeanne, je me souviens également de cette tourelle qui dépasse d'un bois de pins, ou de ce clocheton, tel un phare qui guetterait le retour du chalutier ! Heureusement que tu étais avec nous. Je me sentais perdue, plongée dans un monde qui n'était pas le mien. Sans toi je me serais sentie très mal à l'aise. Cela aurait été dommage car le spectacle vaut le déplacement : quelque chose d'irréel, enfin, pour moi. Te souviens-tu Geneviève, du balai des fiacres et des calèches avec toutes ces belles dames qui paradaient. Et dans la foulée, Marie, tu nous as présenté Montesquieu, la villa Montesquieu… quel château, en vérité. Pour moi, je le précise encore. Et un peu plus loin nous nous étions arrêtées devant la villa M., celle de ta famille, bien jolie aussi. Mais, ne te vexe pas Marie, j'ai le béguin pour Montesquieu. Dans une autre vie, s'il en existe une comme je le prétends, je me verrais bien vivre dans ce petit château !

— Moi, ajouta Geneviève, je me souviens que nous poussions nos landaus en tirant la langue ! À l'Aiguillon, c'est plus plat. Et vous vous souvenez d'avoir tant ri lorsque j'ai dit que la villa M. était la fille du casino de la forêt ! Moi je me souviens combien tu paraissais émue, Marie. Je crois même avoir vu une larme couler sur ta joue.

— Oh oui, je m'en souviens bien, répondit Marie. J'étais si contente de constater comme elle était bien entretenue. La patte de Maurice, le mari d'Éliane, le couple à demeure à la villa. Mais un couple de chez nous, de Saint-Ferdinand.

Après une longue promenade jusqu'à la Pointe, elles rejoignirent le Mimbeau. Régis et Julien avaient installé un coin sur le sable, près des pins, pour le déjeuner. Et d'abord pour donner le biberon aux deux plus petits qui commençaient à chouiner. Un coin d'ombre, une couverture, et c'était parti pour une bonne sieste. Quelques couples arrivèrent à leur tour. À les entendre, des Bordelais de bonne famille qui profitaient de la marée haute pour se baigner. Les épouses également, vêtues d'une tenue très décente quoique pas très sobre.

*

Marie approchait de la date fatidique pour mettre au monde « son petit Decosse ». Au début du mois de décembre Aurélien bénéficia d'une douzaine de jours à la maison entre deux longues sorties en mer. Heureuse, la future maman crut que son pêcheur de mari allait rester auprès d'elle pour la soutenir avant d'accoucher. Et cela, en sachant qu'elle souffrait chaque jour un peu plus. Sa déception fut énorme lorsqu'Aurélien s'échappa pour deux longues journées et deux longues nuits de chasse tout au fond du Bassin, laissant sa femme seule comme s'il voguait jusqu'à Terre-Neuve ! Marie n'osa pas se plaindre. Elle aimait trop son homme, qui lui avait conté toute sa frustration d'avoir manqué cette année la chasse à la palombe. Alors il essayait de compenser en profitant de la tonne d'un ami de Biganos pour chasser le canard. Et cette chasse-là, pas question de la rater ! Marie parvint même à partager le bonheur d'Aurélien qui par deux fois ne rentra pas bredouille. Et comme malgré tout il savait se montrer fort attentionné lorsqu'il traînait dans sa cabane, Marie, finalement, balaya sa déception tout en s'interrogeant sur un point :

— Lorsque je serai toute jeune maman, continuera-t-il de m'abandonner de la sorte ? Car la chasse durera bien encore deux bons mois. Oh oui, j'ai bien peur qu'il n'y résiste pas. La chasse est sa passion et je n'ai pas le droit de l'en priver. Que son fils ou sa fille puisse devenir son autre passion, voilà ce que je dois espérer.

*

Désemparée, souffrant le martyre, Marie se résolut à appeler ses voisins au secours. L'un des deux frères Lagrinche ne tarda point à débarquer et trouva sa voisine en convulsions, les dents serrées. Le vieil homme comprit tout de suite et appela son frère pour qu'il se dépatouille et trouve un médecin ou une sage-femme, ou même les deux. Mais comment faire, car l'urgence était flagrante, jusque dans le regard paniqué de cette pauvre Marie. Et celui des deux resté auprès d'elle dut prendre sur lui pour ne pas paniquer à son tour. Par deux fois la pauvre fille tomba dans les pommes ; par deux fois le frère Lagrinche la secoua, hurla et osa la gifler ; et par deux fois Marie lui fit une grimace qui devait correspondre à un sourire. Ses joues ruisselaient de sueur, à moins que ce ne fut de larmes… Au bout d'une petite heure qui parut une éternité au cadet des frères Lagrinche, l'aîné réapparut, accompagné d'un homme, un médecin. Ce dernier, sans hésiter, sortit de sa sacoche un flacon qu'il ouvrit et approcha du nez de Marie. Mais le temps d'exécuter ce geste, Marie partait une troisième fois aux abonnés absents. Le docteur glissa quelques gouttes du liquide dans les narines de la pauvre future mère qui fut reprise de convulsions. Sans s'affoler le médecin commença à déshabiller Marie et remercia les deux frères en leur demandant :

— Maintenant, laissez-moi seul avec elle dans cette pièce. Mais ne vous éloignez pas, je risque d'avoir besoin de vous. Restez dans cette maisonnette jusqu'au moment où madame Decosse aura accouché. Patientez, grignotez quelque chose, lisez un bon livre, même si la pauvre fille risque de crier souvent et très fort. Car je me doute déjà que cet accouchement sera pénible et il est trop tard pour trouver le moyen de l'emmener dans un hôpital. Surtout un 23 décembre en fin de journée.

L'un des deux frères rentra rapidement chez lui pour revenir quelques minutes plus tard avec des victuailles, une bouteille de vin rouge entamée et deux journaux. Les deux hommes frémissaient à chaque cri poussé par leur pauvre voisine. Et parfois le silence les inquiétait encore plus fort que les cris. Puis ils entendirent le médecin encourager Marie :

— Allez, poussez, oui, encore ! Bien. Oh zut !

Marie s'était évanouie pour la quatrième fois. Un moment, le médecin sortit de la chambre et réclama à boire. Il paraissait épuisé au point que l'aîné des Lagrinche se demanda s'il avait poussé autant que Marie. Avant de retourner auprès de la future maman, il leur dit :

— S'il vous plaît, ouvrez-moi toutes ces fenêtres. Je veux un maximum d'air, ici. Que l'un de vous deux aille chercher des vêtements pour ne pas prendre froid. J'ai un cas difficile à traiter ce soir, et je n'en veux surtout pas un deuxième.

Et il retrouva Marie pour recommencer ses encouragements. Peu avant minuit, complétement exténué, il sortit quelques minutes. L'un des deux frères somnolait et lorsqu'il ouvrit un œil, le médecin déclara :

— Je suis vanné ! Et que dire de cette pauvre femme ? Chaque minute qui passe me fait douter un peu plus, même si elle fait preuve d'un courage exceptionnel. La présence de son mari l'aurait certainement beaucoup aidée. Dans ses cris j'entends qu'elle l'appelle. C'est Aurélien, n'est-ce pas ?

— Oui docteur, c'est Aurélien. À cette heure il doit naviguer vers Terre-Neuve.

— Ou autour de l'île de Gorée, il me semble, ajouta son frère.

Le médecin souffla et rejoignit Marie pour la trouver sans connaissance pour la cinquième fois. Il fit une vilaine grimace, lui tâta le pouls et lui glissa, lorsqu'elle resurgit, avec un ton empreint de douceur et de délicatesse :

— Madame, avez-vous encore assez de force pour pousser ? Il le faut, je sens la petite tête.

Alors Marie serra les dents et reprit ses efforts. Épuisée mais volontaire, elle poussait en hurlant, en suant, en saignant des gencives à trop serrer les dents, en pleurant et en râlant. Le médecin lui appuyait méchamment sur le ventre et de temps en temps il lui reprenait le pouls. Par deux fois il lui enjoignit de se reposer. Et lui aussi, épuisé, s'asseyait sur le bord du lit. Par pure conscience professionnelle il se relevait deux minutes plus tard pour recommencer les supplices. Entre deux heures et trois heures du matin il l'encouragea encore plus fort :

— On y est presque ! Courage, oui, c'est pour maintenant, madame Decosse.

— Appelez-moi Marie, docteur, parvint-elle à préciser entre deux cris.

— Oui Marie, poussez, poussez encore et ce sera fini, bien fini. L'heure de la délivrance approche !

Marie ne répondit rien. Elle tomba dans les pommes pour la sixième fois.

— Quel chemin de croix ! songea le médecin, assis sur le lit et complétement abattu. Je n'aime pas ça du tout, ce pouls commence à m'inquiéter.

Il ne lui demanda rien lorsqu'elle reprit conscience. Il préféra attendre et la laisser se reposer. Et lorsqu'il jugea que le pouls redevenait à peu près régulier, il l'encouragea à nouveau. Pour un effort progressif. Il participa de tout son être, en lui appuyant sur le ventre pour provoquer l'expulsion. Marie criait en se tordant la tête de droite à gauche sans jamais s'arrêter. Et soudain le médecin parvint à tirer la tête du bébé et à saisir un petit bras pour achever l'expulsion en un tournemain. Marie s'évanouit pour la septième fois sans réaliser qu'elle venait d'accoucher d'un beau petit garçon. Les frères Lagrinche furent alertés par des cris, des cris différents. Les deux hommes se regardèrent et affichèrent un tendre sourire. Ils venaient de comprendre.

Lorsque Marie resurgit elle sentit un petit être collé contre sa poitrine. Sa main droite caressa la petite tête.

— Enfin, Marie, nous y sommes ! Ce fut long et pénible, j'en ai bien conscience. Mais regardez comme il est beau votre petit garçon !

Incapable de lever la tête pour observer son bébé, elle sourit et déclara :

— Merci docteur, merci pour tout. Allez vous reposer, maintenant. Je reste avec mon petit Gérard qui va avoir faim bientôt.

— Pas question ! Vous plaisantez, Marie ! J'irai jusqu'au bout de ma tâche. Sinon j'aurai trop de remords. Votre petit Gérard, c'est bien ça, oui, je dois le laver, vérifier plusieurs points essentiels pour sa santé, et seulement ensuite vous le rendre tout beau. Et vous aussi vous allez avoir droit à une inspection en règle ! Car Gérard voudra peut-être une petite sœur ou un petit frère. Bon, je vais prévenir ces messieurs que tout est sous contrôle et qu'ils peuvent aller dormir.

— Oh, s'il vous plaît, conviez-les, qu'ils viennent ici pour que je les remercie et pour qu'ils voient mon petit trésor !

Les deux frères Lagrinche passèrent leurs têtes et applaudirent le petit bout de chou et sa maman. Cette dernière, toute confuse, leur promit un bon repas pour un jour prochain.

— Merci Marie, mais à propos de repas, pensez d'abord à celui de Gérard. Quant à nous, on va se coucher, en sachant maintenant qu'on va faire de beaux rêves.

Marie attendit que la porte soit refermée pour, en douceur enfin, sombrer une huitième fois. Le médecin tâta le pouls, sourit et prit le bébé dans ses bras pour ses toutes premières ablutions. Un 24 décembre à cinq heures du matin.

Julien avait pêché toute la nuit et regagnait la cabane Decosse. Il était presque sept heures du matin. Il fut surpris par la présence de cet inconnu dans la maison. Mais en apercevant le bébé il comprit. Il s'entretint alors à voix basse avec le médecin, malgré son langage toujours saccadé et frustre. Le docteur lui décrivit l'accouchement douloureux et fort pénible de sa belle-sœur. En soulignant au passage la bonne réaction et la serviabilité des frères Lagrinche. Aussitôt Julien fondit en larmes, se jugeant indigne de son frère. Il aurait dû être présent ! Mais le médecin le consola et le rassura. Alors Julien osa prendre son neveu dans ses bras. Le bébé dormait, tout comme sa mère qu'il ne fallait surtout pas réveiller. Julien ressentait malgré tout quelque chose de bizarre, de gênant et même de honteux : il avait failli. Il repensait soudain aux mots de son frère :

— Je te confie Marie. Moi je n'ai pas le choix, je pars en mer, très loin. Elle risque d'accoucher pendant mon absence. Sois vigilant et arrange-toi pour être auprès d'elle le plus souvent possible.

Julien dodelina de la tête et embrassa le petit Gérard. Que pourrait-il bien dire à son frère Aurélien ?

Inondé de bonheur, le néo-papa n'en voulut pas à son frère. Et il prit quelques minutes pour aller remercier les Lagrinche. Mais en fait ne comptait plus que Gérard. Il s'était bien douté qu'au retour de son long séjour sur l'océan il serait papa. C'était la réalité, désormais. Il tenait un petit Decosse dans ses bras et il n'en finissait plus de remercier Marie. D'autant que le médecin lui avait avoué le degré de ses frayeurs pendant la nuit entière. Y compris jusqu'à l'hypothèse de la disparition de Marie et peut-être même de celle du bébé avec elle. Aurélien n'arrivait pas à culpabiliser. Il adulait sa femme, Marie courage, lui promettant des moments merveilleux à trois. Des évasions, des voyages… il lui arrivait même de mentionner Venise. Marie souriait et remerciait son homme tout en lui répondant :

— Mon véritable bonheur se résume à t'avoir toi. Toi et notre petit bonhomme, maintenant. Le reste ne sera que détails de la vie, des annexes. Et si ces détails sont fort agréables, alors tant mieux !

Marie reprenait le dessus et Gérard pleurait moins que durant les premiers jours. Comme un fait exprès Aurélien repartit à la chasse dès la fin du mois de janvier. Son fils avait tout juste un mois. Résignée, Marie ne broncha même pas. Malgré tout Aurélien perçut sa mine fataliste :

— Mon amour je te jure que je serai très présent lorsque je pourrai échanger avec lui, avec notre beau petit Gérard. Mais à ce jour, franchement, je ne sers à rien ici. Ni à toi, ni à lui.

Marie le vit repartir, son fusil à la main, pour l'embouchure de la Leyre, son QG de chasse en hiver. Elle soupira :

— Les hommes sont tous les mêmes. Encore un bon mois de patience et peut-être qu'à compter de la mi-mars il saura se rendre plus disponible. Pour son fils, et un peu pour moi.

Lorsqu'Augustine apprit la naissance de son neveu Gérard, elle haussa les épaules et comprit mal les mots d'Émile qui se félicitait d'avoir un petit neveu.

— Un diable et un futur révolté, songea-t-elle.

En constatant à peine plus tard l'enthousiasme de Constance, elle conclut qu'elle vivait chez des dérangés. Elle s'en doutait déjà un peu en songeant à Albert et bien sûr à Marie, mais cette fois cela dépassait tout. Émile, agacé, clôtura la conversation avec sa femme en lui demandant de réfléchir à cette question :

— Ma chère, avant d'accabler les autres, tous les autres, songez d'abord sérieusement à vous-même. Je ne connais pas la réponse à cette question, mais la personne la plus dérangée en fin de compte, n'est-ce pas vous ? Allez savoir…

Offusquée, Augustine s'enfuit du quai des Chartrons pour se promener en solitaire jusqu'au port de la Lune. En se jurant de ne jamais mettre les pieds à l'Aiguillon pour connaître ce… Gérard. Si elle devait le rencontrer ce serait à la villa M., et nulle part ailleurs.

Marie connut une nouvelle angoisse, vite transformée en compassion. Alors qu'Aurélien était reparti, vers la Mauritanie cette fois, un chalutier à vapeur, *la Baleine*, s'échouait au cap Juby[40]. Il s'agissait de l'un des vapeurs d'une autre société de pêche que celle à laquelle Aurélien appartenait. Rassurée, et

40 – Au sud du Maroc.

malgré les astreintes causées par le petit Gérard, elle tint son rôle de présidente d'une association de femmes de marins-pêcheurs. Elle accueillit, après un passage symbolique chez le maire d'Arcachon, les naufragés de la Baleine. Elle salua monsieur Veyrier-Montagnères, cette figure incontournable de la Petite Mer depuis des années… sans deviner, naturellement, que celui-ci serait une nouvelle fois réélu deux mois plus tard. Elle trouva le logement pour ces marins pour plusieurs nuits.

De son côté Augustine ne manqua pas de consigner cette réélection dans le Journal de la Petite Mer, en pensant très fort à sa belle-mère qui aurait été sidérée par une telle longévité. Ensuite elle ajouta un paragraphe pour relater l'inauguration du théâtre de la Nature, aux Abatilles, en août 1908. Le genre de manifestation qu'elle n'aurait manqué pour rien au monde. Et de fait, en compagnie de son beau-père, elle apprécia un spectacle merveilleusement interprété par des artistes de la Comédie française et du théâtre de l'Odéon, assistés par la musique militaire d'un régiment de Bordeaux. Un véritable régal qui sut l'éloigner des soucis croissants qu'elle rencontrait avec une famille qu'elle trouvait de plus en plus détraquée. Et satisfaite de voir son beau-père enfin sourire. Un beau-père qui pensait, en réalité :

— Faut bien des évènements comme ceux-là pour la voir un peu moins revêche qu'à l'habitude ! On en oublierait presque qu'elle a avalé un balai…

29

En toute fin 1908 juste après Noël, un chalutier, *le Marsouin*, disparut à son tour. L'occasion de nouvelles frayeurs pour Marie comme pour Émile, mais ressenties fort différemment. Marie fut rassurée rapidement pour Aurélien et ce fut Émile le plus affecté en fin de compte. Outre les drames familiaux qu'elles engendraient, ces tragédies nuisaient gravement à la profession et à toutes les sociétés de pêche. Émile voyait rouge facilement, mais comment lui donner tort ? Ces drames, avec en parallèle des grèves de plus en plus fréquentes, engendraient les prémices de faillites retentissantes. Même si dans le même temps Arcachon devenait le deuxième port de pêche de France pour le tonnage pêché, juste derrière Boulogne sur Mer. La ville se réjouirait, dès 1911, d'abriter dans son port une quarantaine de chalutiers. Malgré tout Émile restait invariablement inquiet : la SPTB était épargnée depuis sa création. Était-elle bénie des dieux ? Son président affichait trop de réalisme pour croire à une telle protection. Qu'adviendrait-il de la société si l'un ou plusieurs de ses chalutiers venaient à faire naufrage ? Ou si une crise de la pêche entrainait des faillites à répétition ? Avec en corollaire la ruine des familles d'investisseurs…

Tandis qu'Émile frissonnait, Marie recommençait à souffrir. Elle attendait un deuxième enfant. Tant qu'elle put cacher son état elle évita d'en parler et d'éventer la nouvelle. Outre Aurélien et Julien, tous deux de nature discrète, seules la sage-femme, Geneviève et Jeanne étaient dans la confidence. Hélas pour elle, Marie n'avait pas remarqué qu'Albert, lui, s'en était aperçu… Ainsi fut elle médusée en voyant sa belle-sœur Augustine débarquer à l'Aiguillon pour la réprimander, lui donner des leçons de morale et même la traiter de folle ! Déterminée, Augustine se sentait malgré tout fort mal à l'aise en face de ce petit chenapan de Gérard, d'à peine deux ans. Le gamin se baladait à droite à gauche dans cette maison minuscule, en touchant à tout. D'emblée, sa tante le jugea mal élevé. Mais en réalité la virulence de la belle-sœur ne fut point affectée par les facéties du petit neveu. Augustine se mua sans peine en accusatrice :

— Pauvre fille, ne comprenez-vous donc pas la portée de vos actes ? Appréhendez-vous le degré de cette folie ? Vous risquez de disparaître en laissant deux orphelins à un père qui passe la moitié de sa vie à Terre-Neuve ou je ne sais où. Réalisez-vous cela ? Vos incroyables souffrances pour donner naissance à votre fils ne vous ont-elles point alertée ? Ne pensez-vous donc qu'à l'acte d'amour et au plaisir qu'il vous procure ?

Marie avait pris le parti de rester de marbre tout en rêvant d'une belle-sœur plus aimable, plus encourageante et au moins capable de faire preuve d'un minimum de compassion. Elle en sourit et songea à Constance, dont l'attitude serait forcément beaucoup plus positive.

Dès le cinquième mois de grossesse la sage-femme qui la suivait depuis le tout début lui imposa un repos forcé. Une catastrophe pour Marie, pour la responsable engagée d'une association de femmes de marins-pêcheurs, et pour la mère d'un petit Gérard, sacrément turbulent. Heureusement elle fut bien secondée par Julien et par ses voisins. En particulier par ces deux grincheux si braves qui n'avaient pas oublié les tourments d'avant la naissance de Gérard. Ainsi Aurélien se sentait-il plus libre et plus serein pour repartir à l'autre bout de l'océan. Mais pour Marie et pour son fils il fallait vivre et manger à leur faim alors que tout travail lui était interdit désormais. Et pour le principe elle refusait catégoriquement de contacter le clan Thillet-Bordes. Alors elle s'en remit à Julien, aux voisins et aux amies. Ces dernières lui apportaient quelques filets qu'elle pouvait réparer chez elle, assise, tandis que Julien ou un Lagrinche occupait le petit bout de chou fort remuant. Elle commençait à souffrir le martyre et parfois, en réparant un filet, elle songeait aux remontrances d'Augustine en se demandant si en fin de compte elle n'avait pas raison. Car les douleurs épouvantables s'accompagnaient de temps en temps de pertes de sang. L'affolement s'emparait d'elle et elle hurlait qu'elle n'avait pas le droit de mourir. Aussitôt Julien ou un frère Lagrinche s'empressait d'aller trouver la sage-femme. Cette dernière, consciente des risques, se dérangeait à chaque fois. Marie tenait le coup. Geneviève et Jeanne avaient pris leurs quartiers à « la cabane d'Aurélien » et tentaient de distraire leur amie en évoquant avec elle tous ces bons moments passés ensemble sur la petite montagne.

— Un autre monde, concluait Marie à chaque fois. Ceux et celles qui se pavanent autour du casino de la forêt n'ont aucune idée de la souffrance des pauvres femmes brisées qui n'ont plus que la solidarité entre collègues pour survivre. Vous me comprenez, n'est-ce pas ? Ce sont à toutes ces veuves de marins que je pense. Bien plus qu'à moi. Car au final j'aurai un beau petit, mon deuxième, et je serai la plus heureuse des femmes. Vous savez, maintenant je prie pour qu'Aurélien revienne et connaisse son deuxième petit. Et pour que le petit connaisse son père autrement que grâce à une photographie jaunie et triste.

*

En octobre survint un conflit très dur entre les marins et les sociétés de pêche. Un conflit généré par des revendications tout à fait justifiées selon les syndicats. Elles portaient sur les salaires et sur les journées de repos. D'ailleurs Aurélien, pourtant moins vindicatif que certains, militait lui aussi pour des journées de repos supplémentaires. Avant de songer à son rôle de père il pensait principalement aux retours épuisants après avoir essuyé des tempêtes parfois longues et toujours périlleuses. Ce conflit se termina par une intervention des forces de l'ordre. Ces dernières durent disperser des regroupements de marins-pêcheurs agglutinés sur le quai afin d'empêcher le départ d'un chalutier au nom de la solidarité entre marins. Cette journée dramatique, émaillée de heurts violents, traumatisa Émile, même si cette fois encore la SPTB n'était pas directement concernée. Sa présence se justifiait au nom d'une autre solidarité, celle qui jouait également entre les responsables des sociétés de pêche.

— Où cela va-t-il nous mener, répétait-il à l'envi ? À des faillites, c'est obligatoire ! Et la prochaine grève sera contre moi…

Le premier évènement gravissime de 1910 ne fut pas pour la Petite Mer mais pour la capitale et ses environs. Des crues de la Seine, tristement historiques, provoquèrent des inondations dans Paris et dans plusieurs villes de banlieue. Au point de faire évacuer des dizaines de milliers de familles. Certains enfants furent même accueillis à Arcachon dès les premiers jours de février. Marie, c'était à prévoir, voulut s'impliquer en cherchant des foyers d'accueil mais malheureusement son dévouement fut aussitôt interrompu sur ordre de la sage-femme. De ce jour Julien ne quitta plus sa belle-sœur, tout comme les frères Lagrinche, ce qui eut le don d'agacer le jeune Decosse en quête de rachat par rapport à sa défaillance lors de la naissance de Gérard. Julien fit preuve de sang-froid et d'efficacité malgré ses handicaps. Lorsqu'il jugea Marie à l'agonie, affichant les stigmates de douleurs indescriptibles, il comprit et fila chercher la sage-femme. La pauvre future maman fut stupéfaite par le peu de temps qu'il mit pour revenir jusqu'à elle, accompagné par la sage-femme. Sûrement moins d'une demi-heure. La praticienne ne fut pas surprise en constatant l'état pitoyable et le niveau des souffrances de sa patiente. Une patiente qui ne tarda pas à s'évanouir une première fois. Julien s'en était allé prévenir les Lagrinche, pour le principe et par respect pour eux. Tous les trois s'installèrent derrière la petite véranda et le cadet des deux frères ouvrit deux fenêtres, car il se souvenait des recommandations du docteur pour la naissance de Gérard. Un Gérard qui était recueilli par Geneviève et ravi de l'être pour pouvoir jouer avec sa petite à peine plus âgée que lui. Marie se mit à crier très fort. Alors les deux frères s'employèrent à rassurer Julien en lui affirmant que ces cris n'avaient rien à voir avec l'intensité de ceux poussés pour la naissance du grand frère.

Quelques heures plus tard naissait Claire Decosse, une jolie petite fille qui pleurait discrètement. Julien eut soudain du mal à comprendre ce qui lui arrivait : percuté par une vague de bonheur comme il n'en avait encore jamais connue. Un bonheur qui venait se mêler à un sentiment de fierté dû sans doute à une revanche face à « son raté » pour la naissance de son neveu. Marie, de son côté, paraissait autant épuisée qu'après la naissance de son fils. Courageuse, elle parvint à exprimer son bonheur et toute sa reconnaissance, n'hésitant pas à embrasser les trois hommes visiblement soulagés.

— Bon, Marie, conclut l'aîné des Lagrinche, la prochaine fois vous aurez la vigueur et l'expérience pour nous faire des jumeaux !

— Pitié l'ami, vous voulez ma mort ou quoi ?

Et tous les cinq, avec la sage-femme, éclatèrent de rire.

Quelques jours plus tard Aurélien rentra du Sénégal complètement éreinté, hirsute et crasseux. Tout juste s'il ne fit pas peur à sa femme. Elle eut le sentiment qu'il portait le regard d'un homme qui avait vu la mort en face. Mais il ne dit rien. D'une part pour ne pas affoler son épouse alors qu'elle devait reposer tant son corps que son esprit et, d'autre part, parce qu'il pleura à chaudes larmes en apercevant sa jolie petite Claire, son deuxième enfant. Ne comptait plus qu'elle, désormais.

Avant de repartir, trois semaines plus tard, pour Terre-Neuve cette fois, il expliqua à Marie que son chalutier avait été attaqué par un bateau pirate. Sans doute des rebelles de Mauritanie ou du Maroc. Par chance d'autres navires qui croisaient dans les mêmes eaux s'approchèrent ensemble du leur sans traîner. Les assaillants, ne sachant pas qui ils allaient affronter et, devant le handicap du nombre, préférèrent abandonner leur proie et filer vers le sud. En réalité il n'y avait point de navire de la Marine nationale mais simplement trois autres chalutiers, dont l'*Arkasson III*. Plus de peur que de mal au final. Mais à une minute près c'était la lame sur le cou ou le pistolet sur la tempe… Émile Thillet-Bordes fut tenu au courant par le capitaine de l'*Arkasson III* et il s'en fut aussitôt rencontrer son collègue pour lui demander si des marins avaient des séquelles physiques et si le navire avait subi de graves dégâts. Rien de tout cela, et le président de la compagnie le remercia tout en lui précisant qu'il informerait Aurélien Decosse de son aimable démarche.

La naissance de Claire, un évènement particulièrement heureux, au moins pour les parents et les voisins, pour Constance voire même pour Albert et pour Émile, fut rapidement occultée par le décès tout en douceur d'Auguste Thillet-Bordes. Le jour du printemps 1910, le grand-père tira sa révérence. Sur le lit, son visage serein affichait presque son bonheur de retrouver Henriette et d'abandonner un monde qu'il ne comprenait plus. Et au moins partait-il – comme il le soulignait toujours – avant ses petits et principalement avant sa petite chérie, la SPTB. La fréquence croissante des mouvements de grèves devenait pour lui un phénomène insupportable et une véritable obsession. Alors il lui fallait partir… Durant ces premières semaines de 1910 il n'échangeait plus avec personne et lorsqu'il lui arrivait de prendre la parole sa voix était devenue inaudible. Plus aucun membre de la famille ne comprenait ce qu'il voulait exprimer. Et selon lui, personne ne pouvait imaginer tout ce que son cerveau endurait. Car lui entendait plutôt correctement les autres se parler. Parler de ces naufrages, de ces faillites et de ces conflits sociaux de plus en plus durs. Quant aux idées et aux projets de son fils, il les trouvait saugrenus voire dangereux.

Éliane s'inquiéta de ne point voir monsieur Auguste venir prendre son petit-déjeuner vers sept heures. Car le vieil homme restait un lève-tôt. Vers neuf heures, n'y tenant plus, elle frappa à la porte de sa chambre. Aucune réponse. Elle appela Maurice et ils entrèrent dans la pièce. Auguste gisait sur son lit. Il gisait, mais clairement apaisé. Maurice tâta le pouls, mais en vain. Augustine devait passer dans la matinée en compagnie de Jean. Elle ne tarda pas en effet, et fit, elle aussi, le constat du décès du beau-père après avoir interdit l'accès de la chambre à son fils. Elle prit les choses en main et repartit aussitôt avec le phaéton familial. Elle ne conduisait pas de voiture automobile, laissant cette folie à des conducteurs professionnels ou à son mari et plus encore à son beau-frère Albert. En chemin elle s'arrêta en premier lieu chez le médecin de la famille puis à la SPTB et enfin chez Albert et Constance après avoir repris le train pour Bordeaux beaucoup plus tôt que prévu.

Le vieux médecin ne tarda pas à se présenter à la villa M., aussitôt suivi par Émile. Les deux hommes purent ainsi s'entretenir sur les raisons du départ. Une sorte de démission spirituelle qui entraîna une démission corporelle. Avec, en fin de compte, une belle mort tout en douceur. Le soir même Émile discuta avec Albert pour décider du lieu et de la date des obsèques. Auguste n'avait légué aucun document mentionnant le désir de retrouver Henriette dans son caveau du Nord. Les deux frères s'accordèrent donc pour le faire inhumer dans le caveau Thillet-Bordes à Bordeaux. Puis ils obtinrent rapidement une date pour la cérémonie en la cathédrale Saint-André. Ensuite ils firent prévenir Désiré et les Vercoutre, les Bériand de Courcourt et tous les cousins Thillet-Bordes. Et enfin Marie, tout de même…

La cathédrale semblait bondée. Auguste Thillet-Bordes représentait un capitaine d'industrie, un entrepreneur et à ces titres un Bordelais respectable pour ne pas dire illustre. Tout ce que la ville comptait de dirigeants d'entreprises et d'élus locaux s'était rassemblé pour un dernier adieu à l'un des leurs. Une figure girondine. Le symbole d'un succès ainsi que celui du lien avec une grande famille du Nord, une autre région industrieuse et productrice. La fine pluie qui tombait ce jour-là ressemblait aux larmes discrètes qui coulaient sur bien des joues. Comme sur celles d'Augustine qui dut se saisir de son mouchoir à plusieurs reprises. Le plus étonnant, malgré ce temps désagréable, fut qu'une partie non négligeable de la foule réunie en la cathédrale suivit le corps du défunt jusqu'au cimetière. Une demie couronne de six rangées de parapluies resta figée devant le caveau, en hommage au cher disparu, jusqu'à la bénédiction finale par l'abbé de Saint-André.

*

Pour le principe de l'information répertoriée, et aucune autre raison, Augustine consigna dans le journal de sa belle-mère quelques faits marquants qui se déroulèrent autour de la Petite Mer, entre juin et octobre. En commençant, sans aucun commentaire personnel, par le départ des enfants, « ces petits Parisiens » accueillis à Arcachon le temps de la décrue de la Seine et de la réparation des habitations sinistrées par les inondations. Les derniers d'entre eux quittèrent le Bassin autour de la mi-juin. Ensuite, avec cette fois un zeste de faconde, elle mentionna la réouverture du Grand-Hôtel, après un terrible incendie, le 16 juillet, avec tout le tralala voulu par la municipalité. Un évènement marquant pour attirer les « estrangeys ». Et enfin, toute tremblante, elle rapporta avec force critiques qu'un « diable d'aéroplane » avait survolé la Petite Mer.

Avant cet épisode mémorable survenu dans les airs, Émile avait décidé de quelques jours de repos au bord de l'eau. Après être passé saluer sa sœur et son neveu pour rencontrer sa nièce Claire pour la première fois, il rejoignit Augustine à la villa M. avant de traverser le Bassin en navette et s'installer une semaine au Cap Ferret. Plus précisément dans une jolie demeure proche de la Villa Algérienne de Léon Lesca, et bien située sur la colline qui surplombe le village de l'Herbe. Augustine y apprécia le calme, déjà moins le confort un peu trop rustique à son goût, et encore moins le milieu des pêcheurs et des ostréiculteurs. Un milieu pourtant si riche de son histoire, celle de la Petite Mer. Depuis cette colline, sur un balcon terrasse à l'étage de leur location, Émile observait le Bassin, radieux sous sa lumière unique. De quoi faire rêver les premiers touristes venus jusqu'ici depuis la capitale et même du Nord, des gens habitués aux pluies et à des cieux plus sombres. Il pensait au cousin Désiré qu'il lui faudrait bien inviter un jour prochain. Un bel endroit à lui faire découvrir. Il sourit en imaginant les réactions des politiciens de Paris comme des industriels du Nord : ils seraient jaloux de le voir ainsi profiter de ce décor d'exception. Un décor qui changeait d'un jour sur l'autre, entre le matin et le soir et d'une saison à l'autre. Et entre marée basse et marée haute ou grand bleu et ciel nuageux. Avec à chaque fois un charme fou. Incorrigible, il replongea malgré tout dans ses réflexions de chef d'entreprise. En songeant aux modifications permanentes du paysage de la Petite Mer, il considéra qu'il devenait impératif de faire basculer ses activités en faveur de la conserverie et des chantiers navals. Et pourquoi pas se lancer également dans l'immobilier… L'accumulation des grèves orchestrées par les syndicats des marins-pêcheurs, dont certains lui paraissaient résolument « révolutionnaires et nihilistes », pour reprendre les termes d'Augustine, pouvait faire vaciller la profession. Il pensa également à sa sœur qui soutenait parfois les grévistes… Accaparé par ses inquiétudes il ne percevait déjà plus les effets provoqués par le soleil derrière lui, des effets magiques, sublimes, qui faisaient de la Petite Mer un miroir exceptionnel.

*

À la mi-octobre une fête de l'aviation fut organisée à Bordeaux-Mérignac. À partir du site de la fête l'un des avions volerait vers le Sud-Ouest et survolerait Arcachon et la Petite-Mer. C'était annoncé, mais la machine volante allait-elle parvenir jusque-là ? Beaucoup de sceptiques n'y croyaient pas. En réalité la foule présente pour la circonstance crut pendant un long moment que l'avion survolerait Arès avant de rentrer aussitôt sur Mérignac. Erreur. Le pilote poussa d'abord jusqu'à Taussat puis il bifurqua pour atteindre Arcachon et survoler le casino de la plage sous un tonnerre d'applaudissements. Dont ceux d'Émile. Pas ceux d'Augustine qui, bien qu'assistant à la scène, calfeutrée derrière une fenêtre latérale du casino de la forêt, préféra se boucher les oreilles, terrorisée et paniquée. À la limite de l'hystérie.

Depuis l'Aiguillon Marie entendit le moteur dans le ciel et aperçut l'avion de loin, qui filait vers le nord. Toute la petite communauté du quartier scrutait le ciel depuis des heures dans les ruelles ou en bord de mer pour tenter d'apercevoir la machine volante. Une fois la tension redescendue, Marie prit Claire dans un bras et Gérard par la main pour un petit tour dans le quartier. L'alignement des cabanes – presque toutes plus réduites que « la cabane à Aurélien » – suscita chez Marie des sentiments mitigés. Il symbolisait la cité ouvrière, une cité sans mélange. Un quartier bien distinct de ceux des riches ou même des petits commerçants. Elle se remémorait l'air incrédule de ses amies Geneviève et Jeanne lorsqu'elles avaient vu la petite montagne, les fofolles, et parmi elles Montesquieu leur chérie. Marie comprenait et admettait qu'ici pouvaient naître les idées contestatrices d'un peuple mal loti par la vie. Ici germaient sans doute les pires grèves du monde de la pêche. Mais un monde qui était devenu le sien. Par amour et par choix.

Comme un symbole, Arcachon inaugura au moment des fêtes de Noël 1910 les soupes populaires destinées aux marins et aux ouvriers au chômage. Marie contribua, dans le cadre de son association, à y faire inclure les épouses de ces marins au chômage. Ces prises en charge par la municipalité ne firent pas disparaître, hélas, les altercations de plus en plus fréquentes et parfois virulentes entre marins syndiqués et certains chefs d'entreprises. Comme Émile Thillet-Bordes. Ce dernier se heurta plusieurs fois à un grand échalas barbu, Clément, un syndicaliste agressif, employé comme capitaine en second chez une société concurrente de la SPTB. Comme Émile ne dirigeait pas la société de Clément, ce dernier en profitait pour attaquer un patron au nom de la défense des marins-pêcheurs. Émile en arriva même à regretter de ne point être confronté à Aurélien Decosse, moins intransigeant et plus réaliste que son jeune collègue. Les dialogues constructifs avec cet homme outrancier étaient impossibles ou surréalistes :

— Vous les nantis – il répétait ce terme de nanti toutes les deux phrases – vous ne nous respectez pas !

— Des nantis, admettons, tentait de répondre Émile, mais qui vous versent votre dû sans jamais le moindre retard. Et que je sache, vous n'êtes point maltraité par votre employeur. En tout cas mes employés marins-pêcheurs ne se sont jamais plaints de cet aspect-là.

— Vous symbolisez les nantis avec les noms donnés à vos chalutiers.

— Comment ça ?

— Arkasson I, II, III, IV, ça sonne nanti. Et votre prochain s'appellera Ville d'Hiver ou château je ne sais quoi.

— Vous auriez choisi quels noms ?

— Euh… Aiguillon, Saint-Ferdinand ou Ami de la Leyre.

— Et pourquoi pas. J'y songerai pour mes prochains.

— Avant cela, avant d'acheter des nouveaux morutiers, utilisez votre argent pour mieux payer vos marins ! Nos collègues anglais sont beaucoup mieux payés que nous.

— Qu'en savez-vous ?

— J'en ai croisé cinq à Glasgow.

— Les avez-vous bien compris ? Et avez-vous bien comparé vos salaires en tenant compte du coût moyen de la nourriture tout là-haut ?

À force d'argumenter, Émile parvint à désarçonner Clément qui cessa momentanément de réciter ses récriminations. Mais en concluant tout de même par :

— Nous ne céderons pas, monsieur Thillet-Bordes. Nous obtiendrons gain de cause ou nous ne reprendrons plus la mer. Vos marins comme tous ceux des autres sociétés.

Émile le quitta, perplexe. Certes il l'avait déstabilisé pour cette fois. Mais il ne doutait pas qu'à la première occasion ce Clément rassemblerait les marins, tous les marins, pour exercer de nouvelles pressions assorties de nouvelles menaces. En attendant, le maire James Veyrier-Montagnères eut le bon goût, fin janvier, d'avancer les salaires des équipages d'une pêcherie en faillite.

— La prochaine faillite ce sera celle de la SPTB, grommela Émile. Sûr que cela va me tomber dessus ! Une grève longue et je ne m'en remettrai pas. Grâce à Dieu mon pauvre père n'assistera pas à cette débâcle. Ce sera ma seule et unique consolation.

De fait, dès le mois de juin Émile serait confronté à une nouvelle grève, totalement inattendue de sa part. La grève des menuisiers qui, par ricochet, affecta l'une de ses sociétés, les CNTB. En effet, par solidarité le personnel des chantiers navals – les pinasses étaient toutes construites en bois de très haute qualité – cessa le travail une longue semaine. Émile se tut, terrorisé à l'idée de mettre de l'huile sur le feu et généraliser un conflit jusque-là sectorisé. Il en arrivait à se taper la tête contre les murs.

30

Heureusement, survenaient parfois de grands moments de bonheur, inoubliables, simples, exactement comme Marie les aimait. Comme ces dimanches après-midi dans la cabane ou sur la pinasse mauve. Gérard, sur les genoux de son père et face à lui, écoutait ses aventures lointaines en Mauritanie ou à Terre-Neuve. Ce gamin toujours excité semblait soudain hypnotisé et magnétisé par les récits de son père. Captivé, l'enfant n'en perdait pas une miette :

— …ce matin-là trois baleines, énormes, faisaient un bout de chemin avec nous. Un animal fantastique, tu sais, mais très dangereux. Une seule des trois pouvait, à elle toute seule, faire chavirer notre bateau. Ou déchirer notre filet géant. Et comment s'éloigner d'elles, fiston ? Car leur présence nous empêchait d'abaisser ou de remonter le chalut. Alors j'ai dit au capitaine de couper les moteurs, ce qu'il fit aussitôt. Pendant quelques minutes qui nous parurent interminables, les trois géantes tournèrent autour de notre chalutier. Quoi faire, mon Gérard ? Hein, je te le demande, quoi faire ?

— Papa pêche ba'eines et appo'te ici !

— Mais non mon grand ! Impossible ! Chacune de ces baleines était plus grande et beaucoup plus lourde que la pinasse mauve d'oncle Julien. Bon, finalement l'une des trois baleines s'éloigna. Les deux autres hésitèrent, puis, au bout d'un moment qui nous parut sans fin, elles décidèrent de suivre le chemin de la première. Nous pouvions enfin reprendre la pêche !

Aurélien regarda son fils. Le marchand de sable faisait son œuvre. Alors le papa, avec précaution, posa « son gros paquet », comme il adorait appeler son fils. De son côté Claire dormait déjà paisiblement sur le vieux fauteuil devant la véranda, le store baissé, ou dans les bras de sa mère lorsqu'ils voguaient ensemble sur la pinasse mauve. Indubitablement, des moments de bonheur intense. Avec, de la part de Marie comme d'Aurélien, une petite préférence pour ceux dispensés par la pinasse mauve : de quoi s'imprégner chaque fois un peu plus de ce décor exceptionnel. De quoi le faire découvrir à des petits qui ouvraient grands leurs yeux innocents.

Des bonheurs de la vie, de leur vie, intenses mais entrecoupés trop fréquemment par des drames à répétition propres à une région où la pêche constituait l'activité principale. Ainsi en allait-il de l'histoire de cette pauvre Georgette, une amie de Marie presqu'aussi proche d'elle que Jeanne ou Geneviève. Georgette travaillait dans une conserverie concurrente de la CTB. Une société qui fit faillite, malheureusement. Décidément Georgette les accumulait. Son père avait péri en mer trente ans plus tôt. Puis ce fut le tour de son fils qui travaillait pour le compte d'une société écossaise. Ce qui fit qu'elle apprit le drame de sa mort seulement deux mois après les faits. Et enfin, vers 1908, ce fut le tour de son mari… Courageuse en diable, elle avait réussi à tenir bon en s'engageant à fond dans son travail à la conserverie et comme militante de femme de marin-pêcheur aux côtés de Marie. Mais ce nouveau drame lui tomba dessus comme une masse, comme l'évènement de trop qui réussit à l'anéantir. Alors cette pauvre femme, noyée dans l'extrême absurdité de sa vie n'avait plus que l'idée du suicide en tête. Pour elle la vie n'était plus qu'une courte étape, dérisoire et tragique, alors mieux valait la supprimer au plus vite. D'autres femmes l'avaient déjà fait. Marie ne mit qu'un instant pour capter la détresse de son amie lorsque celle-ci arriva, titubante, dans le minuscule local réservé à l'association des femmes de marins-pêcheurs. Un local partagé avec d'autres associations ouvrières pour en réduire le coût de la location. Sans hésiter, en constatant l'ampleur du désarroi de sa collègue et amie, Marie décida de l'accueillir quelques temps dans sa cabane. Sans même lui demander son avis, tant il devenait impératif de pouvoir la surveiller jour et nuit. En toute discrétion elle obtint que Julien aille, lui, dormir quelques temps chez Jeanne qui disposait d'un lit de libre. Julien accepta sans barguigner. Il ne refusait jamais rien à Marie et comprit à demi-mot le drame qui se tramait. Commença alors un long et patient travail de fourmi. Jour après jour Marie tentait de convaincre sa chère Georgette d'éviter le pire et d'essayer, grâce à son courage et à ses amies, de refaire sa vie. Un jour cela semblait fonctionner mais le lendemain la crainte du drame revenait en force. Inéluctable ? En réalité les véritables acteurs du sauvetage furent les gamins Gérard et Claire. L'aîné, toujours dynamique et drôle, et la petite, à la fois souriante, attendrissante et câline, firent comprendre à Georgette que la vie pouvait encore lui apporter quelques petits bonheurs. « Souriez à la vie et la vie vous sourira ! » Marie ne cessait de lui asséner ce dicton qui, jour après jour finit par s'incruster dans le cerveau de cette femme psychiquement atteinte. Ainsi, avec patience et persévérance, la famille Decosse au complet parvint à sauver cette brave Georgette d'un acte fou et incontrôlé. Elle reprendrait alors définitivement goût à la vie dix-huit mois après la faillite de la conserverie en épousant un facteur bordelais en cure à Arcachon pour soigner ses poumons. C'était tout de même moins risqué que d'épouser un deuxième marin-pêcheur ! Quels que pouvaient être le prétendant et son métier, Marie ne souhaitait qu'une seule chose : le bonheur de Georgette. Un bonheur profond et mérité. C'était bien son tour ! Un bonheur partagé avec un homme qui saurait la délivrer de son passé tout en le respectant.

Un dimanche après-midi, alors que les deux petits dormaient paisiblement, Aurélien s'éclipsa quelques instants dans sa chambre pour réapparaître frais comme un gardon et avec un sourire jusqu'aux oreilles. Marie l'observa. Il était rasé de près, vêtu de sa vareuse bleue, de ses pantalons rouges, avec les bottes à ses pieds et la casquette vissée sur la tête. Marie entraperçut son gros baluchon posé sur le lit. Le message paraissait on ne peut plus clair : le capitaine en second Decosse Aurélien était prêt à repartir en mer. Marie sentit aussitôt une vague de chagrin l'envahir tandis que lui ne cessait de sourire et semblait parfaitement heureux. Elle savait que même devant le spectacle confondant de ses deux petits qui dormaient comme des anges, il souhaitait reprendre la mer. L'océan faisait partie de sa vie, il était sa vie. Elle en était pleinement consciente depuis bien avant leurs noces… Ils s'enlacèrent et se donnèrent mille baisers. L'heure du départ, pendant la sieste des petits, empêchait cette fois Marie d'accompagner son marin jusqu'au port et saluer ses collègues. Pas de Lagrinche disponible en ce dimanche pour garder Gérard et Claire. Et pas question de les réveiller pour les emmener. Lorsqu'ils émergeraient leur père serait parti et donc ils ne pleureraient pas comme c'était le cas chaque fois qu'ils le voyaient monter sur son chalutier.

Marie commençait à s'inquiéter un peu de l'état de Claire qu'elle trouvait maigrichonne et timorée. En permanence collée aux jambes de sa mère, elle hurlait lorsque celle-ci s'éloignait d'elle ou la laissait à Geneviève ou à Jeanne pour un court après-midi. Elle s'inquiétait mais en réalité elle oubliait tout d'un seul coup lorsqu'Aurélien rentrait et craquait devant la beauté et les rires enthousiastes de ses deux petits. Au point que de son côté Marie ne parvenait pas à retenir quelques larmes devant cette scène émouvante en songeant à ses parents. Dans des conditions de relations apaisées avec eux, ces derniers auraient eux aussi craqué devant Gérard et Claire. Ce souvenir, cette blessure-là, mettrait du temps à se cicatriser.

Au tout début de l'année 1911 survint la faillite de la pêcherie du Golfe de Gascogne. Une faillite consécutive, indiscutablement, au naufrage du deuxième des chalutiers de la pêcherie en question. Quelques marins allaient chercher du travail, sans doute en marnant dur, très dur. Cette situation dramatique incita Marie, ès qualité de présidente d'une association de femmes de marins-pêcheurs, à contacter son frère Émile pour le pousser à embaucher quelques-uns de ces malheureux. Émile hésita. Augustine s'en mêla, accumulant les récriminations intempestives à l'endroit de sa belle-sœur, la honte de la famille. Selon elle, comme tous les syndiqués, Marie ne savait faire qu'une seule chose : échauffer les esprits. Au final Émile se laissa convaincre par sa sœur et embaucha trois des marins en recherche d'un emploi. Malgré ce geste, très apprécié dans le milieu des pêcheurs, quelques marins restèrent sur le carreau. Marie tenta bien de répéter l'opération chez les autres patrons des pêcheries locales, mais sans réel succès. L'un de ces présidents, tout penaud, lui avoua même que s'il embauchait l'un de ces marins au chômage il devrait en licencier un autre le jour même !

Marie et ses deux « fidèles adjointes » Jeanne et Geneviève allaient être récompensées de leurs actions en faveur des marins au chômage et de leurs familles. En effet le mois d'août vit la mise en service du tramway qui reliait l'Aiguillon au Moulleau. Enfin ! C'était ce qu'on disait en ville car le projet datait de 1899. Marie et ses deux amies apprécièrent l'aubaine, ravies du trajet qui leur permettait d'aller se promener beaucoup plus facilement et donc plus souvent sur la petite montagne ou dans le quartier du Moulleau ou celui des Abatilles. Et avec tous leurs moussaillons !

Hélas, à peine quelques jours après l'ouverture de la ligne du tramway, un cyclone balaya le Bassin. Émile Thillet-Bordes, mi-exaspéré mi-désabusé, n'en pouvait plus de ce cumul d'évènements défavorables. Des grèves, des faillites et maintenant un cyclone. Qu'allait-on prochainement réserver à la Petite Mer ? Ou qu'allait-il lui tomber sur la tête, à lui président de la SPTB ? Quelques semaines ou quelques mois plus tard, la réalité fut très surprenante. Une nouvelle excellente, dont il avait eu vent un peu plus tôt mais à laquelle il ne croyait pas vraiment. Une nouvelle formidable mais associée à une crainte de concurrence impitoyable. Une pêcherie concurrente en effet se fit remarquer en installant sur tous ses chalutiers à vapeur la télégraphie sans fil, la TSF. Une grande première, une nouveauté marquante et un changement radical à prévoir. Pour la vie en mer, pour les comportements des marins à bord, mais également pour toutes ces familles qui angoissaient à terre des semaines et des mois entiers. Oui il s'agissait d'un progrès considérable mais, à bien y regarder, pas forcément générateur de moins d'angoisses pour les familles. Marie par exemple, pour la citer elle, réalisa que ce progrès ne réduisait pas en tant que tel les dangers de la mer :

— Et pire, peut-être, stigmatisait-elle lors de certaines réunions de son association. Imaginez que cette TSF tombe soudain en panne alors même que par elle nous venions d'apprendre que le chalutier essuyait un gros coup de tabac ! Aussi je vous le dis haut et clair, cette TSF est un progrès incontestable pour les marins et pour leurs capitaines qui récupèrent par ce biais un lien avec la terre ferme. Mais pour nous, les femmes de marins-pêcheurs, cela peut s'avérer pire qu'avant ! J'en suis persuadée. Au moins jusqu'au moment où ce système deviendra totalement fiable. Aurons-nous la chance d'en bénéficier ? Espérons-le. Et comprenez-moi bien, je m'inscris totalement en faveur de ce progrès, au moins pour eux, nos hommes.

De son côté Émile n'hésita pas longtemps. Cette TSF représentait une charge financière supplémentaire, mais il jugea que ceux qui ne la proposeraient pas sur leurs navires perdraient rapidement leurs meilleurs éléments… aggravant de ce fait les risques de faillites. Indispensable, donc, de suivre le mouvement au plus vite. Émile parvint à doter de la TSF trois de ses chalutiers avant Noël. Les deux autres attendraient mars 1912. Et les navires de la société d'Aurélien durent attendre jusqu'à la fin du mois de juin.

*

Dès la fin de l'hiver, Augustine décida de s'investir à nouveau dans le journal de la Petite-Mer. Pour écrire elle goûtait particulièrement de la tranquillité de la véranda nord de la villa M. Et cette décision fut applaudie par Émile, car pendant tout ce temps qu'elle consacrait au journal, sa femme ne donnait plus de la voix pour dénigrer tel ou tel. Pas même son propre mari ! Même si elle n'évitait jamais de massacrer quelques individus et leurs comportements à travers ses écritures. Par respect pour feu Henriette, sa belle-mère, elle consigna en premier lieu la nomination de Victor Vercoutre, son jeune frère, comme consul de France à Melbourne. À la grande joie de Désiré et de tous les Vercoutre. Ensuite, et pour rester dans le giron familial, elle griffonna quelques lignes caustiques à l'adresse de sa nièce Suzanne. La jeune fille de neuf ans s'essayait au jeu de tennis lorsqu'elle séjournait à Arcachon. Et elle jouait régulièrement avec des garçons ! Une occasion immanquable de dévergondage aux yeux de sa tante ! Augustine soulignait malgré tout que le terrain prévu pour pratiquer ce jeu importé était bien situé, dans le joli bois de pins à proximité de la villa M. Un peu plus tard elle coucha un petit paragraphe à propos d'un projet qu'elle jugeait aussi superflu que fou : la construction d'un funiculaire pour accéder au casino de la forêt ! De l'argent « fichu en l'air » concluait-elle, avant de noter avec une pointe d'ironie la « énième » réélection de James Veyrier-Montagnères le 19 mai 1912.

Puis elle se fit plus grave. Elle écrivit que les relations entre la France et l'Allemagne empiraient de jour en jour et tournaient carrément au vinaigre. Guillaume avait des velléités d'expansion pour l'empire. Quant aux Français ils se divisaient en deux clans : les pacifistes et les revanchards, ces derniers réclamant le rattachement de l'Alsace et de la Lorraine à la République. Augustine osa noter dans le journal qu'à cette époque son beau-frère Albert, négociant en vins fins, fournissait une riche clientèle allemande. Qui représentait un tiers de ses ventes et la moitié de ses bénéfices. Et qu'il ne s'en vantait pas ! Émile dut imposer à sa femme de déchirer cette page. Même si de son côté il surveillait son frère discrètement, derrière ses fins lorgnons posés sur son nez droit et sévère. Albert l'inquiétait de plus en plus et il lui suggéra de développer en priorité ses clientèles belges ou britanniques.

À passer la moitié de son temps à la villa M., Augustine assista presque à cet incroyable sinistre qui bouleversa le quartier voisin, les Abatilles, en cette fin d'année 1912 : l'effondrement d'un bâtiment en construction, qui entraîna la mort de cinq des ouvriers qui travaillaient sur le chantier. Attirée par les bruits et par tous les gens qui se dirigeaient vers le lieu du drame, Augustine marcha de bon pied une petite dizaine de minutes. Mais lorsqu'elle vit les murs de la maison écroulés et la tonne de gravats au sol, ses propres jambes s'effondrèrent à leur tour. Ce fut Émile qui, trois heures plus tard, la retrouva affalée, toute tremblante et en pleurs. Il se fit expliquer l'accident et ramena Augustine à la villa M. Une Augustine qui ne put s'empêcher d'inspecter tous les murs de la villa avant de pénétrer dans le vestibule. Toute tremblante, elle bégayait pour expliquer que le nouveau matériau employé, le béton armé, n'était qu'un faux progrès et qu'il venait d'en donner une preuve tragique. Dès le lendemain elle repartait avec Jean au quai des Chartrons où ils retrouvaient André sagement installé pour faire ses devoirs, surveillé d'un coin de l'œil par Thérèse. Augustine ne parviendrait à se dérider que deux semaines plus tard, pour les fêtes de Noël. Et surtout pour faire bonne figure devant les enfants.

*

Aux premiers jours de l'été 1913, Émile s'offrit une belle voiture, une Panhard-Levassor, et s'attacha les services d'un chauffeur, Joseph. Lorsque Marie apprit cet achat elle en parla à son gamin. Alors Gérard, ce garçonnet pétillant et à la tignasse toujours en pétard – c'était bien le fils de son père – Gérard devint fou ! Lui qui affichait toujours un air effronté et qui mordait dans la vie à pleines dents, ne rêvait plus que de voir la Panhard-Levassor. La voir pour monter dedans avec Joseph pour effectuer le trajet du quai des Chartrons jusqu'à l'Aiguillon. Quel rêve, quelle fierté. D'un coup Gérard était ailleurs, dans le monde des voitures automobiles. Il ne riait plus, ne souriait plus, sauf lorsqu'il voyait un véhicule passer non loin de la cabane. Hélas pour lui, le petit bonhomme devrait attendre quelques temps pour réaliser son rêve. Car son oncle ne bénéficia que d'un très court répit en août et en septembre avant de replonger dans les affres d'une grève. Une vilaine grève. Déjà considérablement aigri par ses vieux déboires personnels – il rêvait encore régulièrement de Colette – par l'accumulation des soucis pour ses entreprises et sans doute également par le caractère d'Augustine, les grandes grèves d'octobre 1913 allaient l'assommer. Sa femme et lui s'accordèrent néanmoins sur un point, dès le début de ces grèves : elles leur parurent annonciatrices de situations bien pires encore pour la Nation toute entière. La France, déjà coupée en deux entre les pacifistes et les belliqueux qui réclamaient la restitution de l'Alsace et la Lorraine, se coupait en deux une nouvelle fois. Une fracture radicale entre le monde ouvrier et celui des entrepreneurs. Pour exposer au grand jour un jeu féroce, de multiples entraves au développement, et au final des préjudices pour tous, le pays compris. Cela leur parut d'autant plus stupide que ces antagonismes pouvaient disparaître avec un peu de calme et de bon sens, en utilisant la verve et le sens de la négociation d'un Veyrier-Montagnères, pour ne considérer que les grèves du Bassin.

Augustine n'aida guère Émile à retrouver un peu de sérénité, bien au contraire. Car elle-même devenait de plus en plus souvent sujette à des troubles d'expression. Elle lançait des paroles et même des phrases incohérentes qu'elle essayait aussitôt de rectifier, sans y parvenir ou très rarement. Ce phénomène se produisait le plus souvent lorsqu'elle pensait à Marie ou lorsqu'elle se trouvait face à Albert. Concernant Marie, Augustine, toujours empêtrée dans ses préjugés, se répandit avec violence, la traitant même de nuisible. Ce genre de calomnie choqua Émile et Albert, fort soucieux en constatant que le seul mot audible des propos d'Augustine était « nuisible ». Il était clair qu'elle devait se faire soigner… mais avant tout accepter l'idée de se faire soigner… Et devant Albert, que sa désinvolture et sa causticité exaspéraient, Augustine perdait les pédales et entassait des phrases aussi incohérentes que bizarrement saccadées. Franchement, Émile se serait volontiers passé de cette soudaine dégradation de l'état de sa femme. Une situation qui le traumatisait encore un peu plus. Albert s'en rendait bien compte mais excusait d'emblée son pauvre frère qui devait affronter au quotidien une Augustine insupportable et quasi hystérique. L'implication évidente de Marie pendant ces grèves et sa participation aux réunions entre marins syndiqués, rendirent sa belle-sœur plus outrancière que jamais. Elle ne pouvait pas savoir et encore moins imaginer que Marie tentait de jouer les pondératrices : elle soutenait certaines revendications mais se battait contre le blocage du port. Elle dut se heurter à un certain Adrien, un ultra et un ardent partisan d'une grève assortie du blocage intégral du port. Le fameux Clément en personne était dépassé par le fanatisme de cet Adrien. À la fin du sixième jour de grève Marie crut que le conflit était en voie d'apaisement et même de règlement. Mais le fameux Adrien sut rassembler suffisamment de contestataires pour faire reprendre et intensifier la grève pour une nouvelle semaine. Avec cette fois le blocage intégral du port et des chalutiers à quai. Un blocage accompagné d'incidents graves qui entraînèrent l'intervention des forces de police. Malgré tout, au bout du compte, un accord fut signé entre les armateurs, les diverses sociétés directement liées à la pêche et les syndicats de marins-pêcheurs. Merci aux maires d'Arcachon et de La Teste, Veyrier-Montagnères et Dignac, pour leur action commune et bénéfique. Mais quelques situations dramatiques entachèrent le résultat globalement positif de ces négociations ardues. Neuf marins furent licenciés sans indemnités par l'une des pêcheries. Marie en garda un sentiment mitigé : satisfaite de la conclusion qui incluait des augmentations des salaires, mais terriblement déçue par ces licenciements secs. Et quand bien même Clément fit partie du lot... D'ailleurs elle réussit à convaincre ce dernier de se présenter à la SPTB pour tenter de se faire embaucher. Mais cette fois-ci Émile refusa. Quant à Adrien, il ne fut point visé ni même menacé. À croire qu'il bénéficiait de soutiens puissants en sous-main...

Émile n'était pas du genre à baisser les bras. Mais ces grèves, ajoutées aux problèmes d'élocution de sa femme, l'assommèrent pour plusieurs mois. D'autant plus que son pessimisme naturel, qui lui semblait chaque jour un peu plus justifié, lui gâchait la vie. Heureusement, le décor merveilleux de la Petite Mer parvenait, bon an mal an, à le requinquer. Et il se raccrochait à cette bouée de sauvetage, abandonnant de ce fait le quai des Chartrons la majeure partie du temps.

31

André venait de fêter ses vingt ans. Une fête familiale à la villa M., mais sans véritable liesse tant le climat devenait pesant dans la France entière et au-delà. Le jeune homme bénéficiait du système du sursis pour terminer ses études de droit. Mais il redoutait l'allongement récent du service militaire de deux à trois ans. Pourquoi ce changement ? La crainte d'une guerre ? En attendant il jonglait entre des heures de cours, des stages chez un notaire réputé de Bordeaux et, occasionnellement, des travaux pour assister son père à la SPTB. Car ce dernier voulait à tout prix que son fils aîné lui succède à la tête des sociétés Thillet-Bordes. Impossible qu'il en soit autrement. Quant à Jean, âgé d'à peine dix-sept ans, il ne brillait pas en classe. Il s'ennuyait à l'école, répétait à qui voulait l'entendre qu'il ne réussirait pas son baccalauréat et qu'il ne rêvait que de s'engager pour agir et pour servir son pays. Son père avait dû se fâcher tout rouge pour lui imposer de continuer ses études au moins jusqu'au baccalauréat. Pourtant, seules les tâches manuelles l'intéressaient, comme par exemple de chauler des tuiles ! Un exemple parmi d'autres qui exaspérait Augustine qui, malgré tout, prenait invariablement la défense de son cadet. Jean, toujours Jean… Or depuis très peu de temps, à peine quelques mois, elle n'affichait plus ce favoritisme qui avait désespéré André pendant près de deux décennies. En proie à des dérèglements du cerveau, Augustine commençait à se désintéresser de Jean comme cela avait été le cas pour André… à la naissance du cadet. Car depuis fort longtemps elle considérait que par la force des choses – le droit d'aînesse – André ferait son chemin aux côtés de son père. Et donc elle privilégiait Jean. Émile fut très surpris par ce manque soudain d'intérêt d'Augustine pour son fils cadet :

— Décidément le cerveau de ma femme prend de vilains coups un peu plus chaque jour, songea-t-il…

Lorsque Jean rata son baccalauréat, comme supputé par l'intéressé lui-même, son père ne s'opposa plus à son engagement dans l'armée. Il l'imaginait bien dans la Marine, mais Jean opta pour l'Armée de Terre afin de s'adonner avec délectation au maniement du fusil. La jeune recrue quitta le quai des Chartrons pour une formation à Périgueux. Ce qui réveilla des souvenirs anciens chez son père. Colette n'était jamais très loin…

Le départ de Jean perturba encore un peu plus l'esprit de sa mère. Au point qu'elle ne parvenait plus à écrire sur le Journal de la Petite Mère qu'un tissu d'inepties aux relents morbides et obsessionnels. Des tentatives maladroites de transcriptions de cauchemars au cours desquels tous ses proches lui en voulaient à mort. À mort parce qu'elle seule savait éduquer ses enfants de la façon la plus noble ; parce que personne en dehors d'elle n'était capable de réagir au laxisme ambiant et généralisé sur le pays ; parce que les hommes ne pensaient plus qu'aux jeux, toutes sortes de jeux : jeux d'amour, jeux de hasard ou compétitions sportives complétement vaines. Que devenait l'essentiel ? En outre ses écrits laissaient apparaître, malgré leur incohérence, tout le mépris qu'elle témoignait à Marie et à Albert. Par contre, jamais un seul mot pour Émile ou pour ses fils. À l'inverse, Constance et ses filles, Marie et ses enfants, en prenaient pour leur grade. Augustine n'était pas complétement folle puisqu'elle cachait le journal pour éviter que son mari ne déchire ces pages remplies de fiel à l'encontre de membres de la famille. La famille Thillet-Bordes. Car jamais les Bériand de Courcourt ni les Vercoutre n'étaient cités. Cela n'empêcha pas Émile de pousser sa femme à consulter un médecin docteur en psychologie. Mais sans une once de succès. Pire, même, car Augustine fut choquée qu'on puisse simplement lui suggérer un tel rendez-vous. Elle en voulut beaucoup à son mari :

— Comment cet homme à l'esprit aussi droit que son nez, coiffé raide et court comme un Allemand, avec un menton volontaire, un sourire franc et carnassier et un caractère somme toute bien trempé, peut-il supporter l'absence de rigueur de son frère, de sa sœur, de Constance et de ses neveu et nièces ? Sincèrement je ne comprends pas. Comment cet Albert peut-il être son frère ? Un individu saoulant, inarrêtable, séducteur et frivole qui, par-dessus le marché, jouit de s'écouter parler ! Franchement ce n'est pas un Thillet-Bordes. Et dire que ce sont des gens comme lui qui font la France d'aujourd'hui. Mais où va-t-on ?

Dépitée, un peu perdue, elle cacha le journal en cours derrière une pile d'assiettes dans le grand buffet de la salle de réception de la villa M.

*

Émile reçut un nouveau coup sur la tête au début de l'année 1914. Le chalutier *Marguerite-Marie* disparut à son tour, en Méditerranée cette fois. La solidarité du monde des marins-pêcheurs fut à nouveau exemplaire au cours et à la suite d'une messe à l'Aiguillon. Les patrons des différentes pêcheries, les marins-pêcheurs dans leur ensemble et les femmes de marins-pêcheurs, avec Marie leur présidente, étaient tous présents à Saint-Ferdinand. À peine plus tard, en mars, deux chalutiers parvenaient à sauver près d'une centaine de marins en pinasses, malmenés sur les passes et leurs courants parfois terrifiants[41].

À partir de l'été ce fut le pays tout entier qui bascula dans la peur. Cela débuta le 28 juin 1914 par l'assassinat, à Sarajevo, de l'archiduc François-Ferdinand. Avec pour conséquences des mobilisations générales aussi bien en Autriche-Hongrie qu'en Allemagne ou même en Russie, pays protecteur de la Serbie. Un mois plus tard, en France cette fois, c'était Jean Jaurès qui était assassiné[42]. Tout s'accéléra car aussitôt l'Allemagne envahit le Luxembourg et adressa un ultimatum à la Belgique pour obtenir le libre passage de ses troupes. Refus immédiat de la Belgique le 3 août. L'Allemagne passa outre et déclara la guerre à la France. Et le lendemain le Royaume-Uni déclarait à son tour la guerre à l'Allemagne pour non-respect de la neutralité belge.

Le 3 août le tocsin sonnait partout. À Saint-Ferdinand comme ailleurs sur le Bassin d'Arcachon et partout en France. Assourdissant. Sur le coup les habitants de l'Aiguillon se demandèrent pourquoi ce tintamarre. Pas de naufrage annoncé par ce beau temps, pas de gros incendie à l'horizon non plus. Peut-être au loin, dans la forêt landaise ? Mais ce n'était pas visible depuis Saint-Ferdinand. Et puis la rumeur grossit pour se transformer en nouvelle. Une nouvelle qui n'étonna personne : la guerre. La guerre était déclarée ! L'État Français donna l'ordre de mobilisation générale le 14 août pour tous les hommes valides de dix-huit à quarante-cinq ans. Julien y échappa pour des raisons médicales. Émile également, vu son âge. Mais Aurélien, André, Jean et même Albert, n'y coupèrent pas. Du côté des Vercoutre,

41 – Ce sauvetage sera récompensé par le prix Henri Dunant, lui-même prix Nobel de la Paix en 1901.

42 – Assassinat commis par Raoul Villain, membre d'un groupe ultra-nationaliste.

Jules n'y échappa point et Édouard non plus. Cette mobilisation fut un nouveau choc pour Émile. Catastrophé, tant pour ses sociétés qui commençaient à se vider de leurs forces vives que pour ses enfants et ses proches. Jean rejoignit aussitôt le front de l'est avec son unité. Un bref courrier de sa part démontrait qu'il était ravi de son engagement. André, lui, compte tenu de ses études, fut intégré dans un service administratif basé à Limoges.

Une foule incroyable envahit la gare d'Arcachon pendant des journées entières. Les hommes quittaient leurs quartiers mais avant tout leurs familles. Des cris, des pleurs et même des commentaires :

— Pas d'inquiétude ma belle, on va les renvoyer chez eux et récupérer l'Alsace et la Lorraine. Compte sur moi pour Noël pour fêter la victoire et la restitution de toutes les terres de la Nation !

— Que Dieu vous entende, glissa une vieille dame au regard triste et sceptique à cet homme optimiste. Mon fils ne pense pas comme vous, alors j'espère que ce sera vous qui aurez raison.

— Oui madame, car notre cause est juste et Dieu nous aidera ! Pour vaincre et pour que la guerre soit courte.

Marie assista à tous ces départs, rassemblant non seulement les femmes de marins-pêcheurs mais également les femmes de résiniers, celles des ostréiculteurs et même celles des cultivateurs. En très peu de temps elle retrouva l'Aiguillon vidé de tous ses hommes les plus valides. Le quartier lui parut irréel, seulement peuplé de femmes, d'enfants et de vieillards perclus de rhumatismes. Des dizaines et des dizaines de Lagrinche !

Dès le 16 août furent instaurées les soupes populaires municipales. Et à peine plus tard, avant la fin du mois, arrivèrent déjà les premiers soldats blessés. Or pour les héberger et pour les soigner il fallait de la place, de plus en plus de place avec la répétition des batailles meurtrières. Le premier lieu d'accueil fut le collège Saint-Elme, bientôt suivi par le Grand-Hôtel puis par les casinos ! Marie, assistée par quelques femmes de marins-pêcheurs, joua un rôle primordial, en particulier pour l'assistance aux enfants. Des enfants réfugiés et le plus souvent recueillis au sanatorium du Moulleau.

Et dès le 2 septembre un réfugié peu ordinaire s'installa à Bordeaux : le gouvernement de la France ! Alors en ville d'hiver c'était à celui ou à celle qui comptait chaque jour le plus de ministres de passage ! De quoi exaspérer Augustine comme certains vieux travailleurs débordés, à l'Aiguillon.

Très rapidement, de Bordeaux à Arcachon, les mobilisations privèrent la région toute entière de ses forces vives. Pourtant la vie devait continuer. À Bordeaux comme autour de la Petite Mer on ne croisait que très rarement des hommes adultes. Du coup chaque homme en âge de faire la guerre, et croisé dans Bordeaux ou dans les bourgades du Bassin, passait immédiatement pour un suspect pour ne pas dire un pistonné ou un traître. Quelques hommes des villes se cachaient, calfeutrés chez eux et parfois honteux de ne pas être au front quand bien même avaient-ils des raisons valables pour ne pas faire la guerre. De son côté, Julien ne suscitait aucune suspicion. Le monde de la Petite Mer le connaissait et connaissait son handicap. Mais que dire d'Albert Thillet-Bordes, dégagé de ses obligations dès la mi-septembre ? Les rumeurs allaient bon train, c'était inévitable : il aurait grassement payé l'Armée ! Et certains ajoutaient même :

— Albert n'imagine pas un instant combattre ceux qui représentent sa clientèle principale, les Boches !

Entre deux crises, Augustine parvint à consigner un paragraphe sur un fait qu'elle jugea « totalement incongru » en ces temps dramatiques pour le pays. Le 29 août, eurent lieu en effet les premiers essais du nouveau funiculaire construit pour desservir le casino de la forêt ! Pour Augustine – et cette fois, comment la critiquer – cela ressemblait à une provocation, à une injure, à un acte indécent envers tous ces pauvres soldats de la Petite Mer partis à des centaines de kilomètres pour défendre le pays[43]. Mais aussitôt après ces remarques cinglantes elle notait que l'usine Couach[44] était transformée en fonderie d'obus. Et elle concluait :

— « Enfin une décision honorable, la région apportant une fois de plus son écot à la défense du pays. »

Le pays de Buch tentait de s'organiser. Les administrations et les entreprises industrielles comme les sociétés de pêche et les ostréiculteurs. Des parents, parfois très âgés, reprenaient ainsi leurs anciennes fonctions de parqueurs, de détroqueurs et de chauleurs de tuiles. Ailleurs, bien des usines purent continuer à fonctionner grâce aux femmes de ces hommes valides partis au front. Mais avec pour conséquence des enfants de plus en plus livrés à eux-mêmes. Ce qui augmentait notoirement les dangers inhérents à leur âge d'une part, mais également ceux causés par la guerre d'autre part. En effet, très vite certains secteurs de plages allaient devenir des dépotoirs alimentés tant par la terre – comme la réduction du ramassage des ordures – que par la mer – les déchets des embarcations coulées. Des dangers aucunement appréhendés au début de la guerre. Ainsi donc la région prenait-elle très correctement en charge les enfants réfugiés en

43 – On apprendra de source sûre à la fin de la guerre qu'il y aurait eu 9000 soldats envoyés et plus de 1000 d'entre eux morts au front.

44 – Armateur local et novateur.

provenance de l'Est et du Nord, mais en aucun cas les enfants de la Petite Mer laissés sans surveillance ! Marie, sensibilisée et pour cause, tenta bien d'alerter les autorités et de remédier elle-même à cette situation périlleuse. Avec son association elle parvint à faire prendre conscience des risques à l'Aiguillon et partiellement à Arcachon et à La Teste. Ailleurs, cela relevait de l'utopie. Or c'était essentiellement sur les plages océanes, de part et d'autre de la Petite Mer, que dérivaient les premiers déchets menaçants comme des armes, des obus, des mines et même des produits toxiques.

Émile, passablement désabusé, se sentit soudain comme broyé par ces soucis complémentaires, conséquences de la guerre. Comme beaucoup de chefs d'entreprises il dut embaucher des femmes à la CTB et même aux CNTB. Car il était parvenu à convaincre plusieurs artisans menuisiers de plus de quarante-cinq ans de prendre la mer provisoirement, à la place de ses marins sous les drapeaux ! Certes, pour des sorties en mer plus courtes et moins lointaines, mais dangereuses malgré tout. De quoi, en plus, susciter la colère de certains syndicats concernés. Mais en temps de guerre… D'ailleurs Émile, qui se méfiait, avait pris la décision d'augmenter les salaires des marins-pêcheurs qui naviguaient encore. Et, chose plus surprenante mais appréciée par les bénéficiaires, il avait souscrit des assurances décès pour le compte des ayants-droits de chacun des menuisiers devenus marins le temps de la guerre. Ce qui provoqua la colère de quelques concurrents basés plus au nord.

À propos du Nord, de la région Nord cette fois, les habitants de la Petite Mer ne tardèrent pas à apprendre que ces satanés Boches occupaient le département ainsi que neuf autres plus à l'est. La vie à Tourcoing, à Lille, à Lambersart et dans toutes les autres villes occupées, n'était plus franchement rose… doux euphémisme. Mathilde repensait souvent aux jours heureux, surtout ceux entre 1905 et 1914, avec ses trois enfants, Jules, Honorin et Léonie. Ces merveilleux dimanches chez sa belle-mère Louise, y compris pendant ces repas interminables mais où on respirait la tranquillité. Avec en prime les facéties d'Édouard à l'adresse des enfants qui en redemandaient. Désormais les boches occupaient chaque coin de rue tandis qu'Édouard s'acharnait à tenir une zone près de Lens et que Jules ne donnait plus aucune nouvelle. Quant à Marguerite, la domestique fidèle, elle vivait terrorisée en pensant à sa jeune sœur. Celle-ci s'amusait à séduire les occupants, allant même jusqu'à leur offrir sa couche ! De quoi déclencher la colère du vieux père avec un risque de dérapage et donc de catastrophe. Aucun Thillet-Bordes ne pouvait imaginer l'intensité de cette peur quotidienne provoquée par la présence de l'ennemi.

Au début du mois de février 1915 survinrent les premières réquisitions de bateaux arcachonnais par la Marine. Ce fut le cas pour un morutier de la SPTB ainsi que pour celui sur lequel Aurélien Decosse exerçait comme capitaine en second. Ce dernier en ressentit une certaine fierté. Marie, elle, réalisa qu'elle devrait subir des angoisses supplémentaires. Après une dernière sortie de pêche, Aurélien réapparut amaigri mais toujours enthousiaste. Cachait-il quelques angoisses, lui aussi ? Pendant cette courte halte à l'Aiguillon il n'en fit point état et se montra au contraire amoureux fou de sa femme et de ses enfants. Gérard, à califourchon sur les genoux de son père semblait plus captivé que jamais par ses récits. À peine plus tard Marie prit un nouveau coup sur la tête : Aurélien lui confia que, compte tenu des missions militaires, il était interdit désormais de donner les moindres nouvelles par TSF. Les contacts se limiteraient strictement à des échanges codés avec les collègues de l'Armée dans les ports. Silence radio… le temps de la guerre. Marie se sentit défaillir. Elle ne tenait plus sur ses jambes et s'accrocha aux épaules de son homme. Par chance les petits jouaient au bord de l'eau avec les enfants de Geneviève. Aurélien réussit à soutenir Marie tout en lui avouant :

— La mer me possède, ne lui en veut pas. Elle m'a possédé depuis ma petite enfance et elle me possédera jusqu'à la mort. Et quitte à servir le pays je préfère ma situation à celle des soldats sur le front de l'est. Alors je t'en prie, ne sois pas jalouse de la mer. Tu sais combien je t'aime toi !

Ils s'embrassèrent à nouveau comme des fous. Ou plutôt comme deux êtres épris l'un de l'autre et qui se doutaient qu'ils ne se reverraient pas de sitôt.

— Il va falloir nous séparer ici car l'officier en charge du navire interdit à quiconque de nous accompagner jusqu'au port. Sans doute larguerons-nous les amarres en pleine nuit pour respecter une discrétion totale. Et ce soir, je te demande de faire bonne figure devant les enfants. Tu leurs diras que papa rentrera bientôt. Et lorsque je rentrerai effectivement, ce sera une belle surprise pour tous les quatre… euh non, peut-être pour tous les cinq !

— Mais non, idiot !

*

Jour après jour les nouvelles tombaient, plus catastrophiques les unes que les autres. Des offensives et des contre-offensives, en Champagne en particulier, se soldaient par des dizaines de milliers de morts, pour dépasser cent mille au total. L'horreur absolue. Toutes les femmes comme tous les vieux cantonnés autour de la Petite Mer priaient comme jamais. Les églises étaient presque toutes bondées, aussi bien Saint-Ferdinand que Notre-Dame des Passes et même la basilique Notre-Dame. Chez les Thillet-Bordes comme chez les Vercoutre la peur régnait en maîtresse absolue. Édouard Vercoutre dirigeait une unité qui se battait sur le front de l'est. Aucune information à propos de Jules, même si certaines rumeurs persistantes envoyaient son bataillon dans les Dardanelles pour combattre les Turcs… Jean était au front, en première ligne comme Édouard. Seul André ne bougeait pas de sa position arrière, à Limoges. Et pour certaines familles la situation s'avérait pire encore. Ainsi un fidèle adjoint d'Émile, à la CTB, lui confia que ses trois fils se battaient en Champagne :

— En reverrai-je seulement un seul, grommela-t-il en versant quelques larmes ? La dernière correspondance reçue de mon aîné fait état de la volonté du général Foch, le général en chef de l'Armée du Nord, de ripostes et d'attaques en Artois, entre Arras et Lens. Je crains de terribles massacres. Et peut-être pour rien !

Gêné, Émile ne sut quoi lui répondre.

Et ce fut lui qui reçut le premier la pire des nouvelles. À la fin du mois de juin un sous-officier sonna au domicile Thillet-Bordes du quai des Chartrons. Ce militaire était porteur d'un billet de l'État-Major des Armées de Terre et destiné à Émile et à Augustine Thillet-Bordes. Augustine était présente, pour une fois, et Thérèse fit entrer le sous-officier. L'air absent du jeune homme inquiéta Augustine aussitôt. Elle le pria de s'asseoir et s'assit à son tour en demandant à Thérèse de rester avec eux. À peine le pli décacheté, cette dernière vit le torrent de larmes sur les joues de madame Augustine. Ce billet annonçait le décès du brigadier-chef Jean Thillet-Bordes, mort en héros au combat lors d'une offensive d'envergure non loin d'Arras. La petite missive s'achevait avec les condoléances de ses supérieurs et précisait la date de restitution du corps. Augustine trouva les ressources pour remercier le sous-officier que Thérèse raccompagna en silence jusqu'à la porte. Lorsqu'elle revint dans le salon madame Augustine gisait sur le grand canapé, inanimée. Le billet traînait sur le tapis. Alors elle courut chez madame Constance qui, par chance, lui ouvrit de suite. Comprenant la situation elle suivit Thérèse sans hésiter. D'autant plus que les filles étaient à l'école. Elle trouva sa belle-sœur l'œil ouvert mais toute tremblante. Cette dernière, incapable de parler, fit un signe pour montrer le billet. Constance en avait à peine terminé la lecture qu'Augustine fut prise de sévères convulsions. Elle enjoignit Thérèse d'aller quérir le médecin de famille. De son côté Émile n'allait pas tarder à rentrer, en admettant qu'un surcroît de travail ne lui impose pas de rester coucher à Arcachon… Ce soir-là Émile rentra à Bordeaux. Tard, mais il rentra au quai des Chartrons. Constance lui fit lire le billet et il dut s'asseoir. Puis, du regard, il questionna sa belle-sœur :

— Augustine ?

— Votre épouse a subi un choc terrible, vous l'imaginez aisément. Thérèse a obtenu que le médecin se déplace immédiatement. Il a pris la décision devant moi, il y a deux heures environ, de la faire hospitaliser. C'est sagesse, convenez-en.

— Merci Constance. C'est terrible. Mon père disait toujours que les parents devaient mourir avant leurs enfants. Il pensait à la SPTB, mais aussi à Albert et à moi. Ce qui nous arrive est terrible et injuste. Comment interdire ces guerres ?

Maintenant je dois tenter de prévenir André et il nous faut prévoir une cérémonie à Saint-André.

André fut autorisé à regagner ses foyers pour une période de dix jours. Il put assister aux obsèques de son frère en la cathédrale. La nef était bondée et, malgré la foule, le silence pesant, glacial et mortifiant. Le médecin n'avait pas autorisé Augustine à quitter l'hôpital. Constance et Albert veillaient sur Émile ce jour-là. Marie les observait de l'autre côté de la travée centrale. Elle trembla de tout son corps en apercevant Suzanne et Francine qui pleuraient sans interruption. Seul André restait froid et impassible. Après la cérémonie au cimetière, Marie l'entendit répondre à un cousin :

— Comme c'est triste, en effet.

On aurait espéré meilleur élan émotionnel de la part d'un grand frère. Un grand frère plus que jamais imbu de sa personne. Avec la mort de Jean il ne restait plus qu'un seul « mâle » Thillet-Bordes, branche Auguste. André se sentit d'un seul coup investi de tout l'héritage familial, comme jamais auparavant. Émile, au même instant, pensait à son propre père qui, en de telles circonstances, se serait montré mille fois trop protecteur envers André.

— Que cette guerre se termine, maugréa-t-il. Que ces massacres cessent et qu'on puisse enfin retravailler normalement et y voir plus clair.

Il lui faudrait de la patience. Beaucoup de patience…

32

Malgré son handicap lié à sa polio infantile, Julien fut réquisitionné à son tour. Plus pour sa pinasse que pour lui-même ! Car l'Armée décida d'exploiter des « pétroleuses », ces grandes pinasses à moteur, pour draguer les mines flottantes. Ces engins de malheur tant redoutés à l'entrée de la Petite Mer. Julien participa à ces missions avec fierté et patriotisme. Une nouvelle source d'inquiétude pour cette pauvre Marie qui n'avait pas besoin de nouveaux tourments… Alors, pour se changer les idées, Geneviève et elle parcouraient la ville d'hiver. Cela leur était facile et commode puisqu'elles œuvraient un jour sur deux comme infirmières au Grand Hôtel et parfois également au casino de la forêt. Ces balades silencieuses leur plaisaient. La petite montagne semblait désertée et les fofolles sans vie ou presque. Presque, car visiblement leur entretien perdurait pour une majorité d'entre elles. Marie savait pourquoi puisqu'elle proposait à certains propriétaires contraints d'abandonner leurs villas, d'utiliser les services de femmes de marins-pêcheurs à des tarifs satisfaisants pour eux comme pour elles. Et quelques vieux encore à peu près valides venaient jardiner un minimum. Le bouche-à-oreille lui permit de placer une quinzaine de femmes et cinq vieux au profil « Lagrinche » ! Alors, en parcourant cette colline avec son amie et les petits, elle pouvait apprécier. Avec, en définitive, une once de fierté. Le seul endroit franchement animé était bien sûr le casino mauresque et ses jardins. Pas pour le jeu mais bien pour les soins, pour le va-et-vient incessant des soldats, des infirmiers, des blessés et parfois même des convalescents qui adoraient revenir admirer la Petite Mer en se déplaçant avec des cannes ou des béquilles. Des scènes à la fois déprimantes et encourageantes. Geneviève observait deux gamins de moins de vingt ans qui avançaient péniblement avec des béquilles. L'un des deux avait une jambe amputée jusqu'au genou.

— Verrons-nous un jour la fin de ces épreuves épouvantables, s'écria Geneviève en larmes ? Tu sais Marie, je voudrais tant retrouver le temps des fofolles, le vrai. Celui que tu m'as fait découvrir il y a presque quinze ans déjà.

Elles passèrent devant la villa M. Marie songea aussitôt à Augustine. Elle n'aimait pas sa belle-sœur mais malgré tout elle mourait d'envie de lui porter secours et de la soutenir alors que celle-ci vivait un drame épouvantable. Comment y parvenir ? Inutile de sonner, Augustine devait encore séjourner à l'hôpital à Bordeaux, ou au mieux se reposer au quai des Chartrons, entourée de Constance et de cette brave Thérèse. Geneviève s'arrêta ensuite devant Giroflé. Certes sa villa chérie restait Montesquieu, aperçue elle aussi quelques instants plus tôt, mais Giroflé la fascinait. Elle la faisait basculer vers d'autres temps. Dans un autre siècle. Elle aurait été bien incapable de préciser lequel, mais en ce jour, compte tenu des circonstances, cette évasion lui faisait un bien fou. Marie la comprenait et parfois elle parvenait à l'accompagner dans un passé… pas forcément moins belliqueux que ce début de vingtième siècle. Mais au moins ces quelques minutes de rêves les transportaient loin de leurs angoisses quotidiennes. Des angoisses qui marquaient leurs visages, profondément. Elles en avaient conscience. Un rayon de soleil fondit sur la façade de Giroflé pour lui donner un air pimpant, ce qui fit sourire les deux femmes.

Bien vite il leur fallut revenir à la triste réalité. Jour après jour les nouvelles tombaient, plus catastrophiques les unes que les autres. Et l'arrivée massive de blessés n'apportait hélas qu'une faible idée de la débâcle dans le Nord et dans l'Est. Ces hostilités tuaient les forces vives du pays pour les prochaines décennies. Émile considérait d'ailleurs que son pays ne s'en remettrait pas. Et la réalité allait le frapper encore un peu plus, car cette guerre barbare se manifestait partout. Au sud de la grande dune la maréchaussée découvrit des tonnes de gravats rejetés sur une plage, démontrant l'empreinte violente de la guerre navale. À peine plus tard, au nord du Cap-Ferret, un corps était à son tour rejeté sur le sable. Une vision terrifiante et même indécente pour les quelques gamins de la région qui tentaient de s'amuser sur la plage.

— Ah ces maudits sous-marins allemands, songeait Émile en lisant cette information troublante et déprimante, un jour prochain ils vont nous couler un chalutier vapeur !

Émile en tremblait. Son père n'aurait pas survécu à la perte d'un morutier dans de telles circonstances… Déjà que la côte recueillait de plus en plus régulièrement les débris d'embarcations plus petites comme des pinasses. Écœurant. Devant de telles nouvelles il décida de filtrer les informations à transmettre à sa femme. Car depuis la mort de Jean, Augustine passait du simple dérangement occasionnel à une folie plus constante et parfois méchante. Ses moments de lucidité se faisaient rares, très rares. Alors, inutile d'en rajouter pour l'achever. Chaque fois qu'il sortait de l'hôpital il redoutait le pire, persuadé qu'il ne la retrouverait plus vivante lors de la prochaine visite. Sa femme, sa deuxième femme, allait disparaitre à son tour. Il s'interrogeait, allant jusqu'à se demander quels amours fantômes il avait vécu. Un amour fantôme de vingt-deux ans, avec tout de même deux garçons à la clé. Mais l'un des deux venait de disparaître. Et avant cela il revoyait cet amour fulgurant d'à peine trois ans et sans descendance. Irréel. Devait-il se juger coupable de ces amours manqués ? Il ne savait plus quoi penser, l'esprit déboussolé et le corps complétement tassé. Il trouvait sa vie bancale, surtout en la comparant à celle, réussie, de son père. Oui, une vie ratée, même en la comparant à celle de sa sœur Marie, qui vivait un amour sincère et touchant. Un amour qu'il jalousait, en fin de compte. L'agonie d'Augustine le rendait plus solitaire que jamais. Et plus grognon et plus critique sur tout, absolument tout. Depuis des années déjà il avait conscience que sa femme était devenue querelleuse, souvent, boudeuse, parfois, et incohérente dans ses jugements presque continuellement. Mais il refusait de la considérer comme une demeurée, comme certains la traitaient. Même s'il admettait, hélas, que depuis la disparition tragique de leur fils elle risquait de finir ses jours enfermée dans un asile. Elle conservait quelques instants de lucidité et cela le gênait qu'elle puisse réaliser un internement pour folie avérée… de quoi la rendre encore plus folle. Émile s'astreignait malgré tout à retrouver Augustine deux fois par semaine à l'hôpital. Un crève-cœur. Surtout lorsque, consciente, elle l'implorait de lui faire quitter ces lieux lugubres. Il sortait de chacune des séances, plus ténébreux que jamais. D'une façon qu'il considérait totalement inavouable, il regrettait doublement la disparition puis la mort de Colette. Le visage de cette dernière continuait de l'obséder. Et plus que jamais. Un visage aussi encombrant que radieux. D'autres que lui se seraient adonnés à la boisson et seraient devenus des ivrognes patentés. Pas lui. Pas un Thillet-Bordes. Cela faisait donc vingt-quatre ans que sa vie avait basculé. Une vie gâchée en dépit de quelques soubresauts salutaires comme les naissances de ses fils et les achats des chalutiers vapeurs.

Comme si ces épreuves et ces cauchemars ne lui suffisaient pas, Émile trouva le moyen de se brouiller avec son frère. Depuis que le cadet avait quitté l'Armée en laissant planer le vilain doute d'avoir grassement payé cette dernière ou certains de ses chefs, une nouvelle rumeur circulait à son endroit : Albert continuait de livrer du vin aux Boches pour éviter que son affaire dépérisse pendant la guerre. Force était de reconnaître que certains marchands de vin avaient dû mettre la clé sous la porte peu après août 1914. Pas sa société, loin de là ! Malgré tout Émile refusait de croire en ces rumeurs. Jusqu'au jour où il reçut un courrier transmis par un officier de l'Armée du Nord chargé de ramener au front des soldats considérés comme guéris de leurs blessures et de nouveau aptes au combat. Ce courrier traumatisa Émile. Un pli signé Désiré Vercoutre. Ce dernier lui contait que Marguerite, leur domestique, avait remarqué une bouteille de vin estampillée « Thillet-Bordes » dans une boutique de Lille qui fournissait l'occupant par obligation. Surprise, Marguerite attendit et vit un capitaine de l'armée allemande entrer et acheter deux de ces bouteilles de grande qualité. Le militaire expliqua au commerçant dans un français correct qu'il appréciait énormément ce grand vin. Devant l'air incrédule de Marguerite, il ajouta :

— Ya, très plaisant. Mein papa boit ce vin tous les jours, chez nous à Heidelberg.

— Tous les jours, releva Marguerite, interloquée ? Vous voulez dire en ce moment, en 1916 ?

— Ya ya, oui. Mein papa achète deux caisses chaque mois, en ville. Cette bouteille-là, exactement. Ya ya, sehr gut !

Choqué, Émile fonça chez son frère qui tergiversa et finit par lui répondre :

— C'est tout de même mieux que de leur vendre de la poudre ou des armes, non ? Et puis, si ça peut les aider à se saouler et à faire n'importe quoi, je devrais être décoré !

Émile n'apprécia pas du tout l'humour de son frère. Il décida de ne plus lui adresser la parole jusqu'à la fin de la guerre. Au moins. Il claqua violemment la porte et s'en excusa auprès de Constance qui venait tout juste de rentrer.

L'année 1916 sembla durer une éternité, tant pour Marie que pour Émile. Une éternité pour cette pauvre France plongée dans le malheur. Émile s'occupait comme il le pouvait car ses sociétés tournaient au ralenti. Surtout les CNTB. Chaque jour il s'astreignait à encourager les femmes qui s'appliquaient consciencieusement à la tâche en remplacement des hommes envoyés au front. À chaque fois il recevait en retour des témoignages de compassion suite au décès de son fils.

De son côté Marie continuait sans relâche ses missions d'infirmière-chef. Elle sympathisait souvent avec des soldats grièvement blessés, s'accrochant pour leur redonner du courage et de l'espoir. Même si certains d'entre eux, assommés par la douleur, replongeaient vite dans leurs terreurs ou leur torpeur. L'exercice était difficile et parfois déprimant pour elle. Ainsi lorsqu'un brave gamin – il avait à peine dix-neuf ans – lui expliqua que son bateau de pêche avait subi les bombardements des Boches depuis les rives de la Manche alors qu'il tentait de regagner Saint-Vaast la Hougue, son port d'attache. Le navire n'avait pas coulé. L'équipage avait même réussi à fuir vers l'ouest et vers le sud. Hélas, avec deux morts et cinq blessés à bord, dont lui. Parvenus à Lorient, deux des blessés avaient rendu l'âme à leur tour. Lui-même s'en était sorti et on l'avait rapidement envoyé se soigner encore plus au sud. Avec une main en moins et une jambe raide pour le restant de ses jours. Marie, bouleversée, songea inévitablement à Aurélien et se mit à trembler. Elle n'avait reçu aucune nouvelle depuis plus de huit mois. Dur, très dur. Épouvantable, même. Alors, tête baissée, elle s'efforçait de soigner ses blessés, de s'occuper de ses petits, de réparer quelques filets et, une fois tous les quinze jours, de se promener avec Geneviève ou Jeanne ou même les deux. Avec les petits le plus souvent possible. Mais l'angoisse régnait en maîtresse dans sa tête à peu près dix-huit heures sur vingt-quatre. Et Gérard et Claire allaient lui offrir de quoi s'angoisser un peu plus.

Julien devait embarquer cinq passagers pour une traversée jusqu'au Cap-Ferret, non loin de la villa Algérienne. Une calèche attendait l'équipage pour parcourir la langue de terre d'est en ouest afin de profiter de l'océan. Albert Thillet-Bordes, en congé autour du quinze août, emmenait ses filles, son neveu Gérard et sa nièce Claire pour une journée loin de la foule. Et sans Constance qui préférait éviter de monter dans une pinasse. Les enfants adoraient ces moments-là car Albert savait toujours les amuser, prêt à mille facéties pour les faire rire. Gérard appréciait tout particulièrement, si souvent privé de son propre père. Et les meilleurs moments étaient ceux sans sa mère car, en sa présence, oncle Albert retrouvait son sérieux et marquait sa distance avec sa sœur. Julien retrouva Albert et ses filles à la jetée des pêcheurs. Joie immense de Gérard et de Claire qui embrassèrent sans retenue leurs cousines et leur oncle.

— Julien, cap au Cap, lança Albert !

— Cap au Cap, répéta Gérard, déjà hilare.

Arrivés au niveau de la villa Algérienne, un attelage les attendait, en effet. Une jolie calèche qui les déposa presque au sommet d'une dune. Heureux sous le soleil éclatant, insouciants, leurs esprits à des années-lumière de la guerre qui ravageait le pays, les petits Decosse et Francine roulèrent dans le sable pour atteindre le bord de l'eau au plus vite. Suivis par Suzanne qui marchait devant son père. La bande de plage leur appartenait ! Albert, amusé, savourait ces bons moments. Son regard balayait l'océan, en quête de déchets qui pourraient dériver ou, pire, de l'extrémité d'un périscope, auquel cas il leur faudrait prendre leurs jambes à leur cou. Gérard tâta l'eau et la trouva à son goût.

— Les enfants, hurla Albert, de l'eau jusqu'à la ceinture, pas plus ! Je n'ai pas envie d'aller vous récupérer au large et dévier pendant des kilomètres. Et méfiez-vous des baïnes.

Les petits Decosse batifolaient déjà dans l'eau, suivis par Suzanne qui faisait mine de les surveiller du haut de ses quatorze ans. De son côté Francine se contentait d'un peu d'eau juste au-dessus des chevilles. Albert appréciait ces séquences de bonheur simple en compagnie de cette marmaille insouciante qui profitait d'un endroit magnifique et tranquille. Dommage que Constance ne fût point avec eux. Mais soudain il distingua un mât, au loin. Le visage cramoisi il sonna le rappel. Gérard, qui jouait beaucoup plus en direction du nord, n'entendit pas les injonctions de son oncle. Une deuxième vision, irréelle, apparut alors dans le ciel : un ballon dirigeable, difficile à distinguer avec le soleil presqu'en face. Très énervé et inquiet, Albert entraîna les trois filles en courant pour rejoindre Gérard. Au fur et à mesure de leur course le sable apparaissait jonché de déchets de toutes sortes : une carcasse de pinasse broyée, des morceaux de tôles et des objets divers dont de grosses vis. Alors qu'ils se rapprochaient enfin du garçon et qu'Albert vociférait pour le faire sortir de l'eau et rentrer, une explosion les cloua sur le sable. Quelques secondes plus tard ils virent le ballon dirigeable s'embraser et plonger dans l'océan tel un drapeau géant en feu[45].

— Il faut rentrer, et vite, hurla Albert !

Francine et Claire, soudain paniquées, se serraient l'une contre l'autre. La petite cousine avait peut-être moins peur que la grande. Suzanne, à côté de son père, courait pour récupérer Gérard qui s'interrogeait tout en sautillant dans l'eau. Mais d'un seul coup il cessa tout mouvement, statufié par une vision d'horreur. À moins de deux mètres de lui flottait un corps. Comme un gros mannequin sur l'eau, comme un épouvantail sur un champ et couché par le vent. Couché et… épouvantable. Le corps dérivait vers la plage et toucha Gérard qui se mit à hurler et à trembler. Francine hurla à son tour et pleura, suivie par Claire et même Suzanne. Albert jetait des regards partout autour de lui. Il fallait fuir au plus vite, mais dans quelle direction ? Le mât aperçu un peu plus tôt avait disparu. Un bateau ennemi ? L'oncle fixa son neveu, tétanisé devant ce corps tout juste allongé sur le sable mouillé. Albert tira Gérard violemment pour l'éloigner. Le gamin tremblait comme un moteur de chalutier. Suzanne le prit dans ses bras et ils remontèrent la dune à quatre tandis qu'Albert scrutait le corps. Une victime qui ne datait pas de l'explosion entendue trois minutes plus tôt. Il s'agissait d'un marin. Pas de tenue militaire. Peut-être un de ces marins réquisitionnés avec leur chalutier. Le visage de la victime ne ressemblait déjà plus vraiment à un visage… Albert ne se rendait même pas compte à cet instant précis qu'une armada de mouettes tournait autour de lui. Que devait-il faire ? Que pouvait-il faire ? La marée commençait tout juste à descendre.

---

45 – Séquence réaliste mais pas authentique. Dans cette zone on enregistra plutôt des tirs de sous-marins sur des chalutiers.

Il fallait prévenir les autorités du secteur, en admettant pouvoir en trouver, pour récupérer le corps avant la prochaine marée. Il prit sur lui de s'approcher du cadavre alors que les quatre enfants l'observaient du haut de la petite dune. Albert parvint à déchirer une partie du vêtement de l'individu pour lui couvrir au mieux ce qui lui restait de visage. Afin d'éviter le carnage de la part des oiseaux avant que des gendarmes n'arrivent ici pour récupérer le corps et identifier la victime.

— Mais, lança la petite Claire, pourquoi oncle Albert lui cache la tête ? Il ne peut plus respirer.

— Allons, répondit Suzanne en tremblant, le monsieur il est mort, il ne respire plus.

Claire ferma les yeux et les rouvrit pour déverser des torrents de larmes, aussitôt accompagnée par son frère et par Francine.

Albert et les enfants quittèrent enfin ce lieu rendu maudit par la guerre. Pour une journée ludique avec les petits, c'était réussi ! Maintenant il fallait rentrer, mais comment ? La calèche n'était supposée venir les récupérer que quatre heures plus tard. Alors, courageusement, serrés les uns contre les autres, ils retraversèrent la bande forestière du Cap. Avec Claire dans les bras de son oncle en fin de parcours, ils atteignirent le village de l'Herbe et repérèrent la calèche. Le cocher s'apprêtait juste à retourner à l'océan. Rien qu'en voyant les visages des enfants il comprit que quelque chose de grave était survenu. Albert lui expliqua et lui demanda de traverser le village dans l'espoir de trouver un gendarme. En fait de gendarme ils croisèrent deux vieux ostréiculteurs qui ne furent guère étonnés par le récit du frère Thillet-Bordes. Les deux hommes connaissaient bien monsieur Émile. Selon eux ce cadavre n'était pas le premier, côté océan.

— Et pas le dernier non plus, conclut l'un des deux vieux. Ne vous tracassez pas, on s'en charge. On va le remonter puis on avisera la maréchaussée.

Julien devina à son tour que l'escapade océane s'était mal terminée. En jeune homme pragmatique il constata que les quatre enfants étaient tous bien présents, bien vivants et apparemment en bonne santé. En route vers l'Aiguillon, Albert détailla les scènes de drame à Julien et lui demanda de passer en premier lieu par la cabane de Marie pour déposer les enfants et prendre le temps de tout lui expliquer. Il trouva sa sœur qui réparait des filets en compagnie de deux autres femmes. Son grand sourire en voyant l'équipage débarquer ne dura qu'une demi-seconde. Gérard et Claire lui sautèrent au cou en pleurant. Suzanne et Francine ne pleuraient pas mais elles tremblaient, collées l'une contre l'autre : une scène rarissime… Albert se lança dans une longue description de cette scène d'horreur traumatisante. Pour Gérard en premier lieu, qui fut au contact du cadavre. Marie trembla à son tour. Elle embrassa son frère et souligna qu'elle ne lui en voulait pas le moins du monde. Un peu rasséréné, il repartit avec ses filles et Julien.

Pendant des jours et des jours Gérard resta muet comme une carpe et refusa de profiter des plages. Y compris celle de la jetée d'Eyrac, pourtant sécurisée. Lui d'habitude si volubile ne pipait plus un mot et ne posait plus la moindre question. Le soir, à table, Marie s'astreignait à leur expliquer cette guerre effroyable et ses terribles conséquences. Les petits écoutaient mais Gérard n'ouvrait jamais la bouche. Quant à Claire elle pleurait à chaque récit. Et chaque matin le gamin courait vers les bras de sa mère qui tentait alors de lui extorquer quelques mots :

— Tu as rêvé, c'est ça ? Dis-moi ?

Gérard faisait signe oui de la tête mais refusait toujours de parler. Claire avoua à sa mère que son frère la réveillait la nuit en grognant et en pleurant.

Depuis ce jour sinistre Marie et ses enfants ne sortaient quasiment plus de la cabane à Aurélien. La mère en arrivait à se demander ce qui pourrait bien se passer lors de la rentrée des classes. En attendant, Jeanne et Geneviève s'efforçaient de passer régulièrement, avec leurs petits. Et à chaque fois les trois femmes criaient en chœur :

— Oh Seigneur, par pitié, rendez-nous le temps des fofolles !

Des incantations vaines, la guerre continuait, plus meurtrière de mois en mois.

Avec la rentrée des classes Gérard et Claire semblèrent retrouver une vie à peu près normale. À peu près, car ils étaient toujours sans nouvelles de leur papa. Gérard reparlait un peu mais il fallut attendre Noël et une petite fête à l'Aiguillon en présence de Constance, d'Albert et des cousines pour le revoir enfin sourire et même rire.

— Une guérison fort longue mais en bon chemin, soupira Marie qui captait enfin un petit signal de bonheur.

*

Le drame épouvantable et tant redouté par Marie survint le 3 février 1917. Le vapeur *Yvonne* était canonné et coulé par un sous-marin allemand. En faisant trois victimes, dont Aurélien Decosse. La nouvelle ne traîna pas et Marie crut qu'elle allait mourir, elle aussi, ou devenir folle comme sa belle-sœur. Dès l'annonce du drame, Émile se rendit à l'Aiguillon pour, enfin, soutenir sa sœur. Constance et Albert firent le déplacement eux aussi, avec Suzanne et Francine en mission pour consoler et distraire les petits cousins. Une tâche rendue difficile en période de grande marée car les eaux pénétraient parfois dans la véranda de la cabane. Et dans ces conditions, il était impossible de jouer, surtout à quatre. Marie paraissait inconsolable et voulait se cacher de ses enfants. Du coup Constance emmena les jeunes en ville tandis que Marie restait avec ses frères et Julien. Un Julien complétement déboussolé et qui criait, dans son langage heurté, que ce n'était pas vrai et qu'Aurélien ne tarderait pas à rentrer. Comment consoler Marie ? Cette Marie que les deux frères avaient oubliée parce qu'elle se voulait Decosse avant de se vouloir Thillet-Bordes. Marie accepta leur présence et elle les remercia. Mais cela n'alla pas plus loin. Les étreintes de Geneviève, de Jeanne et même des frères Lagrinche lui paraissaient plus réconfortantes. Des proches qui aimaient Aurélien. Tous. La solidarité entre femmes de marins-pêcheurs joua à plein. Elle s'y attendait un peu, mais à ce point ! Geneviève dirigea la manœuvre : une commémoration à Saint-Ferdinand, une autre à Notre-Dame des Passes ; une assistance permanente pour ses deux enfants ; et même quelques dons que Marie refusa pour la majorité d'entre eux. Pendant plus d'un mois Émile et Albert se relayèrent chez elle. Ils venaient si souvent qu'elle finit par se demander s'ils cherchaient sincèrement à l'aider et à la consoler, ou la récupérer comme Thillet-Bordes après l'épisode Decosse… En fait ils ne lui demandèrent jamais rien et elle s'en voulut d'avoir eu cette pensée négative. Une fois, même, Émile lui glissa qu'il comprenait sa souffrance car il n'avait jamais oublié Col…, elle. André se déplaça une fois et Augustine plusieurs fois. En période de répit elle apparaissait au bras de son mari.

— Dans la cabane de ce pauvre Aurélien, disait-elle !

Elle lui répétait sans cesse qu'elle devenait sa compagne de souffrance. Elle avait perdu un fils et Marie son époux. À cause de la guerre dans les deux cas. Elles étaient donc destinées à se comprendre. Parfois, hélas, Émile devait emmener sa femme précipitamment car cette dernière se remettait à délirer et à lâcher des méchancetés gratuites. Alors Marie se retrouvait seule jusqu'au soir, jusqu'au retour des petits avec Jeanne ou Geneviève. Et pendant ces longs moments de solitude elle envisageait rejoindre Aurélien. Au plus vite.

33

Seul, en cachette, marchant la nuit ou roulant en charrette avec des paysans dont il ne comprenait pas le langage, Jules Vercoutre avait fui les Dardanelles. Avec courage et ténacité il avait franchi six frontières et arrivait dans le nord de la France, occupé par les Allemands. Il se déplaçait prioritairement de nuit pour échapper à l'occupant. Pris, il était exécuté sur le champ, il ne le savait que trop. Dix de ses compagnons avaient déjà subi ce sort, presque sous ses yeux. Mais Jules atteignit son but: retrouver la maison Vercoutre de Lille pour s'y cacher jusqu'à la fin de la guerre. Une idée qui risquait d'effrayer les parents. S'il était découvert ils seraient tous fusillés. Mais il n'imaginait aucune autre alternative. Jules fut accueilli comme un roi. Mais à peine une heure plus tard, au petit matin, il fallut déjà le cacher. Son père décida qu'il logerait dans la lingerie au-dessus de la cuisine, seulement accessible par une trappe. Les Boches se pointaient déjà pour inspecter les lieux. Cela se produisait environ deux fois par semaine, mais pas à intervalles réguliers. Pour surprendre. Passer par cette trappe n'était pas évident. Édouard, tenu au courant et rentré à Lille suite à une blessure au dos, s'empressa de fabriquer un escabeau pliant et fort discret qui rassura Désiré et surtout Mathilde et Marguerite. Il ajouta deux cannes, deux jolies cannes conçues avec ingéniosité. Ces deux cannes s'emboitaient pour former une perche qui permettait d'ouvrir la trappe facilement en cas de besoin et sans utiliser une échelle ou même le nouvel escabeau. Deux cannes fort discrètes qui se fondaient dans le porte-parapluie de l'entrée. Malgré ces précautions les parents de Jules, d'Honorin et de Léonie allaient vivre quinze mois d'angoisses qui les marqueraient à jamais. Heureusement le dévouement discret et quotidien d'Honorin pour distraire son frère après la journée d'école allait sidérer tout l'entourage Vercoutre. Et la guerre terminée il faudrait récompenser le jeune homme.

Comme beaucoup d'autres exemptés de la première mobilisation générale, Albert tremblait en ce début de mois de mars 1917. Car Lyautey s'activait pour recruter des dizaines de milliers de soldats. L'Armée avait perdu trop d'hommes, trop de forces vives pour continuer à se défendre face à un ennemi acharné. Il fallait d'urgence trouver de nouvelles recrues pour « sauver la patrie en danger ». Et le général Nivelle réclamait des effectifs pour lancer de nouvelles offensives ! Pour décupler les inquiétudes d'Albert, voilà que « la ligue Nationale contre les embusqués » semblait s'intéresser à son cas. Presqu'aussitôt, comme par magie, Albert disparut pendant plusieurs jours. Furieuse, Constance, qui ne savait rien, ne comprenait pas cette situation, au point de grommeler pour elle-même :

— Il ne va tout de même pas me faire le coup de Colette à Émile ?

Mais Albert réapparut, tout sourire, au quai des Chartrons, au bout de quatre petits jours. Et il donna à sa femme la version officielle de son escapade :

— Je fus convoqué en catastrophe à la garnison de Bordeaux. Je n'en ai rien dit, ma chère, car dans mon esprit cela ne devait durer que quelques heures. Mais je fus envoyé derechef à Périgueux pour effectuer des tests de santé. Vous le savez, l'Armée a besoin de forces vives, tant au front qu'en arrière-garde. J'espérais l'arrière-garde, bien sûr, mais finalement ils me renvoyèrent, jugeant mon cœur trop faible. Alors me revoilà, même si pour le principe je leur ai offert mes services pour gérer des dossiers militaires à Bordeaux, à Périgueux ou même à Limoges.

Albert omettait de préciser qu'il s'était rendu à sa convocation muni d'une somme substantielle en gros billets. Un pactole que l'Armée ne pouvait pas refuser. Bien plus intéressant en effet qu'un homme de plus ou de moins dans les rangs ! Et ça, Albert l'avait compris depuis longtemps, même s'il redoutait les fuites et les investigations toujours possibles de la part de « la ligue Nationale contre les embusqués ».

*

Dans un ultime élan de clairvoyance, Augustine avait demandé à Marie de reprendre à son compte le Journal de la Petite Mer, créé, entamé et développé par la propre mère de cette dernière.

— Vous ne pouvez pas refuser, n'est-ce pas Marie ? Au nom de votre mère, au nom des Thillet-Bordes. J'ai tenu ce journal pendant des années, c'est votre tour, maintenant. Je vous en conjure. Je n'en ai plus la force et je devine qu'on me cache bien des évènements et bien des vérités.

Marie, émue tant par la proposition que par la volte-face d'Augustine à son égard, décida d'accepter. D'autant plus que cet ouvrage la distrairait un tant soit peu de la mort d'Aurélien. Augustine lui remit alors un grand cartable qui comprenait tous les feuillets du journal depuis 1900. Émile déposa à côté une deuxième sacoche qui rassemblait toutes les pages écrites de la main de leur mère depuis 1857. Marie tremblait en parcourant ces documents et Émile sourit intérieurement : à ce moment précis Augustine ne pensait pas à Jean, et Marie en oubliait presque Aurélien.

— Pour marquer l'évènement je vous suggère, ma sœur, de commencer un premier article aujourd'hui même.

— Mais pour écrire quoi ?

— Je viens d'apprendre que la municipalité d'Arcachon a décidé de démolir la salle d'Euterpe, vous savez, celle à côté du casino mauresque. Renseignez-vous. Prenez le tramway et allez la voir une dernière fois.

— Euh, oui, d'accord mon frère. Je ferai cela demain, pendant que les enfants seront à l'école.

— Bien. Mais je vous recommande de ne pas traîner, vous risqueriez de ne plus trouver que quelques gravats.

Marie s'exécuta et fut surprise. Les temps de guerre faisaient décidément des ravages partout. Elle trouva cette fameuse salle dans un état pitoyable. Un spectacle lamentable, maintenant qu'elle y regardait d'un peu plus près. Pire encore, elle trouva ce pauvre casino de la forêt, ce symbole des grandes heures d'Arcachon, de la ville d'hiver et de ce merveilleux temps des fofolles, en train de gravement dépérir. Elle apprit et nota qu'on attendait une autorisation de démolition. Mais du coup cette salle de spectacle devenait le spectacle… un spectacle navrant. Et si rien n'était décidé pour le casino lui-même, il deviendrait rapidement bon pour la démolition lui aussi ! Pour le massacre d'un passé glorieux.

Augustine ne continua pas longtemps à rencontrer Marie. Son état se dégradait à vue d'œil et Émile fut contraint de la placer définitivement dans un hospice à quelques lieues de Bordeaux. Cet intitulé d'hospice ne dupait personne. Mais impossible, dans le giron Thillet-Bordes, de parler d'asile… Avec son fils André, Émile se relayait pour rendre visite à Augustine au moins deux fois par semaine. Le plus terrible pour eux fut que d'un mois à l'autre elle les reconnaissait de moins en moins. Le mari resterait marqué à jamais par une séance terrifiante, au tout début de 1918. D'abord il crut qu'elle ne le reconnaissait pas. Comme souvent. Mais il dut rapidement admettre qu'il s'était trompé lorsqu'elle l'accusa, avec une virulence jamais atteinte par le passé, de connivence avec Colette :

— Cette femme est toujours vivante ! Vous avez inventé sa disparition pour trouver meilleur parti. Mais vous continuez de la voir en grand secret. Colette est votre amour de toujours, votre seul amour, je le sais depuis le premier jour où nous nous sommes rencontrés. Mais moi, naïve, je n'ai réalisé votre montage diabolique qu'il y a peu de temps. C'est une honte, Émile ! Une honte pour moi, une honte pour tous les Bériand de Courcourt et une honte, je vous l'affirme, pour tous les Thillet-Bordes également !

Déboussolé, Émile ne sut quoi répondre. Il faisait face à une folle ou à une aigrie ou les deux à la fois. Cette invention tenait de la perversion et de la folie. Alors mieux valait ne pas répondre.

— Vous ne me répondez pas, Émile ? Oui, j'ai mis le doigt sur votre pire mensonge. Je vous déteste !

Émile, écœuré, préféra écourter sa visite.

— C'est cela, hurla Augustine en le voyant franchir la porte de sa chambre, courez retrouver Colette ! Sachez que je la gifle par la pensée !

Une fois sorti de l'hospice Émile se retrouva conditionné pour rêver de Colette. Une chose était vraie au moins dans le discours odieux d'Augustine : Colette était toujours présente dans ses pensées. Hélas, effectivement morte en terre algérienne, mais toujours vivante dans son esprit à lui. L'image de cette femme aimée lui collait au cerveau, inaltérable et indélébile. Et en fin de compte, vu le discours méchant d'Augustine, il se sentait désormais plus à son aise pour rêver de Colette. À satiété.

Mortifiée, Marie reporta sur le journal initié par sa mère qu'à la fin de l'année 1917 un nouveau chalutier avait sauté sur une mine. Un nouvel épisode épouvantable, et elle savait ce qu'elle écrivait…

— Cette guerre ne finira donc jamais, soupirait-elle entre deux lignes ?

Les larmes aux yeux, elle parvint à terminer son petit article en prenant soin de recommander aux épouses des victimes de retrouver son association de femmes de marins-pêcheurs. Cela leur apporterait un peu de réconfort. Alors, exceptionnellement, Marie envoya son article a un journal qui paraissait sur le Bassin et en signant « Marie Thillet-Bordes, épouse Decosse ». L'article parut six jours plus tard, in extenso. Et à peine plus tard quelques femmes rejoignirent l'association. Marie et Jeanne les couvèrent jusqu'au début de l'été 1918. Mais cet été-là s'avéra dramatique à nouveau. Arcachon dut affronter une terrible épidémie de grippe espagnole. Marie en fut traumatisée, inquiète pour Gérard et pour Claire. En sus de ces frayeurs bien légitimes elle dut constater, elle qui espérait renouer avec la famille Thillet-Bordes, que cette dernière désertait Arcachon par peur de la contagion. Gérard et Claire acceptèrent mal de ne plus voir leurs cousines Suzanne et Francine. Pas André, car ce dernier dédaignait ostensiblement la famille Decosse. Pire que son propre père…

*

Après quatre années de galère, interminables, la France signa enfin l'armistice. Cela se déroula sans tambour ni trompette en forêt de Compiègne, le 11 novembre 1918. Un armistice presque synonyme de victoire. Une victoire obtenue avec le concours des Américains. Merci à l'Amérique et à ses premiers soldats, engagés dans le combat dès novembre 1917. Merci à l'Amérique pour avoir envoyé un contingent qui atteindrait près de deux millions d'hommes une année plus tard. Pour aboutir à cet armistice, qui ne valait pas capitulation des Allemands, mais un cessez-le-feu qui, pour le moins, soulageait des millions de foyers.

Les uns après les autres, les Arcachonnais retrouvaient le sourire. Un sourire discret car, pragmatiques, ils attendaient la certitude d'une paix durable. Les premiers sourires s'affichèrent dès ce célèbre 11 novembre. La municipalité organisa une fête devant la mairie avec en prime, place Thiers, la fanfare des Américains qui joua toute la soirée pour le bonheur et le soulagement de tous. Une belle touche de cette gaité disparue depuis plus de quatre ans.

Marie se déployait, généreuse, pour tout noter entre deux rendez-vous à son association de femmes de marins-pêcheurs, étendue aux veuves de guerre. Ce qui allait souvent de pair. Et sans jamais quitter des yeux ses deux gamins qui retrouvaient une école où enfin les rires reprenaient le dessus sur la morosité et les larmes. Les professeurs comme les élèves allaient désormais se concentrer sur les études, en toute sérénité.

— Il faut avoir connu la guerre pour apprécier à ce point les bonheurs des temps de paix…

Telle fut la conclusion du dernier article de Marie Decosse pour l'année 1918. Quelques lignes plus haut elle avait consigné que des discussions étaient engagées pour exécuter des travaux de réparation au casino mauresque. Mais pour aboutir à quoi ? Des discussions sans fin entre ceux qui souhaitaient une intervention d'urgence et ceux qui tenaient à une véritable restauration plutôt qu'à de simples réparations[46]. Ces échanges verbaux – elle assista à l'une des séances à la mairie – l'agacèrent prodigieusement. Elle préféra conter qu'enfin les hôpitaux de guerre, ces établissements de fortune dédiés aux blessés qui avaient œuvré pour sauver la France, disparaissaient les uns après les autres : casino, écoles, théâtres, allaient retrouver leur fonction originelle, enfin ! Mais dans quel état ?

— Maudite guerre, ne put-elle s'empêcher de griffonner en terminant son paragraphe.

Mais à compter de Noël 1918 elle s'astreignit à ne plus jamais s'attarder sur les atrocités de la guerre. Trop de quotidiens nationaux en faisaient systématiquement leurs unes. Marie se voulut positive, résolument positive et optimiste. Et porteuse d'un élan tout neuf.

Noël 1918. Une date mémorable à plus d'un titre pour la famille et pour la villa M. Célébrer Noël par temps de paix, après quatre années d'angoisses, cela ressemblait à un cadeau divin. Car pendant la guerre, même si les célébrations permettaient d'oublier l'horreur pendant quelques heures, les esprits n'étaient pas franchement à la fête. Alors cette soirée s'avéra mémorable pour le clan Thillet-Bordes, puisque pour la première fois depuis des lustres, Marie y participa, non seulement avec Gérard et Claire, mais également avec Julien. Lorsqu'elle avait reçu la surprise de se faire inviter par son frère Émile, elle lui avait précisé que sans Julien il ne fallait pas compter sur elle ni sur ses enfants. Julien, à sa mesure, représentait Aurélien. S'engagea aussitôt un petit bras de fer, mais puisqu'Augustine

46 – Restauration après 1922 pour un véritable « nouveau départ » du casino à compter de 1925.

ne pouvait être présente pour les fêtes, Émile céda rapidement. D'autant plus que Constance souhaitait ardemment que Gérard et Claire puissent retrouver Suzanne et Francine.

Éliane et Maurice préparèrent cette grande fête avec amour, bien aidés par Constance et même Albert. Un peu plus tard, avant le souper de Noël, Éliane dut se pincer à trois reprises pour admettre qu'ils étaient tous réunis : Émile et André, Albert, Constance et leurs filles, avec Marie, Julien, Gérard et Claire. Elle versa même une petite larme en pensant à madame Henriette qui aurait tellement apprécié. Ce tableau de famille, ô combien symbolique, signifiait concrètement que la guerre était finie… Aussitôt Éliane se prit d'une passion maternelle envers la petite Claire qu'elle trouva à la fois si jolie et si fragile. Émile, ès-qualité de doyen Thillet-Bordes, se fendit d'une déclaration préliminaire de quelques… très longues minutes, qui fit bailler Gérard et Claire. Très agacé, André tança ses petits cousins qui se réfugièrent dans les bras de Suzanne et de Francine. Émile, imperturbable, continuait son discours :

— …le soulagement de savoir cette guerre enfin terminée. Des millions de morts, dont des citoyens d'ici, vous le savez. Ce tribut payé par la région autour de la Petite Mer paraît lourd, mais songez un instant à l'hécatombe pour les familles du nord du pays. Pensez à nos chers cousins Vercoutre, pensez aux gens de l'est de la France. Et pensons tous aux millions de blessés, de mutilés et de malades, pensons à tous ces braves gens épuisés qui viennent de prendre sans doute quinze ans en à peine plus de quatre. N'oublions jamais tous ces héros d'un jour qui se sont sacrifiés pour sauver la Nation.

Francine bailla à son tour, rappelée à l'ordre par sa mère.

— …plus prosaïquement, continuait Émile, chacun va redécouvrir ses petits soucis quotidiens. Ainsi moi, par exemple, je dois relancer d'urgence l'activité de toutes nos sociétés et je vous annonce en primeur que je fais officiellement d'André mon bras droit à compter du 1er janvier prochain. Bras droit et, cela va sans le dire, mon futur successeur à la tête de nos sociétés.

Ce n'était une surprise pour personne mais André ne put s'empêcher de faire le paon pendant quelques secondes. Lui qui se prenait déjà très au sérieux allait à coup sûr devenir imbuvable ! Ce fut à l'évidence ce que pensa Marie, et peut-être ne fut-elle pas la seule… Un André qui dédaignait sa tante comme ses cousins depuis sa propre adolescence. Cette famille d'un pauvre marin-pêcheur… Car lui pensait réussir son mariage : il fréquentait Suzy, une jeune anglaise cultivée et de très bonne famille. Imperturbable, Émile poursuivait son laïus, au grand dam des quatre plus jeunes.

— Albert aussi doit relancer des centaines de clients potentiels. Attention avec les Allemands. À éviter pendant quelques années au moins…

Éliane quitta la pièce à ce moment-là pour préparer les quelques huîtres et les petites saucisses. Maurice, déjà en cuisine, surveillait la cuisson des deux canards. À son tour Marie décrocha. Elle s'imaginait réparer des filets ou chauler des tuiles, mais plus encore venir en aide aux veuves, qu'elles fussent celles d'hommes tués au combat ou celles de marins disparus lors d'un naufrage. Elle pensa également à ses deux petits qu'elle voulait guider pour qu'ils réussissent leur scolarité. Des tâches lourdes mais si exaltantes et si simples par comparaison avec les soins apportés à tous ces blessés et à tous ces malades en fin de vie qui n'avaient plus aucun espoir. Oui, tout paraissait meilleur qu'une guerre aussi horrible que cette guerre mondiale. Personne ici ce soir-là n'avait le droit de se plaindre. Même elle… Elle fixa du regard les quatre plus jeunes de la famille. Comment pouvait réagir cette génération ? Des jeunes qui avaient reçu leur lot de souffrances. Des souffrances psychiques plus que physiques. Suzanne et Francine beaucoup moins que Gérard et Claire, qui avaient perdu leur père. Mais les quatre avaient dû supporter cette scène abominable, sur la plage, confrontés à un cadavre rejeté sur la côte. Un parmi d'autres, mais Gérard associa cette trouvaille macabre à la disparition de son père. Marie retint une larme et grommela pour elle-même :

— Mon Dieu qu'il est loin le temps des fofolles !

Devant elle, Suzanne et Francine lui paraissaient tellement sereines, comme si la guerre n'avait pas existé. Suzanne, presque seize ans, montrait le corps élancé d'une adolescente qui pratiquait le sport à l'image des Anglaises. Deux grands yeux gris-vert lançaient un regard en permanence interrogateur. Elle dégageait déjà une personnalité affirmée. Francine, presque quatorze ans, surprenait toujours par les scintillements dans ses yeux. Comme si on y apercevait les milliers d'étoiles d'un ciel pur des Pyrénées. La gamine avait le menton effronté des enfants des quartiers populaires. Mais le visage était adouci par une peau d'une douceur peu ordinaire et une chevelure aussi ondulée que romantique. Une coiffure qui lui donnait bien quelques années de plus.

Au début du souper, enfin servi par Éliane avec le concours de Maurice, Émile annonça qu'à Pâques, dans quelques mois, la famille recevrait Honorin Vercoutre pour le récompenser de sa conduite exemplaire envers son frère pendant quatorze mois. Il leur conta les faits par le détail ainsi que la sortie de Jules de sa cachette le 12 novembre. Un Jules incapable de marcher pendant près d'une semaine. Il précisa ensuite avoir échangé quelques lettres avec son cher cousin Désiré. Pour décider qu'Honorin serait reçu par Constance et Albert afin qu'il se retrouve avec Suzanne et Francine. C'était mieux pour lui, pour une question d'âge. André affichait neuf ans de plus que son cousin du Nord et il croulait déjà sous la tâche à la SPTB. Au moins, avec Suzanne et Francine, le jeune homme pourrait profiter de quelques jours à Arcachon.

— Je vous précise, intervint Marie, que Gérard et Claire sont disponibles, avec Julien pour guide, pour profiter de sorties sur la Petite Mer.

Émile fronça les sourcils et Constance rougit.

— Albert décidera, répondit le frère aîné. Mais passer quelques heures sur la pinasse mauve par beau temps pourrait effectivement séduire notre jeune cousin. Mais j'insiste, il sera logé ici, à la villa, ou au quai des Chartrons, chez Albert et Constance. Et j'aurai plaisir à l'accueillir personnellement.

Suzanne et Francine en avaient les yeux qui pétillaient déjà. Pour elles deux la guerre paraissait déjà si lointaine. Alors, vivement Pâques ! À quoi pouvait-il ressembler ce cousin du Nord ? André haussa les épaules, consterné par la réaction des fillettes. Puis Émile leva son verre de Suduiraut, versé pour accompagner la terrine de foies de volaille préparée amoureusement par Éliane pour faire suite aux huîtres. Le foie gras ce serait pour une époque plus riche…

— Fêtons Noël, lança Émile, fêtons d'abord la paix retrouvée qui, je l'espère, va nous forger une France plus forte. Souhaitons-nous du succès pour nos affaires pour l'aura des Thillet-Bordes en Gironde et au-delà. Et pour prochainement faire bon accueil au cousin Vercoutre. Il faudra le soigner ce jeune homme si méritant. Et naturellement, je compte sur vous tous.

Ébauche de bibliographie

Femmes de Marins-pêcheurs à Arcachon.
Paulette Abadie-Douce. *Alan Sutton Éditions.*
Autrefois… le Bassin d'Arcachon.
Luc Dupuyoo. *Éditions Confluences*
Au temps où l'on mangeait la soupe sur la plage d'Arcachon.
Maurice Bénitah et Carles Daney. *Éd. Confluences.*
Mémoires en images, le Bassin d'Arcachon.
Jacques Clémens. *Éditions Alan Sutton.*
Chronologie Arcachonnaise. (1519-1957)
Michel Boyé. *SHAAPB.*
Villas d'Arcachon, un siècle d'histoires.
Marie-Christine Rouxel, Michel Boyé et Frédéric Ruault.
Geste Éditions.
L'Industrie de l'Étranger, cent cinquante ans
de tourisme arcachonnais.
Jean Dubroca. *Ouvrage non édité.* Réalisé pour
l'Université du Temps Libre d'Arcachon.

Et bien entendu les multiples bulletins de la Société Historique et Archéologique d'Arcachon et du pays de Buch (SHAAPB).

Et tant d'autres ouvrages magnifiques sur notre chère Petite Mer. Un grand merci à tous ces auteurs passionnés et passionnants.

Généalogies

Familles Thillet-Bordes, Decosse et Vercoutre
En 1919

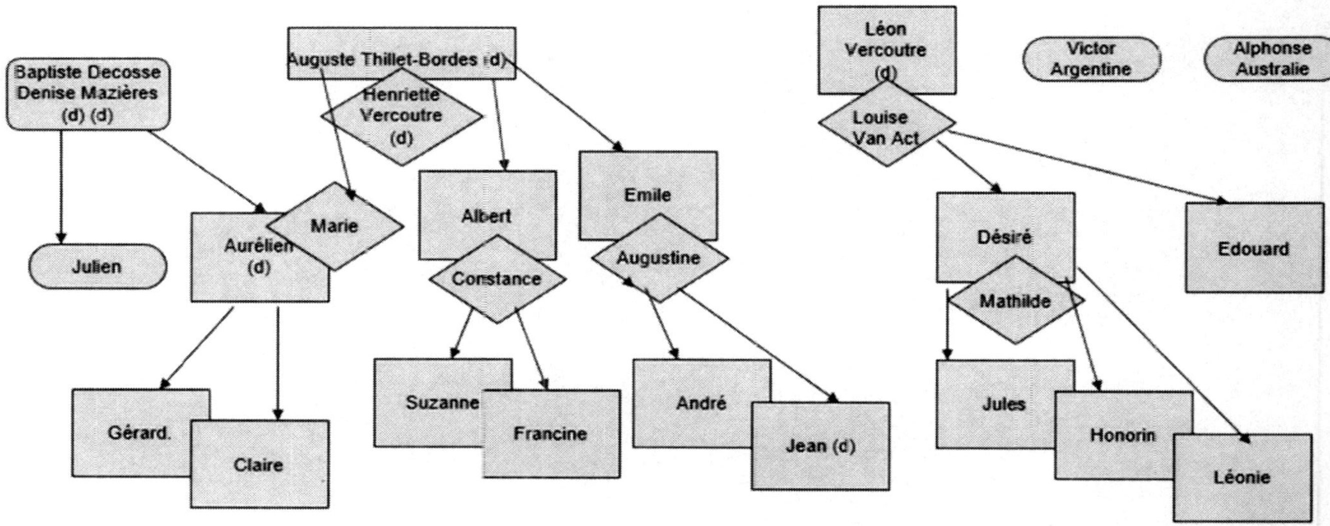

(d) = décédé

Familles Thillet-Bordes, Decosse et Vercoutre en 1875, incluant les unions futures

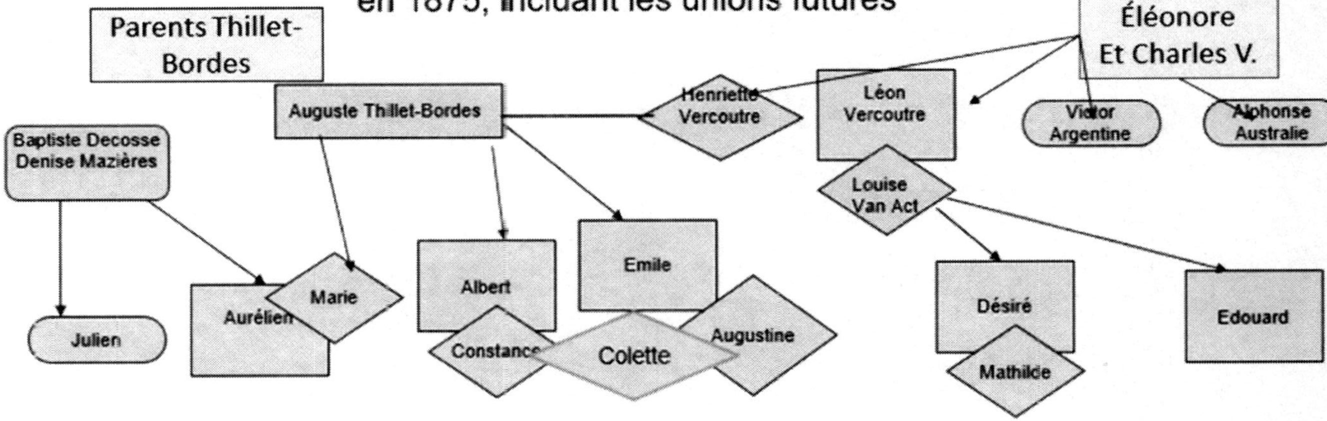

Pour les enfants des couples qui se forment à partir de 1888, voir la présentation de 1919

Bassin d'Arcachon

Arès
Andernos-les-Bains
Claouey
La Pointe aux Chevaux
Taussat
L'île aux Oiseaux
Le Canon
L'Herbe
Audenge
Péreire
Arcachon
L'Aiguillon
Abatilles
Le Teich
Gujan-Mestras
Biganos
La Teste de Buch
Le Moulleau
Cap-Ferret
BASSIN D'ARCACHON
Banc d'Arguin et Dune du Pilat

Imprimé en France
978-2-310-03678-8
Dépôt légal : 1er trimestre 2018